当
代
作
家
论

主编

严歌苓论

中国当代作家论

谢有顺 主编

刘 艳／著

严歌苓论

作家出版社

刘艳

■ 文学博士，现供职于中国社会科学院文学研究所，《文学评论》副编审。主要研究方向为中国当代文学（兼涉现代文学），尤其当代文学理论与批评。著有《中国现代作家的孤独体验》，在《文学评论》《文艺研究》《中国现代文学研究丛刊》《文艺争鸣》《当代作家评论》等刊物发表论文数十篇，其中多篇被《中国社会科学文摘》、中国人民大学复印报刊资料《中国现代、当代文学研究》全文转载。获第五届唐弢青年文学研究奖、第二届中国文艺评论家协会"啄木鸟杯"中国文艺评论年度优秀作品奖、《当代作家评论》2017年优秀论文奖。

主编说明

自从到大学工作以后，就不时会有出版社约我写文学史。很多文学教授，都把写一部好的文学史当作毕生志业。我至今没有写，以后是否会写，也难说。不久前就有一份高等教育出版社的文学史合同在我案头，我犹豫了几天，最终还是没有签。曾有写文学史的学者说，他们对具体作家作品的研究，是以一个时代的文学批评成果为基础的，如果不参考这些成果，文学史就没办法写。

何以如此？因为很多学问做得好的学者，未必有艺术感觉，未必懂得鉴赏小说和诗歌。学问和审美不是一回事。举大家熟悉的胡适来说，他写了不少权威的考证《红楼梦》的文章，但对《红楼梦》的文学价值几乎没有感觉。胡适甚至认为，《红楼梦》的文学价值不如《儒林外史》，也不如《海上花列传》。胡适对知识的兴趣远大于他对审美的兴趣。

《文学理论》的作者韦勒克也认为，文学研究接近科学，更多是概念上的认识。但我觉得，审美的体验、"一个灵魂唤醒另一个灵魂"的精神创造同等重要。巴塔耶说，文学写作"意味着把人的思想、语言、幻想、情欲、探险、追求快乐、探索奥秘等等，推到极限"，这种灵魂的赤裸呈现，若没有审美理解，没有深层次的精神对话，你根本无法真正把握它。

可现在很多文学研究，其实缺少对作家的整体性把握。仅评一个作家的一部作品，或者是某一个阶段的作品，都不足以看出这个作家的重要特点。比如，很多人都做贾平凹小说的评论，但是很少涉及他的散文，这对于一个作家的理解就是不完整的。贾平凹的散文和他的小说一样重要。不久前阿来出了一本诗集，如果研究阿来的人不读他的诗，可能就不能有效理解他小说里面一些特殊的表达方式。于坚也是一个典型的例子。很多人只关注他的诗，其实他的散文、文论也独树一帜。许多批评家会写诗，他写批评文章的方式就会与人不同，因为他是一个诗人，诗歌与评论必然相互影响。

如果没有整体性理解一个作家的能力，就不可能把文学研究真正做好。

基于这一点，我觉得应该重识作家论的意义。无论是文学史书写，还是批评与创作之间的对话，重新强调作家论的意义都是有必要的。事实上，作家论始终是中国现代文学的一个宝贵传统，在1920—1930年代，作家论就已经卓有成就了。比如茅盾写的作家论，影响广泛。沈从文写的作家论，主要收在《沫沫集》里面，也非常好，甚至被认为是一种实验。中国现代文学研究界的许多著名学者都以作家论写作闻名。当代文学史上很多影响巨大的批评文章，也是作家论。只是，近年来在重知识过于重审美、重史论过于重个论的风习影响下，有越来越忽略作家论意义的趋势。

一个好作家就是一个广阔的世界，甚至他本身就构成一部简易的文学小史。当代文学作为一种正在发生的语言事实，要想真正理解它，必须建基于坚实的个案研究之上；离开了这个逻辑起点，任何的定论都是可疑的。

认真、细致的个案研究极富价值。

为此，作家出版社邀请我主编了这套规模宏大的作家论丛书。经过多次专家讨论，并广泛征求意见，选取了五十位左右最具代表性的作家作为研究对象，又分别邀约了五十位左右对这些作家素有研究的批评家作为丛书作者，分辑陆续推出。这些作者普遍年轻、锐利，常有新见，他们是以个案研究的方式介入当代文学现场，以作家论的形式为当代文学写史、立传。

我相信，以作家为主体的文学研究永远是有生命力的。

谢有顺

2018 年 4 月 3 日，广州

目
录

第一章　严歌苓早期长篇小说的叙事艺术
——以"女兵三部曲"为例

严歌苓，著名华裔作家，编剧。中国作家协会会员，美国编剧协会会员，奥斯卡最佳编剧奖评委。1959 年 1 月 27 日（农历十二月十九）生于上海，父亲为作家萧马，母亲为话剧演员，哥哥为作家。七岁移居马鞍山，十二岁（1971 年）参军入伍，进入成都军区文工团成为舞蹈演员，曾六次进藏、两次入滇。1978 年发表处女作童话诗《量角器与扑克牌的对话》。1979 年作为记者两次赴中越边境自卫还击战前线，并在军区的报纸上发表了一批叙事诗。1980 年和 1981 年分别发表了电影剧本《残缺的月亮》和《无词的歌》（次年由上海电影制片厂拍摄成影片《心弦》）。1982 年发表短篇小说《腊姐》，此后又陆续发表了一批小说和电影剧本等。[①] 严歌苓自言："我最早写的是电影剧本《七个战士和一个零》，发表在 1981 年的《收获》，大约隔了两年，在南京的《青春》发表了第一篇小说《葱》。1985 年裁军。我从成都部队下来，调到铁道兵创作组，这个单位后来被裁掉了，我被保留在铁道兵指挥部创作组。"[②] 1986 年，严歌苓第一部长篇小说《绿血》（1984 年 4—6 月初稿于北京，9—11 月二稿于南京）由解放军文艺出版社首版（1986 年 2 月），获

---

① 李燕：《跨文化视野下的严歌苓小说与影视作品研究》，暨南大学出版社 2014 年，第 8 页。

② 严歌苓、江少川：《严歌苓访谈录：跨越中美时空的移民文学》，"华人电视"微信公众号 2018 年 2 月 19 日。

1987 年全国优秀军事长篇小说奖，是"女兵三部曲"之一。《一个女兵的悄悄话》，解放军文艺出版社 1987 年 8 月首版，获 1988 年《解放军报》最佳军版图书奖，是"女兵三部曲"之二。《雌性的草地》，解放军文艺出版社 1989 年 2 月版，是"女兵三部曲"之三。

严歌苓于 1986 年加入中国作家协会，1988 年参加北京师范大学鲁迅文学院创作研究生班，随后应美国新闻总署之邀访问美国。1989 年赴美留学，获芝加哥哥伦比亚学院（Columbia College Chicago）创意写作艺术硕士（MFA）。其间在港台地区发表大量小说，并屡获港台地区重要文学奖项，随后加入美国编剧协会，成为奥斯卡最佳编剧奖评委。至今以中、英文创作，发表二十余部长篇小说及大量中短篇小说与散文，两次荣获中国小说协会长篇小说排行榜首奖，五次荣获"《亚洲周刊》十大华文小说"，作品被翻译为英、俄、法、西、日、德、韩、泰、荷等二十多个国家文字，荣获国内外多项文学大奖，被多次翻拍成电影和电视作品。

严歌苓的父亲萧马曾经将聪明、勤奋和丰富的生活体验归结为她创作成功的原因，时至今日，严歌苓一直坚持每天写作的好习惯，笔耕不辍，以写作的高产而且高质，几乎形成一种奇崛于海外华文写作和当代文坛的"严歌苓现象"。在有的研究者看来，"对于 20 世纪 90 年代以来的中国文学或世界华文文学来说，'严歌苓文学现象'是少数几个可称为具有示范性的典型文学案例之一。同时也就成为了文学批评的聚焦对象，乃至成为更广义的文学文化再生产资源"①。何以形成"严歌苓现象"的呢？"大致说，严歌苓的小说先以尖锐的个性化的女性意识表现在中国当代女作家文学中独树一帜，引人关注。继而电影改编和多年不断的文学产出（她的小说写作和出版），使严歌苓的小说持续升温而终于成为一种'现象级'的存在"；并且，"她的强大影响力已经进入了文化制度和文学专业的现实结构中，同时又弥散于一般流行文化的广阔社会空间。她的

---

① 吴俊：《批评的智慧与担当》，《当代文艺评论》2018 年第 1 期。

小说既获得了有效的文学阅读和专业评价，也成为文化快餐的娱乐性消费品。她的读者打破了性别、年龄、职业的人群分类间隔，几乎就是一种遍及文学社会所有层面的存在，几乎所有人都能与之发生关系。由此你就不难发现，严歌苓其实已经是中国（大陆）当代文学和世界华文文学双重领域中的独一无二、独领风骚的一位具有引领性、标志性的作家"。[①] 张清华也认为："她不只是华语文学界，也是当代中国文学界最杰出的作家之一，这个说法并不是溢美。丰富的经历和人生轨迹让严歌苓的写作已经跨越了不同的文学空间，穿越了性别，她是有着宽阔的国际视野的作家，有着非常敏锐的跨文化思考的作家。"[②]

2017 年 4 月，人民文学出版社推出严歌苓的长篇小说《芳华》（原名《你触摸了我》）。同样有过部队文工团经历的冯小刚导演邀请严歌苓亲自担任编剧，将《芳华》搬上大银幕。2017 年 12 月 15 日，由冯小刚执导的电影《芳华》在国内和北美地区同步公映，引发热议，在众多的观众与业内人士的好评之外，竟然也有一个非常有意思的现象：很多文学爱好者甚至是文学评论和研究的从业者，并没有读过严歌苓原著《芳华》，仅仅根据冯小刚的电影版《芳华》，就作出了各式各样的评论——其中也有批评的声音和离题甚远的评论。文学批评向来提倡不是一味地说好话，但不乏人未读原著而评论《芳华》，通过看电影的观感来评论小说《芳华》，就是一个令人匪夷所思的问题了。且不说电影与小说本就分属于不同的艺术形式，即便《芳华》电影剧本是严歌苓亲自担任编写的（一共修改了三稿），即便 2017 年 1 月在海口的"冯小刚电影公社"建景开机后，剧组人员说过，"冯导演把三稿的镜头都拍下来了，力求不留

---

① 吴俊：《批评的智慧与担当》，《当代文艺评论》2018 年第 1 期。
② 《严歌苓〈芳华〉的多面解读：隐在历史褶皱的记忆与人性——学者谈 VS 作者谈》，"严歌苓读书会"微信公众号 2017 年 8 月 22 日。

遗憾，将一个完成度高的电影呈现给观众"[①]，而且虽然严歌苓尽量令"这个故事基本上主要情节的设计都在电影里"，但"小刚在拍这个电影的时候大约有 3 个小时，最后慢慢地剪，把原来拍好的结尾给剪掉了"。加之小说和电影是两种艺术形式，小说的很多情节和韵味，是电影所无法表现出来的，那么，仅凭观影而评论小说，是否靠谱和是负责任的文学批评呢？之所以产生这种种的怪现象，可以说与时下文学批评的风气是息息相关的。一段时间以来，文学评论不回到文学本体，不回到文学本身、不重视作品和作品细读，已经几乎成了媒介批评和各种文化批评、社会学批评等大行其道的当下文学批评的一个痼疾。通过一个电影《芳华》竟然发展到仅通过看电影，就可以对于严歌苓及其《芳华》作出评论的程度，这不能不说是一种文学批评的"退步"——借严歌苓的名气和蹭热点之外，很清楚可以看到很多人仅仅是在借说"芳华"而浇自己心中的块垒，真正尊重作品和回到小说《芳华》和文学本身的评论，屈指可数。

尽管电影与文学一直是严歌苓所热爱的两重生活，她的小说叙事当中不乏电影表现手法的借鉴，但小说家和电影人在艺术表现上面，还是有着很大的不同的，一个好的作家不会完全按需生产——按电影人的需要来写作故事。尽管据严歌苓透露，四年前，冯小刚在为下一部文工团题材的电影寻找素材，王朔建议他找严歌苓做。冯小刚说："我们都是部队文工团出来的，能不能也做个很有激情的电影？我现在好像很多片子都懒得弄了，有激情的就是这个。"冯小刚给了严歌苓一段他的故事，解释这个电影应该是什么样的故事——"他原先大致想要的是五个女兵和一个男兵的故事，在一次雪崩中，五个女兵都牺牲了，他想从这样一个角度去写"，严歌苓说，"但是我说我写不出来啊，就算写出来他也会很失望。我只能

---

① 　参见《长篇小说〈芳华〉：严歌苓的"致青春"（冯小刚执导同名电影）》，"严歌苓读书会"微信公众号 2017 年 4 月 26 日。

写我自己的故事，写那些让我感动的、让我有兴趣去研究和探索的人物，要不然我写不出来的，一个字儿都写不出来。"因为这个故事一定要发自内心，才能写好。后来我回去以后大概好几年也想不出怎么写，后来想出来这么写一个故事。"严歌苓说："小刚对不起，我只能写我自己的故事，如果写出来你觉得可以，那你就用，不可以就是我的故事，我的一本新书。"冯小刚看后非常喜欢，于是答应了，并邀请严歌苓亲自做编剧。[①]在这里，可以清楚地看到一个作家对于创作和文学本身的尊重，虽然写作的缘起似乎是冯小刚的邀约，但她写出的《芳华》不是命题作文。严歌苓的"芳华"故事，不同于冯小刚的"芳华"故事，这才是一个小说家的自觉。

而且，如果熟悉严歌苓的创作历程和作品，就会发现，严歌苓在 2017 年的长篇小说《芳华》不是横空出世的，小说不只有着冯小刚邀约的四年的思考时期，小说几乎是在严歌苓近四十年的写作历程基础上酝酿而成的，在严歌苓的处女作长篇《绿血》、第二部长篇小说《一个女兵的悄悄话》和《穗子物语》里几个中、短篇小说当中，都有着类似的军旅青春年华或者说"芳华"的书写，甚至有着相近的人物原型和情节设计。尤其是严歌苓的第一部长篇小说，也是"女兵三部曲"之一的《绿血》，除了缺少"刘峰"这样一个人物原型（指其为人处世好得不能再好的、人称"雷又锋"的层面）和因"触摸"而遭受批判、处理并最终导致人生道路发生改变的情节设计，《绿血》几乎可以说是一个对严歌苓的青春芳华予以更为完整的、近乎全息式呈现的"芳华"写作。而且《绿血》中的杨燹和黄小嫚，与《芳华》中的刘峰和何小曼，可以作太多的联系和比照阅读。细读《绿血》，会解开许多你读 2017 年长篇《芳华》或许会心存的心理的疑窦，避免阅读新作《芳华》所会产生的一些误读。新作《芳华》毕竟只有十一万九千字，这样篇幅的小说体

① 参见《严歌苓〈芳华〉的多面解读：隐在历史褶皱的记忆与人性——学者谈 VS 作者谈》，"严歌苓读书会"微信公众号 2017 年 8 月 22 日。

量，本身似乎也不允许作家恣意地铺排叙事；另外，小说家严歌苓在《芳华》中有意作了一些新的叙事探索，从叙事视角和结构等方面，都进行了新的探索和尝试，大幅度地剪裁呈现生活原生态的素材与新的叙事视角和结构等的综合运用，产生了足够的文学性和文学的留白之余，也让更多的解读角度、维度乃至被误读成为可能。

与《芳华》相比，《绿血》还是有着严歌苓当年作为一个青年小说家写作小说时所天然带有的毛茸茸的小说质感——一个非常真诚地想完整记录下自己军旅"芳华"的青年小说家，在叙事方面自然是用了十二分的心力，所以令她在叙事艺术上，一起步就出手不凡，远远在今天众多的二三十岁青年小说作家的水平之上。而且，由于她本人不似今天的她般在小说艺术形式方面已经非常老练和老到，她的青春时期的"芳华"写作——《绿血》，可以说还是不舍得或者说还不懂得刻意对题材作大幅度的删削和裁剪，反而给我们留下了更多头尾兼具的故事，作家对一些人物命运以及所由来会更加地条分缕析。而作家在小说当中较少地"留白"，一个直接的结果便是大大减低了误读和多重读解可能性的产生。比如，对于《芳华》，多数评论者将目光和关注点放在了刘峰以及他所受的不公正对待和所承受的畸形人性心理以及行为上面，甚至引发了一些论者对于那个时代，对于发生"触摸事件"而受众人批判和伤害的那个时代的各种评判和言说，其中不乏纯粹为浇自己心中块垒之论。但是，笔者在细读《芳华》后，就曾经指出，何小曼这个人物以及围绕她的人性书写——尤其是来自她的家庭和母亲的人性书写，反而在文学性和艺术充沛性方面，对小说所要表达的主叙事和主要层面的人性书写——有关刘峰触摸了林丁丁而遭大家批判并下放所呈现的人性的罪与平庸之恶——构成了一种"枝节胜主干"的叙事效果。可以说是围绕何小曼的这本该是作为小说枝节的、对小说主干来说属于"旁逸斜出"的人性书写，反而有入骨入心髓的力量和力道。

如果说会心存困惑，为什么读了《芳华》，最为打动人心的，竟然会是在作家小说叙事里不占主叙事层面所展示和呈现的人性书写？或者说，作为读者如果你还未意识到"何小曼"这个人物的重要性和围绕她所进行的人性书写的因与果，那么，作为读者和研究者若是能够悉心去阅读严歌苓的第一部长篇小说《绿血》，很多的有关《芳华》和围绕人物何小曼的疑团，都可以得到合理的解释和寻找到答案。当然，《绿血》的意义，并不仅仅停留在似乎可作为《芳华》的补充阅读材料的层面，严歌苓写作完成《绿血》时，仅仅二十五周岁，小说初版时，她也才仅仅二十七岁，当时的她在年龄上，完全就是今天地地道道的"90后"作家——一个在当时初出茅庐、地地道道的青年小说作家。而让人震撼的是，严歌苓在处女作长篇小说《绿血》出手的时候，就以三十万四千字的小说体量、较为精湛的小说叙事结构和叙事手法，展露了她在长篇小说叙事艺术方面的天赋和造诣。而作为"女兵三部曲"之二、之三的《一个女兵的悄悄话》《雌性的草地》，在叙事艺术方面也是可圈可点。通过严歌苓当年作为"早熟"的青年小说作家的写作，分析严歌苓早期长篇小说的叙事艺术，这对于我们面对今天被大家普遍认为"晚熟"的"90后"作家甚至包括"80后"作家的写作，是有着非常重要的现实性的，具有对于当下青年小说作家写作进行思考乃至反思的意义和价值。

第一节　早熟的青年小说作家与
早期"芳华"写作：《绿血》

严歌苓第一部长篇小说《绿血》由解放军文艺出版社 1986 年 2 月首版，获 1987 年全国优秀军事长篇小说奖，是"女兵三部曲"的第一部。写作完成书稿时，她仅仅二十五岁，正处在今天各级作协和相关媒体极力推捧的"90后"作家的年纪，年纪轻轻的她，就以三十万四千字的小说体量、较为精湛的小说叙事结构和叙事手法，初显了她在长篇小说叙事艺术方面的天赋和造诣。可能由于她在小说初版两三年不到的时间，就应美国新闻总署之邀访问美国并在1989年赴美留学，而后就是一度以"海外（美国、北美）新移民文学"的代表人物备受关注。留学初期所经历的海外打工生涯，令她创作了《少女小渔》《女房东》等一系列短篇小说，而从事专业写作后，又发表了《扶桑》《人寰》《无出路咖啡馆》，短篇小说《天浴》《红罗裙》以及中篇小说《白蛇》《谁家有女初长成》《也是亚当，也是夏娃》等。这些作品屡获国内外的大奖，而内地的评论界和当代文学、海外华文文学研究领域，是在二十世纪九十年代中期以后才逐渐关注严歌苓的小说创作，新世纪以来人们对于严歌苓的关注度和研究的热度更是与日俱增。一方面是批评文章层出不穷，文学评论界对于严歌苓的小说创作的成就和贡献，一向评价很高和不俗；另一方面是在高校相关学科的研究生的硕士、博士论文中，严歌苓恐怕是被涉及最多的一位当代作家了，而在诸如国家社科基金项目、省部级人文社科项目等立项项目中，每年也总能找到关于严歌苓的课题。再加上历年来的电影改编公映及不错的票房、电视剧热播的效应，严歌苓一直保持了其他当代作家难以比拟的在公众娱乐领域的社会关注度和议题新鲜度。

与严歌苓研究的热度和大家对她创作的高关注度有一点不太相称的是，其实，严歌苓在出国之前，就在创作上达到或者说具备了较高的起点，"女兵三部曲"是严歌苓研究当中不应该被忽视的作品，尤其是严歌苓在其处女作长篇小说《绿血》中所展露的才华，已经远远不是"小荷才露尖尖角"的水准。《绿血》拥有较为成熟和圆融的叙事结构的嵌套技巧，"套中套"结构的有意使用和转换自如，以及多种形式的倒叙手法的灵活运用——似乎在力求使得倒叙成为"主要叙事"的小说叙事手法，无不显示了严歌苓作为一个"早熟"的青年小说作家的叙事能力。而小说所讲述的故事、所涉及的人物和生活面的广度和涵容度，几乎是比 2017 年的长篇小说《芳华》，更加能够体现和涵盖严歌苓整个的军旅时期"芳华"年龄段生活的一部长篇小说。说《绿血》是严歌苓早期的"芳华"写作，一点也不为过。而且，小说对于生活和时代面影的记录和书写，对于今天的青年小说作家的写作而言，可以说具有一种启示和示范意义。作家是时代生活的记录者，文学是反映社会生活的晴雨表，严歌苓的《绿血》，记录和反映的是二十世纪七八十年代之交那段时代和社会生活的流转变迁，现在读来尤显珍贵。这与当下很多青年小说作家一味在小说中书写个人微语，将对生活的体认窄化为对文辞的过度经营，没有意识到生活其实是想象力永远的家，是截然不同的，而且对于时下青年小说作家的写作，是有着深刻的反思价值和纠偏意义的。

叙事结构的嵌套和倒叙几乎成主要叙事

莫言在《捍卫长篇小说的尊严》一文当中，曾经强调长篇小说结构的重要性："结构从来就不是单纯的形式，它有时候就是内容。长篇小说的结构是长篇小说艺术的重要组成部分，是作家丰沛想象力的表现。好的结构，能够凸现故事的意义，也能够改变故事的单一意义。"[①]严歌苓自己也曾经说过："其实我是一个很想探索新的叙事手法和新的小说结构的人，我在美国读艺术硕士的时候，世界上不同形式的小说我都学过，我觉得形式美、形式的独特已经使他的小说成功了一部分，所以我对形式的探索是非常在意的。"[②]她甚至这样说她 2017 年的长篇小说《芳华》："如果写这本书一定要有一个非常重要存在的理由，一个诞生的理由，叙述方式的创新就

---

① 莫言：《捍卫长篇小说的尊严》，《当代作家评论》2006 年第 1 期。
② 《严歌苓〈芳华〉的多面解读：隐在历史褶皱的记忆与人性——学者谈 VS 作者谈》，"严歌苓读书"会微信公众号 2017 年 8 月 22 日。

是。"① 新的叙事手法和新的小说结构，一直是严歌苓所着意追求的。而如果解读严歌苓的首部长篇小说《绿血》，会发现她对小说结构和叙事手法的讲究，是自创作伊始即具有的，起点就很高，充分显示了一个"早熟"作家较为成熟的叙事能力。虽为处女作长篇，但严歌苓已经使用了两套叙事结构——部队出版社编辑、女兵乔怡寻找小说手稿作者的"当下"叙事、"现实"叙事与作家所虚构的一部小说手稿所展开的战场叙事的嵌套，小说手稿所展开的七个文艺兵加上男兵"赞比亚"在战争（中越边境自卫还击战）中的虚构叙事，被以一个片段一个片段的形式，剪辑、穿插在了有关乔怡及其战友们的当下叙事和回忆性叙事当中，并以不同的字体（看起来仿佛是引文段落）来作明显的叙事区隔——可以说是与小说当下叙事（含回忆性叙事）的"主要叙事"形成"套中套"的小说叙事结构。

严歌苓的第一部长篇小说何以名为"绿血"？临近小说结尾，严歌苓在小说中借人物之口，是有自解谜题和解释的：

　　杨燹，我决不是空手而归。小说的作者终于找到，这并不足以使我这样快活。我快活是我感到自己的坚强，不再依赖你的爱生活了！我不再把失去爱看成致命的了！

　　她想起他送她的那幅画。那幅画画出了另一个世界，她和他常在那里相聚。他心里的她和她心里的他将化为两个纯粹的人，在那纯粹的境界中相遇。她会将它挂在显眼的地方，而不屑于向任何人解释……

　　"对了，你那篇小说的名字……？"

　　"叫……《绿血》吧。"

　　"绿色的血？"乔怡一扬眉，"好极了！叶绿素是植物的血，军人的队伍象强大的绿色血脉，流动、循环……"

---

① 《严歌苓〈芳华〉的多面解读：隐在历史褶皱的记忆与人性——学者谈 VS 作者谈》，"严歌苓读书会"微信公众号 2017 年 8 月 22 日。

"差不多。不过你们编辑的理解总是过分直接。"

乔怡伸出手："我们现在已经是作者和编辑的关系了。"①

正如这段话所显示的,《绿血》中严歌苓讲述了一个参加完中越边境自卫还击战之后就北上就读、从学院分配到部队出版社一年多的编辑乔怡,为一摞小说手稿寻找到它的作者的故事。乔怡本身也是一个女兵,二十八岁,是穿二号军装的偏高身材。根据小说手稿内容,"乔怡一一回忆起共同经历那场战争的八个战友,并把他们的名字列在小本上,然后再和小说中的人物逐个对号,断定这位作者必是其中之一"(3页)。小说的"当下"或者说"主要"叙事,就在乔怡回部队寻找小说手稿的作者的过程当中,次第展开。回到宣传队所在的旧庭院,乔怡找到了最后一期墙报:"最后一期墙报是最红火的,主要是表彰宣传队参战人员的事迹。乔怡找到了自己的名字,找到了丁万、季晓舟、桑采、廖崎、黄小嫚……还有已故的田巧巧。"(55页)遇到丁万,汽车上偶遇杨燹和黄小嫚而未及相见,而"杨燹的估计半点不差:乔怡在招待所安顿好住处就来看望季晓舟和宁萍萍了"(99页,第六章的起始句)。在杨燹告诉乔怡自己在准备报考研究生,潜台词"哪儿还腾得出空来写小说"之后,乔怡"掏出小本,在杨燹名字后面画了个问号","除了他,这篇小说会是谁写的呢"(184页)? 然后就是战友们相约聚会,这时:

乔怡小本上的名字已划去多半:田巧巧死了,桑采在国外,杨燹茫然不知,季晓舟和丁万亲口否认。剩下的只有黄小嫚和廖崎。难道这两个人中间藏着那位作者?

现在最大可能是廖崎了。②

---

① 严歌苓:《绿血》,解放军文艺出版社1986年,第479—480页。下同。

② 严歌苓:《绿血》,解放军文艺出版社1986年,第238页。

这是小说第十三章的开头两段，由此又引出了一段关于廖崎故事的倒叙式小说叙事，倒叙后小说切回现实——招待所门口遇上徐教导员父女，回到招待所，切入了一段作为"套中套"叙事结构内套的小说手稿所讲述的故事的叙事片段。第十四章，乔怡展开了桑采的来信。第十五章、第十六章，是有关杨燹和黄小嫚的当下叙事。第十七章，乔怡、季晓舟、宁萍萍前往刚刚竣工的万人体育馆观看廖崎指挥的音乐会。丁万坐着轮椅也来了，但只是摇着轮椅在绕体育馆"徜徉"（336页）……小说第二十章，战友聚会。"餐桌上，乔怡问廖崎：'你写过一部小说？'"廖崎否认了。到底小说手稿是谁写的？兜兜转转，终于在第二十三章揭开谜底：

> 杨燹接到黄小嫚父亲的电话，说她今一早离开了宾馆。
>
> 杨燹看看表，此刻快十点了："她不会出什么事吧？怎么到现在……"
>
> "不会吧？"老头在电话里说，"我看她……象是好多了，基本上全好了。她近来情绪稳定吗？"
>
> "还好。她会去哪儿呢？……"
>
> 正要挂电话，老头又想起什么："对了，你写的那部小说，我回到北京后就给你到出版社打听一下……"
>
> "什么小说？"杨燹糊涂了。
>
> "小嫚说你写得很好，她是去年偶然在你屋里发现的……"
>
> 他明白了。他在两年前的确写过一堆稿纸，不过他不知该称它什么，或说称它什么都行，只不能称它小说。他只想满足一种冲动，把战争中那些独特的心理体验记录下来。他整整在桌上趴了五天五夜，写完了，他却连看一遍的力气都没有了。他把一大摞稿纸胡乱往抽屉里一塞，就

再也不想去碰它。他在写作时无任何功利性目的，不知为什么要写，只觉得非写不可。他的写作过程象发了一场高烧，等热度退下去，谁又会去在意自己那连篇胡话？后来发现稿纸不见了，他猜想或许是阿姨清扫房间时当废纸弄出去了。[①]

而黄小嫚的父亲告诉杨燹，是小嫚花了三个月，躲在医院后面小山坡上誊抄的。"善良的小嫚，她总想为他做点什么，即使她那帮助令人啼笑皆非。杨燹怔怔地放下话筒。乔怡是不是为这部稿子来的？他恍然大悟：天，闹了半天，她要找的作者原来是我！这不等于骑着驴找驴吗？我这蠢驴，居然没想到这一层！乔怡，算你没扑空。"（423页）小说叙事总共二十六章，小说以黄小嫚留下一封信不辞而别，等于拒绝了杨燹的婚约来结局，而季晓舟和宁萍萍的孩子诞生了："喂！人们，听着：这个早晨发生了多大的事啊——一个孩子诞生了！一支小队的孩子……"小说最终，以这历经磨难又充满希望的小说结尾终结全篇。《绿血》的当下叙事，不仅仅是乔怡寻找小说手稿真正作者的过程，这个当下叙事虽然在总的方向和原则上遵循了线性时间的叙事法则，但是不断地倒叙和插叙小说所涉及的战友的故事。而且在这个寻找小说手稿作者的当下叙事的叙事结构里，还埋伏了一条乔怡、杨燹、黄小嫚情感故事的复杂线索和叙事。当下叙事里，寻找小说手稿作者和乔怡、杨燹、黄小嫚情感故事，是交错而且并行发展的，令跟战争叙事相比本该波澜不惊的当下叙事，充满了繁富与情感和心理纠葛矛盾的意味，由此也产生更多的悬念和小说的故事性、可读性。乔怡和杨燹曾经分手，在乔怡的理解里，是自己的被"误会"，这个误会要经过桑采的信，尤其田巧巧的信（391—393页）来揭开并且还乔怡以清白——杨燹的被处理、被下放，其实责任不在乔怡这里，是田巧巧当年误看

---

① 严歌苓:《绿血》, 解放军文艺出版社 1986 年, 第 422—423 页。

了乔怡写给杨燹的信并且泄露了出去，导致杨燹获罪的。而在杨燹这里，他和乔怡分手实际的原因是，杨燹为了充当精神已经出现问题和病症的黄小嫚的保护伞，想通过婚姻来保护和拯救黄小嫚以及替父赎罪——杨燹的父亲曾经对黄小嫚的父亲犯下过"历史之罪"（426—428页）。而在这个当下叙事的叙事结构里，所嵌套的是那个被设计成是由杨燹所写、由黄小嫚誊抄的小说手稿所记录的八个战友所经历的战争的战场叙事。战场叙事变作一个个片段，被剪接在小说的主要叙事——当下叙事里面，形成"套中套"的叙事结构。

　　严歌苓在《绿血》之后的一系列长篇小说当中，一直很擅长不同时空维度的叙事线索的穿插，《扶桑》《人寰》《无出路咖啡馆》等长篇中有这样的叙事手法的端倪，《小姨多鹤》《陆犯焉识》《妈阁是座城》等小说当中，也有类似的表现乃至不同叙事线索转换自如的尝试。到了《上海舞男》（单行本《舞男》），"我"（石乃瑛）和阿绿的故事、张蓓蓓和杨东的故事——两套叙事结构的嵌套和绾合，达到了几乎天衣无缝的程度。两个情感故事，两套叙事结构，各在自己的时空维度，按线性时间顺序各自发展或者说是渐被揭示出真相（石乃瑛是否汉奸和被害、被昭雪），却由他们都共同待过的一个八十多年历史的老"舞厅"，以及1941年后就没走出这个舞厅的"我"（石乃瑛）的第一人称叙述的有意采用，而发生关联，彼此嵌套、紧密绾合。严歌苓妙笔生花，打开和自如嵌套绾合起了不同的时空维度的叙事，是令优秀的作家同行也感到震惊或者说震动的，比如范迁就评价《舞男》："昨日半夜里两点钟，看完严歌苓的新作小说《舞男》，如醍醐灌顶，恍然明白我们所谓的'空间'，其实是道没扎紧的竹篱笆，里厢的人可以看外面，外面人也可以看里厢。庄子化身为蝴蝶，飞进飞出。故人世人眼光自由穿梭，隔墙相看两不厌。佛经上倒也讲过：此身非身，此界非界，此境非境。"[1]

① 范迁：《严歌苓〈舞男〉：五度空间的上海霓裳曲》，上海文艺出版社"新文艺"微信公众号2017年2月27日。

与《上海舞男》叙事结构的嵌套与绾合相比，《绿血》的"套中套"结构还是有些不同的。《上海舞男》当中，那个原本应该被套在内层的内套的故事——"我"（石乃瑛）与阿绿的故事，没有被作为一个类似小说手稿一样的叙事结构内套在当下叙事里，而是翻转腾挪被扯出小说叙事结构的内层，自始至终与张蓓蓓和杨东的故事平行发展而又互相嵌套，不只是互相牵线撮合——绾，还要水乳交融，在关节处还要盘绕成结——绾合，还要打个结儿为对方提供情节发展的动力。而被范迁都赞誉的严歌苓能够"推开一扇五度空间之门，一闪而入"，白驹过隙，而"跟得进跟不进去就看读者自己的造化了"，恐还"非得兰心蕙质者有福分得其门而入"①这样的能力，自然是由严歌苓非凡的叙事结构和叙事策略的掌控能力所自动生成的。《绿血》中，或许由于严歌苓当时还是一个青年小说作家、叙事手法稍嫌稚嫩，或许是由于小说的体量太过庞大，不好处理，严歌苓当时是把战场叙事虚构成了一部起初不知道作者是谁，要在战友里找寻它的作者的小说手稿，以不同的字体来作叙事区隔，也更显得不同的叙事结构磊磊分明。既然是已经完成的小说手稿，它自然是不能因为现实叙事而发生什么改变的；但其实小说手稿本身，却可以为小说手稿作者的寻找和最终水落石出提供帮助。从这个意义上说，《绿血》中的两套叙事结构似乎不像《上海舞男》当中的两套叙事结构绾合得那样水乳交融。情节发展动力的生成，在《绿血》这里，似乎更是单方向的——由小说手稿而对当下叙事产生影响，反之，则不生成影响。

表面看来，似乎是这样，但我们进一步思考，严歌苓当初在构思这个内套的虚构的小说手稿的叙事的时候，难道真的只是为了记录和还原一段战场经历或者说战场心理体验吗？当然不是，在虚构的小说手稿战场叙事的构思阶段，严歌苓其实就是认真思考和研究

① 范迁：《严歌苓〈舞男〉：五度空间的上海霓裳曲》，上海文艺出版社"新文艺"微信公众号 2017 年 2 月 27 日。

过它该是什么样的故事和叙事策略包括叙事节奏，以便与小说主要叙事、当下叙事勾连好，推动情节的发展。而且，当下叙事并非对小说手稿叙事的展开和完成完全不发生影响、无有用处。没有当下叙事的配合，插入当下叙事的小说手稿的叙事片段就会显得突兀，而小说确实有个别地方在叙事转换时，由于缺乏当下叙事的紧密配合和关联度，而令小说手稿的叙事片段稍显突兀。而且，《绿血》所虚构出的小说手稿所提供的战场叙事，对于《绿血》的当下叙事而言，有太多的纪实性成分，可以视之为当下叙事里主要人物战场经历的还原——这个虚构出的小说手稿中人物的名字，与当下叙事中的人物的名字，差不多是可以一一对应的：赞比亚—杨燹，荞子—乔怡，小耗子—黄小嫚，三毛—季晓舟，大田—田巧巧，了不起—廖崎，采娃—桑采，数来宝—丁万。没有这些一一对应的名字和"纪实性"战场经历的还原，就不会有乔怡对小说作者是自己七个战友当中的一个的预判，也不会形成战场叙事片段和当下叙事的有机拼贴……所以，从深层而言，在《绿血》的构思和写作阶段，当下叙事对内套的虚构的小说手稿的叙事也有影响和关联度。举个例子，廖崎在音乐会指挥完回到自己的"三角洲"之后，忽然感到了寂寞，想到季晓舟已经不在他门口拉琴了，可以听不见那折磨人的琴声了，然后小说叙事转换为战场上"了不起"（廖崎，笔者注）被三毛（季晓舟，笔者注）背和救的一段经历……然后小说又再度叙事转换回到现实——廖崎刚走进住处，就被本市的几名记者围住（229—237 页）。也就是说，小说手稿的战场叙事，差不多都是在当下叙事的配合与关联当中展开。《绿血》中，这样的叙事嵌套和转换，几乎每个章节都有（个别章节除外）。从这个意义上说，《绿血》虽然好似不及《上海舞男》在叙事结构和叙事策略上面那样，不同时空维度的叙事能娴熟自如嵌套和绾合到水乳交融一般，但其实是殊途同归的。

从处女作长篇小说《绿血》，到后来的长篇小说《上海舞男》，严歌苓已经不是现代时期巴金《憩园》的"歪拧"式小说结构,而是走向了小说结构的嵌套与绾合。从中,我们看到中国现代小说经过长成和摸索期,走向当代能够具备比较成熟和圆融的西方现代小说经验的一个过程。陈晓明近年对中国小说从现代(比如巴金《憩园》)到当代(比如莫言《木匠和狗》)的"歪拧"式叙事结构和叙事策略深有研究。[①]而最初启发他进行学术思考的,正是被主流文学史不怎么重视的巴金的《憩园》。的确,比起巴金其他长篇小说,这个写成于 1944 年 5 月的中篇小说《憩园》似乎一直未获得国内专业研究者的充分重视。国内学者虽并不十分关注巴金的《憩园》,但日本研究者似乎有较高的兴致。针对日本作家堀田善卫对中国小说结构性有"平板之嫌"的看法,坂井洋史想从巴金《憩园》中发掘出中国小说内在结构的复杂性。坂井洋史对"歪拧"作辩护,为此他写有《〈憩园〉论——"侵犯"与花园的结构》一文,他在该文中引述竹内好认为《憩园》与安德烈·纪德《伪币制造者》在结构方面有类似之处。他以为竹内大概着眼于这一特征:两部作品中主人翁执笔的戏中戏受到现实事件的影响而联动改变其内容。坂井推断说,竹内的意思是指《憩园》将很精彩的文本结构藏在看起来像侦探小说似的通俗题材里面,在巴金大量的小说中是罕见的一部。而且坂井认为巴金的《憩园》最后通过女主人公昭华的感悟,抹平了小说本来无法解决的矛盾,她使花园(憩园)获得一个合理的秩序,也使小说结局获得了一个合理的秩序。

在陈晓明看来,坂井洋史这篇文章,打开了《憩园》的阐释空间,但他的"歪拧"绕了一大圈,最终还是给予"歪拧"以有着落的结构为其结论。陈晓明的"歪拧"概念则是试图从作者与文本的关系、文本内的结构关系、文本中的人物之间的关系——这些关系

---

① 参见陈晓明《现代小说的"歪拧"面向——〈憩园〉的另一种解读》,《文艺报》2011 年 11 月 16 日;《"歪拧"的乡村自然史——从〈木匠和狗〉看中国现代主义的在地性》,《文学评论》2017 年第 1 期。

的"歪拧",来探求巴金在小说叙述方法上寻求自由的创作态度。《憩园》中,整篇小说一直在叙述住进憩园的黎先生在写作另一篇小说,但他写作很困难,不知如何处理那个悲剧性的故事,这个故事与憩园里正在发生的故事又有什么隐喻的意义,似乎也是悬而未决的事情。在陈晓明看来,应该这样来看这个被黎先生写作着的故事:"如果把它放在一种结构关系中来审视,则可以看到这里制造出套中套的结构,它在功能上有一种内与外的结构,这个悲剧的故事,是小说内里的一个结构;而小说正在进行讲述的是憩园里的故事。巴金所面临的困难并不是关于对苦难解决方案的难题,而更有可能是他的写作面对这内外两个故事,无法建立起一致的关系。恰是这一点,构成了小说在结构上的'歪拧'。它实际上给小说拓展出一种内与外的分离结构关系。它们有意不能融合成一个整体。巴金不愿重复单一的结构,不愿在完整性上来建立小说叙事的空间,也因此能避免'平板之嫌'。"①

我能理解坂井洋史的苦心孤诣,而陈晓明教授则是想借"歪拧"的叙事结构,来看取巴金在 1944 年前后存在的一段内心和思想的变化,这种变化就反映在了《憩园》的写作和叙事上。但,单纯从小说的叙事艺术上,我还是比较赞同大江健三郎的观点:对于这样的"内在结构",大江健三郎并不赞成作家主观性介入后,投入在小说文本中造成不协调的后果。巴金在《憩园》中"以第一人称来叙述,作者以浓重的主观感受直接介入。小说中的人物之一黎先生就是作家——他几乎不是一个伪装的叙述人,而是尽一切可能地还原现实巴金的形象"②。黎先生说他一直在写一篇小说,但小说写得很困难,他不时地怀疑自己,不时地对自己小说写作没有信心,不知道如何处置自己的小说,他不断征询万昭华这个读者对小说的

---

① 陈晓明:《现代小说的"歪拧"面向——〈憩园〉的另一种解读》,《文艺报》2011年 11 月 16 日。

② 同上。

看法，似乎从她对小说的阅读中，才能找到写下去的方向……而杨家老三（杨梦痴）的故事，杨梦痴的儿子寒儿翻墙入憩园，折了几枝茶花，放在杨梦痴栖身的破庙里，似以示对父亲的安慰——似乎又时时对黎先生有着影响，与他正在写作的小说不知构成怎样的一种隐喻和复杂关系。陈晓明也承认这篇小说"在结构上失衡，套中套的脱节、人物的不可融入关系、叙述人的自责与不安"[①]……假若只是认为这隐喻作家本人内心的矛盾和复杂，是很有道理的。但是，单纯从小说叙事艺术来讲，大江健三郎的观点更符合文学本体的要求。从《憩园》作者在作叙述时，基本上都是通过有规约性标志引号的直接引语来叙事，我感受到更多的是现代小说在叙事方面仍处于通往成熟圆融的西方现代小说经验的开始期和探索期。

作家主体过多侵入小说叙事，那么，黎先生就会带有《憩园》真实作者太多的主观心理和主体性成分，这对于小说说到底还是虚构故事的文本，其实是会有一定的影响乃至伤害。抑或也可以说，巴金《憩园》的"套中套"结构并不十分成立，至少是并不十分成功和成熟，因为它——黎先生在写作的小说——始终未充分展开，更没有达到可以和小说对于憩园当中故事的当下叙事自如嵌套的层面，更不要说再深一层到绾合的程度。我们可以如陈晓明所认为的那样，来看待巴金《憩园》："像《憩园》这样的写作，本来有可能预示着巴金小说（甚至现代中国小说）有着另一种美学选项——这可能是巴金那个时期在文学创作上的内心纠结转换时期"，"预示着小说写作的另一种可能性"。[②]尽管还并不十分成熟，可以说"套中套"的叙事结构尚处摸索期，我们仍然要认可巴金《憩园》在叙事结构、叙事策略上所作"歪拧"的有益尝试。《憩园》写作完成的四十年后，我们从严歌苓的《绿血》，看到了小说家如何以她较为

① 陈晓明：《现代小说的"歪拧"面向——〈憩园〉的另一种解读》，《文艺报》2011年11月16日。

② 同上。

娴熟的小说叙事艺术，与前辈巴金遥相呼应，又是如何充分显示出她叙事上的兰心蕙质的。

除了当下叙事与所虚构的小说手稿叙事两套叙事结构的嵌套，严歌苓在《绿血》当中频繁使用了倒叙的叙事手法，频繁的倒叙和倒叙有时很长，好像在力求使倒叙成为"主要叙事"。"倒叙是在文本中较晚发生的事件已讲述后的某一点上，唤起以前发生的一个故事事件，也就是叙述跳回到故事中一个较早的点上。"[①] 在叙事学上，热奈特又把倒叙分为三类：第一，外部倒叙，倒叙中的故事时间存在于主要叙事（热奈特称之为"第一叙事"）之外且在其之前。这意味着叙事跳回到故事中先于主要叙事开始之前的某一点上。第二，内部倒叙，叙事回到故事中某个较早的时间点，但这个时间点在主要故事之内。第三，混合倒叙，意为倒叙所包含的时间段起于主要叙事之前，但最后渐归于或跳到主要叙事中。[②] 除了频繁使用的倒叙有成为"主要叙事"之嫌的情况，由于《绿血》有着不同的叙事结构的嵌套，小说所采用的倒叙就显得情形更加复杂。假若把乔怡寻找小说手稿作者的当下叙事视为主要叙事，在这个当下叙事当中所不断插入的对于已经成为过去的围绕某个人或者某件事的倒叙，往往就是一个外部倒叙和混合倒叙；假若把乔怡寻找小说手稿作者的当下叙事和回忆所呈现的军旅往事加起来，视为完整的小说叙事，那么当下叙事当中不断进行的倒叙，其实是整个小说叙事的一个内部倒叙而已；而《绿血》中那个起初作者不明的小说手稿所涉及的战场叙事，虽基本上按线性时间顺序叙事，但它所提供的叙事，如果按小说所设计——是对乔怡和七个战友参加中越边境自卫还击战经历的文学书写，如果考虑到它其实是一个纪实性的小说

---

① ［挪威］雅各布·卢特：《小说与电影中的叙事》，徐强译，申丹校，北京大学出版社 2011 年，第 47 页。

② 参见［挪威］雅各布·卢特《小说与电影中的叙事》，徐强译，申丹校，北京大学出版社 2011 年，第 54—56 页。

文本，那么，它其实也是一个"套中套"的倒叙，对于当下叙事而言，它是外部倒叙和混合倒叙的结合，而对于整个小说叙事而言，它又可以被视为整个小说叙事的一个内部倒叙。如此之多而且使用繁复的倒叙好处很多，不仅完整还原了文工团、军旅和战场的叙事，而且能够实现"叙述以多种方式把读者带入情节当中，特别是通过在叙述话语中打破小说明显的封闭而有限的空间的方式"[1]。

　　阅读《绿血》感受很深的一点，就是如此纷繁数量庞大的素材、叙事的繁富多变，对于小说的作者和隐含作者，在叙事上无疑是一个巨大的挑战。前面已经讲过，在这个寻找小说手稿作者的当下叙事的叙事结构里，还埋伏了一条乔怡、杨燹、黄小嫚情感故事的复杂线索和叙事——杨燹、乔怡曾经的误会和分手谜底的揭开以及现实中的杨燹、乔怡感情线索和杨燹、黄小嫚感情线索。当下叙事里，寻找小说手稿作者和乔怡、杨燹、黄小嫚情感故事，是交错而且并行发展的，令当下叙事充满了繁富与情感和心理纠葛矛盾的意味。要厘清所有的叙事线索和处理好叙事的各个关节，不是一件容易的事情。让人惊奇的是，年轻的严歌苓巧心和悉心若是，越是对小说《绿血》进行文本细读和注意其叙事，对其巧心悉心体会越深。比如，《绿血》第二十一章，在杨燹的目光提醒了乔怡田巧巧不在了的情况下，当下叙事转入了小耗子、数来宝、大田、采娃几个人的战场叙事，但是，在这个战场叙事当中，竟然有大段大段、长达数页（393—407页）的大田与司务长的情感故事——当然，毋宁说是大田对司务长的一厢情愿的感情，其中不乏她的情感和心理描写，尤其这个叙事片段结尾竟然还有这样的直抒胸臆般的内心独白：

　　　　她开始感到身体状况在变化，眼珠木木的，嗓子眼发

① ［挪威］雅各布·卢特：《小说与电影中的叙事》，徐强译，申丹校，北京大学出版社 2011 年，第 55 页。

堵，喘气十分费力。她的力量在减退，心脏跳得那样不情愿。两个女伴都睡得那么熟，可她此刻多想唤醒她们，让她们相信：她的的确确爱过一个人，虽然他或许并不爱她。被人爱幸福，但爱别人何尝不幸福？把这样的感情瞒下来，带进那个永恒世界，太亏啦！……

你们都不相信吗？我也爱过，踏踏实实地爱过一个人啊……①

要知道，"田巧巧，她毕竟不在了"……但是，专门插入的战场叙事片段当中，有这么多有关田巧巧过往情感故事的"倒叙"和田巧巧女性心理的揭示，不合常理啊。这样的叙事，难道是严歌苓写作时，或者说隐含作者缺乏叙事掌控能力信笔挥洒所写出的？当然不是。年轻的严歌苓一样在叙事方面不会作出七嘴八搭的事情。《绿血》第二十六章，对围绕田巧巧的这段叙事，作出了呼应式的合理解释：

"管它是什么，反正我总算回去能交差了！"乔怡长舒一口气，又问："可是，有关田巧巧死前的心理，还有她的恋爱之谜，都是你的虚构？"

"不。你还记得那个小司务长吧？自称北京人，特别爱笑……他和我在干训队是同学，他学后勤给养。我们是旧相识，自然来往得多一些。我发现他有一件银灰色的毛衣，总用布包着，很少见他穿。后来我死逼他，他才说出那毛衣的来历。我问他：'你和田巧巧好过？'他拒绝正面回答。但我一提到田巧巧这个名字，他眼睛里总有一丝怅然，或者说是忏悔。我始终没弄清他和她曾有过什么样的关系。但我断定他至今对田巧巧怀着很深的感情，并

---

① 严歌苓：《绿血》，解放军文艺出版社 1986 年，第 407 页。

且断定田巧巧一定爱过他。我的判断力一般十拿九稳。所以我用联想沟通了死者与生者共同的缺憾。田巧巧那样善良的姑娘，凭什么不该有过一次爱，或被人爱的机会呢？！……"

"哦，杨燹……"乔怡眼圈一热。

是啊。人们总是在缺憾中生活。在那个质朴、真诚的姑娘活在我们身边时，有人这样重视过她吗？而当她不复存在了，我们才为她呼出这些美妙的愿望……①（此处省略号为笔者所加）

从这里，我们甚至可以看出，班长田巧巧，在某种程度上几乎就是一个女版的"刘峰"（《芳华》）——一个不够女性化、长相不够美丽的二十六岁女兵，难道就没有和异性相爱、被异性爱的机会吗？当然，从这样叙事上的巧心设计——释疑前面的叙事段落（在第二十六章释疑第二十一章的叙事），足见严歌苓的第一部长篇小说已经具备了成熟的小说叙事能力。在叙事艺术方面，严歌苓属于早熟型作家。不过，比较《绿血》和严歌苓后来的长篇小说，尤其是近作《上海舞男》《芳华》，也会发现作家在《绿血》叙事上面还不似晚近长篇的叙事能够这样成熟老到，叙事仍不失青涩稚嫩的气息。《绿血》的小说叙事尤其当下叙道，在作倒叙和当下叙事的叙事转换时，并没有作叙事区隔（像以空白行来作叙事区分），这在一定程度上影响了阅读的流畅性，有时候需要停顿思考然后再接续阅读。像《上海舞男》和《芳华》等小说，就是以一个空白行来作叙事区隔，表示一种叙事转换。还不只如此，这几个晚近的小说已被全面取消了章节——既无章节标题也无章节序号，整篇小说一贯到底，仅在作叙事转换时，以空出一行文字的空白行来处理。与它们不同的是，《绿血》中还规整地分为了二十六章。由于没有空

① 严歌苓:《绿血》，解放军文艺出版社 1986 年，第 478—479 页。

白行作为叙事区隔，造成一定的阅读阻滞和混淆的同时，在作叙事转换时，有时候也会略嫌生硬，比如，在由杨燹、黄小嫚的当下叙事，转向杨燹和乔怡若干年前的过往叙事（297页），转换回杨燹和黄小嫚的当下叙事（303页）时，既无空白行区分，又叙事转换笔触较为生硬。而黄小嫚就住在杨燹家，杨燹与黄小嫚的一段"感情路"的描写（304—309页）也略嫌叙事上主体性成分介入太多，感情欠节制，贴近人物的限知视角和限制叙事做得不够，倒像是作者和隐含作者在借人物之口直抒胸臆。像廖崎在音乐会指挥现场，一下子就将叙事切换到"一九七五年"（313页），无空白行作明显的叙事区隔，这种叙事转换有点突兀的情况，在《绿血》中比较普遍地存在着。

《绿血》到底是严歌苓在作为青年小说作家时候的写作，不像她后来尤其晚近的写作，结构和视角掌控自如。《绿血》中，严歌苓使用了乔怡、杨燹、黄小嫚等多人的视角，但在人物的限知视角和限制叙事方面，还不像她在后来的小说写作当中那么得心应手。一个突出表现就是，作家主体性成分或多或少地融入了人物的视角和以人物视角进行叙述时候的叙事声音，小说叙事当中仍然存在作家一种近乎直抒胸臆式的表达。比如，小说的叙事中会直抒胸臆地有这样的段落："真诚的田巧巧……""真诚是世上最珍贵的东西，而珍贵的东西往往要等它埋进土里，再挖掘出来时方能被人认识……"（219页）再比如，当乔怡打算隐下一个真相——田巧巧偷看了自己的信并泄露出去，导致杨燹被处理的事情，而是由自己替为了保护自己而牺牲了宝贵生命的田巧巧承担责任的时候，有着整整四个段落的大段大段的内心独白式叙事（410—411页），这与严歌苓后来写作当中讲求和追求哪怕每一个词都要凝练、准确、生动传神和"动起来"相比，与她后来写作当中在限知视角和限制性叙事方面的可圈可点相比，还是很有差距和相异之处的。叙事手法稍嫌稚拙之余，还给人一种强烈的感受，就是字里行间洋溢而出的

"青春"气息。

《绿血》：早期的"芳华"写作

前面已经讲过，如果熟悉严歌苓的创作历程和作品，就会发现，严歌苓在 2017 年的长篇小说《芳华》不是横空出世的，《芳华》几乎是在严歌苓近四十年的写作历程基础上酝酿而成的，在严歌苓的处女作长篇《绿血》、第二部长篇小说《一个女兵的悄悄话》和《穗子物语》当中的几个中、短篇小说当中，都有着类似的军旅青春年华或者说"芳华"的书写，甚至有着相近的人物原型和情节设计。《芳华》里的萧穗子，就是《穗子物语》（2005 年初版的《穗子物语》虽名为长篇，实际上是中短篇小说的合集）当中一些篇章里面的"穗子"。刘峰的原型，可以追溯到《绿血》中的杨燹和《耗子》（《穗子物语》）这个短篇小说里的池学春。刘峰身上发生的"触摸事件"以及所遭受的批判大会当中所呈现出来的众生相，都可以从池学春及其所曾遭遇，乃至穗子谈纸上恋爱被开批判会那里找到原型。而从刘峰与何小曼的关系看，则《绿血》当中的杨燹是与刘峰最为接近的人物原型。《芳华》的真正女主人公，其实应该是何小曼，对应《绿血》中的黄小嫚和《穗子物语·耗子》里的黄小玫（《灰舞鞋》里也有"耗子"这个人物）。

在我过去写的小曼的故事里，先是给了她一个所谓好结局，让她苦尽甘来，跟一个当下称之为"官二代"的男人走入婚姻，不过是个好样的"二代"，好得大致能实现今天年轻女人"高富帅"的理想。几十年后来看，那么写小曼的婚恋归宿，令我很不好意思。给她那么个结局，就把我们曾经欺负她作践她的六七年都弥补回来了？十几年后，我又写了小曼的故事，虽然没有用笔给她扯皮条，但也是写着写着就不对劲了，被故事驾驭了，而不是我驾驭故事。现在我试试看，再让小曼走一遍那段人生。①

这是严歌苓 2017 年长篇小说《芳华》中的一段话，这段话，虽然可以按严歌苓自言的她有意在《芳华》里作叙述方式的创新来理解——她自己说过："如果写这本书一定要有一个非常重要存在的理由，一个诞生的理由，叙述方式的创新就是。""我不知道这么做会给读者什么样的感觉，可能会觉得'哟，怎么有点出戏呀'。后来我想，出戏也没关系，因为我不是要你跟着故事走，为这个故事感动，被抓进去出不来。不，我这个作品就是要时时把你抓出来，让你停一停，跟着我思考，看看这个故事的发生。我要写的不是一个把你一直往前推的故事。""这正是我要的一种效果，就是离间的效果，我让你停下来思考，作为一个故事之外的人，就像戏剧一样的离间感，'我'不时地跳出来（虚构的萧穗子）和真实的世界当中造成一种离间的感觉。"② 但是不是也可以这样解释：在严歌苓过去写的小曼的故事里，那个所谓的好结局和"官二代"其实就是杨燹和杨燹打算给予黄小嫚的婚姻保障（《绿血》中杨燹原想替父赎罪并与黄小嫚结婚）？但《绿血》结尾明明是黄小嫚留下一封信，不辞而别，拒绝了与杨燹的婚姻，而严歌苓在《芳华》中言其"走入婚姻""好得大致能实现今天年轻女人'高富帅'的理想"，是怎么回事呢？我想，或者是《芳华》距《绿血》已逾三十多年，严歌苓记忆有误，或者是严歌苓有意作这样的写法。而"十几年后，我又写了小曼的故事"，似乎可以对应《穗子物语》里几个短篇当中的"耗子"——黄小玫。至于"现在我试试看，再让小曼走一遍那段人生"，便是《芳华》中所写的何小曼了。

---

① 严歌苓：《芳华》，人民文学出版社 2017 年，第 82—83 页。
② 《严歌苓〈芳华〉的多面解读：隐在历史褶皱的记忆与人性——学者谈 VS 作者谈》，"严歌苓读书会"微信公众号 2017 年 8 月 22 日。

可以说，严歌苓的第一部长篇小说，也是"女兵三部曲"之一的《绿血》，除了缺少"刘峰"这样一个人物原型（指其为人处世好得不能再好的、人称"雷又锋"的层面）和因"触摸"而遭受批判、处理而导致人生道路发生改变的情节设计，几乎可以说是一个对严歌苓的青春芳华予以更为完整的、近乎全息式呈现的"芳华"写作。《绿血》中的杨燹和黄小嫚，与《芳华》中的刘峰和何小曼，可以作太多的联系和比照阅读。或可以说，《芳华》再让刘峰和何小曼走一遍那段人生——她重写了一次杨燹和黄小嫚的故事。若要详细对《绿血》和《芳华》作一个比照式解读，那恐怕将是一篇长篇论文才能完成的工作。如果能从人物和情节设计等方面的不同，来看《绿血》和《芳华》所提供的小说叙事的不同，以及作家在不同时期小说叙事艺术方面的差异性，还是很有意味的事情。

先看一下《绿血》如何在叙事上安排有关黄小嫚与父亲的小说叙事的，兼及《芳华》在处理何小曼与父亲的小说叙事方面的不同。《绿血》小说开篇不久，就写到从自卫还击战前线回来，黄小嫚和战友们一道披着彩带，佩上红花，被锣鼓接去送来，到处接受别人的采访，还参加了"功臣报告团"（32页）。但"调到北京了，彻底平反了，他的著作在书店里再次出现了"的老父亲来看她（33页），她一下子"兴奋型精神分裂症"了，得病的原因，隐含作者是借老父亲之口说出的："'你明白吗？这都怪我呀……'老头儿的精神似乎也出现了危机，'我要不这么急着来找她就好了。你明白吗？她小时候吃的苦太多了。心灵受到那么大的摧残，一下子，突然有个人跑来对她说：我是你亲爸爸。她哪里受得住这样的刺激……她小时候是为了我吃苦头，现在又是因为我得了这个病……'"（34页）老父亲所提到的她小时候吃的苦，有来自母亲和继父的家庭，尤其母亲给她吃的苦头；也有父亲在她生活中消失了，令她缺失了父爱。小说写她和父亲之间最为感人的一段，是有关她儿时，父亲获罪去了劳改农场，回来看她的一段叙事：她小时候被母亲反锁在屋里，只能搬个高凳子站上去，双手抓住窗栅栏，成天向外呆望。但有一天她从凳子上摔下来，磕破了下颌，妈妈把所有的窗玻璃都糊上一层厚纸，只留最上面一排玻璃向屋里输送光亮。爸爸被邻居小孩"小显（燹）"（小杨燹，笔者注）领来，但她到底没有能够看到爸爸，而爸爸从那以后没有再回来看她了（146—149页）。作者和隐含作者"倾吐式叙述"的叙述动因、恨不能面面俱到的叙事，其实倒没有《芳华》里父亲所占叙事份额更少的情况下，有关父女之间的一段短短的叙事，更加具有撼动人心的力量，其原因当然是作家随着时间推移和自己写作能力的不断提升，具有了更加能够探触人性的笔触和直入人心的力道。《穗子物语·耗子》中黄小玫的父亲并没有死，最后是平反了，官复原职。《芳华》里何小曼的父亲，却是在给她赊了一根油条后自杀了，而父亲为她赊油条、与她最后时刻的相处，父亲看她吃油条、替她擦嘴擦手，脉脉的人间父女温情中，"何小曼不记得父亲的死，只记得那天她是幼儿园剩下的最后一个孩子"，"于是父亲的自杀在她印象里就是幼儿园的一圈空椅子和渐渐黑下来的天色，以及在午睡室里睡的那一夜，还有老师困倦的手在她背上拍哄"（63—64页）……愈是不直接描写和正面强攻式书写，愈是不动声色，反而愈将父亲的死和这死所可能给小曼带来的伤害给人"留白"了无尽的想象和回味的空间，留白到文字难以尽述的程度。与此相比，《绿血》中视角的限知和限制性叙事方面还比较欠缺和稚嫩，并未达到《芳华》中的叙事成熟的程度。

《绿血》对黄小嫚与母亲之间小说叙事，与《芳华》对何小曼与母亲之间的小说叙事，比照阅读也颇有意味，而且可以发现两篇小说在叙事艺术方面的差异性。《绿血》中，父亲尚在世，进劳改农场不久，为了寻求保护，母亲便离婚再嫁了，黄小嫚作为"拖油瓶"随母亲坐火车几千里从长江上游嫁入了上海里弄，刚满五岁的女孩黄小嫚把"识相"和"不惹人讨厌"当作人生第一宗旨。小说记录了她怎样在添了妹妹和弟弟后，更加看全家人脸色生活和所受的各种欺负，在平白遭母亲骂和打之后，她在外滩的长椅上过了一夜，天亮时发起高烧来（最终诊断是大叶性肺炎），"一场连续高烧了一周的大病使全家改善了对她的态度"。病后每当母亲打骂她，她便捂住右胸，大声咳嗽，咳得像要背过气去。在咳嗽不灵了，就像"狼来了"喊过三遍便无人理会一样的时候，她夜里"悄悄地从被子里钻出来，站在黑暗的过道里，希望自己再一次着凉，希望赤着脚和光着的身子把夜间的冷气吸进去，变成高烧，比上次更可怕的高烧，来验证她并非装病，让妈妈为她的质问羞愧，让她再次掉眼泪"（155—159 页）。除了只是惩罚了自己，可就是偏偏不发烧。十五岁，母亲送她学舞蹈，两年后母亲领着她四处投考文工团哪怕宣传队，只为卸下她这个包袱……《芳华》里，是何小曼父亲自杀后，又瘦又小的六岁女孩小曼跟母亲嫁到上海安福路，继父是一个南下老干部——何厅长，依然被弄堂里的女人们叫作"拖油瓶"，吃破皮饺子，"母亲都寄人篱下了，拖油瓶更要识相"，夜里她不过是等母亲来陪她，被继父呵斥为"偷听"，料峭春寒中站了不知道多久的小曼，第二天一场高烧救了她，母亲照顾她，也给了她最后一次的紧紧拥抱（65—71 页）。弟弟、妹妹出生后，保姆炖鸡汤忘了摘掉鸡嗉子，男主人说"汤倒了，鸡洗一洗还可以吃嘛"，"除了小曼，都说，谁吃啊，恶心还来不及。保姆说，恶心什么？洗洗干净，放点儿酱油，给小曼吃"（74 页），"所以母亲说要把虫蛀的毛衣给小曼穿，时局暂时太平了"。可晚上母亲找不到绒线衫时，发现在小曼身上，竟然又踢又拧耳朵又捆她，把红毛衣脱走后"嘴里保证，等她长大一定把它送给她"。"三年后，小曼奔着红毛衣长大了，但红毛衣穿到了妹妹身上"：

　　母亲的说辞是，妹妹皮肤白，小曼黑，穿红色乡里乡
气。母亲不愿说主是继父做的，她怕在拖油瓶女儿和继父

29

之间弄出深仇大恨，自己担当了。母亲一副"你还嫌我不够难，还要往死里为难我"的样子。小曼什么也不说，撇下已经为难得奄奄一息的母亲，回亭子间去了。第二天她在妹妹的衣橱里找到那件红毛衣，对着太阳光看，尽管被虫蛀成了笊篱，可还红得那么好，红色微微晕在周围空气里。死去的父亲跟母亲结婚时，在一家毛衣作坊给母亲定制了这件婚服。母亲穿扮得越发年少，他似乎满足的就是把一个小娃娃般的新娘抱进洞房。父亲在天有灵的话，知道红毛衣没他亲女儿的份儿，而去把别人的女儿穿扮成了洋娃娃，定会在天上伤心的。因为父亲遗传的微黑皮肤，她不配穿红色。红毛衣就要属于白胖的妹妹。她拆开袖口线头，袖子很快被她拆掉。不一会她就成了个拆线机器，按照她心里一句咒语的节奏运行："让你白！让你白！让你白！"①

这里面，埋藏的不只是自己穿不上红毛衣的伤痛，对于小曼来说，死去的父亲为母亲定制的嫁衣，竟然要用来把别人的女儿（自己同母异父的妹妹）扮成洋娃娃，这对于对父亲有着很深感情的小曼来说，是多大的心理伤痛——在这里，严歌苓没有像在《绿血》中那样直抒胸臆式叙述，但一切的伤与痛尽在不言中。严歌苓把小曼对于红毛衣的期待、等待，一点一点往上涨，突然，原本承诺给她的红毛衣，用来把妹妹扮成洋娃娃，把期待和悬念涨到顶点，再将其撕裂、毁掉，《绿血》中的叙述人还做不到《芳华》中的叙述人这样的力道。"一个晚上，她把红毛衣变成了一堆弯弯曲曲的线头。染色当夜进行。""红毛衣所有的历史和秘密被碎尸灭迹了。""第二天早晨，谁都不知道晾晒在弄堂那根公共晒衣绳上的黑色细绒线是谁家的。至于铝盆，早已被扔进了弄堂外大马路上的垃

---

① 严歌苓:《芳华》，人民文学出版社 2017 年，第 76—77 页。

坂箱。小曼第二天夜里将黑绒线收回，套在膝盖上独自绕毛线，断头都被仔细接上，结果绕出几大团挺体面的新绒线。她到区图书馆借来编织杂志，夜深人静时分编织。"当母亲盯着穿在小曼身上的黑毛衣："那么美一件红衣裳，就葬在这黑色里，以这鬼气的黑色还了魂。还看出什么了？那两个系在领口的绒球去了哪里？母亲揪住黑毛衣的领口，伸手进去掏，绒球充当了女儿永远欠缺的那一截青春发育。"一语双关，不只是女儿欠缺了作为女性第二性征的那一截"青春发育"，也隐喻了母亲和继父的家庭令她的正常的青春长成期永远存有欠缺……"母亲抬手给了女儿两个耳光"，当天夜里，小曼在江南三月的夜里，把自己泡进了浴盆的冷水当中，希望泡出一场高烧来，好把母亲还原成她一个人的亲妈，第二天夜里接着泡，第三天……当她意识到在这家里她变形，母亲更变形时，她"要寻找走出家庭的道路"（1973 年的部队文艺团体招生）。①

　　之所以作这样细致的比对，就是在这些颇为相近又有差别的小嫚（《绿血》）和小曼（《芳华》）成长时期的母亲与继父家庭的"成长叙事"，恰恰体现了严歌苓在青年时期的"芳华"写作和近期的"芳华"写作，在叙事艺术方面，无论是对素材的选取、使用和将素材变成有因果链的故事情节的时候，都有着很多的变化。《绿血》中全知、倾诉式叙事的意味更浓，不像《芳华》当中非常注意人物限知视角和限制性叙事的使用，注意文字的节制和不动声色、欲言又止和各种含而不露的叙述方式。相近的情节，从《绿血》到《芳华》，能看出隐含作者叙事策略——将素材变成有因果链的情节时候的不同，也能看出《芳华》是怎么利用不同人物的视角盲区、彼此的限知，来产生更强的文学性和更为丰沛的艺术真实感。《绿血》和《芳华》都写到了后来黄小嫚、何小曼参军后，躲在被窝里吃东西的习惯。《绿血》里是母亲眼圈照例要红一红，再叮嘱一句："东西你悄悄吃，千万别让弟弟妹妹看见！这是妈妈特意买给你的。"

---

① 严歌苓：《芳华》，人民文学出版社 2017 年，第 77—80 页。

（156页）她就这样一次又一次地原谅了妈妈。她习惯了躲在被窝里吃东西。《穗子物语·耗子》里则有母亲"永远在一家人里唱红脸、白脸、三花脸"，"这时就有半杯牛奶或一块奶糖赃物一样塞过来，要她躲起来偷偷吃喝，别让弟弟妹妹看见，因为没有他们的份。后来拖油瓶黄小玫发现，母亲以同样的方法给了弟弟妹妹同样的东西，也给了他们同样的嘱咐"。①

《绿血》和《芳华》当中，都有关于女兵父母纷纷往女儿这里输送零食的运输线的小说叙事。而黄小嫚和何小曼都是所有女兵中最无人顾怜的那一个，从母亲那里等来的，永远都是失望。《绿血》里，黄小嫚托小方捎给家里少说也二十斤橘子，还买了两百只鸡蛋，用纸一只只包好。"莫怪小方抱怨，所有人捎回去的东西加在一块也没她一个人的多。这帮上海姑娘滑头，用少量土特产取悦父母，父母却将回报给她们一座'食品公司'。"终于盼到小方的归期，网兜里，不是给"父亲的老上级"的糖果，就是给大概是"老战友"恭贺"令媛新婚"的一筒精美的饼干……网兜终于渐渐露了底，可没有一样东西标明属于她的，只还剩下一袋五颜六色的弹子糖，哄学龄前儿童的那种糖，她几乎在求她们一样让战友们吃糖，"大家此刻的心情都一样：不忍心不吃，也不忍心吃"。"乔怡把这件事告诉了黎队长。他听着，不动声色。须臾，象吃了一惊似的将烫手的烟头扔掉。"（141—143页）《穗子物语·耗子》里黄小玫从母亲那里得到的，只有盐津枣和够吃到复员了的两饭盒"萧山萝卜干"。

《芳华》中，小曼突发精神分裂前，有这样的叙述："戴着大红光荣花的小曼，坐在战斗英雄的主席台上，她是否恍若隔世地想起我们那段朝夕相处的青春？是否想起我们共有的那些不上台面的小毛病？女兵们无论私下还是公开地吃零食，或者是零食大会餐，各自把五湖四海的零食集中起来，很少有人请何小曼的客。小曼之所

---

① 严歌苓：《穗子物语》，广西师范大学出版社 2005 年，第 281 页。

以把馒头掰成小块儿，用纸包起来，一点点地吃，是因为那样她就也有零食吃了。"看似有点"出戏"的叙述，实际上却产生了这样的叙事效果：让人不只为故事感动，而且也能够停一停，跟着叙述者思考，看看这个故事的发生，将小曼发疯前的因由与曾经的往事联系。"她怕别人相互请客吃零食不请她，却也更怕请她，因为她没法回请。""所有女兵都指望后方的家长们建立由北京上海至成都的零食运输线，通过邮局和列车上的熟人，抑或出差探亲的战友来保障运输通畅。小曼想到一个办法：从她这一头起始来建立这条运输线"，于是，"何小曼花了半年的薪金节余，买了条西藏出品的毛毯，托指挥带给她母亲。她相信母亲收到毛毯会跟她礼尚往来的，会托指挥带些回赠给她，这条运输线就算开始通行，以后也会一直运营下去了"。但是，"何小曼得到的就是一封信，母亲在信上为女儿的孝心感动，孝心领了，但提醒她西藏的毛纺品到底粗了点，以后不要再上当了"。[1]而她何小曼最后盼到的母亲带来的上海的零食是什么呢？一堆小袋包装的盐津枣，用切碎的橘子皮腌制晒干，不雅别号叫"鼻屎"，"两分钱一袋，那一堆一百袋是不止的，一粒粒地吃，母爱可以品味到母亲辞世"。而如此廉价的零食也是不能白吃的——一个塑料油桶和一沓全国粮票，她要女儿替她做一次黑市交易，全国粮票换炒菜油。"黑市交易成功，母亲对女儿的交易本领有了把握，紧接着给小曼打了个长途电话，派下来又一桩交易。""母亲听说成都的少数民族商店卖一种藏药，可以滋补老年男性"，母亲打长途电话叫她为继父买一种藏药。"她只是说：'妈妈再见！'就挂了电话。她站在电话机旁边，手搭在话筒上，站了很久，为了让自己感受孤儿的独立自由、无牵无挂。二十多岁做孤儿，有点儿嫌晚，不过到底是做上了，感觉真好，有选择地做个孤儿，比没选择地做拖油瓶要好得多。"[2]

---

① 严歌苓：《芳华》，人民文学出版社 2017 年，第 134—135 页。
② 严歌苓：《芳华》，人民文学出版社 2017 年，第 136—138 页。

《芳华》中，母爱彻底剪断，惟一疼爱自己的父亲在自己五岁时候就自杀了，在父亲最后的牵手、擦嘴擦手指头之后，在母亲给过她最后一个紧紧拥抱之后，那么多年，只有刘峰是惟一不嫌弃她，能够触碰她的身体、她的腰，帮她完成托举动作的人，却被处理下连队——这对何小曼的打击是可想而知的。再加上后来的战场经历，而一生瞧别人脸色过活的人却一下子成了英雄……所以，何小曼在母亲来看她的那天早上，突发精神分裂。与何小曼相比，《绿血》中的黄小嫚精神分裂，是由于平反的父亲的突然出现，当然也是由于母爱的匮乏，但比何小曼幸运的是，黄小嫚身边的杨燹，不像刘峰那样身世同样凄绝，杨燹到底有个近似今天"官二代"的身份，而且杨燹一直努力想做的，是替父赎罪，通过娶黄小嫚来保护和拯救她。《穗子物语·耗子》已有这样的情节：黄小玫成为女英雄一个礼拜后，父亲母亲来看她，还收到了池学春的信。"老战友说，黄小玫疯了。"有关黄小玫疯了，仅有几段的叙事，未及展开。《芳华》中何小曼似乎是当了英雄后乐疯的，"但我觉得这不一定是事物的全部真相，可能只是一小部分的真相。小曼成长为人的根，多么丰富繁杂，多么细密曲折，埋在怎样深和广的黑暗秘密中，想一想就觉得无望梳理清晰"①。这无望梳理清晰，在《绿血》里一样存在，来自父亲的缺席，来自母亲在世而实际上的"缺席"。但在《绿血》中，小嫚的精神问题和她成长为人的根，还是要比《芳华》里清晰得多。《芳华》给读者留下了更多的想象的空间、叙事的留白，是作家严歌苓小说叙事成熟期的"芳华"写作，而《绿血》，依然蓬勃着军人的青春气息，能够感受到绿色军装下的血液奔流……《绿血》的叙述人更加青睐全知叙事，限知视角和限制叙事不似《芳华》中娴熟老到；而且素材的剪裁也能看出不同时期严歌苓不同的叙事手法，哪怕是对于同一叙事母题的异构，同题异构反而更加可以见出作家在叙事策略、叙事动因和叙事能力

---

① 严歌苓：《芳华》，人民文学出版社 2017 年，第 154 页。

以及叙事手法上的种种不同。细读《绿血》，对于更好地解读《芳华》，很有裨益。

《芳华》里，刘峰是在何小曼成人后惟一触碰过她身体，帮她完成托举动作的人，这在何小曼这样成长史的女性这里，所产生的是如化学反应一般的心理效应。所以刘峰下放连队后，她也通过装病想拒绝上场——其实是一种消沉和自暴自弃式的做法。而多年后重逢刘峰，她又能悉心照顾他，直到他病逝……《芳华》里，其实"触碰"的作用向正、负两极发展——对于林丁丁而言是"负"的，对于何小曼而言则是"正"的。"触碰"所起到的心理抚触慰藉的作用，在《绿血》当中依然是有的，"他毕竟是除父母外第一个触碰她的人"（145页），只不过，《绿血》中未将"触碰"发展成一个完整和繁富的叙事母题或者说是"故事核"。但《绿血》中同样有"垫假胸"事件（晾衣绳上的乳罩里用线缝着两块塑料泡沫），以及黄小嫚被人（赵源）拒绝托举的事件（125—128页）。《穗子物语·耗子》里也有黄小玫被男兵拒绝托举的情节和"垫了海绵的乳罩"事件，但后者埋设的是黄小玫想"狩猎"到乳罩的主人的情节。《芳华》里则是将乳罩事件当作战友们对何小曼歧视重大升级的一个标志性事件，通过叙事话语呈现为一个有点"惊心动魄"的情节——演绎成一段女兵们合伙捉拿案犯并组成了一个审判庭似的审何小曼；更是同样导致了她因此而被歧视、被朱克拒绝托举事件的发生，最后是刘峰陪何小曼排练，是刘峰把何小曼高举起来。第二天他俩配合默契，被请出队列给所有人示范。①

《绿血》与《芳华》中围绕黄小嫚和何小曼，有很多相似、相近的情节和经过了改写的情节，从中可以见出严歌苓在不同时期小说叙事手法的变化。结构主义叙事理论认为故事中的事件通过话语——即呈现的方法——转化为情节。情节的不同设计和呈现，哪怕是相近情节呈具差异性，实际上体现的是话语即呈现的方法的差

---

① 严歌苓：《芳华》，人民文学出版社 2017 年，第 91—106 页。

异性——也就是叙事上的差异性。考察同一个作家在不同作品、在不同时期的叙事差异，具有意义和价值。比如，《绿血》中有关黄小嫚头发多的情节设计，是同母异父的弟弟将吃完油条的油渍渍的双手往她头上抹："谁叫你长那么多头发！最好你倒过来，当拖把拖地板！""谁让你长这么多头发？辫子粗得象牛尾巴！"在诬陷她当中给她招来母亲的打骂。①这样特别的头发，在《一个女兵的悄悄话》里呈现在了彭沙沙身上，演绎为另一段情节设计。②《穗子物语·耗子》里，女兵们一天夜里"摸到黄小玫床边，几支手电筒一块儿照上去。黄小玫不仅不秃，而是一个脑袋长了三个脑袋的头发，并带着天然卷花。她留一种简单的短发，此刻没有军帽，收拾不住了，蓬成极大一个头。应该说这是很好的头发，少见的浓密苗壮，却实在太厚，太黑，在黑夜里衬着白枕巾，看上去不知怎么有些恐怖。""本来要揭一个短，揭出来的却是她身上唯一一个过人之处。"③到了《芳华》，这样的头发与"母爱"发生了重大关联，是何小曼军帽戴到脑门，帽子后面也不见任何头发，被女兵们嘀咕一定是个瘌痢，甚至设计了计谋来揭晓秘密，出人意料发现是头发的热带雨林，是纱发，小曼还认识一个长这种头发的人，就是她的好爸爸（在她五岁时已自杀死去）。进继父家后母亲很少给她梳头，参军行前母亲给她梳了头发，从头顶到辫梢编成花儿的"法国辫子"。她把母亲的手艺藏在军帽里，想留住母爱的痕迹，留得尽量长久，才致女兵们对她起了误会。"对于她，母爱的痕迹，本来就少，就浅淡，法国辫子也算痕迹，她想留住它，留得尽量长久。"④凡此种种可联系的情节，却因话语也就是叙事的差异性，而呈现差异性。除此，《绿血》和《芳华》中还有一些近似的情节，

---

① 严歌苓：《绿血》，解放军文艺出版社 1986 年，第 156—157 页。
② 严歌苓：《一个女兵的悄悄话》，解放军文艺出版社 1987 年，第 40 页。
③ 严歌苓：《穗子物语》，广西师范大学出版社 2005 年，第 279 页。
④ 严歌苓：《芳华》，人民文学出版社 2017 年，第 83—88 页。

仍然可以比照阅读和联系起来看，可以发现严歌苓在不同时期、不同作品当中的叙事差异以及叙事上的变化。比如对于战场上士兵的残肢上爬满嗜血的蚂蚁的描写。《绿血》中，作为引文段落出现的战场叙事当中，有一段描写"赞比亚"和大田发现了一个失去了抵抗能力的敌兵，是一个老头儿：

> 赞比亚将枪递给大田。他蹲下身子，看见那残肢上爬满嗜血的蚂蚁。那是南方热带雨林中特有的蚂蚁，大而肥硕的臀部呈出绛紫的颜色。站在他身后的大田不由浑身痉挛，胃往上耸动了几下，幸而腹内空空，才没有呕吐出来。那三个女兵一见那密密麻麻蠕动着的小生物，连连后退了几步。①

战场上血引来热带蚂蚁的情节，《穗子物语·耗子》里是用在了穗子所想象的黄小玫救伤员，"两人身上的血招来了大群的热带蚂蚁……她的想像中，那就是一幅很好的英雄主义电影画面"②。《芳华》当中，是等待救护车到来的受伤的刘峰：

> 对救护车的期盼和等待是他一生最长最苦的等待，比等待林丁丁入党，等待她的预备期通过之后好跟她求爱更长更苦。救护车始终没被等来，等来的是一辆运送给养弹药的卡车。假如不是驾驶员迷路，没人会发现昏迷在路边草丛里的刘峰。驾驶员先看见的是地上蠕动的一道赭红，三寸宽，再细看，驾驶员头发全立起来。那道赭红居然是由密密匝匝的红蚁组成，千百万红蚁正十万火急地向路边草丛挺进。接下去，驾驶员便发现了被红蚁覆盖的一具人

---

① 严歌苓：《绿血》，解放军文艺出版社 1986 年，第 202 页。

② 严歌苓：《穗子物语》，广西师范大学出版社 2005 年，第 295 页。

体。人还活着，军装四个兜，还是个当官的，军帽里子上写着名字：刘峰，血型 A。是这个叫刘峰的残肢引起了红蚁总动员，伤口不断涌出的血引起红蚁横跨公路的大迁移。驾驶员再往山坡上看，另一路红蚁也在喜洋洋地不断拥来；整个红蚁王国都搬迁来了。路面上一个巨大的弹坑里积蓄着清晨的雨水，驾驶员把刘峰拖到弹坑里，三四尺深的水面上很快漂起厚厚一层红蚁。①

《芳华》当中何小曼刘峰之间故事，其实是《绿血》里黄小嫚杨燹故事的同题异构——同一叙事母题在不同时期相异的艺术构思和叙事手法。《绿血》是比《芳华》更为完整和全面展现文工团生活的小说叙事文本，是提供了有关中越边境自卫还击战更为完整和丰沛的战场叙事的小说文本，恐怕只有"套中套"的叙事结构，专门虚构出一个"套中套"的小说手稿，才能令如此篇幅和完整的战场叙事得以较为完整地呈现，《绿血》是更加全面和完整意义上的严歌苓致青春的"芳华"文本。《绿血》和《芳华》，在小说叙事艺术方面是有着巨大的差异的。同中有异，异中有同，同与异，都值得加以剖析。作为严歌苓第一部长篇小说，《绿血》的意义和价值是不容忽视的。当时的青年小说作家严歌苓初试长篇，已经显示了作家较为成熟的叙事能力——显示了严歌苓是一个早熟型的青年小说作家。《绿血》这个长篇小说叙事文本，对于我们面对和思考当今的青年小说作家的写作，同样具有意义。

记录时代和社会生活的面影

《绿血》的意义，不仅在于它是严歌苓的第一部长篇小说，是优秀的反映军旅生活的小说，它的价值也不仅仅在于可以与《芳

---

① 严歌苓：《芳华》，人民文学出版社 2017 年，第 123 页。

华》进行比照阅读。《绿血》在叙事艺术方面的才华展露，"套中套"结构的着意采用，都对我们考察二十世纪八十年代的长篇小说写作、思考当下的青年作家小说写作，提供参鉴的意义和价值。《绿血》还非常难能可贵地记录下了当年的中越边境自卫还击战的历史，而且是通过文学的方式，完全不是纯粹写实或者自然主义的写法，也不是当下"非虚构"的写作方式，是在较好的文学虚构能力之上的历史记录。《绿血》对二十世纪七八十年代之交的军旅生活的反映，给我们留下了一段珍贵的文学"历史"——小说家所摹写的社会生活的一隅。小说不只对七八十年代历史转换期军人的生活、心理有着不失文学性的真实记录，而且，还部分反映了当时的时代生活的样貌和人的心理所处的一种历史转换期。作家是时代生活的记录者，文学是反映社会生活的晴雨表，优秀的小说家，应该能够以小说记录和反映时代和社会生活的流转变迁。

文学理应反映现实，处理好文学与现实的关系，但这似乎并不是一个好处理的问题。《绿血》完成于1984年，出版于1986年，正好跨在1985年这个当代文学史的标志性年份。先锋派作家处理不好文学与现实的关系，几乎是学界和评论界的一种共识。二十世纪八十年代中后期的先锋派小说本来就是对现实主义规范的僭越，南帆在二十世纪九十年代论述"先锋文学"时就说过"他们并非为历史与经验而写作，而是用写作创造崭新的历史与经验"[①]。这种僭越对后来的文学发生着深远的影响，而且回调的努力其实也一直发生着，无论是对于今天转型或者说"续航"后的当年曾经是先锋派的作家，还是非先锋派作家，文学与现实，永远是无法回避的问题。哪怕是二十世纪九十年代前后的"新写实"和近年的"非虚构写作"，也是有关文学该如何反映现实的态度之一种。

二十世纪八十年代的先锋派文学的骤然休克，是不是意味着脱离生活的形式主义空转，在短暂的喧嚣之后便难以为继？想击穿

---

① 南帆：《先锋文学的多重影像》，《文艺争鸣》2015年第10期。

古老的叙述成规的形式上的努力，最后却滑向了叙述游戏而最终退场。从叙事角度看，它们无不具有"隐喻式超现实叙述的特点"。新历史主义思潮，最终也由于其历史观而滑入叙事游戏的空间，而终结其先锋本质。新世纪以来，当年的先锋派作家皆有新作问世，苏童的《河岸》《黄雀记》，余华的《兄弟》《第七天》，格非的《江南三部曲》《望春风》，北村的《安慰书》，等等，当年的先锋派作家只要还在从事创作，可以说纷纷转型或曰"续航"。①小说叙事方面，已经不是早期的那种先锋姿态——对现实主义规范全面僭越之后的朝着形式主义的方向越界，小说既讲究了小说的可读性，又或多或少考虑了小说所反映现实的真实性、可信度。即便如此，无论是转型后的先锋派作家还是其他作家，仍然面对如何处理文学与现实关系的问题，近年来有些当代作家越来越依靠新闻资料来写作，其中的问题和弊病也日渐突出。一些作家开始习惯于依据新闻材料，加上自己的"虚构"来写作，他们面对的是他们不熟悉的生活或者说他们不了解故事背后所涉及的人与生活——仅凭想象，根据新闻素材来闭门造车式"虚构"故事，当然也可以说这样的"虚构"是一种缺乏生活有效积累的、比较随意地编造故事的"虚"构。这并不是真正意义上的文学虚构能力。越来越趋于经验化和表象化的文坛现状，也催生了"非虚构写作"的创作潮流："它以鲜明的介入性写作姿态，在直面现实或还原历史的过程中，呈现出创作主体的在场性、亲历性和反思性等叙事特征，折射了当代作家试图重建'真实信念'的写作伦理。"②但问题也来了，很多的"非虚构写作"与纪实文学难以区分甚至滑向了纪实文学一翼，而且其艺术想象力、创造力所能达到的程度都值得商榷。文学不应该仅仅是如实摹写现实，文学应该表达生活的可能性和人性的可能性——文

---

① 参见吴俊《先锋文学续航的可能性——从吕新〈下弦月〉、北村〈安慰书〉说开去》，《文学评论》2017 年第 5 期。

② 洪治纲：《论非虚构写作》，《文学评论》2016 年第 3 期。

学虚构的能力，对于作家和作品来说，对于文学本身而言，永远都是极其重要的，是不应该被放弃和舍弃的。更何况，"非虚构写作"无论对于国外还是国内，都不是一个新事物。且不说二十世纪九十年代前后的一段"新写实"，就曾经把一只脚迈在了纪实文学的门槛上，当时就有研究者提出了对文学失去虚构能力，"一些'新写实'作家已经踩在虚构文学与纪实文学的门槛上"的担心："文学作为艺术的一个门类，它的本质精神是在与现实的抗衡中升华出来的，因此才有虚构另一个现实物质世界以外的世界的必要性。文学的自由性质不但表现在抵制社会力量对创作的无端干扰，更重要的是，文学本身就可以昭示自由。在现实上面，有精神的天空；在现实下面，有精神的深渊。天空高扬希望，深渊传达绝望。谴责'新写实'的文章说这些作品使人看不到希望，倡扬'新写实'的文章说这些作品并不让人绝望。我不知道'希望'在哪里，也不知道'绝望'在哪里，我从大多数'新写实'作品中感受到的是无可奈何的情绪。"但研究者还是从像刘震云向着"纪实"越来越远的成功使我们又一次看到了迎风招展的"新写实"大旗下面虚构小说的前景。①

　　之所以梳理二十世纪八十年代中期以来当代文学发展的脉络，尤其是当代文学发展脉络中文学与现实关系是如何被作家所对待和处理，因为这对于八十年代以来的中国当代文学而言，似乎是一个永远存在的话题和问题。也正因为这样的文学背景，让在二十世纪八十年代中期那个时间节点上面世的严歌苓的长篇小说《绿血》别具意义和价值。在讲究叙事艺术的基础上，能够有对时代和社会生活的真实记录，能够在反映生活的同时又具有较好的文学虚构能力，就都格外凸显了严歌苓这部长篇处女作的可贵和不应该被忽视。同样是青年小说作家，近年颇有些风生水起的"90后"作家，

---

① 参见刘纳《无奈的现实和无奈的小说——也谈"新写实"》，《文学评论》1993 年第 4 期。

在对待文学与现实，对待文学如何反映生活的问题上，就面临一系列需要解决的问题。近年，为了助力"90后"作家的成长，各级作协和各个刊物各种媒介纷纷拿出有力举措，为年轻作家的成长提供支持和广阔空间。《人民文学》《花城》《文艺报》、中国作家网、《作品》《芙蓉》等杂志、报纸和网络媒体，纷纷推出"90后"作家专题和开设"90后"作家专栏，《人民文学》还推出"圆桌派"讨论——"'90后'创作：建构文学与生活的新关系"。尽管如此，"90后"作家仍然普遍存在着缺乏对生活的深度观察、体验和对生活加以文学虚构的能力。很多青年小说作家仍然陶醉在五光十色的形式技巧里面，据说演绎"茶壶里的风暴"或许是绝大多数"90后"作家的通病，将对生活的体认窄化为对文辞的过度经营。即便是写生活现实，也过于强调和重视自己内心的幽微，或者陷于对纷繁生活的如实照录，以至于有稍微年长一点的"80后"作家都提出了"'90后'写作：放弃了作家神奇的权力"的担忧，而且科幻或者类科幻元素的过度介入文学、手机阅读和网文对于青年小说写作者的深重影响等等，都不但没有增强，反而是削弱了青年小说作家的现实感和对表现生活本该具有的兴趣和能力。[①]对"90后"等青年小说作家而言，避免落入迷信后现代的窠臼，不重蹈二十世纪八十年代先锋派文学所曾落入的叙事游戏的空间，重拾对生活的重视和兴趣，都是亟须解决的问题。

《绿血》写作、初版，恰逢那个年代和正好是1985年前后的时间节点，竟然没有让严歌苓滑向一众先锋派文学写作的潮流。《绿血》的"套中套"叙事结构，心理分析手法的运用，内心独白、意识流的借用，各种叙事手法的灵活运用，都没有妨碍和影响严歌苓反映和记录军旅和社会生活的能力。甚至对过去年代的思考也深蕴其间。跟《芳华》相比，《绿血》更多、更加清晰地记录了过去时代带给军人们带给人们人生的、命运的诸种改变，人们所曾经

① 参见刘汀《"90后"写作：放弃了作家神奇的权力》，《文汇报》2017年3月25日。

的"罪"和"赎罪"心理……小说对当时的时代生活的反映是方方面面的。大到对过去的历史（二十世纪七十年代）和当时正在发生的，现在看来已成一段历史的生活的反映，比如军分区宣传队的工作和生活、赶赴战场和后来波及全国的裁军等，小到当时的人们（乔怡）怎样乘火车、住招待所、乘公共汽车和当时人们的心理变化等，都有真切的记录和反映。乔怡和战友们在餐馆聚会，邻桌的社会青年，乱蓬蓬的头发忽聚忽散，穿横条花毛衣的小伙子，脖子上挂着十字架，嘴里骂骂咧咧，"一桌人脸上都显出可笑的悲哀"。几个后进店堂来的大学生，"他们生而逢时，浑身有一种隽永灵秀之气。那些稚气的脸，那些快活透明的眸子，表示他们和苦难、罪恶隔得多么远。他们都别着校徽"。[1]大学生和邻桌显得那么格格不入——看似无用的情节和小说叙事，却是二十世纪八十年代时代和社会生活的真实面影。黄小嫚、杨燹、乔怡等所有人物身上，都似乎天然带有我们现在看取那段时代和社会生活以及军旅生活变化的锁钥。这是《绿血》留给我们的宝贵财富。

第二节　目光几经折射回望青春的叙事：《一个女兵的悄悄话》

《一个女兵的悄悄话》是"女兵三部曲"之二，解放军文艺出版社 1987 年 8 月首版，获 1988 年《解放军报》最佳军版图书奖，春风文艺出版社 1998 年 10 月再版。解放军文艺出版社初版时的内容提要为："一个文艺女兵在生命垂危中的内心独白，道出了一个纯朴、聪慧的女孩子在动乱年月里的生活真迹。她的痛苦的反省与寻觅，意味深长。细腻的笔致，隽永幽默的语言，交叠变化的人称，展示了一个女兵生活的纷纭世界。"

---

[1]　严歌苓：《绿血》，解放军文艺出版社 1986 年，第 377 页。

春风文艺出版社 1998 年 10 月再版，封底语则是："本书通过陶小童——一个文艺女兵在生命垂危之时的内心独白，真诚地展示了一个淳朴而聪慧的少女在动乱年月里的人生遭际：怎么锻炼都难以'成熟'，怎么改造都难以达标，从而只能置身于更艰苦的锻炼和更严格的改造。作品在回溯中反思，在自述中自省，敏动的感觉与细腻的笔触相得益彰，苦涩的纪实与幽默的自审相互映衬，作品在轻松引人之中别具深刻启人的内力。"

之所以作此列举，主要是为说明一个有意思的问题："一个文艺女兵""生命垂危"之时的"内心独白"，这样的具有先锋性叙事味道的叙事手法，是否把小说引向了先锋派文学的一翼？《一个女兵的悄悄话》"二稿于一九八六年四月八日"，是不是连时间都标示了写作所在的特殊的时间段？——时间刚刚跨过 1985 年。其时，"新时期文学或者说是 80 年代中的一场文学革命开始真正成为一种能够确证的文学现实，一段具有标志性的'文学时段'就此在实践上和理论上都应运而生了。这便是现代主义 – 先锋文学的时代潮流。也可以说这是当代先锋文学精神以现代主义之名呈现出的一次高潮表达"[1]。苏童《一九三四年的逃亡》(《收获》1987 年第 5 期)，虚幻与现实并在；余华在二十世纪八十年代中期以后的一系列作品，如《四月三日事件》(《收获》1987 年"实验文学专号"，同期还有马原的《上下都很平坦》、洪峰的《极地之侧》)、《一九八六年》(《收获》1987 年第 3 期) 等作品中，不乏怪诞的心理叙事；格非受到博尔赫斯的影响痕迹从一开始就被人注意到了，这在他的成名作《迷舟》(《收获》1987 年第 6 期) 中就已显露无遗。他在小说的叙事结构上更加注重整体性的"迷幻"(迷宫) 设计及相应的细节技巧使用。[2]身处当时的时代语境和这样一种文学氛围，严歌苓即

---

① 吴俊：《先锋文学续航的可能性——从吕新〈下弦月〉、北村〈安慰书〉说开去》，《文学评论》2017 年第 5 期。

② 参见吴俊《先锋文学续航的可能性——从吕新〈下弦月〉、北村〈安慰书〉说开去》，《文学评论》2017 年第 5 期。

使不是有意为之，也难免不受影响。《绿血》中对于叙事结构的嵌套的讲究，繁复的倒叙、不同时空维度的叙事拼接，小说所虚构的小说手稿所提供的战场叙事的看似纪实却又有虚幻性……似乎都在隐约透出一种先锋性叙事探索的端倪。所不同的是，严歌苓同时也注意了故事性、可读性和文学反映现实的能力，又让她与一般的现代主义 – 先锋文学拉开了距离。《一个女兵的悄悄话》采用一个文艺女兵生命垂危之时的内心独白的叙述方式，就比《绿血》在还原生活方面，更加拉开了距离，叙述手法似乎也更加具有先锋性探索的意味。作为"女兵三部曲"之二，其实是又一部对军旅生活的叙写，它比先前的《绿血》在还原生活方面有哪些新的尝试和发现？小说的叙事结构、叙事手法有了哪些新的变化和尝试？故事中的事件通过话语——即呈现的方法——转化为情节，其话语方式即呈现的方法较之先前的《绿血》有怎样的变化？那些与《绿血》或者后来的小说当中相似的故事元素和"元情节"，因其话语、呈现方法的变化而具有的差异性，值得借此比较其小说叙事艺术手法的前后变化。

写作的缘起和何为"悄悄话"

《一个女兵的悄悄话》之后记《"悄悄话"余音》（1987 年 2 月）里，严歌苓开篇即写下：

> 《绿血》问世后，有位战友打电话给我，说："你把我写得太恶劣了，我真有那么可恶吗？"听他声音充满委屈，还有点悲愤，我笑了说："你不如他可恶；但你也不如他可爱。"他又说："那你写的究竟是不是我呀？"这下我张口结舌了。他如今已是位颇有名气的青年音乐指挥家了，却把小说与生活的关系看得如此直接。还有一位非常硬朗

地活着的战友，我在小说中让她死了，自然更让我提心吊胆，怕她一旦向我发难："就算我俩过去不和，你也不必咒我死啊！"那我更说不清了。[1]

　　这个"如今已是位颇有名气的青年音乐指挥家了"的战友，应该就是指《绿血》当中廖崎的原型了，而"我在小说中让她死了"的战友，就是《绿血》中的田巧巧、小说手稿里的"大田"的原型了。他们之所以"把小说与生活的关系看得如此直接"，其实不能单单怪怨到他们的索隐式阅读小说，还有一个不容回避的问题就是，《绿血》太贴近现实生活和真实的生活，在与生活拉开适度距离方面不够，就像前面分析过的作家主观性介入叙事的成分仍然不少，而且常常仍有直抒胸臆式的叙事声音……即便如此，军旅生活在严歌苓的感觉里，仍然是未曾写尽和穷尽的，"而多年过去，当我的目光几经折射去回望时，当年合情合理的生活就显出了荒诞的意味"[2]——正是由于时间又过去了一段，与其时的生活已经适度拉开了距离，严歌苓也拥有了再度写那段生活的创作的欲望。

　　但《一个女兵的悄悄话》"在还原生活方面，它与《绿血》已拉开了不短的距离"，指的正是艺术虚构能力的生成和再度提升。因为"十年，我们赤诚而蒙昧"，"反常的社会生活必产生反常的心态，种种不可思议的行动便是反常心态的外化。因此'悄悄话'一眼望去，满目荒唐。为强调一种荒唐效果，使人们透过荒唐去重新审定整个民族的素质，我在《悄悄话》的创作中背叛了我曾经的手法"。她是怎样背叛了曾经的手法的呢？用她的话说："在人物设计中，我也企图挣脱人物命运的困扰，尽管它长久以来作为小说主动脉存在着。我给每个人物设计了怪癖"。"《绿血》之后，我试着不

---

① 严歌苓：《一个女兵的悄悄话》，解放军文艺出版社 1987 年，第 372 页。
② 严歌苓：《一个女兵的悄悄话》，解放军文艺出版社 1987 年，第 373 页。

通过性格刻画来写人。写个性而不是性格。"①挣脱人物命运的困扰，写个性而不是写性格，可以摆脱开端、发展、高潮、结局的有因果链要求的传统的情节的要求，可以不必过于拘泥于线性时间的顺序，叙事上可以更加灵活多变而不必亦步亦趋地摹写生活……

一个文艺女兵在生命垂危之时的内心独白式"悄悄话"，本身就是想到哪儿说到哪儿的意思，事先就给叙事作了一个预先的松绑，但对小说将采用什么样的叙事结构和在情节方面将呈现与此前的小说《绿血》怎样的话语差异性，都变得颇有意味。小说时现的先锋性意味的叙事，也令小说与当时的先锋派文学发生着联系。不只是由这种内心独白式叙述方式的"当下"叙事，结构而成了回忆性叙事这一小说的主要叙事，而且，小说虚幻与现实并存，心理叙事隐现，像小说第十五章节，生命垂危的"我"在被转运抢救的火车上，"我知道我发起高烧来了。热度使视野迷蒙"……小说便转入了"大约一亿年前的森林沼泽"，"巨大而恐怖的动物漫游在远古的清晨"的一段叙事，充满虚幻色彩。叙事转换回"他们又来抬我了"的当下叙事，然后再度转换到回忆性叙事，在回忆性叙事的几个故事序列里，插入了一段"我"和战友曾经去参观那个恐龙博物馆的经历，而小说叙事似乎在宣示陶小童发现里面展出的巨大怪物——恐龙化石是人为假造的……如果是通常的线性时间顺序，该是先有参观博物馆的叙事，然后有"我"高烧中视野迷蒙仿佛看到恐龙史前史的叙事。小说作这样的闪回、插入、倒叙，现实与虚幻同在，充满了先锋意味。出于先锋派文学盛行的时代，也有先锋性叙事的意味，却没有走向极端的形式主义小说叙事。无论回望二十世纪八十年代中期开始和繁盛的一段先锋派文学，还是总结先锋派文学经验，《一个女兵的悄悄话》是很值得我们将之与先锋派文学作联系和比照研究的。

不像《芳华》是小说出版时更换了名字，由《你触摸了我》变

① 严歌苓：《一个女兵的悄悄话》，解放军文艺出版社 1987 年，第 373 页。

成了《芳华》,《护士万红》出版单行本时改为《床畔》,《上海舞男》出版单行本时改名为《舞男》,《一个女兵的悄悄话》在小说写作伊始，严歌苓就已经有意将其定义为一个女兵的"悄悄话"了。小说刚开篇不久，严歌苓就借人物之口说出了这一点。修人防工程，董大个事后笑着对"我"说："你的嗓子只能讲悄悄话。"[①]"所以他们不许我讲话，尽管我还有说点悄悄话的力量。"[②]"告诉你，你能再凑近点吗？我想对你说句悄悄话。的确如此，那事很神秘。当然只有我一个人知道……"[③]整篇小说看起来是严歌苓精心设计的一个女兵生命垂危之际的"悄悄话"。

叙事结构新尝试与叙述视角自如转换

《一个女兵的悄悄话》比《绿血》的小说叙事，更加显示了一个好的叙事结构对于小说的重要性。莫言讲过，"结构从来就不是单纯的形式，它有时候就是内容"，"是作家丰沛想象力的表现"，"好的结构，能够凸现故事的意义，也能够改变故事的单一意义"。[④]结构的重要性在《一个女兵的悄悄话》当中尤显突出。虽然构成故事的事件和实存，在《一个女兵的悄悄话》和《绿血》里都是来自于严歌苓曾经经历过的军旅生活，也难免有着对于同样事件和实存的近似的或者不同话语呈现方式，但两个小说分别拥有不同的叙事结构，各自的叙事自成一个整体。在结构主义叙事学看来："显然，每个叙事都是一个整体，因为它是由事件与实存等因素构成的，而这些因素又区别于它们所构成的东西。事件与实存是单独的和离散的，而叙事则是连续的复合体。此外，叙事中的事件（作

---

① 严歌苓：《一个女兵的悄悄话》，解放军文艺出版社1987年，第29页。
② 严歌苓：《一个女兵的悄悄话》，解放军文艺出版社1987年，第86页。
③ 严歌苓：《一个女兵的悄悄话》，解放军文艺出版社1987年，第219页。
④ 莫言：《捍卫长篇小说的尊严》，《当代作家评论》2006年第1期。

为'奇迹汇编'的对立面）倾向于被关联起来，或相互需要。""如果我们从餐前闲聊中任意抽取出一组发生在不同时间、不同地点、不同人身上的事件，那么我们得到的显然不是叙事""相反，一个真正的叙事中的事件，用皮亚杰的话说，是'按照已排好的序列表现出来的'。和一堆随意集结成团的事件不同，它们显示出一种可以觉察的组织"。[①]军旅生活所包蕴的一切事件和实存，是单独的和离散的，需要叙事将其关联起来，形成"连续的复合体"。《一个女兵的悄悄话》开篇就是：

> 我光着脚丫，头发象一堆快腐烂的水藻，泡在泥浆里。泥浆渐渐稠了，我的头因此动不了，似乎头发是伸进土壤的无数条根须。
>
> 我动不了的另一个原因大概是：我快死了。对这点我特别明智。不过我还是想动一动，这个姿势死起来太不舒服了。我几乎被倒悬着。山势很陡，我头朝下坡躺着，不久前那场泥石流就这样不负责任地把我搁在这儿。
>
> 这棵和我一样年轻的树，是跟我一块倒下的。假如我当时不是那样死乞白赖地搂紧它，肯定死得相当爽快。它的树冠很密实，整个盖住了我，以免飞来一只鹞子啄我眼珠。山里鹞子很多，我亲眼看见这些天使把一只羊剔成干干净净的骨头架子。

这个"我"就是小说所采用的一个叙述者，那个说"悄悄话"的生命垂危的女兵。《绿血》是用"套中套"的叙事结构，内套的是所虚构的一部小说手稿所提供的战场叙事，战场叙事被打散，变成一个一个叙事片段，镶嵌在小说的主要叙事——乔怡寻找小说手

---

① ［美］西摩·查特曼：《故事与话语》，徐强译，中国人民大学出版社 2013 年，第7—8 页。

稿作者的当下叙事与不断倒叙的回忆性叙事里，借小说手稿所提供的战场叙事将所有事件关联起来形成"连续的复合体"——主要叙事。《一个女兵的悄悄话》则是把这个遭遇滑坡被掩埋过的女兵在被抢救和运送过程中的当下叙事作为凭借，将"我"（陶小童）的所有回忆当中的事件关联起来，形成一个"连续的复合体"——回忆性叙事，这个回忆性叙事才是小说的主要叙事。被抢救转运中的女兵，能具有如此繁富的内心独白吗？从医学的角度恐怕难以解释和成立。而这样的叙述人，本身就产生了小说叙述的虚构性，小说虚幻的色彩也由此而生，像"和我一样年轻的树"，它"整个盖住了我，以免飞来一只鹞子啄我眼珠。山里鹞子很多，我亲眼看见这些天使把一只羊剔成干干净净的骨头架子"，这些都不可能是实存的，或者说，不会是一个垂危的人所目及能见的。这样叙述的虚幻性，会和回忆性文字里纪实性的事件和实存形成的故事相映成趣。与《一个女兵的悄悄话》写作同时段，苏童小说的虚幻与现实并在，余华等人的作品不乏怪诞的心理叙事，格非小说的"叙事结构上更加注重整体性的'迷幻'（迷宫）设计及相应的细节技巧使用"，等等，在严歌苓这里也有表现，殊途有同。这部小说的主要叙事即回忆性叙事里，文学与现实关系处理得还是比较圆融，没有太多的现代主义－先锋技巧留存。借助了先锋气韵的叙事手段和技巧，而没有误入形式主义的歧途，这或许就是《一个女兵的悄悄话》所呈现的叙事尤其是叙事结构上的可贵与难得。不管怎样，《一个女兵的悄悄话》中，严歌苓所搭建的这个叙事结构还是非常成功的，而且可以解决很多叙事上的难题，也成功实现了"在还原生活方面，它与《绿血》已拉开了不短的距离"。

如果没有一个好的叙事结构，严歌苓这篇"悄悄话"将在叙事上左支右绌。《一个女兵的悄悄话》的叙事结构乃至说小说的叙事结构为什么这样重要呢？在结构主义叙事学看来：

其次，叙事既需要转换，也需要自我调节。自我调节意味着结构自行维持与终结，用皮亚杰的话说，"一个结构所具有的各种转换不会超出结构的边界，而且总是产生属于这个结构并保存该结构之规律的成分……把完全是任意的两个整数相加或相减，人们总是得到整数，而且它们证实这些数目的'加法群'里的那些规律。正是在这种意义上，结构是'封闭的'"。一个叙事事件被表达，其所经由的过程就是它的"转换"（正如在语言学里，一个"深层次结构"中的要素，要在表层呈示中出现，就必须经过"转换"），然而，这一转换，无论作者选择根据其因果顺序排列事件，还是用闪回效果颠倒它们，都只有在特定可能性出现时才会发生。另外，叙事将不容纳那些不"属于这个结构并保存该结构的规律"的事件或其他现象。当然，某些并非直接相关的事件或实存也可能被引入。但其相关性必须在某一时刻表露出来，否则我们就会反对，说该叙事是"错误构建"的。[①]

我们可以看到，"叙事既需要转换，也需要自我调节"，在《一个女兵的悄悄话》里尤为显著，体现了一个好的叙事结构的重要性，以及这个叙事结构是怎样地"各种转换不会超出结构的边界，而且总是产生属于这个结构并保存该结构之规律的成分"。小说所展开的女兵"我"（陶小童）在被抢救和运送过程中的当下叙事，对于这个小说叙事结构的边界、规律有着最为重要的意义。它选择叙事事件，剔除超出叙事结构边界和规律及其不需要的那些事件，并经过"转换"，令一个一个叙事事件被表达。当下叙事所关联的回忆性叙事的每一个小的故事序列，多是按因果顺序和线性时

---

① ［美］西摩·查特曼：《故事与话语》，徐强译，中国人民大学出版社 2013 年，第 8 页。

间顺序排列，但必要时候会"用闪回效果颠倒它们"。比如，在一个回忆性叙事的最小单元的故事序列，一车人路遇火灾救火，陶小童晕倒了，被送往野战医院，经检查，她身上除了少量燎泡外，并没有更严重的烧伤。她是由于"严重缺铁性贫血"而晕倒的，这时叙事闪回到孙煤回忆自己曾经百般盘问陶小童（误以为她有男女作风问题，怀孕了），叙事再度闪回到医生检查了陶小童病情后，不客气地告知了刘队长"她的贫血已引起全身机能的障碍"，刘队长安顿了陶小童住院，叙事又似乎毫无因果顺序地插入了刘队长小儿子"小半拉儿"和颗勒的一段叙事——这个最小单元的故事序列。之后，切入董大个夜里听见团支书在喊一个人的名字的叙事。然后再闪回到"陶小童在一周后便下楼散步了"，接入了有关"二十五床"战士的一段叙事和同病房十四五岁女孩子的故事，而"二十五床"被陶小童发现是前面偷窥事件逃脱的人。[①]然后叙事回到当下叙事——小说第十五章节一开始就闪回到"我"仍然在被抢救和转运的过程中，"火车颠晃着，生怕我睡过去就永远醒不来了"，"我知道我发起高烧来了。热度使视野迷蒙"——然后再度发生叙事转换。

《一个女兵的悄悄话》里，不同叙述视角的灵活运用、自如切换，也是非常突出的。在女兵"我"作为叙述人的当下叙事里，用第一人称"我"叙述，所能产生的主观心理体验的效果是最强烈的，最符合生命垂危之时"内心独白"式的叙事目的，小说虚幻与现实辉映的叙事效果多缘于此。而在"我"（陶小童）的所有回忆性叙事——这个小说的主要叙事当中，有时是用第一人称叙述，有时候用第三人称叙述，"我"和"陶小童"是时有转换、交替使用的，其转换所产生的叙事效果是有差异性的，也形成叙事节奏的差异性。而在第三人称叙述中，也不是传统的第三人称叙述（即全知

---

① 严歌苓：《一个女兵的悄悄话》，解放军文艺出版社 1987 年，第 200—211 页。

叙述模式），叙事者一般采用故事中人物的眼光来叙述，取一种人物的有限视角，而且会发生不同人物的有限视角的转换，从而在一众人物彼此的视角"盲区"，在人物与我们相去甚远或者说距离化的视点——不同的感知的、观念的和利益的视点——转到叙事声音也就是话语层面当中，产生让受述者、读者身临其境般的真实感，文学性和艺术丰沛性也就更为突出。例如，《一个女兵的悄悄话》第一章节，第一人称"我"叙述的当下叙事转换到回忆性叙事——"我"刚参军，孙煤、徐北方、彭沙沙等一众人物的出场，还倒叙了"我"与阿爷的一段往事，然后叙事转换回当下叙事："我想我用不了多久就会死的。""然后，千万个人将会很顺口地念出陶小童这个名字。"小说第二章节，仍然是宣传队生活的回忆性叙事，却暂时没有出现第一人称叙述人"我"，对刘队长、孙煤、教导员等人的叙事，是采用人物的有限视角来叙事（11—16页）。然后，转入对徐北方和陶小童在桃园的黑房子里偷书，误了演出的一段叙事，虽然未用第一人称"我"来叙述，但用的也是人物的有限视角，更凸显偷书时的惊心动魄、探险味道和让人身临其境的真实感，而且还穿插了陶小童怀疑班长得了"梦游症"（实际上是夜里偷偷给徐北方做人体模特）的叙事，人物的有限视角，形成彼此的视角"盲区"，也令陶小童夜里寻找班长孙煤变得一波三折而富有趣味性、戏剧性。而小说第三章节，叙事又转换为"让我这样躺着，却不让我动"的当下叙事。再举一例，小说第十二章节，有一段"春节放假，陶小童还在辛辛苦苦地写黑板报"，徐北方也放弃了探亲假，有关两个人的一段感情波澜的叙事，用的是第三人称叙述，但这个第三人称叙述只持续到这一章节的结尾。[①]第十三章节，接续这一段叙事，但小说叙事由第三人称叙述转换成了"我"的第一人称叙述。这一切的转换，都是叙事本身的需要，所产生的是不同的叙事效果，但都取让人若身临其境或者将读者带入到情境当中

---

① 严歌苓：《一个女兵的悄悄话》，解放军文艺出版社 1987 年，第 169—179 页。

的叙事策略。

在第三人称有限视角叙述中，叙述者一般采用故事中人物的眼光来叙事。但在第一人称回顾性叙述中（无论"我"是主人公还是旁观者），通常有两种眼光在交替作用：一为叙述者"我"追忆往事的眼光，另一为被追忆的"我"正在经历事件时的眼光。[①]《一个女兵的悄悄话》兼具这两种叙事眼光，而且尤重第二种叙事眼光。仅举几例说明使用人物的眼光来叙述和用叙述者"我"正在经历事件时的眼光来叙述所产生的叙事效果。比如：

> 陶小童见她手里拿着扫帚："你疯啦！深更半夜你扫地？……"
>
> "真的呀！"她笑起来。她的笑声特象咳嗽，"我以为是早晨了呢！"
>
> 湖北兵彭沙沙发现一个窍门：越是干自己份外的事，越容易引起别人好感。好比农村，老实种田吃不饱，搞副业马上就阔。拿到此地来说，舞台上尽可以混一混，扫地冲厕所却得用心用力。谁一旦干了许多不属于自己份内的事情就肯定捞到荣誉，这可能是个永远灵验的诀窍。陶小童傻就傻在这里。但彭沙沙决不会把这个诀窍告诉她。
>
> "那你起来干吗？"彭沙沙不放心地问。她总是心惊肉跳，生怕谁能比她更早起床，抢在她前面扫。"我上厕所……"陶小童不假思索地说。班长若真有梦游症，头一个就不能让彭沙沙知道。所有最糟糕的事情都能使她倍受鼓舞。
>
> 彭沙沙拖着扫帚走了。她要把扫帚藏个更保险的地方。她每天花很大工夫去发掘别人藏的扫帚，再花很大工

---

① 参见申丹《叙述学与小说文体学研究》（第三版），北京大学出版社 2007 年，第 238 页。

夫把自己的扫帚不断转移。她憎恨那些偷她扫帚的人，为此她总是去偷别人的扫帚。扫帚本来是够多的，可这样一搞，气氛总是很紧张，所以她一再提高警惕性。①

这一段小说叙事极为精彩，深更半夜陶小童看到从窗子翻了出去的班长，她误以为班长是得了梦游症，前后院找了一大圈，回到楼前正好和一个人撞上，就是彭沙沙。两个人各怀心事，陶小童担心"班长若真有梦游症，头一个就不能让彭沙沙知道"，而彭沙沙则是担心陶小童比她还早起来抢着扫地，并且满心挂念"要把扫帚藏个更保险的地方"——贴着人物有限视角叙述，彼此形成视角"盲区"。这段小说叙事，完全是贴着陶小童、彭沙沙当时的眼光，或者说是贴着陶小童和彭沙沙的视角来叙述的。如果用"视点"来加以分析，就更加能够明确其中深味。叙事学认为，隐含作者、叙述者和人物，都可以体现一种或多种视点。视点与叙事声音是有重要区别的："视点是身体处所，或意识形态方位，或实际生活定位点，基于它，叙事性事件得以立足。而声音（voice）指的是讲话或其他公开手段，通过它们，事件及实存与受众交流。视点并不意味着表达，而仅意味着表达基于何种角度而展开。角度与表达不需要寄寓在同一人身上，而可能有多种结合方式。"②在上面所引小说的这段长文字里，叙述者分别与人物陶小童、彭沙沙持同一视点乃至就是合体为一的叙事声音，而叙述者与隐含作者的视点（尤其是在感知视点、总体兴趣视点和利益视点等方面）以及真实作者是分离的，不只还艺术真实感于人物，而且还形成了轻微的幽默和微讽的叙事风格。这种贴着人物视角、取人物视角的叙述，在《一个女兵的悄悄话》里比比皆是。再比如：

① 严歌苓：《一个女兵的悄悄话》，解放军文艺出版社 1987 年，第 24 页。
② ［美］西摩·查特曼：《故事与话语》，徐强译，中国人民大学出版社 2013 年，第137—138 页。

父母对我进行血统教育。这时我十四岁，对自己的来历已不感兴趣。这个谜我猜得太久，好奇心早就耗尽了。

父亲说：你阿奶当年的行为很不象话。

母亲说：对呀对呀，她也太风流了。

父亲说：你别插嘴。你没什么资格管我们家的事。

母亲说：好极啦，以后你少把你死去的娘那些傻事情讲给我听。你们家什么东西。

父亲说：你闭嘴。让我来跟小童讲。小童，我们不是讲你阿奶坏话，她年轻时……

我觉得父亲的表情象个女人，象个盘嘴饶舌的上年纪女人。我听完后一点也不吃惊，相反，我觉得阿奶特棒，真不简单。想想看吧，她在富有的丈夫身边，公然去爱一个穷学生，凭这点，她在九泉之下就该受我深深致意。[①]

这里，父亲、母亲、"我"，具有不同的观念视点、总体兴趣视点和利益视点，所以对同一个事情——阿奶当年的行为，有着不一样的视点、眼光和视角，所以就呈现为不同的话语。"我"没有如父亲愿认为"阿奶当年的行为很不象话"，也不是如母亲认为的"她也太风流了"，"我觉得阿奶特棒，真不简单。想想看吧，她在富有的丈夫身边，公然去爱一个穷学生，凭这点，她在九泉之下就该受我深深致意"。严歌苓在这个小说的后记里，已经意识到："十多年前，我们存在于这些生活之中，毫不怀疑它的合情合理，而多年过去，当我的目光几经折射去回望时，当年合情合理的生活就显出了荒诞的意味。""为强调一种荒唐效果"，"我在《悄悄话》的创作中背叛了我曾经的手法"。[②]严歌苓背叛的是什么创作手法，而且

---

① 严歌苓：《一个女兵的悄悄话》，解放军文艺出版社 1987 年，第 107—108 页。

② 严歌苓：《一个女兵的悄悄话》，解放军文艺出版社 1987 年，第 373 页。

可以令曾经的生活在目光几经折射去回望后，显出荒诞乃至荒唐的意味？除了新的叙事结构的尝试，其实还有一个很重要的因素就是人物有限视角的叙述和第一人称回顾性叙述时多用被追忆的"我"正在经历事件时的眼光。相比较她的第一部长篇小说《绿血》，《一个女兵的悄悄话》在限知视角和限制性叙事方面有了长足的进步，这是作家小说叙事能力大幅度提升的一个标志。

"元情节"与情节话语呈现的差异性

我前面已经指出，严歌苓近作《芳华》，与其写于 1984 年并于 1986 年出版的第一部长篇小说《绿血》，实际上是严歌苓对军旅"芳华"叙事母题的同题异构。严歌苓近作《芳华》、处女作长篇《绿血》、第二部长篇小说《一个女兵的悄悄话》和《穗子物语》中的几个中、短篇小说当中，都有着类似的军旅青春年华或者说"芳华"的书写，甚至有着相近的人物原型和情节设计。相近的故事元素和情节的重写与改写，是很多作家创作当中都有的现象，可用于研究一个作家创作的嬗变，尤其是研究作家在相近情节的重写当中所体现出的话语呈现的方法的不同，可以看出一个作家在叙事方面的调整和变化。我们不妨称这种不断被使用的故事元素和不断被重写和改写的情节为"元情节"。"元情节"体现的不是叙事能力的匮乏和文学性的缺失，反而是使作家的小说叙事不断具有再生成"叙事"能力以及文学性的体现。

以往研究中，就有研究者注意到了潜结构对于一种文学叙事的重要性。比如有学者对于红色叙事中存在"传统潜结构"的研究："所谓'传统潜结构'即是隐藏于革命文学中的老模式与旧套路，作为民族根深蒂固的集体无意识，它们经过改头换面，又在时代与意识形态色彩的装饰下再度复活，大量潜伏于这些叙事之中，并且成为支持其'文学性'的关键因素所在"，在"革命叙事的红色釉彩下，是这些东西在暗中支持了红色叙事之所以成为'叙事'的文学性魅力"。[①]革命叙事当中，存在来自传统"集体无意识"的"传统潜结构"。而我们看严歌苓的小说，她有着对军旅"芳华"叙事母题的同题异构的写作，而在她的小说尤其军旅题材的小说当中，有很多相同相近故事元素和"元情节"的重写、改写和再创造。

《一个女兵的悄悄话》当中，关于徐北方、孙煤、"我"（陶小童）之间感情与关系的故事元素和情节，在《穗子物语·灰舞鞋》里有着邵冬骏、高爱渝、小穗子的对应，到了《芳华》里则是对应了少俊、郝淑雯、萧穗子的故事情节。《一个女兵的悄悄话》里，陶小童由于"严重缺铁性贫血"导致身体机能不正常，结果遭到班长孙煤百般盘问——误以为她有男女作风问题，怀孕了。到了《穗子物语·灰舞鞋》里，是曾教导员诱导或者说诱供小穗子，"她要小穗子想想，他是否对她做过那件……小穗子不太懂的那件事；就是那件有点奇怪、挺疼的、要流血的事"。而她面对的，其实是对那件事懵懂无知，却对邵冬骏一往情深的小穗子。《一个女兵的悄悄话》里，"我"与阿爷的生活往事的叙事，到了《穗子物语》里的《老人鱼》《黑影》当中都再度成为新的叙事根基和骨架，演绎成新的情节，体现新的叙事的文学性魅力。《一个女兵的悄悄话》里，刘队长的小儿子"小半拉儿"养的狗是"颗勒"，似乎为《穗子物语·爱犬颗韧》提供了故事元素和"元情节"，良种牧羊犬颗勒在《一个女兵的悄悄话》里所占叙事份额较少，到了《爱犬颗韧》，变成了一条真正的藏獒。颗勒是因它吓坏了首长的轿车来幼儿园接的首长的第三代——两个扬武耀威的小家伙，被送到了"流放地"——远郊一个兽医站。《穗子物语》里则是爱犬颗韧吓坏了司令员的孙女蕉蕉，虽几经被藏掖，仍不免被喂了子弹而处死的命运。对比关于颗勒和颗韧受伤后被救治的两段小说叙事，可以见出话语差异和不同的文学性生成。《一个女兵的悄悄话》中是：

---

① 张清华：《"传统潜结构"与红色叙事的文学性问题》，《文学评论》2014 年第 2 期。

小半拉儿信中说，"颗勒"是世界上最英勇的狗！这一仗"颗勒"虽然胜了，但也吃了大亏，胸前被豁开个大口子！幸亏它毛厚，胸大肌十分发达，才没伤到要害。

小半拉儿还说，若不是他及时抢救"颗勒"，它就牺牲了。他用根缝衣针把狗的伤口严严实实缝上。又抹了药。狗很懂事，知道人在救它命，针穿进穿出时它疼得浑身哆嗦，却一动不动！[1]

《穗子物语·爱犬颗韧》中是：

一个清晨我们见颗韧胸脯血淋淋地端坐在墙下，守着一碗咸鸭蛋，嘴里是大半截裤腿。幸亏它毛厚，胸大肌发达，刀伤得不深，小周拿根缝衣针消了毒，粗针大麻线把刀口就给它缝上了。[2]

《一个女兵的悄悄话》里，还有很多与其他小说相近似的故事元素和情节设计。而最有意味的应该是陶小童拒绝了团支书求爱的一段叙事，不能不让人怀疑，《芳华》中有关林丁丁所认为的刘峰人再好也不能爱她——"她说刘峰怎么可以爱她？"——这样的"元情节"，不是小说家创作构思里空穴来风，似乎是在《一个女兵的悄悄话》里已经预设和埋伏着了：

但她拒绝看这些信，猛烈地摇头，一个劲往后退。他极伤心地看到，她对他甚至是反感的，嫌弃的。他站在她跟前使她浑身别扭。少女哪怕有上百个求爱者、一万封情

---

① 严歌苓：《一个女兵的悄悄话》，解放军文艺出版社 1987 年，第 204 页。
② 严歌苓：《穗子物语》，广西师范大学出版社 2005 年，第 321 页。

书，她们视这为一种荣誉。可她连这点虚荣都宁可不要。他的非分之想给她造成那么大压力，甚至象受了某种侮辱。她看他时，目光是居高临下的，那意思是：你怎么竟敢爱我？！……

陶小童转过身走了。她想着这个人许许多多的优点，想着他所具有的公认的种种美德，还想到他为人们做过的许多好事。但她毫不动心。大概所有女孩子都不会动心，她们会选他当模范，推举他当先进分子，但决不会爱他。这是件十分滑稽的事。陶小童知道这不合理，但并不想从自身做起，来改变它。[①]

等遇到合适的湿度、温度和养料，这个公认的"好人"却得不到心仪的女兵爱的故事元素和"元情节"就会再度生根发芽，生成一个新的情节和小说叙事。《芳华》中刘峰"触摸"林丁丁的事件，其实质是刘峰向林丁丁爱的表白遭到拒绝，然后又被不同的人和人性心理恶意利用而产生了恶劣的后果。

相同相近的故事元素和"元情节"的再创作，所产生的情节总会有差异性，而且更加呈现话语亦即话语呈现的方法的差异性，从而显出叙事的差异性，呈现不同的叙事效果和叙事的文学性。

传统上，人们说一个故事的诸事件构成了一个叫做"情节"（plot）的序列。亚里士多德把"情节"（mythos）定义为"事件的安排"。结构主义叙事理论认为这一安排严格说来是由话语承担的一个作用过程。故事中的事件通过话语——即呈现的方法——转化为情节。话语可以以各种各样的媒介表现，但它与其中任何一种可能的表现都有

---

① 严歌苓：《一个女兵的悄悄话》，解放军文艺出版社 1987 年，第 318 页。

着内在结构上的质的区别。也就是说，情节——即"作为话语的故事"——存在于超出任何具体形式（任何一部特定的电影、小说等）的一个更一般的层次上。其呈现的顺序不必与故事的自然逻辑顺序相同。其功能在于强调或弱化特定的故事－事件，在于解释其中的一些而将另外一些留待推测，在于展示或者讲述、评论或者保持沉默，聚焦于某事件或某个人物的这个或那个侧面。作者"可以用极为多样的方式安排故事中的事件。他可以详细处理某一些，而对另一些很少注意或者完全忽略，就像索福克勒斯忽略了忒拜国瘟疫之前发生在俄狄浦斯身上的所有事情。他可以按照编年顺序观察，也可以扭曲它，他可以运用送信人或者闪回，如此等等，不一而足。每一种安排都会产生一种不同的情节，而由同一个故事可以创造出大量的情节"。①

即便是与《绿血》和其他小说有着一些相同相近的故事元素和"元情节"，《一个女兵的悄悄话》里，隐含作者和叙述者都以这个小说叙事结构所规律并且合适的方式来安排故事中的事件，"可以详细处理某一些，而对另一些很少注意或者完全忽略"，因为"每一种安排都会产生一种不同的情节，而由同一个故事可以创造出大量的情节"。情节的差异性，体现的也是话语的呈现的方法的差异性，也就是叙事的差异性。严歌苓以她不断发展变化的小说叙事艺术的追求，一直带给我们不同的小说"叙事"所呈现的文学性魅力。

---

① ［美］西摩·查特曼：《故事与话语》，徐强译，中国人民大学出版社 2013 年，第 28—29 页。

第三节　叙事的先锋性与"从雌性出发"的
叙事母题:《雌性的草地》

当被学者问及:"你更喜爱自己的哪部作品?"严歌苓是这样回答的:"我最喜爱的是《雌性的草地》。那时我年轻、状态好,精力旺盛。我写过一篇短文《从雌性出发》,曾作为《雌性的草地》的代自序,在这篇文字中,我写道:我似乎为了伸张'性'。似乎该以血滴泪滴将一个巨大的性写在天宇上。我也企图在人的性爱与动物的性爱中找到一点共同,那就是,性爱是毁灭,更是永生。这部小说我在手法和结构上,都做了大胆的探索。但我的朋友看法不一样,他们似乎更喜爱别的作品。"① 虽然现在距她作这样的回答(2011年6月5日)后,又过去了几年,她又有几部新作面世,但是,我们似乎还是有理由相信,再问同样的问题,她可能还是作这样的选择和回答。

是作家对自己某一部作品的偏好吗? 似乎不单单是这样。《雌性的草地》在叙事结构和叙事手法上作了新的尝试和探索。这些探索和尝试,不只达到了严歌苓早期长篇小说"女兵三部曲"对小说叙事结构和手法探索的巅峰状态,就是对于严歌苓迄今为止的创作而言,都是独具的,而且在某些方面是后来也不曾达到和超越的。严歌苓在《雌性的草地》里所体现的文体创新意识,令她的创作在两个方面——当年同时段的先锋派文学和她后来写作中能够持之以恒的叙事上的探索创新意识——这双个维度关联、伸展和发生效应。当年的先锋派文学之所以长久而持续地对其后的中国当代文学发生影响和持续影响,一个重要的原因就是它所提供的叙事文体的自觉创新意识对当代文学所产生的长效影响作用。"以叙事文体的自觉

---

① 严歌苓、江少川:《严歌苓访谈录:跨越中美时空的移民文学》,"华人电视"微信公众号2018年2月19日。

创新意识为主导的先锋文学是二十世纪八十年代以来一以贯之的当代中国文学创作思潮，先锋文学的最重要意义和价值是体现并发挥了文学创新的动力功能。"① 如果说，先锋文学对于二十世纪八十年代以来的中国当代文学发挥了这样的文学创新的动力功能，那么，《雌性的草地》对于严歌苓此后迄今的创作而言，对她发挥的也是巨大的文学创新的动力功能。

既然如此，《雌性的草地》应该是严歌苓研究当中无法绕开的一部重要作品，为何似乎实际上却是一直对这部小说缺乏深入而有效的研究呢？一个重要的原因是它是严歌苓出国前的一部长篇，严歌苓的出国，她其后的被关注，是被归入了新移民文学或者说海外华文文学写作，令她在国内时的小说创作，尤其是她其实在出国前就已在小说艺术上取得较高成就，遭遇了一个关注度和研究的客观上的"断裂"。她的"女兵三部曲"难以被海外华文文学研究者重视，甚至也不为读者们所重视，而且出国还割断了当代文学批评者对其"女兵三部曲"尤其是《雌性的草地》的当下性及其后续性研究，像有的研究者就认为"新世纪小说新制的先锋历史留痕"在笔者的笔下"成为一道鲜明的当代文学旅程印迹"，但的确又对笔者在研究当中将严歌苓与先锋派联系感到新鲜和意外："严歌苓小说在'先锋文学－当代文学'历史图景中的文学意义及分析价值，也就成为她的严氏小说批评中的一种自觉。事实上，很少有人将严氏与先锋派文学的先锋叙事联系思考予以评价的。"② 尽管肯定了笔者的观察眼光以及对于批评论域的拓展能力，但也说明，能否将严歌苓早期长篇小说创作纳入研究视阈和有效的话语系统，能否对严歌苓早期长篇从叙事的先锋性上予以考察，并考虑这种叙事上的先锋性探索对于她后来创作的影响和留痕，是我们以往的严歌苓研究当

① 吴俊：《先锋文学续航的可能性——从吕新〈下弦月〉、北村〈安慰书〉说开去》，《文学评论》2017 年第 5 期。

② 吴俊：《批评的智慧与担当》，《当代文艺评论》2018 年第 1 期。

中所缺失的一环。现有的海外华文文学研究和中国当代文学研究，似乎一直都很难将严歌苓出国前的创作尤其三部长篇小说纳入有效的话语系统中。而最难纳入的一部，当属《雌性的草地》。

电影叙述的借用与叙事结构探索

严歌苓在《雌性的草地》代自序《从雌性出发》中已经指出，从结构上，她作了很大胆的探索。我们知道，书面叙事位于一个可变的空间，最经常是一本书的空间。叙事可以分成卷或者章节，章节可以有或没有标题。章节标题与小说标题具有同样的功能，"小说家更乐意在章节标题上发挥奇思妙想，大玩智力游戏，扩展标题，在标题间制造对立或断裂，增加谜团，勾勒叙事的轮廓"[1]。章节在任何情况下都分割叙事，截断连续的叙述，研究这些中止时刻，这些在书的空间中勾出的"空白"的位置和功能是很有趣的。另外，在每个章节内部，不同的叙事片段之间以空白行完成叙事转换，这些空白行也是一种叙事上的中止时刻——上一段叙事中止，并转换到下一个叙事片段。严歌苓从《绿血》的比较规整的第一章，一直到第二十六章，可以见出严歌苓在初涉长篇时对于叙事分割上的细心和谨慎。但鲜有空白行作叙事转换，常常造成阅读上的困扰，需要读者的理性来区分不同的叙事片段。《一个女兵的悄悄话》还是从"一"到"二十二"一共二十二个章节，但叙事的分割给人感觉已经灵活了很多。而以空白行来作叙事转换，也让叙事片段的区隔更加明显，是更容易带来流畅性阅读的小说叙事。《雌性的草地》只作了"A卷"到"L卷"加末卷"Z卷"设置，这一方面是小说家具备了更强的分割叙事的能力，所以章节总数量变少了，章节总数变少的同时，是不是也预示着同一个章节内部的叙事

---

[1] ［法］弗朗西斯·瓦努瓦:《书面叙事·电影叙事》，王文融译，北京大学出版社2012年，第22页。

转换能力的增强呢？的确如此。而且《雌性的草地》里对区隔不同的叙事片段的空白行的使用，已经得心应手。

"书中的叙事有时十分接近连载的叙事：连载依照主要行动的停止和恢复，或从一个整体到另一个整体的过渡来剪切，把曲折多变的情节连贯起来。这种剪切的结构在长时间内被人们接受。总之，很少有小说家写书时直接把其空间作为特殊空间来处理。大多数情况下，剪裁书中叙事靠的是情节及其衔接点。"[1] 有些小说家对书本空间的结构作过更复杂的尝试，像勒克莱齐奥等，而特殊形式的叙事勾勒出不同的空间，"那么'压平'这个空间，凸显文本的'蒙太奇'（日记、信件、片段等）是很能说明问题的"。[2] 叙述技巧的变化可以导致完全不同的空间结构，而研究叙事的转换，观察文本如何安排期待，如何提供、延迟和转换叙事是可以令人饶有兴味的。文本空间与叙述者穿行其间的小说叙事空间可以联系考察，叙事的结构和叙事如何转换，是《雌性的草地》小说叙事空间形成的绝对和必要条件。

《雌性的草地》初版本——解放军文艺出版社 1989 年版本，虽已被出版社有意作为"长篇新潮丛书"（封面语）出版，但其时还没有自序，而春风文艺出版社 1998 年再版本，就有了那篇非常出色的《从雌性出发》的代自序。其中，严歌苓已经清醒意识到"明显的，这部小说的手法是表现，而不是再现，是形而上，而不是形而下的"。叙事手法是"表现"而不是"再现"，是"形而上"而不是"形而下"，都表明了它与现实生活更大程度地拉开了距离，对现实主义传统和既有的叙事成规有很多的背离和超越。她自己明确说："从结构上，我做了很大胆的探索：在故事正叙中，我将情绪

① ［法］弗朗西斯·瓦努瓦：《书面叙事·电影叙事》，王文融译，北京大学出版社 2012 年，第 24 页。

② ［法］弗朗西斯·瓦努瓦：《书面叙事·电影叙事》，王文融译，北京大学出版社 2012 年，第 25 页。

的特别叙述肢解下来，再用电影的特写镜头，把这段情绪若干倍放大、夸张，使不断向前发展的故事总给你一些惊心动魄的停顿，这些停顿使你的眼睛和感觉受到比故事本身强烈许多的刺激。"[1]这种小说叙事的正叙中，叙述转向电影的特写镜头一样的叙事片段几乎随处可见。比如沈红霞在寻找红马的过程中，奇遇女红军（已死去）——这也是令小说虚幻与写实并生的重要叙事段落，"她想，若不是找红马，她很想陪她走一程，她的眼神流露出她三十多年的孤寂"，这时叙述者使用了一个电影特写一样的叙事片段：

> 女红军极固执地朝自己认准的方向走。沈红霞想提醒她，往那个方向会遇上一个红土大沼泽。但她估计她不会在意沼泽的，她毕竟经历了最壮烈的牺牲。她整个背影鲜血淋漓，月光稀薄，浸透血的身影鲜红鲜红。这形影，这永不枯竭的血，使沈红霞认为自己的一切实在是太平凡了。[2]

小说开篇不久，失踪多天的红马回来了，是由多个电影特写一样的叙事片段组合而成，回来的红马仍然不受人的笼络，它宁可不再吃盐，远远跑开了：

> 红马至死都不会忘记这个企图征服它、温存它的姑娘在这时的伤感面容。她的脸通红，与她的红脸相比，背后的人只是一片灰白，平板地与天、帐篷连成一体，唯将她凸突出来。在将来它死而瞑目时，它才会彻底明白这张红色颜面上自始至终的诚意，对于它，对于一切。[3]

---

① 严歌苓：《雌性的草地》，春风文艺出版社 1998 年，第 4 页。
② 严歌苓：《雌性的草地》，解放军文艺出版社 1989 年，第 23 页。
③ 严歌苓：《雌性的草地》，解放军文艺出版社 1989 年，第 27 页。

前后有空白行隔开的这个叙事片段，后面紧接另一个前后有空白行隔开的叙事片段：

> 这样一个生长于穷街陋巷的下流而自在的环境里的姑娘，对于草地的严酷发生了难以言喻的兴趣。草地就那样，走啊走啊，还是那样。没有影子，没有足迹。没有人对你指指点点。她往草地深处走，步行。要想骑马便招呼一个路过的骑手。人家问她手里拿着的什么花。她答："你还看不出来吗？"她身上没有一件东西有正当来历，可谁又看得出来呢。远处灰蒙蒙的，有人告诉她：女子牧马班也参加赛马去啦。[①]

这一段，也是在故事正叙中，有关"情绪的特别叙述"被肢解下来，"再用电影的特写镜头，把这段情绪若干倍放大、夸张，使不断向前发展的故事总给你一些惊心动魄的停顿"。然后再转入故事正叙"连柯丹也吃不准这匹红色骏马是否有可能被驯服"……或可以说，《雌性的草地》是严歌苓所有作品中，最大程度地借用电影叙述和呈现方式的小说叙事。小说的故事是从小点儿这个有乱伦、偷窃、凶杀行为的少女混入女子牧马班开始的。

还不只是在故事正叙中频繁使用这样的电影特写镜头一样的叙事片段。严歌苓在《从雌性出发》中还讲过："比如，在故事正叙中，我写到某人物一个异常眼神，表示他看见了什么异常事物，但我并不停下故事的主体叙述来对他的所见所感做焦点叙述，我似乎有意忽略掉主体叙述中重要的一笔。而在下一个新的章节中，我把被忽略的这段酣畅淋漓地描写出来，做一个独立的段落。这类段落多属于情绪描写，与情节并无太多干涉。这样，故事的宏观叙述中

[①] 严歌苓：《雌性的草地》，解放军文艺出版社 1989 年，第 27—28 页。

便出现了一个个被浓墨重彩地展示的微观，每个微观表现都是一个窥口，读者由此可窥进故事深部，或者故事的剖切面。"[1] 就像小说开篇是披军雨衣的女子草地上走着，用脚拨弄了一下"这枚雪白的头盖骨"，"她不知道它是三十多年前的青春遗迹，它是一个永远十七岁的女红军（芳姐子，笔者注）"：

> 她宽大的军雨衣下摆把没胫的草扫得如搅水般响。老鼠被惊动了；一只鹞鹰不远不近地相跟她。鹞的经验使它总这样跟踪偶尔步行进入草地的人。被脚步惊起的老鼠使它每次俯冲都不徒劳。浓密的草被她踏开，又在她身后飞快封死。[2]

而这个叙事片段再接入了其他很多的叙事片段之后，在相距很远的后文又有接续，也可以说是"在下一个新的章节中，我把被忽略的这段酣畅淋漓地描写出来，做一个独立的段落"：

> 这个叫小点儿的女子朝黎明的草地走去。首先与她照面的是一枚洁净的头颅白骨。她军雨衣宽大的下摆把没胫的草刷拉刷拉地扫，惊动了那种叫"地拱子"的草地老鼠，把它们出卖给一只跟在她身后飞的鹞。这个场面你是熟悉的——这就回到了本故事的开头。现在你知道这个投奔草地的女子叫小点儿，你也对她的满腹心事有所了解。你已看见了她美妙的面目，迷人而貌似圣洁的身体，以及沾满污渍的灵魂。
>
> 她与白骨里盛装的灵魂不可比较。[3]

---

① 严歌苓：《雌性的草地》，春风文艺出版社 1998 年，第 4 页。
② 严歌苓：《雌性的草地》，解放军文艺出版社 1989 年，第 1—2 页。
③ 严歌苓：《雌性的草地》，解放军文艺出版社 1989 年，第 59 页。

在 A 卷的行将结尾，小说叙事才接续开头时的一段或者是一幕，也揭秘披军雨衣、投奔草地的年轻女子叫"小点儿"。小说通篇几乎都是这样的前后呼应或者分别接续的叙事。围绕着主人公小点儿，次主人公沈红霞、柯丹、老杜（杜蔚蔚）、毛娅和指导员"叔叔"的故事和小说叙事，分别被分割成了无数个叙事的片段。哪怕是单独的关于红马和绛权的叙事、关于老狗姆姆和狼的叙事，都被打散，拼接，通过空白行这一文本空间的留白和空白来作叙事转换，加之小说叙事本身的画面感很强，整体的效果就像电影的画面剪辑——犹如电影的交替蒙太奇和平行蒙太奇的使用。可以说，《雌性的草地》的小说叙事镜头感极强，不只有时间性的考量，空间性也很强。整个小说叙事，既有看电影带来的影像感和冲击力，又提供如同通过编辑机逐个分析镜头的叙事效果：打断叙述和视觉的连续性，分解呈现为有意义之整体的东西，阐释镜头之间的关系以及镜头构成要素之间的关系，等等①。当然，在小说这里，是可逐个分析的如电影镜头的叙事效果：打断叙述和阅读的连续性，分解呈现为有意义之整体的东西，阐释叙事片段之间的关系以及叙事片段构成要素之间的关系等。

在叙事学家看来，电影的叙事时间与其说是叙述出来的，不如说是被呈现出来的。电影呈现被叙事学家看作是叙述的一种变体，而"电影叙述者"这一措辞则暗示了这是一种复杂交流的叙述：

> 当杰拉尔德·马斯特宣称在电影中空间和时间扮演同
> 等角色时，在他的心目中特别是指电影独特的时间呈现方
> 式。一方面，电影以空间为先决条件（一部电影在迅速接
> 续中展示一系列图像，每个图像都是一幅空间画面）；另

---

① ［法］弗朗西斯·瓦努瓦：《书面叙事·电影叙事》，王文融译，北京大学出版社 2012 年，第 37 页。

一方面，电影把一个时间的矢量加于图像的空间维度之上。电影通过把图像置于动态之中再加上声音，并通过编排图像顺序和组合事件，而使图像的固定空间复杂化，并改变了它。其结果是一个极其复杂和具有迷人效果的艺术形式。但是电影并没有变得更少地"基于"空间或更少地依赖于空间，尽管它不断变动并使图像的空间维度复杂化。①

本来与电影叙事有着很大差别的小说叙事，竟然可以在严歌苓的《雌性的草地》当中，实现类似电影这般的既以空间为先决条件，又把一个时间的矢量加于有图像感、如电影特写镜头的一个个叙事片段之上，并通过编排这些特写镜头一样的叙事片段和组合事件，而使这些有着图像感的叙事片段的"固定空间复杂化，并改变了它"。除了比电影少了"声音"的直接使用和表现，《雌性的草地》的小说叙事在一个可考量的时间的矢量之上，空间感极其突出乃至强烈，其结果同样"是一个极其复杂和具有迷人效果的艺术形式"的产生。

对于电影的叙事时间的评论，触及了电影理论中最有趣的讨论之一，即通常所称的"爱森斯坦－巴赞争论"（Eisenstein-Bazin debate）。对于谢尔盖·爱森斯坦来说，电影与其说是通过展示图像来进行交流不如说是通过组合图像的方式来进行交流："任何种类的两个电影片断放在一起，必然会组合成一个新的概念，一种新质从这种并置中产生。"这种与爱森斯坦的蒙太奇手法密切相关的主张，遭到了安德烈·巴赞的反驳，他不同意爱森斯坦胡乱地把自然（人类置身其间的现实的客观世界）打成碎片，既在时间上也在空间上。对于巴赞来说，电影的价值和对人类的吸引力首先在于它把

---

① ［挪威］雅各布·卢特：《小说与电影中的叙事》，徐强译，申丹校，北京大学出版社 2011 年，第 62 页。

自然"整个"地而又"完全"地呈现（在一定意义上说是再创造）出来。[①] 其实，爱森斯坦和巴赞分别持有的是空间、时间占优势地位的艺术形式的电影观念。爱森斯坦的观念——"任何种类的两个电影片断放在一起，必然会组合成一个新的概念，一种新质从这种并置中产生"——对于理解《雌性的草地》将不同的叙事片段组合所发生的效用，是有启发意义的。这种组合，令一种新质从这种并置中，更确切说是从叙事转换和拼接当中产生。

对话语的议论、人物的开放性与小说的虚构性

《雌性的草地》大量存在叙述者针对话语的"议论"的片段。在二十世纪八十年代开始的那一段先锋派文学小说叙事当中，叙述者"我"直接出现在文本中，叙述对话语的议论，本也不鲜见。比如马原小说《叠纸鹞的三种方法》行近结尾："刘雨在离开拉萨以前讲完了那个故事。当时我没有插话。我知道罗浩的故事也许更真实，但刘雨的故事无疑更多一些思辨意味。他要写一篇小说，他的故事作为原始素材当然更多一点弹性，罗浩的那个就太限制发挥和想象。"（《西藏文学》1985 年第 4 期）其实，刘雨与罗浩的故事都是由叙述者"我"已经分别作了呈现的，"我"又对两种呈现作了议论。《雌性的草地》中叙述者对话语所作的议论，更多更复杂，甚至叙述者和人物直接发生交流——由此也产生人物的开放性，叙述者甚至将故事怎样"编造"——甚至包括几种故事走向的可能性，和"我"如何创作这个小说，创作过程及构思中涉及的种种问题展示给我们。

在叙事学家看来，由叙述者对话语所作的议论，几个世纪以前就非常普遍。罗伯特·阿特尔曾指出在《唐吉诃德》中就已有此

---

① ［挪威］雅各布·卢特：《小说与电影中的叙事》，徐强译，申丹校，北京大学出版社 2011 年，第 62—63 页。

详尽老练的议论，无疑还能发现比这更早的例子。"有些针对话语的评论简单、直接，与故事之间比较和谐。特罗洛普的叙述者写到其作者身份之负担，谦虚地否认艺术能力，自由地扣上这一叙事之纽，扳过那一把柄，并随时刹车"，"他通过做这些来解除读者对特定叙事的潜在焦虑"，往往是"故事的基调与叙述者对获准描述它的那种话语性需求之间并未发生冲突"。像狄德罗无疑走得更远。① 正如罗伯特·阿特尔所说："自觉小说系统性地夸示自己的巧技情况，通过这么做，深入探查看似真实的巧技与真实之间的复杂关系。……在一部充分自觉的小说中，从头至尾，通过文体、叙事观察点的把握、强加到人物身上的名字与语词、叙述模式、人物的本性及降临到人物身上的事件，存在一种始终如一的效果：传达给我们一种感觉，即这一虚构世界是建构在文学传统与成规之背景上的作者构想。"它是"小说之本体论地位的一种检验"。它"要求我们去关注（小说家）如何创作他的小说，这一创作过程中涉及哪些技术上或理论上的问题"。②

《雌性的草地》不仅让我们去关注这个小说创作和构思的过程，而且作者，更确切地说是隐含作者，以叙述者"我"的身份出现在这些片段，展示构思和写作的过程，甚至与小说中的人物直接交流和对话。

　　　　其实距离女子牧马班那段故事，已经许多年过去了。
　　我一摊开这叠陈旧的稿纸，就感到这个多年前的故事我没
　　能力讲清它，因为它本身在不断演变，等我决定这样写
　　的时候，它已变成那样了。这天我发现面前出现一位来访

① 参见［美］西摩·查特曼《故事与话语》，徐强译，中国人民大学出版社 2013 年，第 233—235 页。

② 参见［美］西摩·查特曼《故事与话语》，徐强译，中国人民大学出版社 2013 年，第 235 页。

者，我猜她有十六七岁。她用手捻了一下鬓发，使它们在耳边形成一个可爱的小圈。这个动作正是我刚写到稿纸上的，我一下明白了她是谁。我不知怎样称呼她，她是二〇〇〇年以前的人，照此计算该是长者，而她又分明这样年轻。她也打量我，确信了我就是这部小说的作者；正因为我的脑瓜和笔，才使她的一切经历得以发生，无论是无耻的还是悲惨的。[①]

这个多年前的故事不断在演变，而"我"没能力讲清它，这符合严歌苓在《从雌性出发》里所讲她对"女子牧马班"事迹和故事的了解的整个过程，而事已过去多年，本也难以复原从前的故事，没能力讲清是必然的，是对作家小说叙事虚构能力的考验。难得的是，这个"小说写作者""我"出现在小说叙事当中，带来的不是小说虚构性和艺术真实感的丧失，不是作家主体过多地侵入小说叙事，反而是小说虚构性的生成。这位来访者，通过上下文可以推断出是小说主人公小点儿，她随手的动作竟然是"我刚写到稿纸上的"，"我一下明白了她是谁"，"她是二〇〇〇年以前的人，照此计算该是长者，而她又分明这样年轻"，说明这个小说是写在2000年以后的一个时间，而我们明明知道《雌性的草地》是在1989年出版的——应该写于二十世纪八十年代，这个设计本身就产生了小说的虚构性和这个构思过程的虚构性。这段之后，"我"与"她"继续作了许多"交流"——有关如何设计与她有关的小说情节的。"然后我把结局告诉了她，就是她的死。她勾引这个勾引那个最终却以死了结了一切不干不净的情债。""现在让我把这个故事好好写下去。她走了，没人打搅我太好了。"这里，又有预叙的作用，对于缓解读者对叙事的焦虑也有作用。

这样的对话语的议论和对小说创作过程的呈现，后文中还有一

---

① 严歌苓：《雌性的草地》，解放军文艺出版社1989年，第18页。

个典型性的片段：

> 以上是我在多年前对我几个文学朋友谈到的小说的隐情节。我扼要地谈完后，一个朋友直言说：不好，不真实。一个少女怎么能去参加杀人？我说：那是二十世纪六十年代末，全中国都在稀里糊涂地出人命⋯⋯
>
> ⋯⋯
>
> 朋友们齐声问："给毙了？"
>
> 我说：记不清了。好象没毙，也许毙了。那一拨毙了好多人，记不清。但全城人都记得这个漂亮的小姑娘，谁都不相信她会干出那样恶毒的事。据说她有只眼睛是碧蓝的。
>
> 我关掉录音机，中止了几年前与朋友们的那场讨论。我得接下去写小点儿这一节。我捉笔苦思。多年轻美妙的生命，却容纳着老人一般繁杂丰富的历史——作恶多端，又备尝痛楚的经验。①（段落之间的省略号为笔者所加）

如果没有这一段，很难将小点儿与那个特殊年代充当帮凶杀人的少女的情节相联系，这样的对话语的议论和对小说创作过程的展现，不只具有叙事的先锋性，而且对于解读小说有益，这或许就是严歌苓不同于同时期其他先锋小说作家之处。这个创作的过程，还显示了《雌性的草地》人物的开放性，这与叙事学家和文体学研究者对于走向开放的人物理论的观念是一致的。"在复杂叙事中，有些人物保持开放的结构，正如在现实世界中有些人保持神秘，无论我们对他们是何等地了解。""一套可行的人物理论，应保持开放性，并把人物当成自主性存在体，而不仅仅当作情节功能来对待。应当指出，人物是由受众根据所显示或隐含在原始结构中的、由不

----

① 严歌苓：《雌性的草地》，解放军文艺出版社 1989 年，第 57—58 页。

管什么媒介的话语传达的迹象重构出来的。"①严歌苓《雌性的草地》当中的人物观,与"走向开放的人物理论"一致,甚至比之前行更远,人物可以与小说所设置的写作者、与叙述者"我"直接交流,与我的创作本身和创作过程发生对话、交流乃至短兵相接般激烈冲突,人物意图干扰或者改变"我"的创作构思与人物和情节设计。

对创作过程的自觉展现还有如:"几年前,这样一个少女的形象就出现了。她的模样在那时就定了形。一些触目惊心的征候已在这副容颜上生根。与那些身心纯洁的少女相比,有人倒宁可爱她不干不净的美。""我翻开我早年的人物笔记,上面有如上记述。"②而上文这样的对话语的议论,又涵盖写作者、叙述者"我"与小说人物的一种直接的交流,在《雌性的草地》当中多有呈现。"'原来你给我设计的家是个贼窝!'她叫的同时用毒辣辣的眼神看着我和我的稿纸。她估计她的过去在那摞写毕的厚厚的稿纸里,而她的未来必将从我脑子里通过一支笔落到这摞空白稿笺上。我将两手护在两摞稿纸上,无论写毕的或空白的都不能让她一怒之下给毁了。二十世纪六十年代末的人什么都干得出来。"③这里,"我"与"她"(小点儿)能直接交流,她甚至可以对"我"的构思有意见,甚至有破坏我写毕的和空白的稿纸的可能性——这种叙事的先锋性手法,在当时也是出类拔萃的,却没有误入形式主义的歧途和滑入叙事游戏的空间,殊为难得。后文还有一个典型例证:

> 我一眼就看出忙碌而清苦的生活已使她的容貌变化起
> 来。她剪短了头发,身上有股淡淡的牲口味。她对我说:

---

① [美]西摩·查特曼:《故事与话语》,徐强译,中国人民大学出版社 2013 年,第103—104 页。

② 严歌苓:《雌性的草地》,解放军文艺出版社 1989 年,第 84 页。

③ 严歌苓:《雌性的草地》,解放军文艺出版社 1989 年,第 19 页。

"我们要迁到更远的草场去。"

"你们？谁们？"我问她。我肯定刻毒地笑了。她以为有了这副简单健康的模样，就会在我空白的稿纸上出现一个新的形象，另一个小点儿。我暗示她看看写字台左边那一大摞写毕的稿子，她的历史都在那里面，我从不随便改动已定型的稿子。

她说："我过去究竟犯过什么罪？"

……

她问后来怎样。

……

她出神地听我讲她过去的非凡故事。

……

她一下打起精神："我总算被人忘掉了！"

我说哪能呢。那年头一个美貌的女凶犯就是女明星，许多人都会终生记住你的。比如牧马班的沈红霞。

"难怪她老盯我！"她惊叫起来，然后开始在我房里骚动不安地走，黑雨衣哗哗响。"她在什么地方见过我？……"

……

她问："那么，她会在什么时侯认出我来？"

我说："这要看我的情节发展的需要。我也拿不准她，我不是你们那个时代的人啊。你们那个时代的人都警觉得象狗。"

她默想一会，一个急转身，我知道她想逃。我揪住她："你不能逃。你一逃就搞乱了我整个构思。再说你已无处可逃，你不是为逃避那种混乱的感情关系才从你姑家出走的吗？女子牧马班是你的最后一站，别想逃了。"①（段落之间的省略号为笔者所加）

_____

① 严歌苓：《雌性的草地》，解放军文艺出版社 1989 年，第 97—99 页。

人物"她"（小点儿）和"我"以及这个小说创作行为本身的交流和对话乃至冲撞，达到了如此交织交融和激烈的程度。小说中的人物们甚至一起来找"我"，与我商量改变关及他们的情节的可能性。比如，"我没想到他和她会一块来见我。两人都是一头一身的草地秋霜。两人身上都有股血味和牲口味。我刚才正写到他们堕落那节，有个好句子被打断了"。她、他、"我"，竟然讨论起了我所描写的他们的爱情或者是偷情，她和他对于这件事的心理体验和内心痛苦……她想拿刀自杀，而"我不同意她现在死，我的小说不能半途而废啊"。"她跟我争夺那把刀：'老子才不为你的狗屁小说活受罪地熬下去！……放开我！'"冲突中，"我急促地翻着人物构思笔记"，告诉她她将再次碰见她在场部碰见过的那个骑兵连长，她才作罢并离去。[①] 他和她，是与小点儿乱伦的姑父和小点儿。小说中的人物，就这样频频来找"我"，与我和我写作的小说中这个人物的形象发生交流，尤其能揭示在正叙中无法详述或者写出的人物的情绪和心理。以老杜来找"我"的叙事片段为例："我起身倒茶时，发现她已在那儿了。门也没敲就进来，以为我的门象她们的帐篷。只要是这部小说中的人物一来，我的屋里就会有股淡淡的牲口味和牛奶马奶味。这个姑娘是有特征的，我张口便喊她老杜。"[②] 这个共计十二个自然段的叙事片段，如电影特写一般，是从故事正叙中肢解下来的，可以呈现故事正叙中不方便融入叙事的部分。小说里，同一个人物在不同年龄段时的形象个体，竟然也可以在"我"这里相遇。"毛娅穿着湖绿色衬衫、翻着红运动衫领子，外面又裹件暗红色袍子。我一见她，就感到我没写清她的装束，也没写清她的表情和心理"，"我请她进屋"，正聊着，"这时又走进来一个人，她一进来毛娅就掩鼻，并对我使了个眼色：象这样的草地

---

① 严歌苓:《雌性的草地》，解放军文艺出版社 1989 年，第 130—132 页。

② 严歌苓:《雌性的草地》，解放军文艺出版社 1989 年，第 196 页。

老妪你不必计较她的味"。"然后我告诉毛娅,这就是她多年后的形象。毛娅呆了,看着多年后的自己","她讲着八十年代的事,毛娅怎么也不敢相信十年后自己变得如此可怕。她凑近老女人去看,渐渐认识了,那正是她自己"。"讲着八十年代的事"的"她",是十年后的毛娅,间隔了十年的两个毛娅的形象个体,竟然可以都来找到"我",可以互相看到与交流。[1]

小说中"我"与小说人物的交流,还有"我"与指导员"叔叔"的交流:"写到这里我吃了一惊,因为我听见一个声音在门外轻喊:'喂,要想看看沈红霞和红马就快出来!'""我迅速打开门,却只见一个红色的影子在视觉里划过。我知道,这就是我要的效果。""然后我看见了他……这时,我看见他嘴里什么东西一闪。我立刻想到我描写过的指导员叔叔的银门齿。""再想跟他讨论点什么的时候,他已掉头往从前年代走去。巍巍峨峨地晃。我说:'你是帮她们找马群去吗?'""他不答我。走得越远他就越显得黑暗,最终成了个黝黑的赤身的小男孩。"[2]我们甚至有理由相信,这个"黝黑的赤身的小男孩",是对后文柯丹与叔叔孩子布布的预叙。第254页,有"营长和他的未婚妻来拜访我,是我不曾料到的",营长与他的未婚妻也是小说中的人物,他们在"我"这里遇上了另一个小说人物小点儿。"我"不只与人物交流,有关动物的构思也予以展示。对于匹配红马的小母马,"为起绛权这个名字我对着空白的格子纸死死想了两天。开始叫它'绛钗',后来把钗换成权,这样有草原风格"。"我笔下每出现一个生命都是悲剧的需要。这匹绛红小母马如此惹我心爱,正因如此,你来看我将怎样加害于它。"[3]这里又同时有与受述者的交流。

这种人物的开放性小说叙事,展现的是小说虚构性叙事生成的

---

① 严歌苓:《雌性的草地》,解放军文艺出版社 1989 年,第 275—276 页。

② 严歌苓:《雌性的草地》,解放军文艺出版社 1989 年,第 55—56 页。

③ 严歌苓:《雌性的草地》,解放军文艺出版社 1989 年,第 71 页。

过程，本身也产生小说的艺术性和虚构性。除了"我"与人物发生对话和交流，"我"与受述者也直接交流。小说第2页就有："女子除下军雨衣的帽子，现在她的脸正对你。我猜你被这张美丽怪异的面容慑住了。你要见过她早先的模样就好了。假如有人说她是个天生成的美人，你可能不信。"第49页："让这只老狗悄没声地活着吧，直到它生出三只引人瞩目的狗崽，那时你再来注意它。先听我把重要的事接下来讲。"第51页："而柯丹出牧碰上了意外，没能按时回来。她与老杜毛娅究竟出了什么事，那需要专门时间来讲，现在只告诉你，等柯丹千辛万苦地回来那天，绿苗死而复生，仍在那片土地上战战兢兢立着。"第64页柯丹遭遇狼群，危急时刻，则有："既然你猜到会有人来搭救，我就不弄玄虚了。"第89页："你想搞清沈红霞在脱离集体的七天七夜究竟干了些什么。是的，你记性好，她去寻马。"而叙述者"我"与受述者"你"的交流，很多时候又有预叙、缓解对于悬念和情节的叙事焦虑的效果。第59页："她将怎样去活，我不知道。草地太大，她随时可能逃出我的掌握。我只告诉你结局，我已在故事开头暗示了这个结局，她将死，我给她美貌迷人的日子不多了。"第143页："让我怎么办呢，故事已写到这一步了。我想该是让那个人露面的时候了。"

E.M. 福斯特对"圆形人物"和"扁平人物"所作的区分，饱受文学论争的风暴。但有一点，对我们理解《雌性的草地》里走向开放性的人物是有帮助的："扁平人物"的行为有高度可预见性。"圆形人物"则相反，具有多样化的特性，其中一些互相冲突甚至对立；他们的行为不可预见——他们可以改变，他们能够使我们惊异，等等。"圆形人物"之难以言喻性，部分地导源于诸特性之间巨大的跨度、多样性甚至矛盾性。[①]《雌性的草地》给我们的感觉是，它的人物的行为的确难以预见，还能与写作者"我"交流、冲突乃

---

① 参见［美］西摩·查特曼《故事与话语》，徐强译，中国人民大学出版社2013年，第116—117页。

至想影响甚或改变"我"的艺术构思，这在很大程度上体现了叙事的先锋性，有着小说叙事实验的性质和意味。像沈红霞遇到三十余年前即已死去的女红军芳姐子，她们之间的交流，充满心理和情绪放大的意味；有时与女红军芳姐子一起相伴出现的蓝裙子姑娘陈黎明，原是青年垦荒团的成员——她们与沈红霞都有交流，其实是在以一种电影特写镜头一样的叙事片段，起情绪放大或者单独诠释的作用，在故事正叙之外补叙沈红霞的人生与命运遭际：她的母亲当年参加了一个舞会，就被将军留下，再也没能回来，住进了那栋铺有红地毯的房子。过了几个月，一个女婴被人塞回给了父亲，长大后，她又被背后那个看不见的有权威的人打发到了女子牧马班。这一切的现实遭际给她带来的心理和命运的各种不确定性和难以言喻性，都得以在她遇到芳姐子与陈黎明——来自不同时空的人时，通过草地对接呈现。芳姐子丢掉性命的故事，隐喻和反衬沈红霞的身世遭际。

核心与从属同小说阐释

《雌性的草地》再版时的代自序《从雌性出发》中曾提到："你这本书太不买读者的账，一点也不让读者感到亲切，一副冷面孔——开始讲故事啦，你听懂也罢，听不懂活该，或者你越听得糊涂我越得意，这样一个作家，读者也不来买你的账。"[1]这当然都是由前面所分析和讲到的严歌苓在叙事结构、叙事手法等方面所呈具的一些先锋性－现代主义的特性导致的，叙事的先锋性的确可以带来阅读的困难和障碍。对于这块草地，每年只有三天的无霜期，女孩子们的脸全部结了层伤疤似的硬痂，这个听来、看到的"女子牧马班"的故事，即使是"女子牧马班"的事迹在1976年成为全国知识青年的优秀典型，报纸宣传她们的时候，严歌苓也是"感到她们

---

[1] 严歌苓：《雌性的草地》，春风文艺出版社1998年，第1页。

的存在不很真实，像是一个放在'理想'这个培养皿里的活细胞；似乎人们并不拿她们的生命当回事，她们所受的肉体、情感之苦都不在话下，只要完成一个试验"①。

严歌苓《雌性的草地》当然是想通过笔触，揭开这个"试验"当中的女子牧马班的女孩们真实的生命体验，但这个故事本身也注定了虚幻与现实并在，颇具先锋性的叙事恰好符合这个故事的话语呈现的要求，相得益彰。其实，严歌苓的写作技巧不同于她同时代的马原等人的叙事圈套和格非一度使用的叙事迷宫结构手法，比如，与《雌性的草地》差不多同时期的格非《褐色鸟群》（《钟山》1988 年第 2 期）、《大年》（《上海文学》1988 年第 8 期）、《青黄》（《收获》1988 年第 6 期）、《敌人》（《收获》1990 年第 2 期）等，可谓格非叙事迷宫结构手法的极致体现。借助结构主义叙事学核心与从属的概念和理论，可以厘清《雌性的草地》的叙事脉络，有助于我们理解和解读文本。

结构主义叙事学认为："叙事事件不仅有其联结逻辑，而且还有其**等级**（hierarchy）逻辑。有些事件比其他一些更重要。在经典叙事中，只有主要事件是可能性事件（contingency）链条或骨架上的一部分。次要事件有不同的结构。"在巴特看来，每一个这样的主要事件——他称之为 noyau，而西摩·查特曼译为"核心"（kernel）——都是阐释符码（hermeneutic code）的一部分。西摩·查特曼认为："它通过设置并解决问题而推进情节。核心是这样一些叙事时刻：它们在朝事件前进的方向上引发问题之关键（cruxes）。它们是结构上的节点或枢纽，是促使行为进入一条或两条（甚至更多）路径的分岔点。"②《雌性的草地》借用和化用了电影叙事的手法，空间感突出，又把一个时间的矢量加于有图像感、如电影特写

---

① 严歌苓：《雌性的草地》，春风文艺出版社 1998 年，第 3—4 页。

② ［美］西摩·查特曼：《故事与话语》，徐强译，中国人民大学出版社 2013 年，第 38 页。

镜头的一个个叙事片段之上，并通过编排这些特写镜头一样的叙事片段和组合事件，产生一个具繁富迷人艺术效果的小说文本。但其叙事结构和叙事手法也给习惯流畅性阅读的普通读者带来一定的阅读障碍，如果能够对小说的主要事件加以梳理，就会发现其实每条叙事线索都是很清晰的，每个故事序列自成结构，这个小说是由一串串主要事件和核心的叙事时刻构成。围绕不同的人物加以梳理的话，每个故事其实都叙事线索清晰、磊磊分明。所呈现的叙事效果，其实就是严歌苓在《从雌性出发》当中所说的："当然，我不敢背叛写人物命运的小说传统。我写的还是一群女孩，尤其是主人翁小点儿，次主人翁沈红霞、柯丹、叔叔的命运。故事是从小点儿这个有乱伦、偷窃、凶杀行为的少女混入女子牧马班开始的。主要以小点儿的观察角度来表现这个女修士般的集体。"① 除了严歌苓提到的这些人物，老杜、毛娅也可以梳理出清晰的叙事脉络和故事线索。在经历叙事的虚幻与现实并在之后，每个故事都是清晰而能够深入人心的，这或许就是严歌苓不同于同时期其他误入形式主义歧途的先锋作家的高妙之处。

在西摩·查特曼看来："次要情节事件——**从属**（satellite）在此意义上就不那么重要。它可以被去除而不会扰乱情节的逻辑，尽管它的去除当然会从美学上损伤叙事。从属不需要选择，而仅仅是在核心上所作的选择之产物。它们必然暗示着核心的存在，但反过来却不然。它们的功能是填充、说明、完足核心；它们在骨架上形成肌肉。核心－骨架理论上允许无限详细化。任何行为都可以细分为大量的部分，而这些部分又可以细分为大量的亚部分。从属不必马上就紧跟在核心之后，同样还是因为话语不等于故事。它们可能先于核心，也可以后于核心，甚至与核心隔开一段距离。"② 对《雌

---

① 严歌苓：《雌性的草地》，春风文艺出版社 1998 年，第 4—5 页。

② ［美］西摩·查特曼：《故事与话语》，徐强译，中国人民大学出版社 2013 年，第 39 页。

性的草地》感到阅读障碍的读者，除了有些不适应小说先锋性的叙事结构，很多时候也是被从属——次要情节事件迷惑，而影响了阅读和对小说的理解。如果阅读能够拨开这些次要情节事件的枝蔓，识清主要情节事件，就可以解惑和祛魅。但是，并不是说这些从属——次要情节事件不重要，相反，我觉得它们很重要，它们是主要情节事件和情节骨架上的肌肉，它们可以填充、说明、完足核心，更关键的是，如果去除它们必然会从美学上损伤叙事。像红马和绛权的故事，老狗姆姆和狼尤其它所哺育长大的狼崽子金眼和憨巴的故事，皆已死去的女红军芳姐子和青年垦荒团成员陈黎明数次与沈红霞的跨时空相遇，作为小点儿脱离乱伦走向纯粹可能性的骑兵连长——后文被写作骑兵营长（疑为笔误）情节事件的存在，等等，都可以在美学上填充和完足叙事。而严歌苓自己所提到的在故事正叙中，"我似乎有意忽略掉主体叙述中重要的一笔。而在下一个新的章节中，我把被忽略的这段酣畅淋漓地描写出来，做一个独立的段落"，也说明从属——次要情节事件"也可以后于核心，甚至与核心隔开一段距离"。

核心和从属，不是所有人都能认识到它们对于解释和解读文本的重要性。结构主义叙事理论中的这一区分被批评为仅仅是术语上的和机械的：有人说它们"没有增益什么，也没有为阅读带来任何提高"，顶多"不过是为我们在普通阅读行为中以无意识的恰当方式所做的事情提供一种烦琐的解释方法"。西摩·查特曼都忍不住辩解：它的目的不在于为作品提供新的或增量的阅读，而在于精确地解释"我们在普通阅读行为中以无意识的恰当方式所做的事情"。但通过《雌性的草地》，我们可以深刻体会到，在西摩·查特曼那里仍然不失悬疑的"如果它真**是**一种解释，那它必然是对我们关于叙事形式及关于一般文本之理解的一个重要贡献"[1]，对于阅读和深度

---

[1] ［美］西摩·查特曼：《故事与话语》，徐强译，中国人民大学出版社2013年，第40页。

解读这个小说的重要性。借助结构主义叙事学核心与从属的理论概念，助益我们对《雌性的草地》的叙事形式和文本的理解，也令对它的深度解读成为可能。

"从雌性出发"的叙事母题

熟悉严歌苓或者严歌苓研究者大多知道，雌性、地母般神性，是严歌苓后来创作曾经长期秉行的一个创作要素和精神旨归。2008年陈思和在分析严歌苓《第九个寡妇》的时候曾指出，王葡萄是严歌苓创造出的"一个民间的地母之神"，但他也明确指出了："葡萄这个艺术形象在严歌苓的小说里并不是第一次出现，这是作家贡献于当代中国文学的一个独创的艺术形象。从少女小渔到扶桑，再到这第九个寡妇王葡萄，这系列女性形象的艺术内涵没有引起评论界的认真的关注，但是随着严歌苓创作的不断进步，这一形象的独特性却越来越鲜明，其内涵也越来越丰厚和饱满。如果说，少女小渔还仅仅是一个比较单纯的新移民的形象，扶桑作为一个生活在西方世界的中国名妓，多少感染一些东方主义的痕迹的话，那么，王葡萄则完整地体现了一种来自中国民间大地的民族的内在生命能量和艺术美的标准。"在陈思和看来："'包容一切'隐喻了一种自我完善的力量，能凭着生命的自身能力，吸收各种外来的营养，转腐朽为神奇。我将这种奇异的能力称之为藏污纳垢的能力，能将天下污垢转化为营养和生命的再生能力，使生命立于不死的状态。"①

雌性、地母般神性，当然不是始自少女小渔、扶桑，尤其是雌性，"从雌性出发"的叙事母题，从《雌性的草地》就已经出现、成形，并在严歌苓后来的创作当中发育成熟。不只是《雌性的草地》再版代自序的题目"从雌性出发"已经部分说明了问题，她还自述："记得我的朋友陈冲读完《雌性的草地》后对我说：'很性

---

① 陈思和：《自己的书架：严歌苓的〈第九个寡妇〉》，《名作欣赏》2008 年第 5 期。

感！'我说：'啊?！'她说：'那股激情啊！'"""'真的，你写得很性感！'我仍瞠目，问她性感当什么讲，她说她也讲不清：'有的书是写性的，但毫不性感；你这本书却非常性感。'"因了这个由头，严歌苓说："我是认真写'性'的，从'雌性'的立场去反映'性'这个现象。""多年后，我们听说那个指导员叔叔把牧马班里的每个女孩都诱奸了。这是对女孩们的青春萌动残酷、恐怖，却又是惟一合理的解决。""写此书，我似乎为了伸张'性'。似乎该以血滴泪滴将一个巨大的性写在天宙上。"①《雌性的草地》里指导员"叔叔"不仅与柯丹有了那个被柯丹左隐右瞒生下来的男孩布布，在小点儿施计换相貌最丑陋的老杜去赴叔叔之约后，叔叔先是以一记耳光不许老杜说自己丑，怒吼，摇晃她的头，扯得她更变形，"她脸上出现惬意的神色，仿佛沉醉于一种特殊的享受。没有男性如此强烈地触碰过她"。叔叔强忍着"她真是个丑得让人心碎的姑娘啊"，闭上真假两眼，将吻沉重地砸向她，"她这才敢相信它不是梦"，"不管怎样，她从此有了点自信和自尊"。叔叔旋即离去，而她：

> 直到他打马跑远，她还象死了一般伏在原地。她看着那剪径而来、绕路而去的雄健身影，感到自己内心的某一域不再是一片荒凉。她双臂还伸在那里，伸得很长很远，似乎在向这个骁勇的男性进一步乞讨爱抚。②

雌性里除了这作为人性和女性本能的心理和生理需求，雌性里的母性，已经是《雌性的草地》里最为打动人心之处，柯丹在草地上偷偷生下布布。"这一个决不能再死。这样，她跪着，便对婴儿发了无言的誓言"（《雌性的草地》里有多处类似的女性跪着的形象描写）：

---

① 严歌苓：《雌性的草地》，春风文艺出版社 1998 年，第 1—5 页。

② 严歌苓：《雌性的草地》，解放军文艺出版社 1989 年，第 286 页。

在春雪纷纷的早晨，你看看，这个偷着做母亲的女性身上积满一层雪。她头发散乱，整个肩背被浓密的黑发覆盖。你跟我一起来看看我笔下这个要紧人物吧。我不会指责你寡廉鲜耻，因为她最引人入胜的地方正是那对乳房。它们似非肉体的，犹如铜铸。铜又黯淡、氧化，发生着否定之否定的质感变异。一条条蓝紫色的血管在它们上面结网，乳晕犹如罂粟的花芯般乌黑。因她偷偷哺乳，常避开人群在酷日与厉风中敞怀，高原粗糙的气候使它们粗糙无比，细看便看见上面布满无数细碎的裂口，那皱纹条条都绽出血丝。你说：一点也不美。我说：的确不美。你说：有点吓人。我说：不假，简直象快风化的遗迹。假如它们不蕴含大量的鲜乳，我都要怀疑我亲手创造的这个女性形象搞错了年代。我被如此庄重、丝毫激不起人邪念的胸部塑像震惊，我觉得它们非常古老，那对风雨剥蚀的乳峰是古老年代延续至今唯一的贯穿物。[1]

这里体现的其实就是一种可以由古老年代延续至今的惟一的贯穿物——母性。女子牧马班毕竟多是女孩，严歌苓更多在狗性、马性里寻找和表现它们的母性。叔叔对着老狗姆姆钩动枪机的一刹那，他感到手指僵硬而无力。"狗袒露着怀孕的胸腹，那上面的毛已褪尽，两排完全松懈的乳头一律耷拉着，显出母性的疲惫。叔叔的枪在手里软化，他感到子弹在枪膛里已消融，在这样的狗的胸膛前，融成一股温乎乎的液体流出来。他认为自己得到了某种神秘的启示。老母狗这个姿势不是奴性的体现，恰恰是庄严，是一种无愧于已无愧于世的老者的庄严。"[2]叔叔认为自己得到了某种神秘的启

① 严歌苓：《雌性的草地》，解放军文艺出版社1989年，第161—162页。
② 严歌苓：《雌性的草地》，解放军文艺出版社1989年，第48—49页。

示，手里枪的软化，都是来自于怀孕的姆姆的母性所体现的庄严。小点儿协助沈红霞给母马接生，小马驹娩出母体，"这样，雌性才真正走完了它的闺中之路"（69页）。"红马感到柔与刚、慈爱与凶残合成的完整的母性，是所有雄性真正的对立面，是雄性不可能匹敌的。"（71页）更不可思议的是，老狗姆姆在报复完两只杀死它的孩子的狼之后，竟然母性大发，哺育起了它们的两只狼崽子。

> 人们断断想不到，与狼征战一生的老狗姆姆正在引狼入室。它屈服于母性，用自己的乳汁哺育仇敌之后。这是善是恶还是蠢，连它自己也不能判断。它自食其果的日子不远了。姆姆永远不会被同类原谅，它与狼私通，将遭到整个狗族的抛弃。它站在狼穴里，当两只小狼战战兢兢向它仰脸张嘴时，它已在一瞬间把自己可悲又可耻的唯一下场想过了。
>
> 大概它叼过头一只狼崽，在杀害它之后沾了它的气味。于是两只狼崽嗅嗅它的嘴，便立刻拱进它怀里。见狼崽毫不见外地吮着它的乳，它竟被深深打动了。待人们议论着疑惑着离去后，姆姆想，它生产了一辈子狗，每条狗都是剿灭狼的精良武器。但它最终却哺养了狼。它感到，作为狗，它是叛徒；作为母亲，它无可指责。它情愿在奇耻大辱中，在大罪大罚中，通过乳汁，将一种本性输入到另一种本性中去。[1]

这母性，竟然让姆姆穿越了狗与狼世为天敌的天堑之隔。但是，下场也悲凉："很久很久以后，一条老得可怖的母狗在荒原上走。它想，它以身试法，世界还是不容它。"（187页）如果说，姆姆对狼崽子藏污纳垢了的话，女子牧马班收留了小点儿，也是"她

---

[1] 严歌苓：《雌性的草地》，解放军文艺出版社1989年，第187页。

们洁净的生活已藏污纳垢"（72 页）。《雌性的草地》再版时的代自序是《从雌性出发》，正是严歌苓在初版九年之后的真实体验："以此书，我也企图在人的性爱与动物的性爱中找到一点共同，那就是，性爱是毁灭，更是永生。"[1]小说正式开启了"从雌性出发"的叙事母题，这条创作的线曾经在严歌苓的创作中埋设了很长一段时间，一度成为她创作的精神标识之一。

---

[1] 严歌苓：《雌性的草地》，春风文艺出版社 1998 年，第 5 页。

第二章　异域生活书写与美华女性写作

从二十世纪八十年代末赴美至今，严歌苓的创作主要可以分为"异域"生活书写与对中国历史和现实的书写两个系列。而在前一个系列，主要集中在新移民生活和对移民历史的书写方面，以表现新移民生活的题材为主。作品陆续收入短篇小说集《少女小渔》《海那边》《风筝歌》和中短篇小说集《白蛇·橙血》《白蛇》《也是亚当，也是夏娃》《谁家有女初长成》，中篇小说集《密语者》等。长篇则是经由表现移民历史的《扶桑》，到"中国故事"与移民生活交织并现的《人寰》，到有自传色彩的外交官与女留学生之间的爱情故事《无出路咖啡馆》，然后到了《花儿与少年》（也可以视为一个大中篇小说）。《花儿与少年》之后，严歌苓主要转向了对中国二十世纪本土历史的书写，以《第九个寡妇》《一个女人的史诗》等回归"中国故事"之路。在移民生活题材的书写，也就是对异域生活书写的领域，一方面，东西方文化碰撞所造成的文化、习惯、性别和复杂人性的冲突曾经是作家小说中多有体现的，表现的是外来族裔难以融入西方、获得客居国认同的隔膜，表现的是"断根"的痛苦；另一个方面，伴随着"植根"的过程，她逐渐拥有了迁移之后，即便是"错位归属"也已经开始有所归属的更丰富多元、具有包容性的文化观和价值观，可以看到严歌苓由一个隔膜在所在国文化之外、被观看的边缘化身份和客体，向着拥有成熟自信的国族精神主体和更加融通东西方文化创作心态的一种努力。除了表现移民生活的短篇小说，《人寰》《无出路咖啡馆》《也是亚当，也是夏娃》，直到《花儿与少年》，我们可以清晰地看到这种变化，而《也是亚当，也是夏娃》虽为中篇，其意义和价值不容忽视。很多人认为它以一个非正常渠道出生的中美混血儿菲比的夭折，来象征和表现了中美、东西方两者关系的病态化和不可相融。我的体会是，这个中篇体现的恰恰是最深刻意义上的东西方文化的融通、人性的沟通，和作家创作心态从散居游离到文化交织的一种可能性。

严歌苓在《花儿与少年》后记《错位归属》中曾这样写道："在我看'迁移'是不可能完成的。看看旧金山30路公共汽车上的老华侨们，他们那种特有的知趣、警觉、谦让和防备，在一定程度上证实了我的假定。我和他们一样，是永远的寄居者，即使做了别国公民，拥有了别国的土地所有权，我们也不可能被别族文化彻底认同。荒诞的是，我们也无法彻底归属祖国的文化，首先因为我们错过了它的一大段发展和演变，其次因为我们已深深被别国文化所感染和离间。即使回到祖国，回到母体文化中，也是迁移之后的又一次迁移，也是形归神莫属了。于是，我私自给 Displacement 添了一个汉语意译：无所归属。进一步引申，也可以称它为'错位归属'，但愿它也能像眷顾纳博科夫那样，给我丰富的文学语言，荒诞而美丽的境界。"在对异域生活的书写当中，清晰可见这样一条脉络线索：本土的文化观念、道德标准和价值判断方式，在此遭遇了前所未有的质疑与颠覆，新移民们经历的是"断根"与"植根"的艰难过程。而在美国华文女性写作的视阈当中，严歌苓及其前辈女性作家的创作，她们的去国经验和跨域书写，历经了"离散""迁移"与"错位归属"几个层面的历史嬗变。也正是在这种充满矛盾、复杂、艰辛甚至是不乏痛苦的差异与对话当中，令互相融汇的文化的多元整合成为可能。

第一节　异域生活的女性言说

研究者们几乎都注意到了："在作家严歌苓的移民题材书写中，既有对新移民生存状况的展现，也有因文化差异、种族隔膜而造成的精神与心理的困惑；既有新移民女性在异国婚恋中的迷失，也有早期移民的历史回顾和悲情故事。"[①]在祖国（断根的归属）和移居国（现有的归属）之间，本土的文化观念、道德标准和价值判断方式，在此遭遇了前所未有的质疑与颠覆，新移民们经历的是"断根"与"植根"的艰难过程。严歌苓对此有较深刻的感受与表现，以异质文化中错位意识的传达、独特的女性视角和观照方式、具有精神分析特征的人性心理的展露抒写、从疏离隔阂到文化交融的书写，构成了其创作的独特文化品格。

异质文化中错位意识的传达

移居美国的生活在严歌苓那里，"像一个生命的移植——将自己连根拔起，再往一片新土上栽植"[②]。用这来形容那脐带断裂式的怅痛和为适应新环境而挣扎的苦楚，有着准确而生动的况味。祖国旧有的文化观念、道德标准和价值判断方式，在此统统遭遇了前所未有的质疑与颠覆，新移民们经历的是一次"断根"与"植根"的艰苦历程。

语言障碍是异域生活伊始面临的重大问题，其造成的困扰严歌苓在多篇作品中皆有涉及。为了提高阅读量应付课业，可以不去洗衣房、邮局，甚至打工时还要把词汇抄在手腕内侧狠背一气（《浑

---

① 李燕：《跨文化视野下的严歌苓小说与影视作品研究》，暨南大学出版社 2014 年，第 21 页。

② 严歌苓：《少女小渔》，台湾尔雅出版社 1993 年，第 247 页。

雪》)。但这与因"失语"状态而使人陷于尴尬甚至无奈的境地相比，实在无伤大雅。《栗色头发》中的"我"以所答非所问的对话使痴情于自己的美国男子"被语言的非交流状态折磨得很疲劳"。《簪花女与卖酒郎》里的大陆妹齐颂，只会以两个"YES"、一个"NO"的模式与人对谈，虽与墨西哥小伙卡罗斯两情相悦却失之于语言的无法沟通与交流，而无法摆脱被出卖的厄运。在走出语言的迷失状态之后，却又不得不再度借助语言的错位对话方式，往往笼罩着更深一层的窘迫与悲哀。"我"以"我完全不懂您在说什么"的装傻来拒绝老板要自己做裸体模特的要求；自己拾金不昧将蓝宝石归还娄贝尔太太，却招致对方的怀疑并宣称要将其带到首饰店重新鉴定一下。这种猝不及防的道德文化的错位，刹那间使"我又回到对这种语言最初的混沌状态。我不懂它，也觉得幸而不懂它。它是一种永远使我感到遥远而陌生的语言"(《栗色头发》)。

语言的错位只是表层，由它导向的则是习俗的、情感的，乃至思想文化等的更为深在的参互交错。翻翻玛雅的报纸要分担一半订报费，抱抱她的猫咪又收到其一张账单，沉湎于思乡情怀的自己对她讲起有关月亮的所有中国古典诗词，换来的却是对方很有吃相地边吃月饼边像计算钱一样精确地计算卡路里(《方月饼》)。我的穿着打扮被视作保守、规范、呆板的象征，不愿继续关于女孩脱衣的感觉描写，对乞丐和同性恋的看法无不受到同学的围攻，使远托异国的旅人在感受客观现实的困顿之外，还在精神领域产生了种种困惑与变异。但这主观感觉的变异一时还无法把旧有的心灵世界完全抛出原有的轨道，"我"只有"在心里拍哄自己：别怕，别怕；不过是个观念问题"(《我的美国老师和同学》)。尽管"栗色头发"对"我"一往情深，苦苦寻觅，那发自内心的民族与自我的自尊无论如何无法接受他用"那个"腔调来讲"中国人"，如要消除这种情感的错位，除非"我真正听懂这呼喊的语言的一天"(《栗色头发》)。严歌苓是一位筹划文字的高手，她能穿透现实生活层面向人物心灵深处进发，把目光更多投向被抛出常轨的情感体验。女留学生李芷在与之较真儿中爱上了自己的美国教师帕切克，最终却因其是同性恋而不能再坚持自己所谓的"无属性的爱"（《浑雪》）。"我"在遭查理抢劫时，感受到的竟是他那脸的古典美和声音诗意般的轻柔。再次相遇不仅没有告发他，还与他约会并亲眼目睹了他两次抢劫别人的过程，而且自己最后再度遭他抢劫，爱情就在这真真假假中"迷失"（《抢劫犯查理和我》）。严歌苓有时还巧妙运用人物思想的错位，构成彼此的矛盾关系，作为推动情节发展的动力。在《茉莉的最后一日》里，主人公郑大全以苦肉计进了茉莉公寓后，一切行为皆以把按摩床推销出去为指针；而八十岁的老茉莉之所以放他进去，"是想把他制成个器皿，盛接她一肚子沤臭的话"。郑大全的行为目标与茉莉的兴趣话题之间始终拉开距离，形成错位，徒落得两败俱伤。

文化的横向交叉肯定会带来语言、思想、情感等的错位，这在历代移民作家中该是共有的经历体验，但种种错位传达出的文化心态却又有不同。二十世纪五十年代后期以来的老一代美华作家，多是从港台地区赴美的留学生，他们在事业、爱情、生活等方面的梦幻屡屡破灭，理想与现实的矛盾使他们备感迷惘与痛苦，异国土地让他们深感自己是被放逐的一代、无根的一代，特有的身份地位和文化心态让他们形成一种无法开释的寻根心态与怀乡情结。而新移民作家的杰出代表严歌苓，却能在类乎前辈感受经历的基础上又有所超越，以女性独有的敏感深入人物内心，以刻写人物的精神错位为旨归。正是在不动声色的对异质文化中错位意识的传达中，严歌苓完成了将祖国的传统之根、历史之根、文化之根在异国植下，这才有了她在2006年前后开始的对于故国历史与现实的"中国故事"书写的视角和创作心态，断根、植根、错位归属之后，通过重返故国的文学书写，展开对故国历史、文化与现实的深层思考。错位意识的传达中，是她对祖国传统文化和习俗习惯的省思以及对西方当代文化的锐敏审视，从而孕育出文化交流土壤上的文学奇葩。

独特的女性视角和观照方式

纵观中国大陆自新文学诞生之日起即已出现的女性文学，或者依附于主流文学汇入反帝反封建总命题，或者吹奏起女性解放的号角，以妇女来言说妇女，或者秉持超性别的写作，可谓随历史的律动而不断寻觅。而在创作个性显现方面，严歌苓是既继承又超越了以上审美经验和范式，以独特的女性视角和观照方式，对超乎人物一般生存状态的心灵隐秘予以密切关注。这在她反映新移民生活的小说中多有表现，而在其展现移民历史的长篇小说《扶桑》中更是不容忽视。

我们不能说《扶桑》这部小说在表现"人"上已全面超越了他人，因为对于文学是人学的思考，在许多文学大家那里都还是一个仍在探索的问题，更何况它又是一部偏离中心文坛的由第五代移民作家创作的小说呢？但小说的可贵之处在于，严歌苓能以其高倍数敏感，挖掘人格中的丰富潜藏，唤醒人那些原本会永远沉睡的本性，以此来阐释"人"这个自古至今最大的悬疑。老辈的移民张爱玲曾说有一天她若获得了信仰，信仰的大约就是奥涅尔《大神勃朗》里的地母，一个妓女形象，因为"男子偏于某一方面的发展，而女人是最普遍的，基本的，代表四季循环，土地，生老病死，饮食繁殖。女人把人类飞越太空的灵智拴在踏实的根桩上"。事实上，严歌苓的长篇《扶桑》对此作了极好的文本诊释，它以百年前中国苦命女子扶桑漂洋过海、异邦卖笑的经历为线索，表现出作者对生命存在的较为透彻的思考。

在作者为"你"（扶桑）、克里斯、大勇设定的十九世纪末旧金山这一特定环境中，扶桑集中了拖着长辫，一根扁担挑起全部家当，或是拳头大的脚上套着绣鞋的人所具有的一切秉性：辛劳忍耐、温顺驯良乃至麻木愚昧。未曾谋面的丈夫先行出海淘金去了，"你"与大公鸡拜了堂。被拐到美国后又数度被标以斤两拍卖，"你"甚至从无心智对此作形而上的思考。"你"总是对一切痛楚和罪孽全身心接受，以一抹谜样的微笑面对生活和苦难。甚至遭到轮奸时，"你"也没有反抗，只是奋力用牙咬掉施暴者胸前的一枚纽扣，谜一样收集到一个盒子里，却把克里斯那枚藏于发髻，同时掩藏起最远古的那份雌性对雄性的宽恕与悲悯，弱势对强势的慷慨与宽恕。"你"生命中两个最重要的男人，文化基质根本相异，却各拥有一份"软弱"。克里斯的柔弱使他永远怨艾世上没有足够的母性，他对"你"的痴迷是对"你"身上那东方文化底蕴和母性的迷恋。赌马舞弊、贩卖人口、杀人害命的大勇也有最不堪的软弱，那就是对故乡从未见过的妻子的思念。他深爱扶桑却不愿坦然承认，两千余年的沉重积淀令他缺乏对扶桑窑姐身份的确认和责任担当。当得知妻子已于几年前来美寻夫，内心精神支柱坍塌之余，也使他能够改邪归正，实现灵魂的自我救赎。扶桑的宽容坚忍使克里斯的自我拯救也成为可能。克里斯竭力要把"你"和"你"所属的群体分开，殊不知他爱的正是那丑恶又卑贱的群体令"你"凸显出的迷人魅力。"你"的一生意味着受尽屈辱，"你"不能也拒绝被拯救。"你"爱克里斯却要以与大勇的刑场婚礼完成自我保护，这或许只能在东西方文明的对抗冲突中觅得答案；"你"早知与大勇的夫妻关系却不肯吐露，但最终的承诺毕竟留给死者一份生的希冀。

展现新移民生活的《少女小渔》，曾被作者自称是一则"弱者"的宣言。小渔的生存境遇较扶桑有了很大改善，却为了办理居留身份，不得不采取一个残酷而又勉强为之的办法：与一位老意大利人假结婚。"弱者"小渔多少具有扶桑的秉性：对江伟近乎母性地宽容与关爱，对多少有些无赖的意大利老人也善良而温厚。人性的高贵与美丽在低俗生活之上绽放。《约会》中的五娟、《红罗裙》中的海云都对已近成年的儿子有着超乎母性的女性关爱。从个体生命的沦落到民族精神在异国他乡的迷失，严歌苓波澜不惊的笔触中，涌动着惊心动魄的时代风云和历史沧桑。敏感而又痛苦的情怀使她的脚步在第五代移民的生活与扶桑的生命存在方式间随意穿梭，通过对现实生活和记忆源泉中灵感的挖掘，把经受异质文明最严峻考验的最纯朴本真的人性引渡到永恒之境。女性中的母性，或许是最令这些小说可解的答案了。

许多移民满怀种种期冀与梦想，踏上异国土地，面对新奇而陌生的世界，骤失与祖国那长相依存的血脉关系，"床的一步开外是窗子，打开来，捂在我脸上浓稠的冷中有异国的陌生。还有一种我从未体验过的敏感"（《失眠人的艳遇》）。每个人都面临维持生存和立足发展的困顿，多挣钱、少付学费、住便宜房子和吃像样的饭，是他们匮乏的物质条件下别无选择的想法。孤独感在严歌苓情感体验中弥漫濡染，构成其作品的基本氛围。"有时的孤独真那么厚，那么稠。"（《失》）五娟每次与儿子约会，总能发现晓峰与她特别相像的细节，"在这无边无际的异国陌生中，竟有这么点销魂的相似"。她将母子最初期相依为命的关系或许不恰当、无限期地延长了，这是对于陌生和冷漠的轻微恐慌中贪恋由血缘而生出的亲切。一五〇城堡里的海云、健将、卡罗，乃至周先生，也都是生活于异域的一缕孤魂。大勇常常毫无根据地想象妻子美丽贤淑的模样和辛勤劳作的身影，缘自颠沛的旅人对故乡的思念，对旧有精神家园的追怀。严歌苓的孤独感来自现实境遇和文化心理的交互作用，两栖于祖国与异域的冲突心态使她惟有追求现实问题的现实解决而非终极问题的终极解决，甚至必要时不得不求助于曾经有过的精神家园。而多篇小说的开放式结尾，不仅留给读者思索不尽的阅读空间，还昭示出作者本人无从抉择心怀期冀的复杂心态。

严歌苓以女性的真切体悟和内心感受造就了一种区别于同时期大陆文坛的话语方式，揭示出人尤其是女人的凡俗性和非神性，熔铸了女儿性与妻性的母性、雌性，在作品当中多有展现。除了《少女小渔》《约会》《红罗裙》等篇对此多有展现，中篇《也是亚当，也是夏娃》与《花儿与少年》当中，也有着进一步的衍展和表现。《也是亚当，也是夏娃》中"我"（伊娃）在小说结尾，面对亚当的询问，"我笑了，告诉他，伊娃这名字从认识他之后就成了我的真名字。从那以后我认识的人，都叫我伊娃。这么多年下来，它理直气壮地获得了重新命名我的权利。它有足够的理由使我承认它，作为一个永久性的名字"。这个认识了亚当之后的名字"伊娃"成为一个永久性的名字，其实是两个人隔着不同的文化能够彼此在人性的最根柢处相通并且永远铭记的一个小小的注脚。"我"是一个来美的中国女性，被前夫M遗弃（Dump）了，像"自卸卡车倾倒垃圾，垃圾处理，还有更好的：排泄。美国人是痛快的。Dump的生动有力使我内心的那点自作多情、自以为是受伤者而端着的凄美姿态显得很愚蠢"，"我"需要钱。有着优厚收入的庭园设计师亚当是男同性恋者，他需要一个孩子，而"我"需要钱，通过一个"不按正常程序来"的无针头的注射器，开启了亚当与"我"缔结的借腹生子的合同。"我"妊娠反应时，虽然"仿佛雌性生理对于他还是不可思议"，但当两次呕吐的间歇期，"他跪在床边长吁短叹地悄语几声'上帝'，然后再好好来看他孩子的母体。他的眼神是敬畏的、膜拜的"。这种雌性、母性，是可以穿越文化的隔阂和障碍的，是能通向彼此心灵深处的密钥。文化、传统、习俗、生活习惯、价值观等，即使很是不同或者千差万别，但是人性和人心是相通的。菲比出生后，只要菲比哭，"我意识到我跑来更主要是因为我需要菲比，是要止我自己的心痛，是抱哄我自己"。我由拒绝给她哺乳变成心甘情愿给她哺乳，为了替去南美参加一项大型庭园设计投标的亚当照顾菲比，"我"须离开十五天，被即将结婚的律师男朋友识破并最终分手。"我"一直想摆脱照顾菲比这件事，但母性和雌性让"我"无法选择，跟任何人与事相比，"我"只会选择菲比；而对于在家里装了监视器的亚当，他发现所有照顾菲比的人中，只有"我"是尽职尽责尽心的，尽管我对被看到自己身体的隐私而感到羞辱和愤怒，但正想给亚当一记耳光时，没有听力和视力的菲比"站在高高的滑梯顶端"，"我的心顿时提到喉口"，"亚当也跟上来"。正如亚当所说的"你连淋浴的时候都把菲比放在浴室里"，的确是母性使然。亚当对"我"所说的——"'我是说，你没有选择。'他说，'我也没有选择。'"——意味着混血儿菲比成为了他们无法选择、必须彼此扶助扶持的纽带。如果仅仅把这个小说读作是西方男性借东方女性之腹生子的故事，就狭隘了，至少是不够全面。菲比病危之际，"一整天都温存地攥着我的食指，领我到她可怜的记忆中那点可怜的属于她的领地，那里没有声响，没有颜色，没有形状"。菲比弥留之际，"我只一心一意感受菲比攥在她小小手心里的食指。她一定以为我在跟着她去，跟她去随便什么地方"。小说结尾："一年后我和亚当相约，到菲比小小的坟茔前来看她。""她攥住我食指的感觉，至今还那么真切，成了一块不可视的伤，不知我的余生是否足够长，来养它。""我"打电话到律师的办公室，取消了彼此的婚约。"以后每隔三四个月，我就和亚当一同来看菲比。"雌性、母性与亚当的父性，在菲比身上融汇，文化、习俗、传统、价值观等的隔阂，会在基本的人性方面勾连和融汇……这个小说几乎是严歌苓所有小说当中，最为深切地作着文化和族裔沟通与融合思考的作品。仅仅六万字的一个中篇，篇幅不长，却能入心很深。在雌性、母性这最基本的人性里，关联起了人性和人心的其他方面，男人与女人、西方与东方，作着最大程度沟通与融合可能性的探索。

具有精神分析特征的人性心理的展露抒写

在严歌苓小说中，并不会总能见到弗洛伊德、精神分析这样的字眼，但我们无法否认严歌苓以其独有的个性，对精神领域的性本能、梦境、性心理和性变态等予以细腻描摹和深刻解析，传达出二十世纪美华文学与包括精神分析学说在内的二十世纪西方文化思潮交流磨合的信息。研究严歌苓与精神分析学说的关系可以帮助我们更好地意会严歌苓，也是解读异域人生的一项重要课题。

弗洛伊德精神分析学说认为，性的意识和欲望是人类远古祖先原始野性的本能在现代子孙意识中的残留，并已经成为人们生活的根柢，不可能因为受到压抑而不发泄出来。人在诉求性本能欲望时遵循的是快乐原则，但有时却呈现出凄苦甚至悲剧性的结果。《海那边》里的王先生把有些痴傻的泡像狗一样拢在自己身边，以物质的施舍表达一份仁义之心；泡不仅以辛苦的劳作带给王先生丰厚回报，还忠实地为王先生作着身份地位的注脚。王先生只是希望泡"能够像一头阉牲口那样太太平平活到死"。但泡做傻子是不情愿、不得已的，他甚至明白傻子的意义之首就是傻子不能有女人。而泡却拥有旺盛的生命力，主动对性欲"力比多"进行着诉求，诉求的结果便是遭到王先生的"法办"。对泡既同情又感同身受的李迈克给了泡一张废弃的女明星照片，骗他女孩在"海那边"的大陆，答应嫁给泡，这让泡拥有了代表没被痴傻污染掉的那部分灵魂的笑，也拥有了一份等待。本来泡可以永生永世地等，永生永世地有份巴望，但王先生为了保有自己与泡的生存结构模型，告发了李迈克，使李被"递解出境"，换来的是泡的情欲支柱的轰然坍塌，最终王先生也被泡杀死在冷库里。

弗洛伊德说过："如果外部的神经刺激和内部的躯体刺激的强度足以引起心灵对它们的注意，又如果它们的结果引起了梦而没有达到惊醒的程度，它们就构成了梦的形成的焦点亦即梦的材料的核心……从材料的核心也可相应地寻求一种适当的欲望的满足。"[1] 无意识的冲动为梦的形成提供心理能量，而梦则通过凝聚、移植、具象化、润饰等象征手法对潜意识本能欲望进行改装，从而达到调节

[1] 弗洛伊德：《释梦》，商务印书馆1996年，第234页。

人的生理机能和情绪、欲望之目的。严歌苓成功地借助再现梦境或对梦幻般心灵隐秘的开掘，揭示出潜意识的本质。《屋有阁楼》里的申沐清随女儿申焕移居海外，女儿未婚男友保罗常来过夜。他总觉得保罗对女儿实施了性虐待，因为他似乎夜夜听得女儿哭得惨痛，甚至看到了女儿嘴唇和手腕上的伤痕。在申沐清梦中，女儿还是个"穿双红皮鞋，走起路来两只膀子向外撑开，象要架稳自己"的小女孩，沿着六层楼顶的围栏在走，然后便是不知是否幻觉中听见女儿嘶哑的夜哭声中夹了一声："爸……!"这是他对女儿超出父爱意欲的潜意识显现。《女房东》中的老柴在似睡非睡的梦幻般感觉中，想不起在哪里爱过，爱又失落在哪里。

弗洛伊德认为性本能对于人格的成长、人的心理和行为皆具有重大意义，但往往由于受到社会意识形态尤其是伦理、法律、道德等的影响乃至束缚，本该清晰明朗的表现形式就悄悄演绎为内在心理形式。严歌苓准确把握住了人的性心理状态，以此揭示出人物丰富多彩的内心世界，还原出人的真实本相。《女房东》中老柴到美国后为老婆所弃，却因符合某些"标准"成为沃克太太的房客，他不断通过居室环境、物品来揣测女房东，在激情与委琐、情爱与性欲相混杂的情感冲击中，其本能欲望受到前所未有的壁障而演化为一种心理紧张的形式。《橙血》中的黄阿贤因为老处女玛丽"最后一点对古典的迷恋"，一直留着他那条黑得发蓝的辫子。面对银好的质问，方觉辫子前所未有的多余，而自己"早已忘淡的自己民族的女性，让这样一个银好从记忆深处呼唤出来"。辫子越来越沉，阿贤被压抑了四十来年的情爱在此刻激发，决定逃离老玛丽庇护与畸爱的他不幸被误当作盗贼击毙，而那根"古典的辫子"已被阿贤齐根铰去了。辫子因受压抑的情欲而存在，最终也由于情欲的正常迸发而失掉，这是人物内在心理行为外化的象征符号，也恰如其时地传达着人物的性心理状态，成为塑造和刻画人物形象的有效途径。

弗洛伊德认为，人的本能欲望如若得不到满足，就会造成人精神上的不适与痛苦，甚至导致性变态和其他精神障碍现象的发生。而严歌苓描写的多是隐性的性变态，它不具备大起大落的外表而主要是通过人的思维活动、心理变化等内化形态呈现出来，有时甚至难为人察觉。《约会》《红罗裙》《屋有阁楼》里的母亲、儿子，父亲、女儿之间有着逾越正常伦理感情的爱欲表现，人性心理已超越了简单的恋母情结（即俄狄浦斯情结）和恋父情结（即厄勒克特拉情结）而呈现出更为复杂的面向。《橙血》中玛丽把阿贤和75号血橙的栽培技术当成著名的固定景物，让他们乖乖在自己生活中占据永恒的地盘。她对所有请求购买嫁接树坯的人高傲地摇头，"她没有体验过被众多男人追求的优越感觉，便认为那感觉也不过如此了"。受压抑而多少呈现变态的本能欲望由此可见一斑。

严歌苓对人物心理的剖白几至臻于完美的境地，常是整篇故事以人的心理推衍，心理与行为、事件互为推动，交织成故事情节的发展。作者本人具有高超的驾驭能力，或以第三人称作旁观式阐述，或跃然纸上与"你"展开心灵对话，或不着痕迹地写入自己的生活心理场景，甚至拼接不同对象"此在"的生活与心理场景。小说的叙述皆随作者自己的思想感情运作生发，却无意传达某种道德标准或价值判断，是与非、荣与辱的锁钥完全听凭读者来开启。具精神分析特征的人性抒写令严歌苓的创作达到移民文学少有的高度和深度。

但当她启用从弗洛伊德那里袭承来的 Talk out 方式作为小说《人寰》的形式时，还是曾招致有人称之"使得她的小说走上'形式主义'的歧途"[①]。笔者倒是认为，《人寰》凸显了严歌苓在小说的叙事和形式技巧方面的探索和创新意识。当时美国心理学大夫医治的主要方式是 Talk out："就是让病人倾诉自己，再荒诞的话他

---

① 　陈瑞琳：《横看成岭侧成峰——海外新移民文学纵览》，《自由人报》（台湾）1999年4月17日。

们都认真倾听、记录，在他们发现一点儿线索时不露痕迹地提示几句，以导引病人的谈话方向。所谓线索，是心理病态的可能诱因。而一旦让病者识破自己病态的诱因，治疗就基本完成了。"[①] 严歌苓还在《我为什么写〈人寰〉》里讲到，这个小说的写作背景，恰是在"弗洛伊德回潮"的时候：

> 我到美国的第三年，美国心理学界正在热烈注视一股"弗洛伊德回潮"。一些心理学家强调 Repression 到了荒谬的地步。他们认为绝大多数人都在童年有过巨大创伤，这些创伤因为人的心理功能具有自卫本能（Defense Mechanism），即淘汰一切不利于心理健康的记忆，因此，人在幼年时所受的心理创伤似乎被忘却了，或说以忘却为形式愈合了。然而，根据弗洛伊德的理论，没有任何创伤会被忘却，只不过被抑制到不被知觉的意识中。所以，心理疗程是心理大夫帮助病者打开潜意识，探索那藏于最混沌最黑暗的心灵深处的病灶。又是因为人的内宇宙的广漠无际，这探索从弗洛伊德至今，仍赖以大量的假定而存在。而这些伟大的假定在被证实之前，便是亚科学，是谜。[②]

正是在这样的现实和思潮背景之下，自己也在被心理大夫用 Talk out 方式治疗的过程中，严歌苓有了写作《人寰》的创作动因："我的美国朋友中，有一半人看过心理大夫，其中一些人是有治疗成果的。虽然我不像他们那样对心理专家的权威性存有或多或少的迷信，但我承认这类诊疗方式有助于人对自身了解以及对人类行为的理解。在我花了三个月的诊费后，我偶然想到，这个 Talk out 疗

---

① 严歌苓：《人寰》，上海文艺出版社 1998 年，第 188 页。
② 严歌苓：《人寰》，上海文艺出版社 1998 年，第 189 页。

法，难道不能成为一个小说的形式吗？当我的心理大夫从头到尾阅读那厚厚一本笔记时，大概也会读到一个故事，一个用断裂的、时而用词不当的英文讲述的有关我个人的故事。""当然，当我决定以Talk out为小说形式时，我必须虚构一个故事；一个能成立有看头的故事。我于是虚构了这个故事，但我的兴趣都在故事之外。"① 小说所采用的是向心理医生寻求治疗的Talk out方式作为小说叙事形式，向心理医生叙说自己在中国的成长叙事和移民后的"我"在美与年长的美国教授舒茨之间的恋情故事。前一个"中国故事"，包含了两个维度的叙事：第一，是"我"爸爸和叔叔贺一骑的故事，在那段特定的历史时期，贺一骑的政治地位和权力帮父亲躲过了灾难，贺一骑则利用父亲对他的感恩心理和写作才华为他写书并以他一个人作为作者出书。当贺一骑也被政治风暴裹挟而被批斗时，父亲在众目睽睽之下打了贺一骑一记响亮的耳光，化解了自己曾被利用的屈辱感，但内心也同时埋下了深深的悔恨和愧疚。贺一骑结束"流放"回归之后，父亲带着愧疚和赎罪的心理，更加卖力地为贺一骑写小说、出书。第二，小说开篇不久，就回溯了六岁的"我"与贺一骑的初见，朦胧暧昧当中开启的是"我"从六岁起似乎就对贺一骑有着暗恋的情愫，"我和他，从那之后的三十九年，他一直在等待我延宕的选拔和裁决"②。十岁时，"他看见了一个十岁女孩泌出情感和爱慕的过程。一个秘密的过程"③。后一个"美国故事"，"我"接受了年长的美国教授舒茨的感情，半是被迫半是自愿，他给"我"很多的关照，一定程度上缓解了"我"在异国的孤独和焦虑，"我"似乎是在拒斥他的爱当中不知不觉爱上了他。当我因晕船而晕倒，"一部分知觉已飘走"，"舒茨不知从哪里冲到我身边，我睁开眼，看见他平常所有对我的思虑和疼爱此刻都集中在

---

① 严歌苓：《人寰》，上海文艺出版社1998年，第190页。

② 严歌苓：《人寰》，上海文艺出版社1998年，第7页。

③ 严歌苓：《人寰》，上海文艺出版社1998年，第38页。

脸上，仿佛只有他和我，其他三十来个人不存在了。他跪在那儿，把我上半身抱起"。"把我俩间的一个秘密招认了。""我为他难过，他已把一切都搭上了。""他曾说老年在逼近，只有爱情能安慰。它远比权力和威信根本。"[1]"我在那一刻爱上了教授，他一直离我不远，每次回头，他都在看我。他有种骄傲在脸上。什么都显得那么庄严。他当然知道他刚才的举动正在产生后果。那个礼拜六的下午一点四十，我爱上了这个男人。"[2]当然，小说是以"中国故事"为主，这个过往的"中国故事"还是这个"美国故事"能够发生的一种心理动因。自己对舒茨教授的依恋，与小时候、青年时期对贺一骑叔叔的暗恋所形成的心理创伤、来自幼年的心理创伤，有着密切关联。对贺一骑的多年暗恋，可能是异国畸恋的心理诱因和潜意识里想愈合幼年心理创伤的动因。《人寰》中，与舒茨的情感叙事所占叙事份额很少，仅以少数几个片段的形式嵌套在"中国故事"的主要叙事里。小说以"我"给心理医生萨德的一封信结尾，落款是"你诚笃的病人 一九九六年十二月二十九日"。应该充分重视《人寰》所采用的小说叙事形式，它对严歌苓后来写作中对于人的心理的逼视，对于不同的人物视角和心理眼光的自如转换，有着重要的作用。假若仅仅把《人寰》看作受弗洛伊德心理分析学说影响的小说，是远远不够的，它的叙事学和小说文体学价值和意义不容小觑和忽视。严歌苓自己所说的"但我的兴趣都在故事之外"，小说形式和叙事探索应该是其中很重要的一个方面。

当代美国学者雷德里克·约翰·霍夫曼谈到精神分析学说对文学影响时指出：在对二十世纪写作的形形色色的影响中，弗洛伊德是重要的影响之一……现在，通过考察大批小说家的作品细节来评估弗洛伊德影响的多种形式和力量，已成了我们的一大问题。的确，严歌苓对心理分析技巧的发挥已几近熟稔自如的程度。这在严

---

[1]　严歌苓：《人寰》，上海文艺出版社 1998 年，第 105 页。

[2]　严歌苓：《人寰》，上海文艺出版社 1998 年，第 106 页。

歌苓移居异国后很长的一段时间内，在她对异域生活的书写当中，表现得格外鲜明，运用自如。研读精神分析学说与严歌苓的"契合关系"，可让我们走近严歌苓，看到文学精神的升华。东西方两种异质文化环境不断地互相吞没和消化，不同的文化积淀和现实生活方式互相抵牾，产生了一切的谜，一切的反常。作家对个体生命的谛视，熔铸进了文化、民族、社会的深层意蕴。严歌苓以其独特的女性视角和悲悯情怀，进行着异域生活的真切言说。

第二节　美国华文女性写作的历史嬗变
——以於梨华和严歌苓为例

　　在海外华文文学的所有地域性分支里面，美华文学是绽放异域的一朵奇葩。美国华人移民的历史可谓久远；美国为华人提供的现实生存处境和多元文化碰撞、交流、融合的历史与现实文化背景，为美华文学提供了足够宽广和丰裕的想象空间，也使我们对其进行深层面和多角度的研究成为可能。追溯美国华文女性写作的历史，於梨华、聂华苓、陈若曦、欧阳子等老一辈知名作家在台湾时候就已经成名或者已经开始文学创作，留学美国后又居留美国，以笔耕不辍推动了美华文学尤其小说创作的第一个高潮；查建英、严歌苓等后一辈赴美华人女作家也以她们勤勉的写作，奠定了新移民文学坚实的基石。尤其是严歌苓，能够以其复杂多元的文化视角，凭借细腻华美、机智明睿的笔触，进行着不乏深沉和深邃的艺术探索，实现着作家对于人性的最终理解——它是一种"不受社会框架所控制的人之天性"。而二十世纪九十年代以来的赴美留学潮和移民潮，在中美关系、中国当代社会不断发展和变迁背景下，更添新的文化内涵和文化特质，像出生在二十世纪七十年代、在世纪之交的海外华文文坛成长起来的郁秀，也以《太阳鸟》《美国旅店》《不会游泳的鱼》等作品"小荷才露尖尖角",展露出引人注目的写作才华,而她所信持的"我的漂流,使我更优秀"(严歌苓语),也使她既有不同于以往的文学诉求,又能够继续着前辈华人们的艺术探索。

於梨华与严歌苓两位作家,是具有文学发展标示性意义的美华女性作家,在历史沿革上,她们分别属于二十世纪两次最大的中国赴美移民浪潮,作为两次浪潮的代表人物,通过她们,可以窥一斑而知全豹,通过对她们一些互相联系和嬗变因素的分析,可以从文化语境、性别身份、书写方式等的不同层面,获取较有深度的文学解读。而对她们的考察,自然离不开将她们与其他一些海外华人女性作家相互联系,也不可能离得开美国乃至中国和全球的历史与现实文化语境。经由她们,获取一些对美华文学发展流脉的印象,引发我们对其他地域性板块海外华文女性写作的思考,就都不是不可能的了。通过对她们在创作心态和文化心理等方面互相联系并不断嬗变因素的分析,笔者认为她们的去国经验和跨域书写历经了"离散""迁移"与"错位归属"几个层面的历史嬗变。也正是在这种充满矛盾、复杂、艰辛甚至是不乏痛苦的差异与对话当中,令互相融汇的文化的多元整合成为可能。

离　散

於梨华,祖籍浙江镇海,生于上海,1947 年随家人去台湾,1953 年毕业于台湾大学历史系,1954 年赴美留学,入洛杉矶加州大学攻读新闻,1956 年以优异成绩获硕士学位。1967 年,已是於梨华的第六本单行本和第三本长篇小说的《又见棕榈,又见棕榈》由台湾皇冠出版社初版,也由此给作家带来"留学生移民文学的鼻祖"的盛誉。作品成功塑造了牟天磊这样一个主人公形象,描绘了他随家人从大陆去台,然后又被留美浪潮裹挟赴美,在美十年后赴台省亲的一段经历,在美的艰苦奋斗、赴美前在台湾的生活情景,甚至抗战时期在大陆的一点生活旧事的记忆……纠缠在牟天磊心头，也勾起了一代人的心灵共鸣，不只牟天磊这个人物成为了后来的流行语"无根的一代"的代名词，这部作品也堪称於梨华同代人或者说甚至是於梨华所有作品中表现"离散"心态最为典型的代表作。

二十世纪后半叶以来，尤其是近年来，"离散"问题的研究在西方理论批评界日渐升温，华文文学研究界也有着不少对于"离散"问题的思考。离散（diaspora），来源于希腊语，原来是指"古代犹太人被巴比伦人逐出故土后的大流散"，《圣经·新约》中指"不住在巴勒斯坦的早期犹太籍基督徒"，近代以来尤指"任何民族的大移居"，是"移民社群"的总称。[1] 当这个词的首字母大写的时候，它意指这样的历史文化内涵——古犹太人被迫和被动承受着"离散"的历史境遇时，精神上处于失去家园和文化根基而漂泊无依的状态。当这个词的首字母小写的时候，它泛指一个民族国家分散和流布到另外一个民族国家的族群和文化中的现象。从较为宽泛的意义上来说，对于於梨华与严歌苓，都可以从"离散"理论和角度进行一定的解读，"离散"大致可以说是两位作家共有的一种现实生存状态或者精神气质。但是更为仔细地推敲就会发现，在两位作家的身份和文化迁移的过程中，迁移当中的困扰、精神的不适与文化的错位归属，或许是更符合其共通性联系的表述。相较而言，倒是於梨华及其同辈人更具备"离散"的现实境遇和精神内涵。熟悉中国现当代历史的人都知道，1949 年前后，国民党官兵和一些文化人士携家眷由大陆赴台，形成独特的"眷村文化"。而"眷村"的后代青年中许多人都把赴美留美当作最高的理想与追求，这暗寓父辈子辈希望摆脱孤岛般生活和发展境况的心理欲求。在《又见棕榈，又见棕榈》中，这种心态表现得非常明显，牟天磊想省亲后留在台湾，不只遭到了父母家人的强烈反对，连他省亲最重要的目的之一都似要落空——女友意珊自己无法考取赴美留学，一心想靠嫁

---

[1]　参见陆谷孙主编《英汉大辞典》，上海译文出版社 1995 年。

给牟天磊实现见到美国的月亮更"圆"的目的，在觉察到牟天磊产生居留不走的念头时，她甚至以可能"移情别恋"——别恋虽形貌猥琐但可以助她达成赴美愿望的男子——来给予牟天磊一个不能留下，留下即"失婚"的要胁与困扰。作品借牟天磊之口形象说出了这次行旅的最终意旨：

> 在那边的时候我想回来，觉得为了和亲人在一起，为了回到自己成长起来的地方，可以放弃在美国十年劳力痛苦所换来的一切。可是回来之后，又觉得不是那么回事，不是我想象的那么样叫我不舍得走，最苦的，回来之后，觉得自己仍是一个客人，并不属于这个地方。①

> 和美国人在一起，你就感觉到你不是他们中的一个，他们起劲地谈政治、足球、拳击，你觉得那与你无关。他们谈他们的国家前途、学校前途，你觉得那是他们的事，而你完全是个陌生人。不管你的个人成就怎么样，不管你的英文讲得多流利，你还是外国人。②

这种大陆精神与家园的"原乡"都已经无法回去，台湾已非昔日的情景也无法施展抱负，在美国又无法获得身份和文化的认同，很难融入主流社会，等等，都或显或隐贯穿了於梨华此后一直到晚近的文学作品。这种无根与迷失，白先勇将其概括为怀念"失落的王国"的"永远的迷失者"：

> 被剥夺了文化传统，迷失的中国人成了一个精神的流亡者；台湾与祖国是不能相提并论的。他必须继续前进。

---

① 於梨华：《又见棕榈，又见棕榈》，福建人民出版社1980年，第131页。
② 於梨华：《又见棕榈，又见棕榈》，福建人民出版社1980年，第80页。

像尤利西斯那样，他开始了海上的旅程，但这是一次没有终点的旅行，前途暗淡，没有希望。没有根的人，因而必定是永远的迷失者……中国的迷失者怀念那"失落的王国"，怀念没有承认他的文化传统……他是一个悲惨的人，他因被逐出伊甸园而悲惨，没有依靠，没有传统，是一个精神上的孤儿，还背负着五千年的沉重记忆。①

这种无根与迷失，在台籍赴美人员身上表现得最为充分和深刻，创作于1970年的旅美台湾女作家聂华苓的长篇小说《桑青与桃红》堪称"离散"书写的典范之作，白先勇也认为它是表达"迷失的中国人"症候的一个典型范例。这部作品最为深入并且淋漓尽致地表达了迷失的中国人的身份困惑。小说描写了发生在1945年到1970年的生活。小说的第一部分描写桑青逃离家庭，登上一条满载躲避日本人的难民的船只，开始了她的流亡生活。第二部分写1949年中国共产党兵临北平城下，桑青作为富家太太亲历旧时代的崩溃，她又逃离了北平。第三部分写1957年到1959年的孤岛台湾，桑青与丈夫、女儿困居台北阁楼，而这个老鼠横行、时钟停摆的阁楼也被白先勇称为"是台湾岛的高度象征"②。第四部分写桑青逃到了美国，时时处处受到美国移民局的追缉，她以新的名字和身份"桃红"抛弃了她那个能够在中国历史中标示其个人身份和行旅意义的名字"桑青"，当移民局官员问其若被递解出境会去哪儿时，她的回答是："不知道！"按白先勇分析，"这话道破了现代流浪的中国人的悲剧"，"桑青精神分裂，摇身一变成了桃红，这是精神上的自杀"，是"沉沦到精神上的最低点，陷入半疯癫状态"。为逃避缉捕，在美国的公路上，她一次又一次兜搭顺风车，任由路人带她

① Pai Hsien-yung(白先勇), "The Wandering Chinese: The theme of Exile in Tai Wan Fiction", Iowa Review 7(2/3)(Spring/Summer,1976).

② 同上。

往别处去——任意与不同的男人上床。情欲的恶性膨胀，也是身体上的连根拔起所导致的一种精神混乱。《桑青与桃红》象征和隐喻了从抗战到此后一段时期尤其是冷战期间华人的"离散"境遇和文化政治。

这种"离散"之感，一直或显或隐地出现在后来的美国华人女性作家的作品当中。但由于历史文化语境和个人遭际的差异，"离散"，在精神气质和文化心理方面，已经呈现出有所变化又不失繁富迷人意蕴的复杂面向。怀念"失落的王国"的"迷失的中国人"，毕竟是特定的时代历史和文化语境才会赋予那一代人的精神徽记。而迁移带来的旧有文化难以归属，美国文化又难以完全融入，的确是后来女性作家乐于表达的主题。这在另一位女作家查建英那里，就是"边缘人"的理解与感受。二十世纪八十年代中期，查建英以中篇小说《丛林下的冰河》对"边缘人"的文化现象作出形象阐释。有研究者认为："东方理想主义的终结和始终无法认同居留国的西方文化，成为共同撑起《丛林下的冰河》的张力。"[1]查建英本人在一封与友人的通信中还对"边缘人"作了概念剖析："这类人夹在两种文化、两个世界之间，经验到了在某种意义上分别自圆其说的现实和思维方式，而又很难彻底融入其中任何一个或与之达成较深刻的和谐。"[2]

迁　移

在严歌苓那里，更是有着对于"迁移"（Displacement）问题的深入思考，在她看来："Displacement 意为'迁移'，对于我们这种大龄留学生和生命成熟之后出国的人，'迁移'不仅是地理上

---

① 吴奕锜：《寻找身份——论"新移民文学"》，《文学评论》2000 年第 6 期。
② 查建英：《关于"边缘人"的通信（代序）》，《中国留学生文学大系·当代散文纪实文学卷》，上海文艺出版社 2000 年。

的，更是心理和感情上的。"[1] 她有着对于自於梨华、聂华苓那里就纠缠身心的流亡与无所归属之感的充分理解。她举了纳博科夫的例子："纳博科夫十九岁离开俄国之后，从来没有拥有过一处房产。因为没有一座房屋感觉上像他少年时的家园。既然没有一处能完成他感情上的'家'的概念，没有一处能真正给他归属感，他便是处处的归而不属了。"[2] 而在严歌苓看来，"迁移"是不可能完成的，因为即便拥有了别国的土地所有权，也是不可能被别族文化彻底认同的；而"荒诞的是，我们也无法彻底归属祖国的文化，首先因为我们错过了它的一大段发展和演变，其次因为我们已深深被别国文化所感染和离间"，"即使回到祖国，回到母体文化中，也是迁移之后的又一次迁移，也是形归神莫属了"，于是，严歌苓"私自给 Displacement 添了一个汉语意译：无所归属。进一步引申，也可以称它为'错位归属'，但愿它也能像眷顾纳博科夫那样，给我丰富的文学语言，荒诞而美丽的境界"。[3] 严歌苓常常以不同的文本形式，表达着她对"迁移"问题的思考。小说《花儿与少年》就讲了一个华人迁移的极富意蕴的故事。十年前的晚江，原本有着平常却不失温馨的家庭生活，却与原本不富裕却处处透出平常人温暖与幸福的家庭告别，也与自己那"花儿与少年"的感情告别——晚江偶遇回国选妻的刘先生（瀚夫瑞），丈夫得知后主动提议与妻子离婚，理由是"连一套把老婆孩子装进去的单元房都混不上"，连离婚都颇有些戏谑化意味，"托了一串熟人，离婚手续竟在一礼拜之内就办妥了"，个中的幸或不幸，恐怕不是一句话可以说得清楚的。而故事的背后，中国社会在二十世纪八九十年代的政治、经济、文化背景因素都隐约可见，晚江与洪敏的相恋，没有婚房，两人所在歌舞团的不景气，两人"下海"开餐馆与时装店，乃至两次分房的落

---

① 严歌苓：《花儿与少年》，昆仑出版社 2004 年，第 194 页。

② 同上。

③ 严歌苓：《花儿与少年》，昆仑出版社 2004 年，第 194—195 页。

空，等等，活生生就是中国社会二十世纪八十年代的一个缩影。故事的背景支持——十多年里中国大陆的出国热堪比於梨华笔下的台湾青年留美浪潮，只不过，支撑此"热"与彼"浪潮"的心理乃至政治、经济、文化动因各有差异罢了。可以说，晚江也是为一波出国的热潮裹挟赴美，嫁给了年纪长自己三十岁的美国退休律师老瀚夫瑞，十年来，孩子一个个来到美国，丈夫也来了，这都是晚江努力经营的结果，在与瀚夫瑞、瀚夫瑞前妻留下的苏、瀚夫瑞与前妻所生路易（严歌苓在小说中称路易"血统含混、身份不明"）、小女儿仁仁一起生活的家庭里面，她一直貌合神离地思量与计划着如何与前夫、与儿子九华重聚，重温往日幸福生活，她不仅想方设法在经济上资助他们，甚至还要时时跟瀚夫瑞玩"猫捉老鼠"般的游戏——与前夫洪敏与儿子九华联系，电话也好见面也罢，都要费心设计与谋划。只是，这是个危险的游戏，是一种"危险的双重生活"①。虽然有十年的美国生活，最能牵动她心怀的却依然是"从'吃过早饭没有'中听出牵念、疼爱、宠惯，还有那种异常夫妻的温暖。那种从未离散过的寻常小两口，昨夜说了一枕头的话，一早闻到彼此呼吸的小两口"。可是，真的还能回到过去吗？小说对此没有注入明显的情感意向，可以说这是一部不事结论的小说，在读者随着作家跋山涉水穿越层层暗影憧憧危险地带当中，作家带给我们的思考也渐渐丰盈起来了：即使曾是"花儿与少年"那样天造地设的爱人，"错位归属"也使他们不可能旧梦重温。情在义也在，回到原先位置却已是陌生人。彼此心灵的迁移，竟比形骸的迁移要遥远得多。②

出生于二十世纪七十年代的郁秀，在世纪之交为留学生文学奉上一部《太阳鸟》，描绘了留美中国学生的群像，小说描写的主体是 1999 和 2000 年到美国的青年留学生，以"新青春派"带给华文

① 李敬泽：《二十一世纪的"雷雨"》，《花儿与少年》，昆仑出版社 2004 年，第 2 页。
② 参见严歌苓《花儿与少年》，昆仑出版社 2004 年，第 195 页。

文学不同以往的文化特质。而她晚近的《美国旅店》虽然是一部关注在美国的第二代移民的成长的小说，也同样表达了自前辈女作家於梨华、聂华苓、查建英、严歌苓那里延续而来的对于"迁移"乃至"错位归属"问题的思考。在郁秀笔下，"年少的主人公被突然放置在一个完全陌生的环境，不可避免地面对文化认同的挑战，在中外文化的冲突与融合中挣扎、审视、理解与被理解，以及皈依的心路历程和成长故事，是大人和国内的青年人所无法体会的"[①]。

对于不同时代的美华移民来说，"迁移"首先关涉能够居留与否的法律意义上的身份获得，然后才关涉精神意义上的文化身份。毕熙燕的《绿卡梦》就是一部描写移民为获取绿卡而付出艰苦卓绝努力结果却各不相同的作品。於梨华和严歌苓这两代女性作家，也都曾以一定的笔力描写过赴美华人为获取合法身份所付出的艰辛与努力。於梨华《寻》当中的叶真、江巧玲、王素蕙，严歌苓笔下的少女小渔、《花儿与少年》中的晚江等，无一例外为了谋求留美身份而嫁给了美国人，哪怕是假结婚这种"移民局熟透的骗局"（《少女小渔》）。而赴美华人迫于学业和各种生活压力所付出的艰辛似乎是不可避免的定数。哪怕是像牟天磊那样家境优裕的，也要做几年各色各样的苦工，住"狭小""地下铺着冰冷的石板""仅靠电灯带来一丝光亮"的地下室；傅家的儿女们也是吃尽了各种生活上的苦，才终于实现了从台湾到美国身份上的"迁移"。於梨华及其同辈旅美的年轻作家，也不得不为当下的安全和未来的生活保障作出考虑："写完一篇博士论文，以后生活不成问题，再写两篇学术论文，马上可以加薪，或者升换到更理想的职位。"[②]旅美的年轻作家的创作热情要经受现实结结实实的考验。即使解决了最初的合法身份，要想在西方世界当中生存下去，也是一件非常不容易的事情。

---

① 《郁秀小说〈美国旅店〉推出 青春文学热风云再起》，人民网 2004 年 1 月 9 日。

② 夏志清：《〈又见棕榈，又见棕榈〉序》，《文学的前途》，台北纯文学出版社 1974 年，第 145 页。

东方的、怀有古典士大夫情怀的知识者，在西方现实社会和学术界遭遇两种文化碰撞所带来的种种艰难，也要为生存计，为争取永久聘书而饱受磨折，比如《考验》里面的留美博士钟乐平；而且在面对美国主流社会所给予的压力之外，还要承受同胞的嫉妒和挤对，譬如在於梨华后来的长篇小说《在离去与道别之间》当中的如真，努力工作，却不仅没能拿到一个"全时"的职位，还被同胞段次英嫉妒、加害，差点连"半时"的教职也失去。

　　严歌苓早期的短篇小说，也写尽了初到美国生活的艰难，可以两个月只进一次洗衣房，"邮局连一趟也没去"，为应付课业，把词汇写在手腕内侧，餐馆打工时候，"老板眼一松就狠狠背一气"（《学校中的故事》）。刘观德《我的财富在澳洲》中那著名的"五苦论"——"吃不到苦的苦比吃到苦的苦还要苦"，在於梨华和严歌苓的作品中都有程度不同的描写。有的篇章，简直可以作为姊妹篇来作互文的参照，譬如於梨华的《小琳达》与严歌苓的《大陆妹》。"将自己连根拔起，再往一片新土上栽植"[1]，这种脐带断裂式的怅痛和为适应新环境而苦苦挣扎，所带来的必是一种"错位归属"的文化体验。语言的、习俗的、情感的，乃至道德、思想文化等方面的错位，是严歌苓在表达新移民生活时着重表现的主题。《栗色头发》中"我"以所答非所问使痴情于自己的美国男子"被语言的非交流状态折磨得很疲劳"。《簪花女与卖酒郎》中齐颂只会以两个英文"是"和一个英文"不"与人对谈，虽与墨西哥小伙卡罗斯两情相悦却失之于语言的无法沟通与交流，而无法摆脱被出卖的厄运——被自己姨妈以一万元"不是真卖，等于是卖"地卖给牙医六十岁的哥哥。"我"拾金不昧，把蓝宝石归还娄贝尔太太，却招致对方怀疑并宣称要将其带到首饰店去重新鉴定一下（《栗色头发》）。翻翻玛雅的报纸就要分担一半订报费，抱抱她的猫咪又收到其一张账单（《方月饼》）……

---

① 严歌苓：《少女小渔》，台湾尔雅出版社1993年，第247页。

严歌苓在谈到"迁移"问题时候，曾这样讲："而在新土上扎根之前，这个生命的全部根须是裸露的，像是裸露着的全部神经，因此我自然是惊人地敏感"，而"伤痛也好，慰藉也好，都在这种敏感中夸张了，都在夸张中形成强烈的形象和故事"。[①] 这种敏感，激发了作家的创作灵感、不断赋予作家灵动的创作题材和对于文化乃至人性的深入思考。在对於梨华的研究当中，我竟也不断为这种作家的敏感所感染，甚至会有很多小小的会心与诱人的发现。两位作家都曾经写到自己在美国的乘车经历。於梨华借牟天磊的回忆写道："从柏城到芝加哥的高架电车，车里肥胖呆木、翻着厚嘴唇的黑女人，多半是芝加哥北郊森林湖或微而美一带给有钱的白人做打扫洗刷的短工的。此外还有醉醺醺、脸上身上许多毛的波多利加人，以及手里有一本侦探小说，勾鼻下一支烟的犹太人。当然还有美国人"，"还有，分不出是日本还是韩国还是中国的东方人，象他这样"。[②] 严歌苓还曾经特意提到她"在美国喜欢乘公共汽车和地铁，挤在三教九流里观察他们的衣着、举止，'窃听'他们的谈话"，有时候她"还会去挑起一场闲聊，走运的时候可以浮光掠影地获得一点他人生活的印象"——这些都可以激发作家的灵感和创作冲动，恐怕也是"迁移"给予作家的敏感与有心的一种现实表现。而严歌苓认为，美国是个"人和人之间的隔绝非常可怕"的社会，在她感觉里，正是这"隔绝"要对越来越多的"独白狂们"（在公共汽车上进行独白）负责。[③] 两位华人女性作家都写到了乘车经历与见闻感受，似乎是偶然的巧合，但也不尽然。小小的公共交通工具，汇聚了在美国的不同的人、不同的族群、不同的文化，无论作家是有意（如严歌苓）还是无意（如於梨华），都会在这最为日常化的生活环境当中，拥有一种文化迁移的"敏感"，拥有在生

---

① 严歌苓：《少女小渔》，台湾尔雅出版社 1993 年，第 247 页。

② 於梨华：《又见棕榈，又见棕榈》，福建人民出版社 1980 年，第 160 页。

③ 参见严歌苓《花儿与少年》，昆仑出版社 2004 年，第 193 页。

活面前的"多重视角":一种能够超越单一视野、单一文化和单一族群经验的眼光。东西方文化乃至多元文化的碰撞、交汇、融合,也引发了恰身处美国不同族群和文化当中的作家对不同文化的对话、沟通或者彼此理解作出努力,就像李欧梵所说的"身处两国的边缘,我感到一种强力推动我积极致力于与两种文化的对话"①。

也正如李欧梵在谈到"流放作家"时所说:"流放作家生活于居住国的圈子或社区里,往往复制摹写了从他们的祖国带来的一样的习惯和思维方式",以至他进一步认为,"感时忧国的精神"甚至成为某种道德负担。②海外华人女性作家也不可避免地将其在国内的一些思维方式和文化心理带到了异域的生活空间。这在於梨华及其同辈那里尤为具有代表性。在於梨华身上,其自我身份认同、对于文化身份的体认里面,有着深厚的"感时忧国"的内容,有着绵延不断的"中国意识",其所具有的较好地融贯中西的文化素质和传统学养,割舍不断的是她"漂泊无根""文化失落"的传统文人士大夫的情怀。当然,这也是自鲁迅、闻一多、郁达夫那里延续而来的中国留学生知识分子传统的一部分。所以,在於梨华这里,小说的人物或者故事环境往往是海外华人或者华人家庭,无论是牟天磊、傅家的儿女们,还是钟乐平、思羽、如真、李若愚等,除却工作等方面的日常必需,他们的生活仿佛罩了一个具有隔绝过滤作用的罩子,跟他们相比,美国人多少显得有些"边缘",有时候,美国人只是偶尔才会出现,毋宁说只是作为他们生活的陪衬物,甚至是情节需要时候才会出现,美国主流文化也同样显得有些"边缘"。西方文化为人物在海外的身份认同与文化认同带来新的质素,却也并没有褪去一些华人身上中国"根"性的东西。美国人和美国文化在作品中的"边缘化",虽然代表了作家对中华文化的一种坚守,

---

① 李欧梵:《身处中国话语的边缘:边缘文化意义的个人思考》,季进、宋洋译,《当代作家评论》2008 年第 1 期。

② 同上。

但实际上是华人在西方社会从身份到文化都自感"边缘化"的真实写照。

　　於梨华的小说建立在具有中国传统的感伤气质的人与人情感联系之上，富有东方精神气质与人文情怀。但是，不同文化的撞击与交汇，也令於梨华对人与人的"隔阂"有着她自己的观察和思考，她的"寂寞"恐怕不是一个"李清照式的寂寞"①可以涵括得清楚的。东西方文化相遇当中，华人、东方文化遇到的问题或者说在西方文化当中东方文化、东方的知识分子传统该当如何守持，都集中在她对人际隔阂问题的思考上面。她的长篇小说《考验》与晚近的一部长篇小说《在离去与道别之间》，所描写的华人知识分子在西方学界的苦苦奋争和所面对的生存困境，一点也不亚于钱钟书在《围城》当中对方鸿渐在三间大学所遭遇生存困境的描写。联系《围城》当中所表现的人际关系的钩心斗角、尔虞我诈与人心世道的浮沉沦没，以上两部小说可以说是小说《围城》精彩的当代海外版本。《考验》的主人公钟乐平是留美博士，在美国一所大学任教，有着中国传统文人的理想与信念，可无论他的是非分明、兢兢业业，还是他的与世无争、洁身自好——这些都是中国传统文人的信念与理想——都经受了美国现实社会和文化价值观的严峻考验。他屡受排挤，被迫卷入争取永久聘书的激烈竞争，还要为了自己的合法权益去与校方居心叵测的当权者抗争，现实生存压力之上还要饱受心灵的磨折；而一直以来对家人的忽略，也导致妻子为了寻求不断失掉的自我与个人价值而决定离开他和孩子……《考验》不过揭开了美国学界和美国文化重重帷幕的一角，小说对华人知识分子与西方同行之间的隔阂、华人丈夫与妻子之间的隔阂、华人父母与他们在美国生养的孩子之间的隔阂，以及彼此缺乏沟通与理解，甚至即便沟通也很难相互理解的状况，有着深刻的体察，而这一切，不

----

①　夏志清：《〈又见棕榈，又见棕榈〉序》，《文学的前途》，台北纯文学出版社 1974年，第 156 页。

过是东西方价值观念和文化传统撞击的一个必然结果。

在於梨华所有作品当中，对东西方文化撞击所造成的隔阂问题揭示得最为深刻的，似乎当属她的长篇小说《一个天使的沉沦》，小说曾在台北《中华时报》和纽约《世界时报》连载，引起海内外读者极其热烈的反响。小说主人公罗心玫，父母都是台湾旅美的高级知识分子，她原本是人见人爱的"天使"，却从六岁起就不断受到姑爹亵侮，十六岁遭其强奸，最后沦为他发泄情欲的工具，是个近亲性侵犯的典型故事。小说解析了心玫沉沦的全过程，她的辍学、离家、吸毒、堕胎等自暴自弃的现实生存状况读来令人触目惊心，最后她毅然杀死毁了她一生的姑爹，而自己也身陷囹圄。於梨华自言心玫的沉沦"既是外界的压力，也是内在的脆弱"[1]，这"外界的压力"与"内在的脆弱"既有来自中国传统文化与思想的一面，也有来自西方文化和思想观念的一面。心玫的家庭更是个带有封闭性特征的小型东方社会，宛如处在大洋彼岸的一个"东方孤岛"，心玫父母内心和行为方式更符合中国传统模式，他们讲究尊长敬老、亲族和睦有礼，对长辈的道德从未起疑，一直逼迫女儿应酬那位姑爹，客观上为其提供了侵害心玫的机会。在女儿为避免接触姑爹而不参加表姐婚礼后，他们竟然认为在亲戚面前大失了面子，以至对女儿持不管不问、冷漠摈弃的态度，进一步加速了心玫的沉沦。但当代美国社会，怎么可能有真正的文化的"孤岛"存在呢？心玫的父母也受了些西式生活方式和思想观念的影响，心玫的父母曾经失和，父亲有外遇，母亲便也经常下班后不归家，两道教育子女的"闸门"同时失效，遇到问题常常是以尊重子女独立人格的态度草草了事。在美国出生生长的年青一代，文化的交叉使他们更多迷惘，理应得到父母更多的呵护和看顾，而父母对待子女的心态和方式却也是东西方矛盾的混合体——心玫童年"惟一的缺憾乃是时常缺席的父亲"，传统家长权威思想根深蒂固的父亲将女儿期

---

[1] 於梨华：《一个天使的沉沦》，人民文学出版社 1999 年，第 2 页。

望的"同子女打成一片"视为不可思议，而母亲又动辄采取西式教育方法，给予女儿过多的疏忽，对女儿反常的言行不探其渊源，只是出了问题便横加指责，家庭成员之间缺少心的沟通与交流，彼此之间就像是隔了千层万重的厚壁障。而心玫一直未能向父母指陈姑爹的恶劣行径，一则由于个性的懦弱，二则因为这在中国传统中属于无法启齿的事情。难怪有论者这样认为："依於梨华的诠释，华裔子女的歧途，似乎是他们从中国传统和美国方式中分别取出并不适当的一部分来做了最坏的组合"，对此，"她看得很周全"，而她能够"用说故事的方式表现出来"，这故事也就"令人沉吟嗟叹，话题连绵"。[1]

错位归属

一个怀念"失落的王国"的"永远的迷失者"，一个富有中国传统文化精神气质的"离散者"，要在"迁移"之后进行文化认同的新课题，无论是从价值观念、道德伦理方面，还是在生活习惯和思维方式等方面，都要历经艰辛而长期的一个过程。於梨华对跨文化交流中的许多文化命题都进行了形象而不失深刻的文学阐释，但"离散"心态、中国传统文化的底蕴犹存、"中国视角"的清晰可辨，都是於梨华进行异域题材创作时的一个精神与心理的表征。同样是注重表现人与人之间的"隔阂"，严歌苓似乎比於梨华更加致力于异质文化的彼此对话、沟通和相互理解。她也如於梨华一样，关注表现异质文化的碰撞交流，但她似乎格外青睐碰撞中两种文化彼此的一种审视——这种审视充满了"平等"的意味，而且在这种审视当中，两种文化并没有哪个显得更为"边缘"——然后，两种异质文化在碰撞之后，似乎也更趋向于一种彼此尊重、认同和某种

---

① 王鼎钧：《问天下多少小三子》，《一个天使的沉沦》，人民文学出版社 1999 年，第277 页。

程度的融汇。联系作家生活的"原乡"与旅居地时代变迁的背景，这似乎就比较容易理解了。从於梨华到严歌苓，她们的海外生活经历了这样一个时代的变迁：伴随殖民体系和欧洲中心主义的瓦解，全球化浪潮席卷世界的角角落落，世界主流文化浪潮渐渐超越封闭狭隘的单一民族国家的想象，而进入了文化相对多元主义的阶段。文学的想象——怀念"失落的王国"的想象，内涵有所演化，文化传承与发展不再仅仅以民族共同体作依托才能实现，密切的族际互动和交流同样尤为重要，甚至会激发新的文学质素的产生。在越来越频密的跨族群、跨国界的文化交流当中，不同的文化通过沟通、对话和理解寻求共存和发展的趋向日渐明显。在这样的时代历史文化变迁当中，严歌苓对于东西方异质文化隔阂、碰撞的表现以及对两者彼此对话与沟通作出的努力，是从追溯移民历史和关注移民现实生存两个层面同时切入的。

中国对美国的移民历史，始自十九世纪中叶，历经十九世纪五十年代的旧金山淘金、六十年代太平洋铁路的修筑和七十年代加利福尼亚农业垦殖，这三次移民浪潮，对美国西部开发做出巨大贡献（严歌苓长篇小说《扶桑》故事展开的背景就是这个时期）。但美国在十九世纪八十年代写入联邦法律的《排华法案》直到1943年才被废除，华人作为"少数民族族裔"在美国主流文化面前，自己的民族特征和文化属性一直不被了解、尊重，甚至曾经长期被刻板化乃至妖魔化理解对待。首先，华人群体曾被欧裔美国人视作"黄祸"，这背后的潜台词是黄种人是人数浩大、没有个性特征、如"蝗虫"般令人恐怖的族群；其次，华人群体形象被妖魔化为顽固、不可同化的外国人和异教徒，这种观点的核心思想就是"白人至上"，基督教文明优于任何其他宗教的文明。于是，早期华人移民的群体形象常常是白人家中忠实的男仆，弓腰驼背、谨小慎微、勤勤恳恳又忠心耿耿，必要时候情愿牺牲自己保护主人生命。而美国主流文学里面，在二十世纪尤其是其前半叶，华人形象或者是那个被作为"黄祸"具体体现,并被称为"亚洲第一恶人"的"傅满洲"(直到二十世纪八十年代这个形象还在不同的西方影视作品中出现)的类型;或者是如"陈查理"那样被西方制造出来的"模范少数族裔"的代言人,整天出入阴暗肮脏神秘、同样被"妖魔化"了的唐人街办案;或者是被塑造成"无性"(无用)的男人,此现象主要体现了对华人男性的有意歪曲,但背后的历史背景因素同样可考——美国政府的《排华法案》迫使华人女性长期无法入境(严歌苓《魔旦》中就有阐述:"'排华法案'排的主要是女人。没有女人的一族人好办,生不了根的。"),而白人女性如果与黄种人男性结婚将受到被剥夺国籍的严厉制裁。而华人女性,或者是温顺娇小渴望被白人男性拯救拥有,即使遭到抛弃也无怨无悔的"亚洲娃娃",在文学作品中多是供白人男性消费的性对象和性商品;另一类则是"魔女"形象。追溯华人移民的历史,如果想成功避开这些美国主流文化从骨子里就曾经根深蒂固的层面,并不是一件容易的事情。严歌苓却在她追溯移民历史的小说里,既作了华人移民纷纭多舛历史的背景展示,又以突破单一"中国视角"的多重文化视角,重新解读和建构历史上华人作为弱势群体的意义价值和文化属性,在美国主流文化曾经对华人形成较为一致的刻板印象的文学形象和历史领域里,揭开东西方异质文化碰撞并致长久隔阂的冰山一角。这样的对于移民真实历史的追溯和想象建构,可以见于《扶桑》《橙血》《魔旦》等篇章。

在《扶桑》里面,作者不时会以自己"第五代移民"的身份现身,展开的却是对十九世纪六十年代开始的一段移民历史的建构,那背景当中就有"新通过一个法案,要把中国人从这个国家排除出去"。作家为扶桑、克里斯、大勇设定的特定环境的确是来自于真实的历史情境:一群瘦小的东方人,拖着长辫,戴着竹斗笠,一根扁担捅起全部家当,从美国西海岸的一艘艘木船上不远万里而来,而扶桑就是其中偶然会有的一个两个"拳头大的脚上套着绣鞋"的女人当中的一个。她未曾谋面的丈夫先行出海淘金去了，她与大公鸡拜了堂，被拐到美国后又数度被标以斤两拍卖，是漂洋过海妓女当中的一个，却总是以谜一样的微笑面对生活和苦难。扶桑生命中两个最重要的男人——克里斯和大勇，文化基质根本相异，却都在扶桑这里获得灵魂的救赎。克里斯是个白种男子，十二岁时初见扶桑，为扶桑身上所具有的母性和东方文化底蕴所吸引，从此开始了一生爱着扶桑的"传奇"。在这个"中国妓女"与"白人男子"的关系展开里面，并没有落入旧式美国主流文学定义的华人形象与故事的窠臼，反而有着一层比一层复杂的意蕴。克里斯从自己的宗教、文化等方面要去拯救扶桑，竭力想把扶桑和她所属于的群体分开，但始终吸引他的扶桑身上的魅力竟是她所属于的群体和文化所赋予她的；他对扶桑的拯救所坚持的是自己的宗教文化和价值观念，但事情却总是超出他的预设，他反而是鬼使神差随众去强奸了扶桑。扶桑奋力用牙咬掉每一位施暴者胸前的一枚纽扣，谜一样收集到一个盒子里，却把克里斯那枚藏于发髻，同时掩藏起最远古的那份雌性对雄性的宽恕与悲悯、弱势对强势的慷慨与宽恕，"她跪着，却宽恕了站着的人们，宽恕了所有的居高临下者"——这是一种弱势东方文化对西方强势文明的宽恕，彻底颠覆了基督教文明是最高文明，要靠它来实现对弱者救赎的旧有范式。《魔旦》中的阿玫，也是那最初移民浪潮里面的一员，十二岁登上旧金山码头，是个只有三年戏龄的男旦。《橙血》中的阿贤也是拖着"鼠尾辫"和一群"拖鼠尾辫的中国男孩"走进玛丽父亲制衣厂。严歌苓在这两个带有特定东方符码和文化属性的人物形象身上，却一再诉述与她在《扶桑》中一致的思考：重新解读弱势与强势文明的关系，以超越单一视角的文化立场，去发现文化与人性中许多曾经被误读或者遮蔽的东西。阿玫，在西方人奥古斯特眼里，他的"美丽"是女性化的，他对阿玫的感觉、看待阿玫的眼光，与那些追逐并最后焚杀阿陆（阿玫前辈）的一群美国男性的同性恋视角，虽是殊途却是同归的。可是，虽然有着兰花指，眼神美丽如女孩子，却不过是阿玫的职业属性，阿玫是个地地道道的中国男孩，他的感情被华人女子芬芬唤起，他有着正常男子正常的情与欲，不可能符合奥古斯特心中对他的定位，小说以奥古斯特谜一样被杀而结局。《橙血》中的阿贤，被老玛丽教授到了相当于大学毕业的文化程度，他也勤恳为玛丽培育出了一代又一代奇货可居的"血橙"，却被有着"最后一点对古典的迷恋"的玛丽强求着留下了那条辫子："她最爱他那条黑得发蓝的辫子"。当面对自己同族女子银好的质问，阿贤方觉辫子前所未有的多余，而自己"早已忘淡的自己民族的女性，让这样一个银好从记忆深处呼唤出来"，辫子越来越沉，意味着被压抑了四十余年的情爱在此刻激发，决定逃离老玛丽控制与畸爱的他竟不幸被误当作盗贼击毙（也可能是玛丽特地安排人所杀，作者在此留下可作不同阐释的空间），而那根"古典"的辫子早已被阿贤齐根铰去了。华人，在拥有正常的情与欲方面，与西方人并没有什么不同，既往所认为的华人男子隶属"无性"是完全没有道理的。他们所具有的民族特征和文化属性虽然是当时中国的时代历史赋予他们的，但并不就此意味着可以被误读并像"固定景物"（《橙血》）一样来被强行约束或者刻板化对待。与来自弱势群体的阿玫、阿贤不同，奥古斯特、玛丽都是西方文明熏陶之下成长起来的人，但他们的心理却并不能以健康健全来定义。美国一部分华裔美国文学，曾经主动把强加在自己身上的刻板化形象更加生动地表现出来，并将其永久化——也就是被葛兰西称为"文化霸权"的现象，严歌苓的小说却对此发出了叩问和质疑。而且，灵魂的高贵与低贱，与族群和文明的强势与弱势并没有必然的联系，更不能画等号。即便如此，严歌苓并没有在小说中对异质文明加以简单的、二元对立的道德或者文化判断，她更着意的，是一种不加评判，是一种冷静的内审，是让两种文明在一种多元的视角中自主地发生碰撞、化合，呈现各自不同的属性特征。而那些隐秘而久远的人性心理，也伴着这碰撞氤氲而出、旖旎而现。也许正是因为作者在文化心理和写作姿态方面拥有了一种颇为难得的"超越性"姿态，才使得她的小说总是散发着魅惑读者的气息，而无论对于文化文明还是人性心理而言，她都不啻是一位机智的"阐释者"。

话又说回来，追溯移民的真实历史，也实在无以回避那拖长辫、拳头大脚上套着绣鞋的历史层面。在正视真实的移民历史的时候，还要避开自我东方化、殖民内置倾向等暗影幢幢的危险地带，也实在不是一件容易的事情。但也正是由于一百五十余年的华人移民史"太独特，太色彩浓烈了"，才能够提供给严歌苓足够的敏感和足够精彩的情节，实现她借小说故事来探讨人和人性的目的：旁证、反证"人"这门学问，"人"这个自古至今最大的悬疑。"迁移"之后，华人移民的海外生存，要经历自己族姓文化和所居国文化的冲突，但也需要寻求两种异质文化的共存和融变，二者在互相适应和磨合的过程中，既产生冲突，也走向互相包容与彼此融汇——一种互相融摄的文化的多元整合。於梨华和严歌苓的创作主题，都是这种文化冲突和融摄的过程表现。只不过，在严歌苓这里，文化的多元整合倾向就表现得格外显著。

如果说，在对于移民历史的文学想象与建构当中，这种文化的多元整合还只是初露端倪，那么，在移民现实生活的描写当中，严歌苓的跨域经验、多重视角、具有超越性的对于人性和文化的思考，就更加展现了严歌苓敏锐的艺术感知、对于人性心理的深入触摸和开阔独特的审美视阈，也表明她比老一辈移民作家们更能超越过多依赖故土文化的情怀、过多依靠自己族姓文化将自己形塑而得的艺术感知力，创作的瓶颈获得不断的突破之后，超越性的写作姿态，带来的是对于文化更加包容和理性的态度。在严歌苓很多展现新移民生活的小说，像《少女小渔》《风筝歌》《青柠檬色的鸟》《也是亚当，也是夏娃》《无出路咖啡馆》等篇章当中，我们都清晰地看到了这一点。小渔要通过假结婚来获取美国绿卡，而那个意大利老头是因为"穷极了","他卖他自己",共同的生存困境当中，两人竟有那么一份对于彼此的真心，老人逐渐变得自食其力和有庄重的举止，小说结尾，病重的老人希望小渔不要再回来，人性的纯朴、真诚与高贵在低俗生活之上悄然绽放。《青柠檬色的鸟》中叫"洼"的老华人眼镜坏掉了，要靠八岁的墨西哥小男孩佩德罗为他诵读书籍，诵读的是"成年读物"。在倾听当中，洼的心灵在回忆已经逝去的邻居华人女性香豆当中得到慰藉，只不过，这获取慰藉的过程，脱不了有那么一点变态——每每与书中淫秽的字句相联系；佩德罗来为洼读书，受的却是洼饲养的八哥的吸引。虽然佩德罗识字不多，但渐渐地，"那些陌生字眼在他一个个拼写在洼的手掌心上时渐渐在他脑际深处拼连起来，一切他不懂得却隐约知晓的意义逐渐形成了"，他觉得自己被这个中国老头给戏耍了。佩德罗向伙伴吹嘘八哥会播报天气，八哥却怎么也不肯说话，男孩们说：墨西哥人最会撒谎。而佩德罗让洼来证明自己不撒谎，却被男孩们打断：中国人更会撒谎。恼羞成怒的佩德罗抢起木棒向八哥打去，中招的却是洼，洼倒在了血泊当中，"最后老华人头上的血仿佛证明了民族文化间沟通的不可能性"[1]。进一步而言，这篇小说的确是探讨了不同族群共处当中的问题，而小说在这探讨当中，还揭示了富有多层意蕴的人性心理。高贵与低俗、怜悯与鄙夷，都不是简单地可以凭二元模式来定论的。《也是亚当，也是夏娃》看似一个通俗故事：白人男性亚当因为是同性恋，需要购买母体来获得后代，华人女性伊娃——"我"要通过出卖自己来养活自己。但就是在这个由买卖达成"合谋"的关系基础上，揭示的却是多重的文化意蕴和多层的人性心理因素，隐喻了一种不同族群、文化的人竟会一同面对具有普遍意义的生存困境。伊娃身上虽然伪装了现代人的精明与算计，时时提醒自己不可以对这场买卖合同所生的女儿菲

---

[1] 陈思和：《最时髦的富有是空空荡荡——严歌苓短篇小说艺术初探》，《上海文学》
2003 年第 9 期。

比动真感情，可她身上东方女性的善良宽容与所拥有的人性普遍的母性心理，却让她表现出一种对残疾女儿菲比不可遏抑近乎非理性的疼爱。亚当收入丰厚，属于上流社会阶层，却只能靠非婚生、非正常性关系去获得一个孩子，尽管他也有些为伊娃所打动，却由于自己的同性恋倾向而不可能对伊娃产生真正的男女感情，两人只能隔着厚厚的文化和身份壁障遥遥相望。菲比的患病、残疾并最终死去，彻底击垮了亚当的强大，富有与成功的白人男性一样陷入了虚弱无助的境地。亚当和"我"隔着文化、性别和其他，借由共通的人性而彼此扶助扶持和相互支撑。严歌苓在写"迁移"之后的"隔阂"问题的时候，已经不是单纯地描绘一种碰撞和激烈冲突，她拥有一种超越性的眼光和写作姿态，这也是为什么她的小说总是给人多重的启示和一种言说不尽的可能性。在她的小说中，美国人已经不是偶尔出现，他们也不那么显得"边缘"，作家意识到了他们与我们一样，也会虚弱无助，也拥有最为普遍的人性心理。低俗与高贵、弱势与强势，并不是哪个民族固有的族群特征和文化属性，异质文化相遇的场域当中，会有冲突和争斗，但是更有重叠和交织。其实后来，严歌苓已经能够娴熟自如地探讨不同文化在生活习惯、思想文化、价值观念和思维方式等方面的彼此差异了，就像在长篇小说《无出路咖啡馆》当中那样，平等地、冷静地、带审视意味地看待一切的差异与不同。而在这种探讨当中，我们看到的是华人在海外生存当中能够逐渐适应的一个过程，一个华人持续进行自我身份认同和文化认同的过程，也看到了他们越来越能够进行多元文化整合的襟怀与气度。

萨义德曾经这样分析"身份"问题："身份，无论是东方的或是西方的，法兰西的或英国的，作为不同的集体经验的规程，最终是一个建构的过程。身份的建构涉及树立对立面和'他者'，这对立面和'他者'的准确性总是依赖于对不同于'我们'的持续不断的译解和再译解。每一时代和每一个社会都重新创造出它的'他者'。这样，自己和'他者'的身份远远不是静态的，而更多的是人为的历史、社会、智力和政治的过程。"① 可以说，身份虽然是人的一种固有的文化属性，却是一个不断变化着的"建构的过程"；身份的建构，并不能通过简单与固定的二元对立模式来完成，而是要通过"我们"和"他者"之间不断互动和对话，不断对"他者"的异质文化进行译解与再译解来完成。而在这个过程当中，当然要清醒地认识到"自我"和"他者"都动态变化的特性。由此也可见，文化从来就是多元的，没有哪个时代和社会能够以一种文化来排斥另一种文化而独立存在，也没有哪个时代和社会能够存在着绝对二元对峙的文化和文明。从这个意义上说，於梨华、严歌苓她们，就是以她们的文学书写在实践着这样一个过程：她们的去国经验、跨域书写，都要经历对"自我"、对自己的民族文化、对异质文化的不断思考、译解、再译解。这个过程虽然充满矛盾、复杂、艰辛甚至是不乏痛苦，却也正是在这种差异与对话当中，才能够实现互相融汇的文化的多元整合。

---

① Edward Said, "Afterword", Orientalism, Penguin, 1995.

第三章　现代传承与当代视阈

　　前面的研究已经可以看出，严歌苓在出国之前，就在创作上达到或者说具备了较高的起点，取得了颇高的小说成就。"女兵三部曲"是严歌苓研究当中不应该被忽视的作品，尤其是严歌苓在其处女作长篇小说《绿血》中所展露的才华，显示了严歌苓作为一个"早熟"的青年小说作家的叙事能力，其小说叙事才华与记录时代和社会生活面影的能力，是当今许多与她当年同龄段的青年小说作家所难以企及的。她出国之后，一度被认为是北美华文文学最高水平的代表之一和新移民文学最具代表性的作家，而新世纪尤其2006年以来她即便是更多转向了故国历史与现实的"中国故事"的文学书写，其文学水准和艺术成就也是在逐渐层进攀高，几乎成为一种现象级的存在。如果仅仅把严歌苓视作北美华文女性写作或者海外华文文学的代表人物，当然是远远不够的。她的文学创作毫无疑问可以放到中国现代文学和当代文学的视阈中来考察和研究——现代传承与当代视阈，或许愈加能够凸显严歌苓的意义与价值。

第一节　困境的隐喻
——略论张爱玲、严歌苓的创作

　　要想在张爱玲和严歌苓之间找到某种关联，确乎不是一件难事。正如于青在《严歌苓情怀》中所说："初读严歌苓的小说，你有一种似曾相识的华美。不是文字的，不是背景的，而是时空交错、文化斑驳的华美……这样的情怀我们似曾相识，我们早先从她的老祖张爱玲的小说里曾经领略过。"[1] 将张爱玲称为严歌苓的"老祖"，如果是从她们一些相通的精神气韵，从她们分别在现代和当代文坛的地位、小说艺术成就的高度说，那么是可以的。但其实，她们都各自形成了自己又颇为不同的创作基调、小说叙述方式和文体特征——说她们各自以"张爱玲体""严歌苓体"来名世，一点也不为过。从这点而言，就不能简单地将张爱玲称为严歌苓创作上的"老祖"——这抹煞了严歌苓太多的个性特色，与她实际上的创作和小说艺术偏离太远。

张爱玲和严歌苓，虽然两位作家分别成名和创作鼎盛在现代（张爱玲赴美后创作遭遇瓶颈渐入黯淡）、当代，其创作旺盛期生活的空间地域也远隔汪洋，但张爱玲和具有"张爱玲式的'冷冷的成熟'"的严歌苓，却拥有很多可联系比照的文化品格：怅惘孤寂的错位意识、女性话语的真实言说、具精神分析特征的人性心理的展露抒写与自觉的小说文体意识。她们那存在着诸多差异又不乏相似之处的创作，成为传统与现代、东方与西方文化遭遇时困境的隐喻。当然，严歌苓完成了"断根"与"植根"的过程，除了能写出表达散居族裔已与客居国形成文化交织和融汇的作品，创作已经更多转向了对故国历史与现实的"中国故事"的书写（尤其是2006年之后）。在"中国故事"的书写当中，严歌苓通过重返故国，以异国多元文化交织的眼光反观自身，展开对故国历史、文化、传统乃至现实的深层次思考，其中也不乏对人的生活、情感等生存困境的发现和隐喻，像《第九个寡妇》《一个女人的史诗》《小姨多鹤》《金陵十三钗》《陆犯焉识》《妈阁是座城》《上海舞男》《芳华》等，都是如此。只不过，严歌苓面对困境和苦难的态度，同她的文学前

---

① 于青：《严歌苓情怀》，《文学自由谈》1998年第1期。

辈很不一样，这是需要注意的。

怅惘孤寂的错位意识

张爱玲和严歌苓创作的差别其实是显而易见的，她们共同具有的怅惘孤寂的错位意识、错位归属的创作心态和精神旨归，都可抽丝剥茧出不同。张爱玲和她的创作，惊鸿一瞥，似乎受时代拘囿和掣肘太多，她终未能走出自己生活的困境和创作才华短暂即过的写作困境；严歌苓虽然说她有着张爱玲式的"冷冷的成熟"也不为过，但她比张爱玲的笔调要乐观明快得多，她笔下的人物尤其是女性常常有着一种坚韧的母性、雌性和近乎地母般神性的色彩，女性常常是一种活得如田苏菲、王葡萄一般具生胚子的秉性，无论身处何境，总是活得兴兴头头。张爱玲只有在她的散文当中，才会流露她对世俗生活的兴致和流连其间，她会记趣公寓生活和俗世一点一滴的乐趣，她会关注触手可及的"就近"的、具体可感的日常的生活情趣，努力从"柴米油盐，肥皂，水与太阳之中去找寻实际的人生"。

秋凉的薄暮，小菜场上收了摊子，满地的鱼腥和青白色的芦粟的皮与渣。一个小孩骑了自行车冲过来，卖弄本领，大叫一声，放松了扶手，摇摆着，轻倩地掠过。在这一刹那，满街的人充满了不可理喻的景仰之心。人生最可爱的当儿便在那一撒手罢？

一个卖菜的老头称了菜装进我的网袋的时候，把网袋的绊子衔在嘴里衔了一会儿。我拎着那湿濡的绊子，并没有什么异样的感觉。[1]

　　与此不同的是，张爱玲的小说总有那么一种荒凉、阴翳和人性的残酷。严歌苓却是对生活充满了热情和爱意，她很少触及完全无望的人性——比如像张爱玲《金锁记》里曹七巧那种，严歌苓充满对生活品尝和体悟的兴趣，从中彰显人性的光辉；即使写苦难，也不是写人如何被苦难所压倒，而是写苦难中人怎样不以为苦，反而被磨砺出更闪亮的韧性。这样，就很容易理解严歌苓在小说中总是用一种明亮的甚至是快意的语言来讲述故事，她笔下的田苏菲（《一个女人的史诗》）、王葡萄（《第九个寡妇》）、多鹤（《小姨多鹤》），甚至日本侵华战争灾难下的妓女玉墨（《金陵十三钗》）和起初并不被丈夫真心爱着的冯婉喻（《陆犯焉识》），等等，莫不如此。所以有研究者这样讲："但严歌苓不是启蒙主义者，甚至都不是人道主义者，她是以一种生活的乐观主义者的姿态进入写作的，对生活充满了热情和爱意。因此她的小说不以发现生活的意义为目的，而是把生活看作是上帝对人类的恩赐。即使面对苦难，她不去写人们如何被苦难所压倒，而是要写在困难中磨砺得更加闪亮的韧性。"[2]

　　张爱玲创作鼎盛期主要生活于上海——这座堪称中国近现代各种文化立体交叉点的城市，张爱玲既徘徊流连于它的封建文化传统，又部分欣赏着它的租界文明，加之香港的求学和短暂的战争经历，又让她领受着殖民地文化的洗礼。正是这种横向的多元的文化交叉，形成一种矛盾的张力，进一步强化了张爱玲本来就极其复杂的时代心理感受，她陷入一种无可选择的迷惘和深切的错位感

---

① 张爱玲：《更衣记》《童言无忌》，《张爱玲文集》第四卷，安徽文艺出版社 1992年，第 35 页，第 88 页。

② 贺绍俊：《从思想碰撞到语言碰撞——以严歌苓、李彦为例谈当代文学的世界性》，《文艺研究》2011 年第 2 期。

受之中。身为"时代弃女"，她首先感受着自己与时代和现实的错位，却主动放弃了与时代共振的可能，而是不动声色地与现实拉开距离并用审视的目光编织着自己的传奇。而且对旧有精神家园的寻觅也使其作品时代感模糊，使人觉得她仿佛生活在遥远的往事里。张爱玲童年失落于家庭，又同家族一起失落于时代。这双重的失落是错位而难以真正归属创作心态的根源。考虑到此，对她笔下的人无所依傍的孤独处境和家园幻梦不可依靠，就不难理解了。张爱玲有《倾城之恋》这样的小说，表达着她"倾城的孤独体验"，除了表现女性为了生存保障拼尽全力抓附婚姻的孤独无依的处境外，还最典型地表现出文明毁灭后，人们在物质上和精神上都无所依傍的孤独处境。又有表现家园幻梦的小说，如小说《心经》和《茉莉香片》所表达的家园幻灭感。还有对人的情感和生存困境深刻表达的小说，比如《第一炉香》《金锁记》《十八春》《色·戒》等。张爱玲和她的作品共同传达出尴尬生存于"传统"与"现代"参差互生的半新半旧的时代，又饱受战争这种文明劫难的人们那荒凉孤独的心态："个人即使等得及，时代是仓促的，已经在破坏中，还有更大的破坏要来。有一天我们的文明，无论是升华还是浮华，都要成为过去。如果我最常用的字是'荒凉'，那是因为思想背景里有这惘惘的威胁。"[1]阅读张爱玲的作品文本，不只感受到其间时间的停滞，还有她对文明幻灭的深重隐忧和由之而生的无法消解的虚无绝望。

在作品中，张爱玲常把时间切割或往前推展甚至暗示时间的停滞与中断，就像她把《金锁记》里故事发生的时间确定为三十年前，此举不仅有取消时间之嫌，还给作品笼上了一层挥之不去的古老氛围。空间上的错位表现在张爱玲常把她的小说世界从空间上独立出来，使其以封闭自足性和"安稳性"而和整个时代生活大潮失

---

① 张爱玲:《〈传奇〉再版序》,《张爱玲文集》第四卷,安徽文艺出版社 1992 年,第135 页。

去联系。在张爱玲的作品中，错位是普遍存在的，它存在于男女、母子、父子、友人之间，存在于人的一切关系之中，人的情感都在错位中发生异化，人和人的错位又导致人与自身的错位，后者反过来又加深了前者。"命运"在《十八春》里所呈现的，就是世钧和曼桢这对相爱男女阴差阳错的"错位"，待阅读到曼桢遭亲姐夫强奸时，无论张的笔触如何地不蘸染强烈的感情，也要无可避免地逼出你灵魂深处的震惊和惋惜来。张爱玲小说中人物的外在行动和内在心理世界总是朝两个方向发展，可人物自身竟对这种错位处于一种无意识状态。《沉香屑·第二炉香》中的愫细是爱着罗杰的，然而她的每一步行动都是在把罗杰逼向死路。《茉莉香片》中的聂传庆是爱着丹朱的，行动上却是恨不得把她杀死。《心经》中的小寒也深爱着父亲，可她的一言一行却把父亲生生逼出了家庭。

前面已经提到过，严歌苓在谈自己的创作时曾说："到了一块新国土，每天接触的东西都是新鲜的，都是刺激。即便遥想当年，因为有了地理、时间，以及文化语言的距离，许多往事也显得新鲜奇异，有了一种发人省思的意义。侥幸我有这样远离故土的机会，像一个生命的移植——将自己连根拔起，再往一片新土上栽植"，"因此我自然是惊人地敏感。伤痛也好，慰藉也好，都在这种敏感中夸张了，都在夸张中形成强烈的形象和故事"。[①] 祖国旧有的文化观念、道德标准和价值判断方式，在此统统遭遇了前所未有的质疑与颠覆，时空和文化语言的距离和错位不可避免并且为严歌苓提供了创作的契机。语言障碍是异域生活伊始面临的重大问题，其造成的困扰在严歌苓多篇作品中皆有涉及。《簪花女与卖酒郎》里的大陆妹齐颂，只会以两个"YES"、一个"NO"的模式与人对谈，虽与墨西哥小伙卡罗斯两情相悦却失之于语言的无法沟通与交流，而无法摆脱被出卖的厄运。语言的错位只是表层，由它导向的则是习俗的、情感的，乃至思想文化等更为深在的参互交错。

---

① 严歌苓：《少女小渔》，台湾尔雅出版社1993年，第247页。

就像张爱玲常常把错位当作推动情节发展的手段一样，严歌苓有时还巧妙运用人物思想的错位，构成彼此的矛盾关系，作为推动情节发展的动力。在《茉莉的最后一日》里，主人公郑大全以苦肉计进了茉莉公寓后，一切行为皆以把按摩床推销出去为指针；而八十岁的老茉莉之所以放他进去，"是想把他制成个器皿，盛接她一肚子沤臭的话"。郑大全的行为目标与茉莉的兴趣话题之间始终拉开距离，形成错位，徒落得两败俱伤。张爱玲不断以错位铸就其作品的苍凉氛围和悲剧基调，对人性不断施以冷面谛视和深刻解剖，却并不试图去弥合这种人性的寂寞与隔离。在严歌苓那里，她一如张爱玲屡屡以错位渲染着一种苍凉凄美的氛围，表现着无根华人们的寂寞与隔离，但是她却不似张爱玲那么释然和无动于衷，而是以丰富微妙的笔触去试图沟通异质文化中人性的冲突和心灵的拘囿，并希图冲破文化的藩篱和人性的隔膜。《少女小渔》中的意大利老头经小渔善良品性的熏染，由"畜生"而为"人"，由猥琐而慈祥庄重颇有爱心，无不显示了作家对人性沟通的良好期许。《也是亚当，也是夏娃》则是通过雌性、母性这最基本的人性，关联起了人性和人心的其他方面，男人与女人、西方与东方，作着最大程度沟通与融合可能性的探索。

　　不可否认的是，错位意识，在严歌苓的小说中似乎一直也没有消失过。不只异域生活书写和移民生活题材的小说中，错位归属的心态一直伴随严歌苓。就是从《第九个寡妇》《一个女人的史诗》开始，一系列书写故国历史与现实的"中国故事"中，错位也是一直存在的。《一个女人的史诗》写作基调是明快的，田苏菲以混合了女儿性、母性的妻性，支撑家庭和欧阳萸躲过了时代风雨，但她对他的爱与他对她的爱是错位的、不对等的。小说临近结尾，欧阳萸告诉她，他可能得了癌症，小菲心理无限愧怍："直到一小时前，她还在心里紧急谋划如何去找艺术学院的会计，挖掘他的风流秘密。他从来没痴狂地爱过小菲，这点她比谁都清楚，他窝里窝囊地接受她痴狂的爱。他让她称了心，让她从头追求到底，爱痛快了。"[①]王葡萄（《第九个寡妇》）、赵玉墨（《金陵十三钗》）都是错生了时代的女性，梅晓鸥迫不得已作为单身母亲过着妈阁赌场"叠码仔"的生活，她在经济上独立、自立，对史奇澜感情真实、深厚，却得不到老史的珍惜，老史最终还是回到了妻子陈小小身边。老史走前，给她十八万多一点想弥补内心的亏欠："十八万多一点就能让他的良心好过一点？让他觉得在她心里留下的窟窿小一点？她一把抽过纸包，向海里扔去。"男人与女人对于情感的理解，永远是这样错位的。《上海舞男》里，杨东本来已经决定与张蓓蓓一起远走、共同生活了，张蓓蓓以她对丰小勉的搜身，彻底毁了这一切："一旦真要剥下小勉的衣服，亲手搜身，她在杨东心里的地位就会彻底改变。也许就此垮塌。"[②]蓓蓓以为杨东见识了丰小勉的真实身份后，会更加笃定跟她在一起，然而在她搜出了四个假身份证后，杨东却是剪坏了三个只留下一个给丰小勉，结果是蓓蓓被丰小勉从背后击伤，躺在浴室的地上。整个情节中，人物对同一事件——搜身的理解是错位的，根源是身份的错位和情感的错位，所以在这段小说叙事中，错位意识和心理构成了情节发展的动力。《芳华》中刘峰对林丁丁的感情与林丁丁对他，也是严重错位的，所以他的爱情表白才会稀里糊涂地被置换成严重的"触摸事件"，并导致了严重的后果。

女性的话语方式

张爱玲和严歌苓都以自己特有的女性话语的言说方式，来搭建起她们小说中人物的生命底座。她们对女性的情感与女性的性本能欲望等方面都有着肯定和申说，但如果笼统地以女性主义的理论或

---

① 严歌苓：《一个女人的史诗》，湖南文艺出版社 2006 年，第 247 页。

② 严歌苓：《舞男》，上海文艺出版社 2016 年，第 191 页。

者话语系统来评价和界定她们的小说创作，是片面的，会遭遇理论界定和具体研究分析的困境，而且也不符合她们创作的实际情况。与其说张爱玲和严歌苓是女性主义文学创作范式，不如说她们是以自己独有的女性的话语方式，来书写人物尤其是女性人物的情感、生存处境，以及展开她们在女性视阈中对历史与人性所进行的双重书写。

二十世纪四十年代横空出世，几乎一夜之间便以其天才的文笔轰动文坛的张爱玲，是以对时代大潮中男男女女尤其是小女子可怜可哂可悲可叹命运流转变迁的关注，揭示出现代人性裸露出来的千疮百孔；以弥漫濡染到生命底蕴深处的荒凉的家园幻梦和浓厚的末日意识，表达着她对现代人生存方式和文明幻灭的理解。与张爱玲生命体验最契合处，不外乎这种人生的孤独、绝望、虚无与荒凉。负载着这份无法消解的沉重，张爱玲在提取出现代人精神内核之余，也不禁流连于世俗生活——"将来的平安，来到的时候已经不是我们的了，我们只能各人就近求得自己平安"[①]，表现出对市民文化的浓厚兴趣，这自然又使她的创作有别于西方存在主义作家寻常所作的哲理观照。她把冰心、丁玲等上一代女作家的理想主义的文学观，作一种现代意义上的对现代人生的拆解。四十年代的张爱玲，也有着对"五四"以来的新文学传统的承续，她亦从女人的角度，探讨和追求作为女人的女性的意义和价值。法国女性主义认为，只有肯定女性"力比多"存在时，女性写作在意义呈现上才是女性的，因为在男权社会中："所有的父权制——包括语言、资本主义、一神论——只表达了一个性别，只是男性利比多机制的投射，女人在父权制中是缺席和缄默的……'女人不是被动和否定，便是不存在'（法国女性主义者西苏语）。"[②]张爱玲小说中有女性自由

---

① 张爱玲：《我看苏青》，《张爱玲文集》第四卷，安徽文艺出版社 1992 年，第 238 页。

② 张京媛：《当代女性主义文学批评》，北京大学出版社 1995 年，第 3 页。

恣肆情欲的渴求，呈现一种反压抑的女性心灵悸动。无论是曹七巧（《金锁记》）还是霓喜（《连环套》），都是富有生命野性的女子，有着对情欲的正常诉求，作家借以呈现女性所受的父权夫权社会的威压。但是，这样的女性人物在其作品中毕竟是少数，而且都是悲剧性的命运结局。张爱玲更多的是对女性意识深层的传统意识予以全面自觉的展露，她笔下的女性，身上虽沐浴着些许时代的光亮，意识却仍为男性所控制和支配。白流苏西式的外壳里依然包裹典型的封建式灵魂，葛薇龙也沦落为造钱的交际花。"五四"以后，娜拉成为范本。新文化运动的旗手鲁迅也曾尖锐提出"娜拉出走之后怎么办"问题，甚至认为："娜拉或者也实在只有两条路：不是堕落，就是回来。"[①]张爱玲作为逃出父门的娜拉，当年的出逃也因更多现实考虑而使"这样的出走没有一点慷慨激昂"，出走的结果往往仍然是"'走！走到楼上去！'——开饭的时候，一声呼唤，他们就会下来的"。张爱玲对笔下女性的考虑至多不过像白流苏范柳原的斗智斗勇，依然要寻求婚姻的保障，除此再难有什么决然的行动。

对于"女性主义理论"话语系统，国内常见的两个词是"女权主义"和"女性主义"，两个说法的差异在于"权"与"性"。女权／女性主义就是研究性别和权利的学说。在研究者看来，如果汉字里要有一个包括权与性的词就好了，但是汉语中没有这个综合词，我们只能选择其中的一个。"女权主义"是女性为争取平等权利而进行的斗争，"女性主义"则进入了后结构主义性别理论的时代。所以，可以选择"女性主义"一词，因为"性"字包含"权"字，或者说是被赋予了新的涵义。[②]在严歌苓的作品中，娜拉的出路不再被着重关注，虽然有时经济也是不容忽视的生存因素，《约会》中的五娟、《红罗裙》中的海云，无不是因为要"靠人家养活"而选

① 鲁迅：《娜拉走后怎样》，《鲁迅全集》第一卷，人民文学出版社 1981 年，第 159 页。

② 参见张京媛《当代女性主义文学批评》，北京大学出版社 1995 年，第 3—4 页。

择没有爱情的海外婚姻并在生活中步步退让，但较之张爱玲的创作，严歌苓笔下的女子有着对情欲和爱情的极为大胆的追求。《士兵与狗》中的赵蓓，《风筝歌》中的海伦和英英，《倒淌河》中的阿尕，都是敢作敢当追求感情的女子，但她们对爱情的不懈追求也并没有给她们带来多少好运。以切身经历对此状况实现改观乃至颠覆的是《我不是精灵》中的"我"——穗子，十九岁的女孩穗子爱上了跟自己年龄差距巨大的画家韩凌，爱情对她而言简直压倒了一切，那主动发出沾满泪痕的情书和为了一封信息不确的电报就数度冰天雪地伫立在火车站的守候，爱得不可谓不迷恋痴狂。但当穗子渐渐长大，心灵平静之后，毅然决定结束这份感情，面对父亲的询问，穗子坦然作答："我说没什么，我爱他，现在发现我也爱自己，而已。"穗子在一家书店发现画家出版的书上印有一行手书："献给我生命中一个瞬息即逝的精灵"，但作者以穗子的口吻这样给故事结尾："当然不是献给我的，我不是精灵。"学者刘慧英曾经指出："爱情确实是一种激人奋进的力量，而对男权社会中的女人来说激发的则是牺牲自我多于确立和肯定自我，女人在爱情中发现的是作为妻子、情人的自我，而非真正自立的自我。"[1]穗子的情感转变历程正是从一个同情对方牺牲自我的女孩子到确立"自立的自我"的女子的过程。而田苏菲、王葡萄等能够以她们的庇护，替男性遮起一隅安全的生存空间。梅晓鸥、张蓓蓓等尽管也遭遇情感的困境，但她们经济上独立且自立，不必依附男人而生存。

女性主义者认为，女性不仅是艺术和写作的空间，也是真理的空间：无以再现的真理遥不可及，颠覆了男性之逻辑、控制、伪真实的秩序。伊利加雷就鼓励女性充分认识她们作为"多产的大地、母亲、自然"的力量，以求发展出一个连接这些术语的新神话

---

[1] 刘慧英：《走出男权传统的樊篱——文学中男权意识的批判》，三联书店 1996 年，第 60 页。

来。张爱玲并无意于女性主义的术语表达，却能驾轻就熟地洞悉女人天性，试图探索女性角色本质。她说有一天她若获得了信仰，信的大约就是奥涅尔《大神勃朗》里的"地母"，一个妓女形象，因为"男子偏于某一方面的发展，而女人是最普遍的，基本的，代表四季循环，土地，生老病死，饮食繁殖。女人把人类飞越太空的灵智拴在踏实的根桩上"①。事实上严歌苓的长篇《扶桑》对此作了极好的文本诠释，它以百年前中国苦命女子扶桑漂洋过海、异邦卖笑的经历为线索，表现出作者对生命存在的较为透彻的思考。展现新移民生活的《少女小渔》，"弱者"小渔多少具有扶桑的秉性：对江伟近乎母性地宽容与关爱，对多少有些无赖的意大利老人也善良而温厚。人性的高贵与美丽在低俗生活之上绽放。《约会》中的五娟、《红罗裙》中的海云都对已近成年的儿子有着超乎母性的女性关爱。女性中的母性，或许是最令这些小说可解的答案了。

真正把张爱玲所言说的"代表四季循环，土地，生老病死，饮食繁殖"的女人，把具有地母般神性的女人形象，予以全面展开和书写的，是当代的严歌苓。从《雌性的草地》开始，严歌苓开启了"从雌性出发"的叙事母题，并持续了相当长的一段时间，差不多直到 2014 年的《妈阁是座城》开始，女人的雌性、地母般神性，才不再是严歌苓所重点书写的对象。雌性、地母般神性的书写，跨越了严歌苓对异域生活的书写和对"中国故事"的书写两个维度。很多研究者都注意到了雌性和地母般神性的文学书写："严歌苓在其文学世界中精心塑造了一个个迥异的女性形象：《少女小渔》中移民美国的护士小渔、《扶桑》中的妓女扶桑、《第九个寡妇》中的农妇王葡萄、《金陵十三钗》中的妓女玉墨，直到《小姨多鹤》中的多鹤、小环，这是一块'雌性的草地'，她们是'民间的地母之神'。相对于男性，女性最伟大的特点是母性，'母性包含受难、宽

---

① 张爱玲：《谈女人》，《张爱玲文集》第四卷，安徽文艺出版社 1992 年，第 70 页。

恕，和对于自身毁灭的情愿'，'母性是最高的雌性'。"①

有一点需要特别说明的是，很多严歌苓的研究者习惯从女性主义的角度去解读和诠释严歌苓，倘如此，便不难发现，自己往往会在研究中遭遇一种左支右绌和难以自圆其说。原因何在？其实严歌苓虽有一定的女性主义思想，但不仅藏得比较深，比较狡猾，更主要的是，那不是严歌苓的女性话语方式的全部。严歌苓自己都说过："有人说在我的作品中看到奴性、佛性。我欣赏的女性是包容的，以柔克刚的，不跟男人般见识的。扶桑是跪着的，但她原谅了所有站着的男人，这是一种极其豁达而宽大的母性。如果女人认为男人给她的苦也是苦的话，那她最苦的是她自己。不要把自己作为第二性，女人是无限体，只要不被打碎打烂，她一直可以接受。我有一定的女权主义，只是藏得比较深，比较狡猾。我不喜欢美国的女权主义，动不动就去烧胸罩，自己不讨好，还让男人对她们很警觉。女人贤惠起来是很性感的，波伏娃的'第二性'的确给了我们很大误导。"②严歌苓的女性话语是更开阔、深厚和繁富的，严歌苓从来也没有想按女性主义文学的路数，去写作与面对生活和人生尤其女性人生的复杂性。

短促的人生，时代的剧变，张爱玲笔下的人物似乎只要还能获取哪怕些许的安稳便足以抵抗那长长的人生磨难。内心世界与文学世界的互为诠释，诞生了张爱玲作品中的恐惧感、孤独感、荒凉感和无家可归感。张爱玲在文本中极少运用"孤独"一词，但孤独感早已在她的"私语"中一泻无余，是一种沉潜入潜意识深处的孤独。在严歌苓的创作中，尤其异域生活的书写当中，那厚重的孤独感更是曾经浓厚得怎么化也化不开。在严歌苓身处异域，"断根"与"植根"的过程中，她首先无以回避的就是异国他乡的孤独

---

① 陈俊：《历史困境与女性命运——评严歌苓的〈小姨多鹤〉》，《小说评论》2012年第2期。

② 严歌苓：《十年一觉美国梦》，《华文文学》2005年第3期。

感："床的一步开外是窗子，打开来，捂在我脸上浓稠的冷中有异国的陌生。还有一种我从未体验过的敏感。"(《失眠人的艳遇》)孤独感，曾是严歌苓很多异域生活书写的小说的基本氛围。"有时的孤独真那么厚，那么稠。"(《失》)《约会》中五娟每次与儿子约会，总能发现晓峰与她特别相像的细节，"在这无边无际的异国陌生中，竟有这么点销魂的相似"。她对母子相依为命关系的或许不恰当和无限期的延长，其实是异国的孤独的恐慌中对由血缘而生出的亲切的贪恋。《扶桑》中大勇常常毫无根据地想象妻子美丽贤淑的模样和辛勤劳作的身影，缘自颠沛的旅人对故乡的思念，对旧有精神家园的追怀。《人寰》中对于贺一骑和父亲的故事的回溯，又何尝不是异国的孤独所铸？

两位女作家以切身经历真实诉说，以她们自己的女性话语的方式言说男女，以女性的真切体悟和内心感受造就了一种区别于同时代主流话语的女性话语方式，也是她们根据自己意愿、情感、话语和思维方式进行创作的尝试。需要注意的是，她们使用的的确是非常特色鲜明的女性的话语方式，但是不能以女性主义来简单厘定和概括她们的创作，那就会抹煞了她们小说意蕴的复杂性。

人性心理抒写与自觉的小说文体意识

前面已经讲到，当代美国学者雷德里克·约翰·霍夫曼谈到精神分析学说对文学影响时曾经指出：在对二十世纪写作的形形色色的影响中，弗洛伊德是重要的影响之一……严歌苓对心理分析技巧的发挥，已几近熟稔自如的程度，《人寰》直接就是用了始自弗洛伊德的、心理医生治疗病人的 Talk out 方式。这在严歌苓移居异国后，对异域生活的书写当中，表现得格外鲜明，运用自如。但是，笔者在此对张爱玲、严歌苓两位作家具精神分析特征的人性心理抒写的考察，并非想在弗洛伊德与她们的创作之间作出某种索隐，而是想通过她们的外在"写心理"而意在"探人性"，完成对她们身处多元文化横向交叉时所遭遇的文化和人性困境的揭秘。

传统与现代、东方与西方文化在张爱玲这里，得到了延续、融合和再创造。张爱玲的创作，可以说是雅俗并举、文学性与故事性兼容。她雅俗并举，目的是为更好地贴近真实的人生。她不拘一格刻画人物心理，是为更准确地表达真实的人性。《金锁记》中的曹七巧，就是因情欲遭受巨大压抑而得不到合理宣泄，久而久之郁结成精神病症——病态心理和扭曲人性的典型。"三十年来她戴着黄金的枷。她用那沉重的枷角劈杀了几个人，没死的也送了半条命。"难怪有人说："张爱玲在描写人性上几乎是全力以赴的。"人性的恶与深层的情欲被她以把人性逼到无路可退的境地的方式剥离出来，从而走出了古典小说把人分为好人和坏人的原初界分方式。也正如弗洛伊德所认为的那样，人的本能欲望如若得不到满足，就会造成人精神上的不适与痛苦，甚至导致性变态和其他精神障碍现象的发生。严歌苓的《橙血》中，玛丽把阿贤和75号血橙的栽培技术当成著名的固定景物，她对所有请求购买嫁接树坯的人高傲地摇头，"她没有体验过被众多男人追求的优越感觉，便认为那感觉也不过如此了"，受压抑而多少呈现变态的本能欲望由此可见一斑。但作者的意图还远非止于此，"施恩者"玛丽对东方文化的误读鄙夷排斥与阿贤日益觉醒的民族情怀和生命意识，在此遭遇了前所未有的激烈碰撞并陷入一种无法排解的文化和人性的困境之中。

两位作家也都通过自己的创作，主张着包括人的性本能在内的人性的合理欲求。《沉香屑·第二炉香》中，罗杰娶了"天真得使人不能相信"的愫细为妻，新婚之夜她竟将丈夫的言行视为"禽兽"之举而逃离，并在外界造成了很坏的影响。罗杰就在这种对妻子的正常爱欲不能实现和外界舆论的压迫下，自杀而亡。可以说这种情欲不能实现，比之弗氏理论中的变态情欲，是更富生命的悲剧意义的。而造成这种结果的愫细同样是个悲剧，连看的报纸都由母亲先过目的她一味以纯洁示人，对正常的性爱都恐惧抗拒，明显地表现着一种超乎常情的性潜抑。虽然弗洛伊德认为人在诉求性本能欲望时遵循的是快乐原则，但严歌苓却告诉我们，它有时呈现出凄苦甚至悲剧性的结果。《海那边》里的王先生，只是希望泡"能够像一头阉牲口那样太太平平活到死"。而泡却拥有旺盛的生命力，主动对性欲"力比多"进行着诉求，诉求的结果便是遭到王先生的"法办"。对泡既同情又感同身受的李迈克给了泡一张废弃的女明星照片，骗他女孩在"海那边"的大陆，答应嫁给泡，这让泡拥有了一份等待。本来泡可以永生永世地等，永生永世地有份巴望，但王先生告发了李迈克，使李被"递解出境"，换来的是泡把王先生杀死在冷库里。这个小说似乎在告诉我们，痴傻之人也有部分正常人的生理和心理欲求。

张爱玲在《茉莉香片》《心经》中，还从某种程度上表现了弗洛伊德的俄狄浦斯情结和厄勒克特拉情结。由于对已故母亲的怀恋，聂传庆才处于与丹珠换位的不时幻想中，"有了他，就没有她"，最后竟只希求"既然言家和他没有血统关系，那么，就是婚姻关系也行"，当恋爱的幻想落空后，他就对她拳脚相加。虽然呈现的是恋母情结的外观，但谁又能否认聂传庆身上所内蕴的张爱玲对家族历史传统情怀的缅怀与追恋呢？严歌苓在《约会》《红罗裙》《屋有阁楼》里的母亲、儿子，父亲、女儿之间，也有着逾越正常伦理感情的爱欲表现。《人寰》中"我"与贺一骑的情感，也是恋父情结的一种变异形式，因为贺一骑在"我"眼里，成了父亲的替代者。另外，作者在《阿曼达》《我不是精灵》等作品中出现的少女与成熟男子的爱恋，也不妨称为恋父情结的一种演绎形式。但是，许多时候由于异质文化的从中介入，人性心理已超越了简单的恋母情结和恋父情结而呈现出更为复杂的面向。

张爱玲有着敏感得近乎神经质的艺术家的气质和对生活的审美化的把握方式，像"微雨的天气像个棕黑的大狗……冰冷的黑鼻尖凑到人脸上来嗅个不了"这样融合传统笔法与潜意识分析的句子在其作品中俯拾即是。她对人物心理的挖掘，已非传统文学的单纯地直接显现，而是通过形体语言、非梦似梦等艺术手法呈现。如《心经》不断用形体动作表现父女之间似无实有的畸爱。严歌苓比张爱玲更为成功地借助再现梦境或对梦幻般心灵隐秘的开掘，揭示出潜意识的本质。《屋有阁楼》里的申沐清随女儿申焕移居海外，女儿未婚男友保罗常来过夜。他总觉得保罗对女儿实施了性虐待，但小说情节并没有确凿的证据证明真的存在性虐待，恐怕这只是他对女儿超出父爱意欲的潜意识显现。相较于张爱玲，严歌苓还更多地表现了人的性心理状态，以此揭示出人物丰富多彩的内心世界，还原出人的真实本相。《女房东》中老柴不断通过居室环境、物品来揣测女房东，激情与猥琐、情爱与性欲相混杂。《橙血》中的黄阿贤对同族女子银好有意，决定逃离老玛丽庇护与畸爱的他不幸被误（或是被故意）当作盗贼击毙，而那根"古典的辫子"已被阿贤齐根铰去了。这辫子其实是为银好而铰断的，是对过去没有正常情感生活的告别，和对未来与银好之间可能性的一种期许。

对于严歌苓，弗洛伊德的精神分析甚或成为她的小说叙事之情节当中因果链的重要一环，严歌苓在《芳华》里曾这样解释刘峰表白林丁丁、触摸了她，这在当时的文工团本应属于正常的男女表达爱慕的行为，却被她喊救命并带来了严重后果的原因：

> 如果雷锋具有一种弗洛伊德推论的"超我人格（Superego）"，那么刘峰人格向此进化的每一步，就是脱离了一点正常人格——即弗洛伊德推论的掺兑着"本能（Id）"的"自我（Ego）"。反过来说，一个人距离完美人格——"超我"越近，就距离"自我"和"本能"越远，同时可以认为，这个完美人格越是完美，所具有的藏污纳垢的人性就越少。人之所以为人，就是他有着令人憎恨也

令人热爱、令人发笑也令人悲悯的人性。并且人性的不可预期、不可靠，以及它的变幻无穷，不乏罪恶，荤腥肉欲，正是魅力所在。相对人性的大荤，那么"超我"却是素净的，可碰上的对方如林丁丁，如我萧穗子，又是食大荤者，无荤不餐，怎么办？郝淑雯之所以跟军二流子"表弟"厮混，而不去眷顾刘峰，正是我的推理的最好证明。刘峰来到人间，就该本本分分做他的模范英雄标兵，一旦他身上出现我们这种人格所具有的发臭的人性，我们反而恐惧了，找不到给他的位置了。因此刘峰已经成了一种别类。试想我们这群充满淡淡的无耻和肮脏小欲念的女人怎么会去爱一个别类生命？而一个被我们假定成完美人格的别类突然像一个军二流子一样抱住你，你怪丁丁喊"救命"吗？我们由于人性的局限，在心的黑暗潜流里，从来没有相信刘峰是真实的。假如是真实的，像表面表现的那样，那他就不是人。哪个女人会爱"不是人"的人呢？[①]

张爱玲，是把从郁达夫、施蛰存那里发展而来的心理分析技巧发挥到了极致。她把它综合于人性畸形生存的更为复杂的内涵之中，在原生样态中予以更贴近世俗人生的现实性表现，实现了它与原本丰富且无可逃避的其他人生内容的高度融合，有时甚至达到了"过水无痕"的艺术效果。前面分析严歌苓的异域生活书写曾讲过，严歌苓对人性心理的展露抒写几至臻于完美的境地，常是整篇故事以人的心理推衍，心理与行为、事件互为推动，交织成故事情节的发展。作者本人具有高超的驾驭能力，或以第三人称作旁观式阐述，或跃然纸上与"你"展开心灵对话，或不着痕迹地写入自己的生活心理场景，甚至拼接不同对象"此在"的生活与心理场景，具精神分析特征的人性心理抒写，曾经令严歌苓对异域生活的书写达

---

① 严歌苓：《芳华》，人民文学出版社 2017 年，第 54—55 页。

到移民文学少有的高度和深度。而她在这方面积聚的才华，其实在她后来的"中国故事"的书写方面也有体现。

具有精神分析特征的人性心理抒写，只是张爱玲叙事策略的一种，当然，在严歌苓这里，它除了可以更加抵达人性的一些根柢，还可以重要到直接影响小说叙事结构或者说其本身就是小说的叙事结构，比如《人寰》。在联系和比照张爱玲与严歌苓的时候，我们更加应该重视的是借助叙事学、结构主义叙事学和文体学的研究方法，来对她们的小说作庖丁解牛式分析，当能发现她们所具有的自觉的小说文体意识。张爱玲从二十世纪八十年代后期以来重新受到重视，而且评价日高，研究者也成倍增长，"但一般评论者还是从思想角度分析，如爱情观市民社会、女性主义、反封建，总之这些评论方式无法判定其与文学本身的关系。作为当时的一个海派作家，张爱玲的小说充满着俗文学的气息，因此 40 年代一成名则被左翼猛烈批判，但张爱玲的写作与她对世俗生活的深刻体会密切相联系——那是一种少有人可比拟的生活智慧和情感体验与对生活的天才感悟和文学语言天赋相结合，形成独特的'张爱玲体'。其实如果从形式分析入手，的确会发现张爱玲过人的文学才华，这种才华正是文学性的重要表现"①。的确如其所说，仅从思想角度其实无以发现张爱玲过人的文学才华，也不能洞悉她小说文学性的真正表现和所在。

同样的情况也发生在严歌苓身上，她说："应该说我的每一部作品都企图创造一种语言风格，至少是一种语气。英文写作强调的是 voice，对我至关重要。"②我们来看严歌苓迄今为止的创作，她一直在追求小说叙事结构和叙述手法的创新，同是海外华文作家的张翎都佩服她这一点。对于 2017 年的长篇《芳华》，严歌苓自言探

---

① 刘旭：《叙述行为与文学性——形式分析与文学性问题的思考之一》，《文艺理论研究》2013 年第 3 期。

② 参见庄园《严歌苓访谈》，《华文文学》2006 年第 1 期。

索新的叙事手法和新的小说结构也是写《芳华》的原因之一：

> 写这个故事，我用了不同于过去我常用的叙述手法和架构，书中有一个人讲述过去的事，这个人很像我自己，但她并不是我。
>
> 我用这样的手法来写，其实是想探索新的叙事手法和新的小说结构。
>
> 在美国读艺术硕士的时候，我学过各种不同的小说形式，认为形式美和形式的独特，已经能让小说在一定程度上成功了，所以，我采用了这样一个新的形式。
>
> 第三人称这种写法，我已经有点疲惫了。我写过很多本书，如果要找一个理由说服我自己再多写一本，那叙述方式的创新就是其中一个理由。
>
> ……
>
> 《芳华》是一个虚构的故事，我在叙述人和我自己之间游离、变换，似乎是真的，又似乎是假的。
>
> 占取了一个虚实之间的便宜，所以讲了大量的真话，也讲了很多我对当年的一些战友，尤其是何小曼这样一个人物的忏悔，以及很多对青春里发生的一些现象的反思。[1]

除了小说结构和叙事手法的创新，如果落实到严歌苓小说中叙事片段的分析，更可以见出"严歌苓体"的文学性所在。她常常使用取消了直接引语标志的自由间接引语，它不仅可以将数次叙述视点的转换巧妙隐藏起来，形成走得比较快的叙事节奏，与受述人形成一种了无间距、彼此无隔的叙事效果，而且她在限知视角和限制性叙事方面造诣颇深，形成了别人难以效仿的叙事声音和话语方

---

[1] 严歌苓：《这就是我写〈芳华〉的原因》，2017 年 8 月 17 日在上海书展《芳华》读者见面会上的发言。

式。非成人视角叙事策略、人物的有限视角和限制性叙事，让她在小说艺术上可以与现代时期的萧红遥相致意。

第二节　限知视角与限制性叙事

——萧红与严歌苓合论

中国古代小说中已见限制叙事的情形，但实在不能与西方现代小说的限制叙事技巧等同。二十世纪初西方小说大量涌入中国以前，中国小说家、理论家从未形成突破全知叙事的自觉意识。俞明震在时人多从强调小说布局意识入手悟出限制叙事时，从柯南·道尔选择"局外人"华生为叙事角度，接触到了如何借限制叙事来创造小说的真实感问题："……作者乃从华生一边写来，只须福终日外出，已足了之，是谓善于趋避……福案每于获犯后，详述其理想规画，则前此无益之理想，无益之规画，均可不叙，遂觉福尔摩斯若先知，若神圣矣。是谓善于铺叙。因华生本局外人，一切福之秘密，可不早宣示，绝非勉强。而华生既茫然不知，忽然罪人斯得，惊奇自出意外……"[1]研究者分析了很难找到限制叙事对"新小说"改造的成功范例的原因：

也许，这跟"新小说"家的矛盾心态有关：一方面想学西方小说限制叙事的表面特征，用一人一事贯穿全书，一方面又舍不得传统小说全知视角自由转换时空的特长；一方面想用限制视角来获得"感觉"的真实，一方面又想用引进史实来获得"历史"的真实；一方面追求艺术价值，靠限制视角来加强小说的整体感，一方面追求历史价

---

[1]　俞明震：《觚庵漫笔》，《小说林》1 卷 5 期（1907）。

值（"补史"），借全知视角来容纳尽可能大的社会画面。[①]

　　这些问题，尤其是舍不得全知视角自由转换时空的特长，和虽然想借限制视角来获得"真实感"却不能真正实现的情况，其实一直在现代文学和当代文学当中广泛地存在着。中国文学自现代以来，凡是作家主体较多融入叙事的小说，往往要么因为作者思想意识侵入小说叙事太多太盛而伤害了小说的文学性，要么多令小说呈现情节性、故事性削减和散文化、抒情性增强的特征。这种情况自"五四"时期即已肇始。个性主义思潮和民主自由意识的催生下，独白式小说包括日记体、书信体小说曾经是"五四"作家最为热衷和喜爱的小说形式。但是独白的过剩，便是小说情节性大受冲击，很多小说比如《狂人日记》根本无法还原为完整的故事或者改编为讲求故事性、情节性的戏剧和电影。小说结构松散，作家主体过多地融入小说叙事，对小说形式和虚构性、故事性的伤害是明显和严重的，一个极端的例子，便是郁达夫的自叙传小说。

　　无论对于现代作家还是当代作家，能够娴熟运用限知视角和限制性叙事策略，避开将作家主体过多融入叙事的窠臼，具有充沛的文学性，都是非常不容易的。在新文学发展的谱系当中，从萧红和严歌苓身上，我们看到了这种难得和罕有。萧红"忆家"题材系列（《呼兰河传》《小城三月》《家族以外的人》《后花园》等）与严歌苓《穗子物语》系列小说，通过儿童的、非成人视角的叙事策略的娴熟运用，以不同于"宏大历史叙事"的叙述方式，在难得的女性视野的展开中，实现作家独特的历史记忆与个人体验的双重书写。萧红的《呼兰河传》和严歌苓的《穗子物语》系列，以及严歌苓的《一个女兵的悄悄话》《芳华》等篇中，回溯性小说叙事里都有对限知视角和限制叙事的灵活运用，而且严歌苓还将其扩展到非回溯性的小说叙事，令萧红的写作理念"我的人物比我高"在当代有了最

---

① 陈平原：《中国小说叙事模式的转变》，北京大学出版社 2010 年，第 68 页。

为生动和丰富的一个传承与发展。

非成人视角的叙事策略

二十世纪以来，伴随西方小说和小说创作理论的译介引进，中国文学传统中的全知全能的叙事模式不断受到理论家和作家的质疑并引发思考，他们对其表达的有效性和真实性作出反思，西方小说所采用的限制性叙事方式受到有意的借鉴和汲取，而儿童的、非成人的叙事视角就是在此背景下，作家有意进行的一种叙事探索。通过处在成人世界边缘，既区别于成人又不断长成趋近于成人世界的儿童的、非成人的眼光，以有别于成人的思维方式和感知方式，去打量他们置身其中的成人世界，展现一种有别于成人感受的文学世界。在生活、生命鲜活的原生态的本真面貌得以凸显的时候，恰恰表现出作家对文化、历史和人性心理的独特理解，在儿童那本真的、看似不经意的眼光中，反而更为容易洞见成人世界林林总总的荒谬与不合理处，更容易透视出现实的复杂性，完成烙印了作家独特个人体验的历史记忆的建构书写。萧红的代表作《呼兰河传》《小城三月》等篇章和严歌苓《穗子物语》系列小说，就展现了这种叙事探索在中国现当代文学一个很长的时间跨度里的呼应和长足发展。

在《呼兰河传》《小城三月》《家族以外的人》《后花园》等"忆家"题材的作品中，萧红成功地借用了儿童的视角——基本上都是以第一人称"我"来观察和叙写成人世界，叙述基本都控制在"我"的见闻感受之内。即便《后花园》中没有出现"我"这个叙述者，显而易见的也是由一个儿童叙述者来完成叙述，这个叙述者应该就是后花园老园主的孙女小春，而与其他篇章相联系来看，这个"小春"也就是蕴涵了作者萧红生命体验的童年的"我"。严歌苓的《穗子物语》系列小说，讲述了少女穗子在二十世纪六七十年代那个特定历史时期的成长经历，严歌苓或者以第一人称"我"来叙述，或者以第三人称"她"的叙事方式来结构成篇——主人公是"我""她""穗子"这个烙印了严歌苓个人色彩的形象，作品基本保持使用一种第一、第三人称儿童视角，就像作者自陈的："穗子是不是我的少年版本呢？当然不是。穗子是'少年的我'的印象派版本。"[1]无论是第一人称，还是第三人称，两位作家都有意选用儿童的、非成人的限制性的叙事视角，实践着自己对传统全知全能叙述视角作一种变革的努力。

以儿童的、非成人的视角来构建小说的叙事文本，文本便不免呈现一种儿童的色彩，往往是为成人所忽视或者弃置的内容，反而成为叙述者所关注和津津乐道的方面。像《呼兰河传》里，一段段舒徐和缓的美丽的文字当中，是童年的"我"与祖父相依相伴的一幕幕场景：后花园里的嬉戏玩耍，早晚的学诗念诗，灶坑里的烧猪烧鸭……北中国黑土地的沉寂落后闭塞乃至乡民生命存在的麻木愚昧似乎都被部分淡化了，沉重苦痛的成人世界为儿童纯真的心灵所烛照，呈现难得的单纯清新和澄澈明净。与萧红相类似，即使缺少父爱母爱，严歌苓一样有个外公疼她，"外公对于她，是靠山，是胆子"（《老人鱼》），在食品匮乏的岁月里，享受着外公发放给她的零嘴，哪怕是时间久了干成"橘子化石"的橘子，和女伴们偷挖人家竹笋最后需要外公来解救的经历也满是"传奇"色彩；收养一只难以驯服的野猫"黑影"的整个过程，也满是穗子孩子气的童真（《黑影》）；全体逃学的"拖鞋大队"的女孩子们，一起去看她们在劳动改造的父亲，也漾溢出少年的青春互助的生命气息，"五辆自行车，轮流骑，也轮流被人驮"，网兜里的各种过期食品在她们感受里却是可以"香得命都没了"的好东西（《拖鞋大队》）……成人世界的疯狂、沉重、痛苦，在儿童的、非成人视角的观照之下，似乎也淡定了许多。与成人相比，儿童的生命体验是更为原初的、不

---

① 严歌苓：《穗子物语》，广西师范大学出版社 2005 年，第 1 页。

曾被熏染过的，所以，无论生活如何复杂，儿童视角恰恰可以使其能够回避对生活作出理性的价值判断，作者可以由之轻松实现对道德评判和理性说教的规避。冷静客观、平淡冲和的叙事态度，并不会减弱其对生活复杂性的意义呈现，反而常常更为鲜活地表现出生活的本来面貌和形成对成人世界的意义补充。

　　与儿童视角的这种纯澈明净的特性相关联，当儿童的视角被作家采纳为一种叙事策略后，文本往往呈现一种人与自然、与周围事物的无间距感，呈现出沾染了儿童生机与活力的人与自然、人与物的一种浑然圆融的境界。因为儿童是以自我为中心，以自己的思维方式和感知方式来触摸世界的："一切都等同于有生命的'我'，不能区分有生命的和无生命的现象，而把整个世界（无论是物还是人）都作为有生命和有情感的对象来加以对待。"[1]对于萧红，满是花鸟昆虫的后花园，堆积了几年几至发霉的杂物的储藏室，都成了"我"可以尽情玩乐、陶醉身心的乐园；所有的自然景物，也全被赋予了带有儿童鲜活生命体验的生命的色彩和活力。六月的窗子被封满了，"而且就在窗棂上挂着滴滴嘟嘟的大黄瓜、小黄瓜，瘦黄瓜、胖黄瓜，还有最小的小黄瓜纽儿，头顶上还正在顶着一朵黄花没有落呢"（《后花园》）；"这地方的火烧云变化极多"，或是马形，或是似乎跟了好几条小狗崽的一条大狗，或是和娘娘庙门前的大石头狮子一模一样的一个大狮子，又或者是一个猴子，于是孩子们也困倦了（《呼兰河传》）。萧红在她"忆家"题材作品里所表现的这种与自然和周围事物的亲密无间，是有着她寄寓情怀化解内心孤寂的心理缘由的。但由于儿童视角的择取，是与现代时期以来许多作家有意通过游记等形式来希望从自然中求得心灵安慰有着很大不同的，儿童视角的回归自然，使得作家不仅自己能够从对于自然的描绘中获得并且同时也能够给予读者直觉的、感性的、水乳交融的审美艺术观照；而那种成人视角中所表现的有意的回归自然，是抱着

---

① 童庆炳：《作家的童年经验及其对创作的影响》，《文学评论》1993年第4期。

恢复为物质主义所异化和扭曲的人性的理性意图的，具备现代知识分子在现代化的道路上心理趋向退而归隐的精神表征，这与儿童视角所带来的那种纯然境界是不同层次的，其表现深度和审美精神也是迥然有别的。

在严歌苓笔下，儿童与周围世界之间也有许多不同于成人感知的无间距感，野性难驯的小猫"黑影"使"六岁半的穗子第一次明白什么叫做敌意"，"这袖珍猛兽真的要猎获她似的咧开嘴"，而"穗子一动也不动。让它相信她做它猎物的甘愿"；只有儿童穗子能够与黑猫那样地心灵相通，"她和美丽的黑猫相顾无言的感觉，那样的相顾无言"，而"这感觉在世故起来的人那儿是不存在的，只能发生在那种尚未彻底认识与接受自己的生命类属，因而与其他生命同样天真蒙昧的心灵"（《黑影》）。从以儿童视角建构起与自然交融的审美体系这个角度而言，东北乡土社会在给予萧红原始蒙昧和古老混沌沉滞之感的同时，也有丰厚的自然生活场景可以由她去体会、去挖掘。从这个层面而言，严歌苓就远没有这么幸运，穗子受到城市生活空间的限制，即便她的天性和家族文化记忆里有亲近自然的因素，现实中的她也只能将眼光更多地收回到市民的生活场景中去。非成人视角的叙事策略，虽然同样赋予穗子对自然和对于物的无间距感，但严歌苓所着意展现的是穗子在特定历史时期成长的历史。其中，穗子这个儿童是不断长大、趋近于成人世界的，与萧红那段相对静态的童年生活的回望相比，严歌苓这里的穗子的生活是含有更多动态的、变动不居的因素的，她用来体会感受自然的那种更加属于儿童的、生命原初的本能感觉渐有退缩，而令文本更多蕴涵一些社会文化的因素，也就是顺理成章不容回避的了。

这些具有儿童感观和心理色彩的非成人视角的建构，使文本透出一种遮掩不住的艺术魅力。儿童的更加直觉的、感性的乃至对世界缺乏透彻理解的思维和感知方式，加上文本为配合它们所采取的叙述方式、语言形式，都与读者业已习惯的成人叙述方式产生较大的差别，通过它们，读者感受到的是更加鲜活和富于原生态质感的生活真实，而且会因为与习以为常的阅读期待有距离、有差别而体会到强烈的、陌生的新鲜感，正是由于这种对成人读者审美期待有震撼效果的陌生感和新鲜感，令两位女作家所创作的这一系列小说极富审美意蕴。

在两位女作家采取了非成人视角的叙事策略后，文本无不具有了一种"细节化"的叙述方式。其实，"细节化"作为小说审美的基本要求之一，经常为成人视角的文本叙事所采用，而在萧红和严歌苓所采用的非成人视角的文本叙事里面，"细节化"将呈现给我们怎样一种生活的真实呢？非成人视角的文本叙事里面，细节化叙述具备以下特征：首先，由于儿童天真，缺乏抽象概括和逻辑推理能力，反而使其更多具备了感受生活表象的能力，生活的表象又由繁复细密的生活细节所构成，这就使得非成人视角下的细节化叙述成为可能；其次，儿童的思维方式和感知方式不同于成人，所以他们感受和叙述的细节往往是为成人所忽视和遗漏的部分；但是，非成人视角的细节化表述，能够还原生活本来面目，甚至更能凸显生活的真实性，产生更为震撼人心的审美效果。

不谙世事的孩子观察和感受世界的时候，注意到的往往是生活的诸种细节，加上他们非成人化视角单纯、感性、不事逻辑推理和理性概括的本质特征，他们往往只作生活细节和客观事物的最显在表象的叙述展现，无数为成人熟视无睹的细节由此一一突显出来。《呼兰河传》里，萧红就将许多的笔墨花费在"我"观察和叙述出来的小城人许多的生活细节上面，叙述者会津津乐道陷溺车马行人、淹鸡淹鸭的泥坑子是如何令大家坦然地将"瘟猪"说成"淹猪"，而心安理得地吃起便宜的瘟猪肉，扎彩人、跳大神、放河灯、四月十八娘娘庙大会等民俗事象的表现，也离不开儿童视角里的生活细节的悉数展现。严歌苓笔下，穗子的眼里，也观察到许多成人看不到的生活细节，抄家者受到外公震慑撤离时，穗子"注意到一个偷窃者。他伙同这群人进来时看见床下有两条肥皂，就抓了揣进裤袋。偷窃者最后一个出门，出门前以同样的魔术手法把肥皂扔下了"（《老人鱼》）；售货员小顾嫁给画家杨麦，婚礼上三十多斤炒得黑乎乎的花生米让"所有的大人孩子都吃成一张花脸两只黑手"（《小顾艳传》），这是孩子眼里物质匮乏年代的历史记忆。

有意味的是，这些细节叙述虽然是倚借儿童视角的收纳，也是并不作推理总结和理性概括的生活表象的展现，却没有将人物淹没于生活的浊流之中，而是满足了富于理性的成人阅读者的审美期待，甚至给予他们身临其境的现场感；儿童视角产生的细节化叙述，也没有流于个体情绪体验的一味宣泄，而是极大丰富和拓展了寻常成人视角所表现内容的层面和范围，从细节中解读表象背后的深层内涵成为读者的兴趣所在。缺少理性束缚的儿童眼光，是"一个遭遇型视角，因为儿童的生活就是遭遇的，无规划的"①，这种更为感性直觉的视角是否会影响生活真实性或者审美意蕴丰富性的表达呢？情况恰好相反，唯其视角的遭遇性、无规划、直接性、随意性和无目的性，反而更容易洞见成人世界的真实，对充斥于成人世界的荒谬、不合理处乃至人性的扭曲，别具一种透视和艺术表现的力度。

在萧红的《呼兰河传》里，在"我"看来"怪好"的小团圆媳妇，在大人们的眼里却"不像个团圆媳妇"。在她被管教成"病"之后，众人献计献策要"拯救"她，最后竟发展到要给她洗开水澡，但在"我"看来，她却是没有病的，她还跟"我"一起玩玻璃球，"我"和她都根本不知厄运即将降临到她头上。而当她被众人说成是掉了辫子的"妖怪"时，"我"要说出辫子"是用剪刀剪的"的真相，却被老厨子堵住了嘴。正因为"我"的存在和细节化叙述，才可以将成人所不知或者故意回避知晓的所有细节悉数纳入

① 张宇凌：《论萧红〈呼兰河传〉中的儿童视角》，《中国现代文学研究丛刊》1997年第1期。

视野，揭示出成人世界的险恶和乡民的可怜可憎可悲悯之处。这种儿童视角下的细节化叙述，绝没有成人世界在叙述类似主题时的冷峻峭拔和严峻惨烈，却以凸显而出的真实性获得了作品主题的深度表达。借此，萧红成功实现了对沉寂生命世界的拷问，也完成了她对由于乡民蒙昧麻木文化心理缺陷所造成的诸多"无事的悲剧"的反思。

凭借非成人视角叙事策略里的细节化叙述，严歌苓拥有一种看似相对轻快简约的笔调，实现了她对二十世纪六七十年代历史的独特书写。乱世、革命、动荡、毁灭等诸种因素，混杂着青春少女穗子成长中的一颦一笑、执迷不悟甚至是女孩性意识的启蒙与觉醒，借由许多细节，以儿童的视角直指成人世界的虚伪荒诞乃至人性的扭曲、背叛和凶残，别具一种表现的力度。不乏野性的黑猫"黑影"成为穗子的宠物，或可视为动荡年代里穗子的一点情感寄托，它曾偷来一整条金华火腿和一串风干板栗，这是饥荒年头里穗子得到的最难忘的礼物，但是"穗子意识到，饥荒年头的人们十分凶猛，他们以牙还牙地同其他兽类平等地争夺食物"，"黑影"被人残忍地用火钳烫烙而死，降生不久的猫崽也活活饿死，这些为穗子的童年平添许多悲怆色彩，也构成穗子对那个年代的真实记忆。《角儿朱依锦》的故事，在通过儿童视角的细节叙述来揭示成人世界的荒谬可憎、人性扭曲方面，与萧红的《呼兰河传》有异曲同工之妙。名演员朱依锦受不了批斗侮辱服毒自杀，被送进医院抢救，却被人蓄意剥成光溜溜的身子，并勾起无数成人以不同名目前来窥视的欲望，尽管"我"找来棉被给她盖上，尽量不睡觉守在她身边拼命阻挡人们的窥视欲，但睡眼惺忪中，电工都会走到床边"假装嘴巴一松，把香烟头掉落在朱阿姨被子上"，"他马上装出慌手乱脚的样子去拍打被子，生怕烟屁股把朱阿姨点着似的用手在朱阿姨身上扑上扑下。棉被还就是给他拍打不掉。他干脆抓起棉被来抖，好像要把火灾的危险抖抖干净"，目的当然是"他眼睛一落在朱阿姨的身体上，手就僵住了"。纤毫毕现的细节之外，不加任何理性的概括与逻辑的推断，却将人性的卑微、扭曲一览无余，美好的生命只能如"一只白蝴蝶标本"，"不防护自己，在你眼前展览她慢慢死掉的过程"，非成人视角的细节叙述，收获的却是撼动人心的艺术效果。

两位女作家所采纳的非成人视角的细节化叙述，为我们捡拾起散佚在历史中，为我们一度忽略了的生活碎片，提供给我们别一种观察、记录和解读生活的方式。而且，小说文本并没有陷于一种单纯的生活实录和个体情绪的宣泄，这与萧红和严歌苓所秉持的历史意识具有不可分割的关系。对于历史这一已经消逝了的存在，了解其真相有两种途径：庙堂的历史意识，民间的历史意识。①这里我要说的是，两位女作家以非成人的叙事视角，通过她们的小说文本保留下许多的历史信息，而这许多的历史信息，又借由非成人的视角和叙述，避开了峻切的、理性的评判，深深隐晦在文本叙述的内容里，唤起的却是我们成人的、集体的对于那段历史的记忆。这或可以说是一种难得的民间历史意识，也正由于其历史意识的完整性，使那些生活的碎片、无数的细节获取了统一自己、完整结构自己的灵魂。

如此繁富的审美意蕴和独特的历史记忆的书写，当然不能仅仅以一种单纯的、纯粹的儿童视角和非成人叙述方式来获得完满实现，作家无论如何也不可能将自己从叙述者的身份中完全剥离。布斯在《小说修辞学》中就认为："虽然作者可以在一定程度上选择他的伪装，但是他永远不能选择消失不见。"②于是，在两位女作家采取非成人叙事策略的文本里面，我们常常听到两种不同的声音：儿童叙述者的声音和成人的隐含作者的声音。儿童的视角可以抓取生活的表象，但叙述过程中又不可避免地夹杂隐含作者那成年人的

---

① 参见陈思和《中国当代文学关键词十讲》，复旦大学出版社 2002 年，第 219 页。
② ［美］W.C. 布斯：《小说修辞学》，北京大学出版社 1987 年，第 23 页。

生活积淀和带一定批判性质的眼光。两种话语的穿插交错甚至是水乳交融，共同构成了小说文本的复调叙事。

萧红《呼兰河传》里面，跳大神时唱着的词调混合着鼓声，"使人听了起着一种悲凉的情绪"，夜里从几十丈远的地方传来，"实在是冷森森的，越听就越悲凉"，"若赶上一个下雨的夜，就特别凄凉，寡妇可以落泪，鳏夫就要起来彷徨"。在进行跳大神的文本叙事时候，还穿插进两句单独成段的话："满天星光，满屋月亮，人生何如，为什么这么悲凉"，"人生为了什么，才有这样凄凉的夜"。[①] 这几乎就是隐含的成人作者内心感怀的直接抒发，传达出萧红对小城人枯索荒凉生命的无限悲叹和感慨。这种隐含作者的声音，对文本中的非成年人叙述是形成一种干预的，任何非成年人视角的回溯性叙事，都无法摒弃哪怕是避开作家成人经验的渗入和介入。

在更多隐藏自己成年叙述者身份的萧红那里，都条缕可辨文本中存在两种不同的话语系统，隐约可见作品复调叙事的文本结构。在严歌苓这里，复调叙事就更为明晰，是为作家娴熟运用的艺术手段。要知道，成人作者不仅主观上做不到全然倚赖一种非成人的视角来建构文本叙事，而且，鉴于小说文本虚构性等方面的艺术表现要求，成人作者在建构童年、成长回忆文本叙事的情节的时候，实践层面本身也要综合很多不同的叙述声音。巴赫金曾这样说："我的传记的很大一部分是我从亲人们带有他们的情感声调的话语中得知的：出生、身世、幼儿时期的家庭和民族生活事件（一切不可能被幼儿理解或根本不可能被幼儿知觉的东西）。所有这些因素，从恢复我的生活及其世界的稍许可以理解和连贯的图画来说，都是必要的，所有这一切又都是我——我的生活叙述者从这一生活的其他主人公口里得知的。没有其他人的这种叙述，我的生活不仅会失去内容的丰富性和鲜明性，而且本身还会是零乱的，没有价值角度上

[①] 萧红：《呼兰河传》，《萧红全集》（下），哈尔滨出版社1991年，第736—737页。

的传记统一性的。"① 正因为如此，严歌苓才称"穗子是'少年的我'的印象派版本"，"其中的故事并不都是穗子的经历，而是她对那个时代的印象，包括道听途说的故事给她形成的印象。比如《梨花疫》中的男女角，都真实存在过，但他们的浪漫故事，却是在保姆们、主妇们的闲言碎语中完整起来的"，而严歌苓把当年人们的"闲话""拼接成穗子的版本"。② 这样的情况在严歌苓《穗子物语》系列里面俯拾皆是，像半周岁时仍捆在摇篮里的穗子挨过母亲结结实实两脚的细节描写，应该就是这样一种情况，文本里甚至这样提示：母亲这失体统的举动"给她的老辈和小辈都落下了话柄"（《老人鱼》），这些细节当然不是一个半周岁的婴儿可以直接感知的，是综合了成年人叙述声音的非成人视角的文本叙事。

在复调叙事的文本叙事结构里面，不只成年叙述者的经验和判断会不可避免地渗入并影响儿童的视角和叙述声音，而且，成年的隐含作者还常常自如地在童年回忆和当下作自如的时空穿梭，以自己成年人的话语和判断，发出带有分析评论性质的声音。年少的穗子与同伴一起偷竹笋被看竹人抓住"押解"途中，年长女孩使眼色暗示她逃走，穗子却装作不懂——"穗子跟全人类一样，都有同一种作为人的特点，那就是争取不孤立，争取跟大多数人同步，受罪享福，热热闹闹就好"，这当然是带有隐含成年作者的分析和生活感慨的声音。如果说，萧红作品里隐含作者的成年人声音还更为隐晦、内在，更多呈现一种作者内心情怀不得不加以抒发情况的话，严歌苓在叙事方面就更加展现出她不同寻常的叙事技巧，能够做到声音与视角的自如切换，无怪乎有人会评价她的小说"总是弥漫着阐释者的魅力"③。当然，严歌苓在自如展现她的这些叙事技巧的时候，是张弛有度的，她在两种视角和两套话语系统中间寻找自己

① ［俄］巴赫金：《巴赫金文论选》，中国社会科学出版社 1996 年，第 489 页。
② 严歌苓：《穗子物语》，广西师范大学出版社 2005 年，第 1—2 页。
③ 陈思和：《人性透视下的东方伦理》，《文汇读书周报》1998 年 7 月 11 日。

所处的合适位置，并不曾令成人的视角和声音在她的小说文本里面过于张扬，而是孜孜寻求两套话语系统所形成的叙事张力能够松紧有度。她拥有一种不断调适自己的艺术自觉，就像她自己坦言的："我做过这样的梦：我和童年的我并存，我在画面外观察画中童年或少年的自己"，"当童年的我开始犯错误时，我在画面外干着急，想提醒她，纠正她"，"而我却无法和她沟通，干涉她，只能眼睁睁看着她把一件荒唐事越做越荒唐"，对于童年穗子的种种行为，"成年的我只能旁观"。①

限知视角和限制性叙事

上文已经分析，萧红和严歌苓采用非成人视角叙事策略的文本叙事的复调结构，是借儿童视角与成人视角、儿童话语与成人话语的交织，来表达成年作者的道德立场和价值判断，成人视角会渗入影响儿童视角，儿童视角又可以构成对成人视角的意义补充，两种视角和两套话语系统在互渗交织中，还产生一种叙事的张力，这种叙事的张力反而容易产生超越单一视角或者单一话语系统的文本意义。儿童叙述者带给读者陌生化和新鲜感的审美愉悦，成人叙述者又能够对儿童叙述者已经描述的生活表象作出进一步思考，使得作品主题更加深入、更加明晰成为可能。可以说，这种叙事张力轻而易举就实现了叙事空间和叙事层次的拓展。对于萧红和严歌苓来说，这样的叙事策略，也可以更好地发挥她们作为女性写作者的艺术直觉和感性思维，使得她们的小说文本在具备一种洞穿人性真实的深刻当中，依然不失一份明丽与清新的叙述笔调。

进一步地来看，除了上文所举成年叙述者的经验和判断会不可避免地渗入并影响儿童的视角和叙述声音，以上所谈到的小说叙事当中成人视角的叙事，她们也多采用一种限知视角和限制性叙事策

① 严歌苓：《穗子物语》，广西师范大学出版社 2005 年，第 1 页。

略。我曾经分析过《呼兰河传》，认为其小说主体层面是第一人称回顾性叙述，这一类型的叙述潜藏两种不同的叙事眼光：一是叙述者"我"从现在的角度追忆往事的眼光，二是被追忆的"我"过去正在经历事件时的眼光。《呼兰河传》兼具这两种叙事眼光，而且尤重第二种叙事眼光：既包括有儿童的非成人视角的叙事眼光，又包括固定人物的限制性视角和转换性人物有限视角。萧红的《呼兰河传》和严歌苓的《穗子物语》系列，以及严歌苓的《一个女兵的悄悄话》《芳华》等篇中，回溯性小说叙事里对限知视角和限制叙事的灵活运用，除了非成人视角的叙事策略，还有成人的固定人物的限制性视角和转换性人物有限视角，这是小说能够情节性强或者虚构性、故事性强和艺术真实感油然而生的重要原因，同时也令小说更加具备打动人心的力量和具有丰沛的文学性。

《呼兰河传》里，被追忆的"我"过去正在经历事件时的眼光，所包含的三种叙事视角，其实都在传达和体现萧红对小说学、小说写法的一种认知——"我的人物比我高"，是萧红对小说文体的自觉和一种自觉的创作理念。她在1938年与友人的谈话当中说："我开始也悲悯我的人物"，"但写来写去，我的感觉变了。我觉得我不配悲悯他们，恐怕他们倒应该悲悯我咧！悲悯只能从上到下，不能从下到上，也不能施之于同辈之间。我的人物比我高"。[1] 其实也就是如有的评论者所说的，小说写作要"贴着人物写"的写法："在小说写作中，人物的性格逻辑是高于作家的想象的，如果你强行扭曲人物自身的逻辑，这小说一定会显得生硬而粗糙。不贴着人物自身的逻辑、事物内在的情理写，你就会武断、粗暴地对待自己小说的情节和对话，艺术上的漏洞就会很多"，"你要了解一个疯子或者傻瓜，就得贴着他们的感受写，如果你用健康人的思维去写，就很难

① 参见聂绀弩《回忆我和萧红的一次谈话》，季红真编选《萧萧落红》，人民文学出版社2001年，第5—6页。

写得真实生动"。①转换性人物有限视角，算是"贴着人物写"里一种比较高超的写作技巧。《呼兰河传》里，像对于农业学校校长儿子掉泥坑子的原因的叙述，叙述人是贴着呼兰河这里的每个人物的感受去写的。叙述人、人物与隐含作者的思想意识和认识水平发生了剥离，我们很明白作者、隐含作者对于农业学校校长儿子掉泥坑子的原因，都不会是这些段落所呈现的这样的认识水平、价值观和道德评判标准。而在小团圆媳妇婆婆这一固定人物有限视角里，叙述人、人物与隐含作者、作者，都天然拉开了距离，人物的心理、思想意识、价值观和道德判断等，都是人物自己的，人物绝没有充当隐含作者的传声筒。而且在这种距离拉开的叙述手法中，人物的真实性得到了最大程度的还原和展现，人性的复杂性亦远非简单的二元可以涵括。叙事效果是，整个事件的反讽意味和悲剧性并存，让人在对人物的理解之同情当中，又对小团圆媳妇的被虐待致死和施虐者不失朴拙但又愚昧并且兼具人性恶与各种人性复杂性之外还对自己所犯平庸之恶毫不自知，而感到一种让人无法释怀的纠结与无力感，纠结与无力当中还对美好生命的被虐杀而备感痛入心髓，审美意蕴可谓繁富无尽。

转换性人物有限视角和固定人物的有限视角，在严歌苓的回溯性小说叙事里运用娴熟，而其小说的艺术魅力也多缘于此。严歌苓的《穗子物语》系列以及《一个女兵的悄悄话》《芳华》等篇中，小说常常产生让人如身临其境的真实感，与这样的小说叙事手法是分不开的。《一个女兵的悄悄话》中，恰是目光几经折射的回望性叙事里，多采用被追忆的"我"过去正在经历事件时的眼光，所以当年合情合理的生活才显出了荒诞的意味——当年生活的现场般真实性的凸显，才会让受述者和读者今天的眼光投射过去的时候，有着目光已经几经折射的意味。举《穗子物语·灰舞鞋》中一例，曾教导员想诱供小穗子承认她与冬骏发生了男女关系：

---

① 谢有顺：《文学及其所创造的》，海峡文艺出版社 2016 年，第 307 页。

小穗子说她什么也没有瞒，都写在检查书里了。

曾教导员说："傻丫头，你替人家瞒，人家可不替你瞒。人家把什么都交代了。"

小穗子猛地抬起脸，小小的脸上就剩一双茫然眼睛和一张半开的嘴。

……

"对呀，邵冬骏都向组织交代了……"曾教导员用她温润的嗓音说道。见小穗子仍是一张茫茫然的面孔，她又说她最憎恨男人欺负年少无知的女孩子。

小穗子说冬骏可从来没欺负她，每回干部们发糕点票，他都买了糕点送给她。

曾教导员一咂嘴，说她指的可不是那种欺负。她人往藤沙发前面出溜一下，和小穗子便成了说悄悄语的一对小姑娘。她要小穗子想想，他是否对她做过那件……小穗子不太懂的那件事；就是那件有点奇怪、挺疼的、要流血的事。

小穗子表情毫无变化，看着曾教导员吞吞吐吐的嘴唇。[1]（段落之间的省略号为笔者所加）

曾教导员的视角或者说视点，始终与穗子的视角和视点发生着偏离。曾教导员继续审问："你说你没干，那你告诉我，都干了些什么。"穗子"说起第一次见冬骏时的感觉。那时她是新兵，在为新兵排写黑板报，站在一个翘来翘去的板凳上。一大群老兵在她身后看她画图案，等人全走光了，还剩一个人，还在看，就是冬骏。她说触及灵魂地反省，她从那时就喜欢上了他。也许冬骏在很长时间里什么也没感觉到"……曾教导员继续"审问"诱供都干了什么，穗子"把最秘密的心思都翻出来，摊给曾教导员。那些心思对于她

---

[1]　严歌苓:《穗子物语》，广西师范大学出版社 2005 年，第 189—190 页。

自己都是秘密的，这一摊开她才认清了它们。她讲得忘乎所以，曾教导员的手上，甜美的小酒窝全消失了，然后握成一只拳头，捶捶藤椅扶手"。①这段小说叙事里，叙述人始终贴着曾教导员和穗子这两个人物各自分别的感知视点和世界观、兴趣、利益等的视点。曾教导员与穗子两个人物的视点始终发生着偏离。在这种偏离当中，叙述人实现着贴近人物视角和视点的叙述；也正是贴近人物视角和视点的叙述，形成了穗子和曾教导员对同一件事的理解的偏差，令小说情节性倍生，甚至产生了一定的戏剧化冲突的力量。严歌苓不只在《穗子物语》系列以及《一个女兵的悄悄话》《芳华》等篇中运用了限知视角和限制性叙事的叙述手法，在其他小说当中也能运用自如，"我的人物比我高"，还人物真实性于人物。从萧红到严歌苓，显示了这种叙事探索在中国现代、当代文学一个很长的时间跨度里的呼应和长足发展。

第三节　女性视阈中历史与人性的双重书写
——以王安忆《长恨歌》与严歌苓《一个女人的史诗》为例

　　二十世纪四十年代的张爱玲，从独特的女性生命体验出发，将男男女女尤其是小女子从时代大潮中分离出来，通过对她们可怜可叹可悲命运的流转变迁的叙写，揭示出人性的千疮百孔。今天看来，中国当代的女作家当中，能够延续这一脉艺术探索与文学书写方式的，就不能不提到两位作家——王安忆和严歌苓。越来越多的研究者已经注意到了她们与张爱玲之间的一些微妙的联系和彼此相通的艺术气息。王安忆的长篇小说《长恨歌》，最早连载于《钟山》杂志1995年第2、3、4期，通过王琦瑶这样一个小女子，揭示出上海市民阶层女性的生命形态和生存方式。在此基础上，作家是那样

———————
①　严歌苓：《穗子物语》，广西师范大学出版社2005年，第191页。

真诚地想通过围绕王琦瑶所发生的四十年的故事，写出一部城市的历史。与王安忆同辈的女作家严歌苓，在2006年推出了长篇《一个女人的史诗》，所塑造的人物田苏菲，虽然与王琦瑶有着很不一样的身世和情感经历，却同样是一个虽"置身于大历史"却"在一个女人的小格局里左冲右突"的女性形象。两部作品所叙写的故事，都是从1949年前夕到二十世纪六七十年代那段特定历史时期结束之后，起讫时间大致相同。更为令人惊异的是，两位作家在历史观念和文学叙写方面，有很多气韵相通甚至不谋而合之处，她们在对那段气势恢弘的历史的回望当中，竟然无一例外地选择了与宏大历史叙述方式不同的叙述与书写方式，挖掘出相对疏离于主流历史之外的另外一些历史维度和文化向度，并借由独特的女性视阈，完成她们蕴涵了女性生命体验的历史与人性的双重书写。

女性视阈中的历史书写

"五四"以后，启蒙理性的现代性叙事得以确立，其中的历史逻辑就是以理性的自信去建树社会应有的社会秩序和批判不应该具有的黑暗、落后和愚昧。其后，作家的创作主题也往往与革命或者救亡的时代主潮紧密相连。1949年以后，五十到七十年代的当代文学，继承了左翼文学的传统，个人没有独立的价值和主体意识，个人仰仗历史意义及其价值的赋予，方能具备自己的价值与历史意义。文学创作自觉承担了历史叙述的责任，宏大叙事主题的择取，也使个人的主体性被滚滚的历史洪流所裹挟，个人只能以历史载体的面目出现。在此种"革命浪漫主义"的观照之下，日常生活不存在任何诗意，反而会被认为是"卑琐""庸俗"，"窒息人的精神并日益使人平庸化"。宏大叙事的主题使得作者往往以意识形态代言人面貌出现，小说创作所进行的历史叙述也是与主流历史的自觉契合。新时期以来，随着个体的价值再度受到重视，市民社会的生活方式和价值理念的提升，小说创作渐渐与主流的历史叙述法则相疏离，回到民间的、多元的历史视角和叙述态度逐渐受到青睐。在对历史的书写和表现当中，小说创作也往往游离出传统的主流历史叙述的框架。在这样的时代和历史文化背景当中，王安忆和严歌苓所采取的女性视阈的历史书写态度，就拥有了它的理论资源和文化背景。

二十世纪四十年代的张爱玲，用她细腻敏感的笔触编织出一个个女性的传奇和生命故事。与主流的时代历史相疏离的书写态度，使她把主人公从时代主流历史当中分离出来，选取的是一个个历史的剖面，在一个个被压缩被封闭的历史空间里面，铺展着一个个女性的爱恨与情愁，剖析着冷冷的、阴暗的、复杂的人性。这种书写态度，截断了历史之河的流淌和绵延，使她可以不去碰触那些已经发生和正在发生着的历史事件，不去展现呈历时性绵延状态的历史，不去思考历史与个人的复杂关系。这也正是张爱玲的作品总给人一种人物仿佛生活在古老的往事里面，作品总被一种古老的氛围所笼罩的原因。她笔下的人物，多是生活在新旧时代交替当中却依然弥漫老中国气息的公馆，故事也多展开在家族这样一个封闭的空间之内。在她作品当中，作为历史存在的时间因素好似被抽取掉了。在与主流历史相对疏离的书写态度上面，王安忆和严歌苓与张爱玲是很相似的。但是，《长恨歌》写了历时四十年的王琦瑶的故事，《一个女人的史诗》展示了一个置身"红色历史"当中的田苏菲三十几年的情感历史和生存轨迹，而且，两部作品都分明显示出两位作家为笔下两个女性写作出"史诗"的努力。如此的创作意图，这样长的时间跨度，都使得她们再也不能像张爱玲那样，只抽取历史的横向剖面，或者把人物仅仅压缩在一个封闭的、狭窄的空间之内。对待同王琦瑶和田苏菲的人生经历息息相关的历史，两位女作家秉持了怎样一种书写态度？那些无以回避的历史事件该如何展现？人物与历史是怎样的一种关系呈现？这样的书写表达了作家怎样的历史情怀和人文关怀？这些都是笔者所关心的问题。

两位女作家对待历史，都选取了一些特别的书写维度，这些书写让她们的作品溢出了以往宏大叙事所覆盖的主流历史的叙述法则。《长恨歌》开篇头一句话"站一个制高点看上海，上海的弄堂是壮观的景象"，看上海，看到的是什么呢？是形形种种、跟人有一股肌肤之亲似的"弄堂"，是混淆视听、好像要改写历史似的、蚕食般一点一点咬噬着书本上的记载的"流言"，是"出走的娜拉是她们的精神领袖，而心里要的却是《西厢记》里莺莺"的"闺阁"，是最情义绵绵、晨送暮迎、做了城市心的温柔乡的"鸽群"，更是身为"典型的弄堂的女儿"和"典型的待字闺中的女儿"的"王琦瑶"……的确，"人们可以细腻地品味勾勒这个城市的一笔一画，但是，人们找不到一个精神的制高点纵览这个城市的历史风云"[1]，在这些温婉细致、肌理绵密的叙述当中，宏大的历史叙述就这样被有意地过滤掉了。与王琦瑶相比，田苏菲的人生经历与现实生存，注定了要与时代历史风云有着更为紧密的关系。她不能像王琦瑶那样，可以待字闺中，然后被国民党权力人物李主任包养寓居"爱丽丝"公寓，避时乱居于世外桃源般的水乡邬桥，躲进平安里亭子间，从此与外面的尘世一隔就是近三十年。田苏菲，是"红色历史"当中的一员，是个十六岁就去参加革命的"革命者"，在舞台上，她真诚忘我地演绎各种时代人物，譬如刘胡兰、喜儿——这都是在主流历史叙述里面有着特定符码和象征意义的人物；在舞台下，田苏菲的现实生活里也离不开变幻莫测的时代历史风云。即便如此，《一个女人的史诗》中，你同样找不到可以俯瞰历史风云的"精神制高点"，所有的历史叙述书写似乎都无法用旧有的历史叙述法则来框定它。田苏菲去革命的缘由，并非出于革命的原因或者宏大的革命理想，竟然是有着由于被同学"拍花子"般骗去毛衣，所以得躲避母亲笤帚苗子的臭揍这样的不得已；时代风潮当中丈夫欧

---

① 南帆：《城市的肖像——读王安忆的〈长恨歌〉》，《小说评论》1998年第1期。

阳荽挨批斗，小菲满脑子琢磨的是"挨斗也是体力活"，竟然练就了她在供应紧张的年代能够把肉丝切得最多最出数的非同寻常的刀功……难怪评论家贺绍俊会这样评价它："这是一部从新的视角开掘红色资源的小说"，"它以另外一种方式去回望历史"。[①]

两位女作家以这样的女性视阈，据守一方与主流历史拉开一定距离的女性生存的空间。在王琦瑶、田苏菲的人生经历中，一些重大的历史事件、一些重要的年份，都在她们女性的视阈之中获得了另一历史向度的诠释。1946年的历史风云，落实到《长恨歌》中，是打着募集赈灾款项名义的"上海小姐"的征选，改写的是王琦瑶待字闺中的历史。1948年，历史的变幻在作品中也只是"这是局势分外紧张的一年，内战烽起，前途未决"，对于王琦瑶来说，却是具有另外的人生标示意义——她住进了"爱丽丝"公寓做了李主任的外室，"爱丽丝"公寓里绵绵无尽的情势和温柔缱绻的小女子情怀倒是作者着意描画的。1957年这个特殊的年份里，王琦瑶、严师母、毛毛娘舅、萨沙围炉聚谈聚餐聚消遣，也在不平常的年份圈出了另外一种人生样式，虽然作者特地在"吃"的问题上面作了更多有意的停留，但也诚如作者自己所写："这是一九五七年的冬天，外面的世界正在发生大事情，和这炉边的小天地无关。这小天地是在世界的边角上，或者缝隙里，互相都被遗忘，倒也是安全。"1966年，则是以寥寥几百字对"程先生是一九六六年夏天最早一批自杀者中的一人"事件的书写，在作品中仅仅留下了一条淡淡的印迹。1976年，是作者第三部分书写的起始年份，但是，"一九七六年的历史转变，带给薇薇她们的消息，也是生活美学范畴的"，是什么样的"生活美学范畴"呢？"播放老电影是一桩，高跟鞋是一桩，电烫头发是又一桩"……

在当代那些受特定政治和意识形态因素制约的文学书写当中，这样的视角和历史书写的维度是不可思议的。但一部《长恨歌》也

---

① 参见严歌苓《一个女人的史诗》封底语，湖南文艺出版社2006年。

告诉了我们，文学不仅可以积极入世、负起时代艰虞，或者揭示社会黑暗、反思批判国民性的痼疾，还可以对个体的生命作出关怀，可以追溯出一条历史性的文化流脉或是城市的历史渊源、风味韵致，就像王安忆自己一再申说的："在那里面我写了一个女人的命运，但事实上这个女人只不过是城市的代言人，我要写的其实是一个城市的故事。"①任凭外面世界翻天覆地、波澜激荡，王琦瑶依然可以守护着属于她的宁静一隅。同王琦瑶的更为"隐逸""出世"相比，田苏菲可是一个相当"入世"的女性，特定的身份角色决定了她不可能像王琦瑶那样跟时代主流历史拉开相当的距离，她命运与历史的贴合度，要远比王琦瑶紧密得多，很多的历史事件她都是亲历者、参与者，想"避世"当然是不可能的了。但是，严歌苓并没有遵循以往的主流历史叙述的定律法则，她对历史的书写，既没有落下政策阐释的痕迹，也游离出了以往长篇小说在作历史叙述时的框架——常常遵循主导意识形态，将主流历史叙述作为作品框架的整体构造——而是对历史上那些历史时段或者重要事件采取了女性作家所具有的视角，对已知的历史材料重新剪裁组织，展现出不同往常的文学书写方式、情感倾向和审美风格。五十年代"三子"胡明山被打成了"老虎"——贪污犯，作者并没有描述"三子"如何成了"老虎"和这背后的历史或者政治因素，也没有写他是罪证确凿还是被冤枉和无辜清白的，而是写了他如何来找田苏菲的丈夫，又如何在冷冷的人情中黯然离去，次日高楼上他借酒力诉说自己的光荣革命历史，然后堕楼身亡，田苏菲"也绝没有想到她和大家那么快就缓过来了。好像就是睡一觉的工夫，第二天再没人提到三子"，第二天早上小菲出门买早点路遇挑担子的菜农，"她一看担子上的韭黄鲜嫩如玉，立刻买了一斤，打算让母亲做些春卷。她步子蹦跳地上楼梯，一个念头闪出来：人们照样要买韭黄、包春卷，可是三子没了。人们照样为一毛钱的韭黄和菜农调侃、杀价。

---

① 王安忆：《重建象牙塔》，上海远东出版社 1997 年，第 191—192 页。

三子永远也没了"。这种视角的文学书写和生命审视，我们在萧红的《呼兰河传》里面也曾经看到过，个体生命的泯灭与消失，如尘埃落地，悄无声息，众生的生命与生活并不因此而有一丝一毫的牵动，个体生命逝去的无尽荒凉与悲寂，并没有影响周围人的现世人生，人们仍然一如往常般生活，历史并不是在每个生命个体身上都能刻上深深的烙印，现世生存有它的恒定、坚实与自足性，从这一点而言，它又是跟《长恨歌》的历史书写有着相通的精神气质。再譬如对于土改的描写，旧的历史叙述法则是正面描写土改斗争，像丁玲的《太阳照在桑干河上》和周立波的《暴风骤雨》，这些作品中的土改叙述，个性化的东西往往为类型化的文学叙述所覆盖，通过采取能够展示斗争规模和尖锐的戏剧化冲突的宏大繁复的结构，呈现政策阐释的书写意向。在严歌苓这里，她没有以时代代言人的面目出现，没有让阶级斗争和戏剧化的斗争场面成为被书写的对象，她在一种类似旁观者的冷静审视当中，增补了很多斗争之外的、曾经被忽视的镜头和画外之音。田苏菲虽然是下乡土改工作队中的一员，却似乎是一个旁观者和斗争的局外人。斗争的对象是一个宽厚、办学、赈济的七十三岁的老地主，面对老地主老婆——一个风烛残年老太太的求情哀告，田苏菲哭了，"她想坏事了，眼泪出来了。什么立场，什么觉悟？还是演革命戏的台柱子呢"。更主要的是，围绕处决老地主方式的讨论、群众觉悟的被启发过程和后续的对几个地主富农斗争的有些闹剧式的情节，包括穿插其中的田苏菲台上演剧的种种"插曲"，都是对原先那些历史书写方式的拆解，也从人性角度对历史进行了另外一种维度的书写。

在王安忆与严歌苓女性视阈的历史书写中，并不是将个人置于时代和历史之外，王琦瑶和田苏菲的生命经历和历史有着撕扯不开的关系，就是和外面世界好像两两相忘的王琦瑶，她的生活和命运的变更，背后也总张开着一只历史之手。在她们笔下，生命个体不再是停留在历史某点的生命存在样式，个体在历史的绵延前行中已经熔铸了对于历史的体验和对于历史的记忆；但是，历史是在一种当事人好似浑然未觉的状态中，播撒在生命个体生活的角角落落，并且已经与个体的生命融为一体，当历史以事件、非常状况、时间变更的原因而发生变化的时候，个人的生命体验和由此所昭示出的生命意义并不消失或者也随之变化。从前一种意义上来看，二十世纪四十年代到八十年代的历史变迁，都已经或隐或显地进入到了两位女作家的文本书写当中。在主流历史叙述里面被关注或者重点阐释的历史事件，都通过王琦瑶、田苏菲个人生活变化一一呈现出来，只不过在王琦瑶那里的表现更为隐蔽就是了。从后一种角度来说，两位女作家的历史书写避开了有关国家或者革命的宏大主题，分解了宏大叙事的历史叙述法则，她们从传统的历史叙述视野中走出，突出了王琦瑶和田苏菲个体生命体验的独特、坚韧和永恒的一面。在中国传统的史诗性历史叙述当中，从来也不缺乏激烈的社会变革和飞扬的人生，但是，"强调人生飞扬的一面，多少有点超人的气质。超人是生在一个时代里的。而人生安稳的一面则有着永恒的意味，虽然这种安稳常是不完全的，而且每隔多少时候就要破坏一次，但仍然是永恒的。它存在于一切时代"，"文学史上素朴地歌咏人生的安稳的作品很少，倒是强调人生的飞扬的作品多，但好的作品，还是在于它是以人生的安稳做底子来描写人生的飞扬的。没有这底子，飞扬只能是浮沫"。① 尽管王安忆本人曾经评价张爱玲的作品是"从俗世的细致描绘，直接跳入一个苍茫的结论，到底是简单了"，但是从《长恨歌》中王琦瑶那四十年好像与世隔绝的生活经历当中，我们的确看到了人生这非超人的、永恒安稳的一面，更不必说王琦瑶的风情万种、王琦瑶的生存智慧所透露出的，也只是"安稳"与"永恒"的况味。在王安忆的所有作品当中，《长恨歌》是对张爱玲关于人生"安稳"层面的文学主张作了最形神俱似的

---

① 张爱玲：《自己的文章》，《张爱玲文集》第四卷，安徽文艺出版社 1992 年，第 172 页。

当代演绎。《一个女人的史诗》中，严歌苓为田苏菲设定了"靠自己""爱得太笨了"的生命基调，任凭历史风云变幻，田苏菲始终是个立足现世生存、为爱执着、爱一个人至死的女人，这一切，也同样赋予人物这样一个生命基底——人生的安稳。

至于《长恨歌》写作素材的来源，可以说别具意味，作者曾坦言："许多年前，我在一张小报上看到一个故事，写一个当年的上海小姐被今天的一个年轻人杀了……"①作家这种创作灵感获取的来源，以及在作品中所采取的历史书写的方式，都不同于历史学的阐释，也不同于以往主流历史叙述的历史呈现。《长恨歌》和《一个女人的史诗》都是通过对历史有选择的把握和对已知历史材料的重新剪裁、组织、拼接，表现出了两位女作家对于历史不同寻常的理解。或可以说，两部小说都或多或少受到了新历史主义文学思潮的影响，并且从中获取了一定的理论资源。但是，难能可贵的是，两位作家没有让文本流于放纵的虚构，没有让她们的历史书写滑入叙事游戏的空间，亦没有让作品沦为商业规则和消费主义文化的"历史妄想症"的俘虏。在此，借用海登·怀特的话来说，两部小说所展现的"文本的历史"，是两位作家的一种"修辞想象"，但王安忆和严歌苓的"修辞想象"，却是能够通过她们女性视阈的历史补写、改写，不仅对于完善以往的历史书写提供了一种可能，也使得女性作家从女性的感受和立场出发，作向生命存在逼近尝试的人性书写成为可能。

女性成长叙事与人性书写

对于历史不同寻常的理解，使得王安忆和严歌苓两位作家对于女性角色身份和生命存在的思考，也拥有了不同寻常的思考维度。《长恨歌》和《一个女人的史诗》提供了两个既相通又有些差异的

---

① 王安忆：《重建象牙塔》，上海远东出版社 1997 年，第 206 页。

女性成长叙事的小说文本——这两部小说都符合成长小说"表达一个人在内心的发展与外界的遭遇中所演化出来的历史"①的要求，分别阐述了王琦瑶和田苏菲离家、经历个人成长或者同社会的抗争（这抗争已经很不同于以前女性社会解放意义的抗争），和在自我意识与个性逐渐形成当中走向成人世界的过程。在两位女性主人公的成长叙事当中，王安忆和严歌苓注入了她们对于女性生命存在、女性历史乃至男性世界的思考和看法。

"五四"时期，在庐隐、凌叔华、冯沅君等女作家那里，女性人物的成长叙事虽然有着对于日常生活的表现和人性书写的一些层面，但是，这些书写都服膺于女性作家主张女性作为"人"的权利和对抗封建礼教的启蒙叙事的目的。对于女性角色身份和性别差异的思考、带有女性表征的感性经验、世俗人性和日常生活话语，都遭到了一定程度的放弃，没有在启蒙主体那里获得叙事合法性。离家之后的娜拉，也面临"或者也实在只有两条路：不是堕落，就是回来"，即便是作为男性作家的鲁迅，也通过《伤逝》告诉我们，子君可以有着对于爱情理想的果敢追求，可以离家做勇敢的"娜拉"，但当她和涓生的生活一旦遭遇到日常生活的考验，就会面临女性个体生命的陷落，那日常生活和世俗人性还被视作男性主体进一步获得自我价值实现的阻碍，并随时面临被否弃的危境。二十世纪四十年代的张爱玲，倒是有着对于女性感性生存和世俗人性的深刻体察，但她笔下的葛薇龙、白流苏们的离家、成长之路，却依然是会沦为男性玩物或要寻求婚姻的保障，依然挣扎在几千年挣脱不掉的心狱历程里，中国式"娜拉戏"在她的设想当中，结局依然是"'走！走到楼上去！'——开饭的时候，一声呼唤，他们就会下来的"，执着于现世生存的女性无法挣脱男性社会里面的"他者"命运。五十年代到七十年代文学中女性人物的成长叙事，也以祛除女

---

① 歌德：《维廉·麦斯特的学习时代》，冯至、姚可崑译，人民文学出版社1988年，第2页。

性独特的性别特征、祛除独特的女性生命体验为指征，对日常生活的拒绝和遗忘成为女性人物成长和道德完善的重要条件。对于历史趋势和革命理想实现的书写湮没了对女性差异性性别身份和命运的思考，小说文本中女性的成长叙事还会将个人命运与历史趋势巧妙置换，"我们在《青春之歌》这样的成长小说中看到的'性'与'政治'，就不再仅仅只是相互说明或相互印证的关系，女性命运与知识分子道路，在意义层面上作为象征的不断置换，成为小说最为重要的文本策略之一"①。新时期以来的女性作家小说中女性人物的成长叙事，尽管内质或有交叉互渗，但也基本都可以从前面找到母本模式。"新写实"小说中女性对"一地鸡毛"式日常性生活的守护，再度成为阻碍男性主体实现精神超越的客体化存在，女性人生亦沦为庸俗琐碎日常生活的异质同构体，由此再度接续"五四"启蒙叙事的源流——女性因日常性生存而需要作为被男性超越的对象并由此面临难免不被男性所摈弃的命运。二十世纪九十年代以来女性书写呈现日益复杂的样态，女性的成长，如果借由私人空间的滞守来对抗男权意识，私人化写作乃至发展到极端的身体写作、欲望化叙事，激进的态度与反抗的姿态之下，未尝不是走向了建构自足、自然、自在的女性生命主体和女性生存空间的反面。可以说，无论是对于女性"他者"命运的思考还是认同主流意识形态话语对女性命运所进行的书写，这些女性的成长叙事中，女性的感性经验、世俗人性或者日常生活话语与女性自我主体的建构之间，往往有着一种对立、紧张和互峙的关系。

在《长恨歌》和《一个女人的史诗》的女性成长叙事中，以上这些紧张的、互相对峙的甚至是二元对立的关系呈现了一种互溶和消弭的状态。王琦瑶的一生看似与世隔绝，实际上她并非一个生活在时代和历史之外的人，作者为她着力构造的是一部日常生活的

---

① 李杨：《〈青春之歌〉——"成长小说"之二："性"与"政治"的双重变奏》，《50—70年代中国文学经典再解读》，山东教育出版社2003年，第130页。

历史。阅读小说文本就会发现，直接来自王琦瑶和周围人物的声音和话语是不多的，倾泻其中的是作者对王琦瑶乃至整个上海市民生活，或者更为确切地说，是对海派市民文化特征的"日常生活"的细腻描写。令人目不暇接的细节化叙述，带出的是日常生活素朴的美和鲜活的生活质感。也许是由于内心有着巴尔扎克式记录历史和描述时代想法这样的冲动，作者谈到自己的创作状态，都自认是"相当清醒"，不似从前常带"强烈的情绪"，而且这次写作"是一次冷静的操作：风格写实，人物和情节经过严密推理，笔触很细腻，就像国画里的'皴'"。①女性特有的细腻感觉、生活中点点滴滴的细节乃至工笔般精细的手法，都令日常生活在王琦瑶的生命成长过程当中获得了叙事的合法性。而这日常话语背后，是带有作家自身的感性经验，并通过女性视阈，表达了作家对世俗人性的理解。虽然有评论者指摘小说流于琐碎细小而缺乏价值判断，但事实上，唯其琐碎与细小，最能贴切表现出上海人的活在"'上海生活'的芯子"里，最穿衣吃饭、最细水长流却最能体现贴近生存的本质人性，更何况这样的话语并非没有它的价值立场，陈思和就曾指出："除了官方的、显在的一个价值系统，民间还有一个相对独立的价值系统。几十年来，上海市民的生活实质没有多少改变，它有自己的文化独特性，《长恨歌》写出了这种独特的生活规律"。②

正是在世俗性、民间性日常生活的描绘当中，王安忆的书写形成了对当代文学中"革命式"女性成长叙事的反拨。"革命式"女性成长叙事当中的一些取向，譬如女性社会参与意识无限膨胀、性别意识的一度被消解、将个人命运与社会历史趋势相联系，都发生了改变。也正如同张爱玲，王安忆写出了人生永恒安稳的一面，她的王琦瑶作为跟张爱玲笔下葛薇龙同辈的人，竟然能够把这人生的

---

① 王安忆：《重建象牙塔》，上海远东出版社1997年，第157页。

② 祝晓风：《王安忆打捞大上海，长恨歌直逼张爱玲》，《中华读书报》1995年11月1日。

永恒安稳和贴近生存的人性本质带到了当代背景当中，历时四十年而恒久、稳固、坚实和一如既往地存在着。但是王安忆对王琦瑶成长所作的阐释模式，相较葛薇龙们已经发生了根本的变化。如果说，张爱玲笔下的女性更多地把生存局限于老旧的家族，徒然地去抓取物质生存和现实婚姻的保障，对社会和人生怀有一种发自内心的恐惧感和不安全感，那么可以说，王琦瑶已经从这种状态当中走出，她从闭锁的家庭或者说家族中走出，跟社会发生着频密的联系或者说关系，这一点在她"隐居"平安里之前表现得尤为明显。她去片厂，为《上海生活》拍摄生活照成为"沪上淑媛"，竞选"上海小姐"而成为"三小姐"，参加各种晚会……旧式家庭所致的女性"他者"命运或者给女性带来的旧痂新痕乃至生命畸变，都已经悄然改变，"上海弄堂里的父母都是开明的父母，尤其是像王琦瑶这样的女儿，是由不得也由她，虽没出阁，也是半个客了"，这后面上海市民文化和时代历史背景的因素同样可考。张爱玲作品中的女性尽管安稳地生存着，但总是处在被动地等待被选择命运当中，她们的生存空间是要依附并仰仗男性世界的给予的。跟她们相比，王琦瑶对自己的命运选择表现出了更多的自主性，她为自己构建了主体性的生存空间。她自主地作出自己每一条人生选择，竞选"上海小姐"、做李主任偏房、隐居平安里，等等，都是她的自主选择，并非有着强力的压迫所致。竞选"上海小姐"之前，导演负了历史使命来劝说王琦瑶退出复选，"他支吾了些男女平等、女性独立的老生常谈，听起来像是电影里的台词，文艺腔的；他还说了些青年的希望和理想，应当以国家兴亡为己任，当今的中国还是前途莫测，受美国人欺侮，内战又将起来，也是文艺腔的，是左派电影的台词"。而在王琦瑶心里，竞选"上海小姐"恰巧是女性解放的标志，不只导演的话如风过耳，面对"代价是未明的代价，前途是未明的前途，王琦瑶的心却是平静的"，王琦瑶对自己的人生，始终那么平平静静、坚定自主。这自主与坚定，同样贯彻到她对自己一生所遭际的几个男性的立场和态度当中。有着风云生涯的李主任，只有在王琦瑶这里，上紧了发条每时每刻都不能放松的政治机器方才"想起"自己也是皮肉做的人，男性的雄健和争斗，只有在这踏实、坚实的女性空间里面才能获得片刻的休憩。后来遇到的康明逊，使王琦瑶怀孕了，却不能承担任何的责任；萨沙也是孩子般的，在她这里得到欲望的满足后便寻求逃脱，永远地离开了。康明逊来探望坐月子的王琦瑶，在王琦瑶、康明逊、王琦瑶母亲之间的一场冲突与对话，明晰现出的是王琦瑶自知、守持，不把现实生存寄托于男性的坚忍性格，此后她就靠自己一力独自抚养女儿长大。虽然当年诀别之前李主任留给了王琦瑶一盒金条，但王琦瑶住进平安里后是靠自己学习并操起了注射打针的营生，度过了此后三十几年颇不安宁的生活，那一盒几乎从未动过的金条成了凶手"长脚"的猎物并造成了王琦瑶最后的"碧落黄泉"。王琦瑶的世俗人生，或给作家招致了另外一些解读，比如，书写者过于沉湎王琦瑶的风情，痴迷流连于海派市民文化，对笔下人物不曾赋予妇女解放的精神追求，等等。殊不知，如果真赋予王琦瑶一个"革命"的精神内质，就会走向作家书写海派文化当中女性生存方式和生命形态的反面。世俗人性和日常生活，实现了王安忆最贴近人性本质的文学书写。

　　与《长恨歌》相比，《一个女人的史诗》的结构模式的确更接近"革命式"的女性成长叙事，它描写了田苏菲的离家、革命、革命成功后的工作与生活——田苏菲是一个与王琦瑶同龄也几乎相同家庭背景的女学生，在离家出走之后，经历了个人的成长，最终自我意识和个性逐渐形成而走向了成人的世界。但在层层富有阐释魅力的文字背后，我们却感受到了不同于"革命式"女性成长叙事的很多东西。严歌苓跟王安忆一样，对围绕田苏菲成长的世俗人性和日常生活话语有着痴痴的迷恋。小说开篇的头一句话就是"田苏菲要去革命了"，但田苏菲革命的动机、革命的过程、革命成功后自我生活的建构，全都带有日常生活的鲜活和质感。作者采取了与以往宏大革命理想和宏大叙事完全不同的向度，浸润其中的是鲜明的女性意识及其感性经验。在"革命式"女性成长叙事的典型文本《青春之歌》当中，林道静所走的是一条女性解放和"革命式"成长的道路，由于与有着继母的旧式家庭的决裂，她离家出走，通过与余永泽、卢嘉川、江华之间三段不断被林道静扬弃并重新选择的爱情，最终跨越了旧式知识分子完成自我成长、迈向革命的三个阶段：资产阶级启蒙主义思想引导、马克思主义理论的启蒙、马克思主义理论指导之下与工农运动相结合的社会实践，从而展现出一部中国现代的革命历史。在《一个女人的史诗》当中，田苏菲革命的原因竟然是为了躲避母亲的臭揍，虽然在革命成功后母亲与他们一起生活的过程中，田苏菲看似总是与母亲冲突不断，实际上她的内心深处对母亲的世俗生活原则和母亲所持的民间价值理念有着一种深在的认同，母亲的价值理念与《长恨歌》中那套民间价值系统有着气韵相通的精神内涵。田苏菲一生遭遇的三个男人——旅长都汉、后来的丈夫欧阳萸、演戏的搭档陈益群，完全不具备余永泽、卢嘉川、江华那样的象征意义。都汉，在遭遇田苏菲"戏子无情"的舍弃后，常常以军人的特殊身份出现在田苏菲日后的生活当中，总是能够替田苏菲挡住一些与主流意识形态层面东西结合而来的生活压力。传统"革命式"女性成长叙事当中男性的象征意义，在都汉身上彻底瓦解，他只是由于纯粹的、本初人性层面的对田苏菲的个人情感而不时地替田苏菲解危救困。与丈夫的爱情在田苏菲看来，"革命是残酷的。革命把这个宝哥哥卷到了小菲命运里，把她和他阴差阳错地结合起来"，而现实生活当中欧阳萸也完全离不开田苏菲那平凡得不能再平凡、寻常得不能再寻常的日常生活的照顾。田苏菲整个"革命"和"成长"的生命历程，都是死死地、"爱得太笨了"地去爱着欧阳萸。困难年代里，她努力地演戏，拼力去争取主角位置，主要是"主角的白糖、伙食补助，她舍不得"，"她的浪漫就是看见欧阳萸很得意地吃她做的豆沙包、芝麻汤圆"。在她不可思议的生存智慧里面，欧阳萸和家人得以度过一段时有饥馑发生的不同寻常的历史时期。她争取做名角好演员，目的只是为唤起欧阳萸对她的重视和注意。她与陈益群那一段只停留在朦胧阶段的感情小插曲，也只是为了打发一段寂寥时光，甚至心存引起丈夫一点注意与嫉妒可能性这样的意图。所有不平常的历史年代和生活事件，田苏菲都是以如上这样一种女性的视阈去感受去领会的。"后来小菲的大事年鉴中把'文革'的开始标记为欧阳萸父亲的移居"，小说的结尾，那段特定历史时期结束，在田苏菲看来，再来一次也是不怕的，她可以和丈夫"索性搬到一个僻静村落"，"守着他安安静静享几年清福"，也让其重新意识到她这样一个"对欧阳萸巴心巴肝，纤毫都疼爱的女人"。整部小说，都是以更像是"革命式"女性成长叙事倒置的文本形式与内涵，来呈现它不同寻常的审美特征。细读作品还会发现，田苏菲的这样一种几近"母性"内涵的女性生命存在，继续了作家此前在《第九个寡妇》当中所作的对于女性生命存在的思考，却并不是对恪守男权文化为女性量身定制的"母性"与"妻性"角色的自觉认同，她以自己的强大、坚忍和安稳，庇护男性躲过了时代的风云变故，实现着作家对主流历史里面强力、动荡乃至激进的革命态度的一种反思与女性视阈的书写。舍勒曾说过："女人是更契合大地、更为植物性的生物，一切体验都更为统一，比男人更受本能、感觉和爱情左右，天性上保守，是传统、习俗和所有古旧思维形式和意志形式的守护者，是阻止文明和文化大车朝单纯理性和单纯'进步'目标奔驰的永恒制动力。"[1] 在此并无意对这一对于女性的价值判断作出真理意义层面的评判，但这段话至少可以给我们这样的启示——它为以不断进步为特征的单纯理性提供了一种改写历史、补写历史和反思人性的可能性，为此别辟出一条思考的途径。

---

[1] ［德国］马克斯·舍勒：《资本主义的未来》，三联书店 1997 年，第 89 页。

前面讲过，多年以前的张爱玲就认识到："男子偏于某一方面的发展，而女人是最普遍的，基本的，代表四季循环，土地，生老病死，饮食繁殖。女人把人类飞越太空的灵智拴在踏实的根桩上。"但是，新旧时代夹缝当中的张爱玲为她笔下的女性所作的书写，更多是一种女性命运永恒悲凉的诉说，一个个女性，脚已经迈出了古旧的门槛，而那身子和心境依然滞留在门槛之内，女性无以摆脱的，是一种宿命般悲凉的境地。在《长恨歌》和《一个女人的史诗》里面，两位作家以她们女性视阈的历史与人性的双重书写，对那虽经张爱玲早早意识到并已经提出，却无力去描摹的生命本相——"女人把人类飞越太空的灵智拴在踏实的根桩上"，在当代的时空背景之下，作出了她们富于魅力的阐释。

第四章　女性视阈中的历史与人性书写

——以《金陵十三钗》《小姨多鹤》和 《陆犯焉识》为例

　　前面已经讲过，严歌苓在像《一个女人的史诗》这样的长篇小说当中，对待历史，是选取了一些特别的书写维度——女性视阈当中历史与人性的双重书写，让她的作品溢出了以往宏大叙事所覆盖的主流历史的叙述法则。严歌苓女性视阈的历史书写中，并不是将个人置于时代和历史之外，只不过是据守一方与主流历史拉开一定距离的女性生存的空间，像田苏菲的生命经历其实和历史有着撕扯不开的关系。也就是说，对待历史，严歌苓尤擅选取一些特别的书写维度，让她的作品以不同于以往主流历史宏大叙事的叙述法则，获得抵达历史的通道。

　　《第九个寡妇》以及其中的王葡萄，已经获得了较为广泛的关注和研究。[①]乡村空场上媳妇们掩护的都是八路，惟独葡萄"上前一步""扯起"丈夫铁脑。二十多年的时间里，她把公公孙怀清藏在地窖中，瞒着孙少勇把生下的孩子舍在矮庙前让来祭庙的侏儒们捡去，抚养长大。《第九个寡妇》也是从抗战写起，时间跨度几十年，这幅历经多个时期的历史画卷，是通过一个与民间地母神的形象合二为一的女性形象王葡萄来体现的，"是一部家族史、村庄史，也

[①]　比如陈思和《自己的书架：严歌苓的〈第九个寡妇〉》，《名作欣赏》2008 年第 5 期；金理《地窖中的历史与文学的个人——评严歌苓小说〈第九个寡妇〉》，《文艺争鸣》2009 年第 2 期。

是一部国族史"①。把公公在红薯窖当中一藏二十多年，本来"这是一个传奇式的故事胚子，严歌苓却消解了它的传奇性，把它纳入到一个人的日常生活史中，这样一种处置方式，就使得主人公王葡萄的快乐自在的民间生存哲学更加强壮"②。所以有研究者会认为："她基本上是以西方的价值系统来重新组织中国'红色资源'的叙述，从而也开拓了'红色资源'的阐释空间。"③与其说她基本上是以西方的价值系统，不如说她是在多元文化交织和错位归属的创作心态当中，找到了重新叙述红色叙事的方法，而如果再考虑到《寄居者》《金陵十三钗》《小姨多鹤》《陆犯焉识》等小说，可以说严歌苓是在摸索和寻找讲述"中国故事"的方法。有一点是值得肯定的，她将"中国故事"在历史维度的打开和呈现，不是很多研究者所说的纯粹的"他者"叙述，她对"中国故事"的叙述，"其叙述里有着浓厚的中国情结，是可以和中国当代文学自身的叙述相兼容的"④。在历史维度打开的"中国故事"的叙述，更是可以给中国当代文学在历史层面的叙述提供可参鉴的价值和意义。

第一节 《金陵十三钗》：女性视阈中的战争历史还原

《金陵十三钗》是对南京大屠杀的历史还原。此前，《第九个寡妇》的故事是始自抗战时期的河南农村。研究《金陵十三钗》，似乎也不能不提到《寄居者》,《寄居者》也是对抗战时期一段历史的还原。小说以抗战时期的上海为背景，美籍华裔姑娘 May 与奥地

---

① 曹霞：《"异域"与"历史"书写：讲述"中国"的方法——论严歌苓的小说及其创作转变》,《文学评论》2016 年第 5 期。

② 贺绍俊：《从思想碰撞到语言碰撞——以严歌苓、李彦为例谈当代文学的世界性》,《文艺研究》2011 年第 2 期。

③ 同上。

④ 同上。

利的犹太青年彼得一见钟情，在获悉约瑟夫·梅辛格的"终极解决方案"（1941—1942年）后，她想出了一个胆大、心硬和想象力丰富的计划，她把与彼得形容酷似的美国犹太裔青年杰克布·艾德勒从美国本土骗到上海——当然是利用杰克布对她的感情，好利用他的护照帮彼得逃出上海，前往澳门并最终转往美国。而"我"——May与艾德勒都留在了中国，却没有终成眷属。"我到现在也不能真正理解那两年我的感情是怎么回事。背叛和热恋，我在之间疲于奔命。那就是那个时代的我。"①就在这个女性形象May和她的感情故事当中，呈现了抗战时期上海那一段曾经的历史，日军的残暴、日德的勾结、抗日勇士们的英勇与壮烈、犹太裔民众在上海同样遭受将被"终极解决"的可怕景况以及对于犹太人的拯救，所以这部小说也被称为"沪版辛德勒名单"——我倒觉得这是一个变形了的"沪版辛德勒名单"的故事，这个华裔女子要以牺牲一个爱自己的青年来救一个自己所爱的青年——这样一个有些传奇的故事。道德评判是次要的，对抗战时期上海一段历史的还原是实实在在的。战争面前，人人无以幸免。小说中，虽然"我"在诉说着自己羡慕西摩路圣堂的诵经的声音"像是低低煮沸的声音"，"熬得所有分歧都溶化"："我感到从未有过的孤单。我是个在哪里都溶化不了的个体。我是个永远的、彻底的寄居者。因此，我在哪里都住不定，到了美国想中国，到了中国也安分不下来。""而寄居在这里的彼得、杰克布、罗恩伯格却不是真正的寄居者。他们定居在这片雄浑的声音里，这片能把他们熔炼成一体的声音。"②其实，这是"我"一厢情愿的想法，书中无论亚洲人欧洲人美洲人、上海人苏北人客家人，血淋淋的战争年代里，没有人能逃脱"寄居"乃至殒命的命运。而小说中，"我"十岁那年看"老中国佬"处死一条活鱼，活鱼的心脏被放到鱼的脸庞旁边，鱼扳动身体，渐渐死去，心脏却还在强有

---

① 严歌苓：《寄居者》，新星出版社2009年，第269页。
② 严歌苓：《寄居者》，新星出版社2009年，第152页。

力地搏动，以此来隐喻："整个犹太难民社区，两万多手无寸铁的肉体和心脏，在更加巨大的掌心之中，又何尝不是如此？"[1] 对《寄居者》的评论是："这部小说是作者在题材、写作手法和女性角色塑造上又一次新鲜的令人激动的尝试。同时，故事延续了严歌苓独特的自述式与视觉化的叙事风格。"[2] 但是不可否认的是，由于第一人称"我"叙述，较少叙述视角的转换和限制性叙事策略的使用，这个小说既在故事的事件和实存的话语呈现方面，不如《金陵十三钗》；在历史与人性的书写方面，也不及《金陵十三钗》那般震撼和让读者产生入心的疼痛。

《金陵十三钗》运用女性的视阈，来还原南京大屠杀的那段惨痛的民族历史。战后"我的姨妈"孟书娟搜集的资料浩瀚无垠，她"看到了一九三七年十二月十三日南京亡城时自身的坐标，以及她和同学们藏身的威尔逊福音堂的位置"[3]。这个教堂，是十六个女孩子（小愚父亲接走小愚和她的两个同学后，剩十三个女学生）和秦淮河十四个窑姐（豆蔻死后剩十三个），以及国民党少校戴涛和侥幸从日军秘密枪决投降的中国军人暴行下逃脱出来的几个伤兵藏身的地方。但豆蔻为了给弥留之际的小兵王浦生弹奏琵琶，外出寻找琴弦时惨遭日军轮奸并被杀害，戴涛和几个伤兵即使缴了武器，后来也被进入教堂的日军杀害。十三个秦淮名妓替换十三个女学生赴日军设好轮奸的暗局，不只救了十三个女孩，而且完成了"窑姐"向"刺客"身份的转换。在《金陵十三钗》中，有一个"双重转述"的结构：一、"我"转述姨妈书娟的"寻找之旅"；二、书娟转述少女时代见到的玉墨、红菱、豆蔻等人的故事。两代女性的"转述"使勇敢智慧的玉墨们永存于人们的记忆与缅怀之中。[4]

---

① 严歌苓：《寄居者》，新星出版社 2009 年，第 200—202 页。

② 见《寄居者》封底语，新星出版社 2009 年。

③ 严歌苓：《金陵十三钗》，陕西师范大学出版社 2011 年，第 3—4 页。

④ 曹霞：《"异域"与"历史"书写：讲述"中国"的方法——论严歌苓的小说及其创作转变》，《文学评论》2016 年第 5 期。

有研究者认为，《金陵十三钗》是通过"身体修辞"，通过作为象征和隐喻的"女体"被强奸和轮奸，作为唤醒现代中国人集体记忆中"南京大屠杀"的核心意象。"从以往创作看，严歌苓的创作不能简单地归结为'阴性书写'。我们虽不清楚《金陵十三钗》在多大程度上受到了女权主义理论的影响，但可以肯定的是，她要将女性叙述贯彻始终，将女性身体修辞播撒文本的每一个角落；并且，她坚决地选择了性别／权力这一链条的最末端——妓女的身体，来刻录、印证这段历史，使那些已被先在地书写为'尸体'或'死者'的见证人，在民族的集体记忆中复活。"[①]严歌苓的确不是在女权主义理论影响下，对南京大屠杀的历史作这样的文学书写的。

一九九五年末，我的朋友史咏给我寄来了一本很大的书，他编辑并出版的一本图片册，纪念"南京大屠杀"的。这确是一本大书，其中刊出的四百多幅照片，多是从美国、德国、日本的档案中搜集的，还有小部分，则是日本军人的私人收藏。我的第一感觉是这书的沉重，它的精神和物质的分量都是我难以承受的。书的英文名叫作 The Rape of Nanking——An Undeniable History in Photographs。我立刻注意到这里的用词是 rape（强奸），区别于中文的"大屠杀"。对这个悲惨的历史事件，国际史学家们宁可称它为"大强奸"，然而强奸仅是整个罪恶的一个支端。

却恰是这个貌似片面的称谓，引起了我的全面思考。显然，那个迄今已发生了六十年的悲剧中的一部分——强奸，是最为刺痛东西方学者和社会良知的，是更值得强调而进入永恒记载的。在"南京大屠杀"期间，有八万中国

① 郭洪雷、时世平：《别样的"身体修辞"——对严歌苓〈金陵十三钗〉的修辞解读》，《当代文坛》2007 年第 5 期。

女性被强暴，与三十万遇难者的总数相比，占稍大于四分之一的比例。但 rape 却包含更深、更广意味上的残杀。若说屠杀只是对肉体（物质生命）的消灭，以及通过屠杀来进行征服，那么 rape 则是以首先消灭人之尊严、凌迟人之意志为形式来残害人的肉体与心灵（物质与精神的双重生命）。并且，这个悲惨的大事件在它发生后的六十年中，始终被否认、篡改或忽略，从抽象意义上来说，它是一段继续在被凌辱、被残害的历史。那八万名被施暴的女性，则是这段历史的象征。

她们即便虎口余生，也将对她们的重创哑口，正如历史对"南京大屠杀"至今的哑口。rape 在此便显出了它的多重的、更为痛苦的含义。因为人类历史的真实，是屡屡遭 rape 的。[1]

严歌苓要揭出南京大屠杀的历史真实，便选择了这个可能只有女性视阈的书写者才会选择和驾驭自如的"强奸和被施暴"来赋形民族的屈辱和苦难。"坦率地说，我花了一年多时间才完成了阅读。图片那地狱似的残酷，使我一次又一次虚弱得看不下去。"[2]严歌苓看到了这让她一次又一次虚弱得看不下去的残酷，也在《金陵十三钗》里表现了这种残酷：

在一九九四年，我姨妈书娟找到了豆蔻另一张照片。这张不堪入目的照片，是从投降的日本兵笔记本里发现的。照片中的女子被捆绑在把老式木椅上，两腿被撕开，腿间私处正对镜头。女子的面孔模糊，大概是她猛烈挣扎

---

① 严歌苓：《从"rape"一词开始的联想——The Rape of Nanking 读书心得》，《波西米亚楼》，天津人民出版社 2015 年，第 292—293 页。

① 严歌苓：《从"rape"一词开始的联想——The Rape of Nanking 读书心得》，《波西米亚楼》，天津人民出版社 2015 年，第 292—293 页。
② 严歌苓：《从"rape"一词开始的联想——The Rape of Nanking 读书心得》，《波西米亚楼》，天津人民出版社 2015 年，第 293 页。

而使镜头无法聚焦，但我姨妈认为那就是豆蔻。日本兵们对这如花少女不只是施暴和凌迟，还把她钉在永恒的耻辱柱上。

我在看到这张照片时想，这是多么阴暗下流的人干的事。他们进犯和辱没另一个民族的女性，其实奸淫的是那个民族的尊严。他们把这样的照片作为战利品，是为了深深刺伤那个被羞辱的民族的心灵。我自此之后常在想，这样深的心灵伤害，需要几个世纪来疗养？需要多少代人的刻骨铭心的记忆而最终达到淡忘？[1]

《金陵十三钗》当中，当然不只强奸施暴这样的暴行，还有违反起码的国际公约和人道主义秘密枪杀已经投降的中国官兵，肆意杀死民众，杀死在教堂避难的没有武器的伤兵，等等。教堂里没有饮用水了，阿顾到附近小池塘运水，失踪，副神甫法比运了三趟水，"扎在淤泥里的阿顾就露出了水面"，"女学生们这下知道，这两天喝的是泡阿顾的水，洗用的也是泡阿顾的水，阿顾一声不响泡在那水里，陈乔治用那水煮了一锅锅粥和面汤"……[2]

《金陵十三钗》的难得之处还在于，令人震惊得不能再震惊的可怕的战争景况下，对人性的细致入微的描写和处理。十四个（豆蔻死后是十三个）窑姐本来与十几个女学生是相处不洽的，女孩们拿世俗憎恶的眼光和态度对待她们；她们本来是自甘堕落的，但她们最后却能主动替换下女孩们，冒充唱诗班的女学生去面对敌人，明知是个可怕的暗局，依然义无反顾从容赴辱、赴死和救下了女孩子们。有人用宗教救赎的力量来分析玉墨们的心理变化和行动，我倒觉得，是她们见证了那么多身边人的死，阿顾的死，豆蔻的惨死，小兵王浦生和伤兵李全友被日本兵杀死得惨烈，而且玉墨眼睁

---

① 严歌苓：《金陵十三钗》，陕西师范大学出版社 2011 年，第 157 页。
② 严歌苓：《金陵十三钗》，陕西师范大学出版社 2011 年，第 107—108 页。

着与自己生了情愫的戴少校人头落地……这一切，无形中让玉墨们完成了她们内心的心理转换和人性的升华。小说实际上是"杀身成仁""舍生取义"传统潜结构的叙事转换，包括神甫英格曼和副神甫法比对玉墨们态度从拒绝、厌恶到救助和最后的求助，微妙的人性心理的转化和符合逻辑的转换，都是小说人性书写非常成功的明证。战争，历史，除了它残酷得让人心理恐惧与浑身冷汗的一面，严歌苓笔过留痕的那些人性的幽微与曲折之处，同样让人难以释怀。

第二节 《小姨多鹤》：异族女性视角与抗战后叙事

有关抗日战争叙事，近几年来长篇频出，有宏大叙事的佳作，也有开辟抗日战争叙事新维度的作品。《疯狂的榛子》（袁劲梅）、《重庆之眼》（范稳）、《己卯年雨雪》（熊育群）、《天漏邑》（赵本夫）、《劳燕》（张翎）等作品，值得关注和研究。小说家们以勤奋的写作，践行和展示开辟汉语文学新的可能性。在这些长篇小说当中，最宜与严歌苓的抗日战争叙事加以比较和联系的，似乎是张翎的《劳燕》[①]了。张翎的《劳燕》是首部涉及中美特种技术训练营题材的长篇小说，在题材和小说叙事方面开启抗日战争叙事的新维度。《劳燕》让三个鬼魂——当年在美军月湖训练营是朋友的两个美国男人（牧师比利、美军军官伊恩）和一个中国男人（阿燕当年的未婚夫刘兆虎）——在 2015 年 8 月 15 日即日本天皇宣布战败七十年后相聚，每个人吐露自己所掌握的那一部分真相，以多声部的叙述和追述，还原和补缀出当年发生在月湖的全景历史。三个鬼魂当年都是同一个女孩的恋慕者，他们分别叫这个女孩"斯塔拉""温德"和"阿燕"。战争将美丽茶园春和景明的生活轰炸和吞噬，年

---

① 原发于《收获》2017 年第 2 期，人民文学出版社 2017 年 7 月出版单行本。

方十四岁的阿燕被日本人强暴，父母被杀害，牧师比利拯救了她，教她英文和习医；伊恩因为写给"温德"的求婚信件丢失而与旧爱重燃故情，几十年后因怯懦而不敢与来美寻亲的他和"温德"惟一的女儿相认，抱憾死去；刘兆虎则因难解阿燕被辱的心结，多次伤害阿燕也多次被阿燕相救，两人后来终于相守一起生活，但最后刘兆虎也因肺癌而死去。小说保持作家素有的语言的细腻、美感，节制而又不失灵性，战争的阴冷敌不过人性的温情与坚韧。阿燕面对战争的灾难、苦难、伤害和恋人的背叛、村人异样目光，乃至有人心怀趁机再度糟践她的企图，她以德报怨，独立、坚韧、承担，温柔与力量并存，宽容与原则共在，以一个温婉的江南小女子在战争中凤凰涅槃般的遭际，展现了战争和苦难蹂躏下的中华女性所体现出来的坚韧和强韧的生命毅力，是战争废墟上开出的一朵人性坚韧与温暖之花，很多的场景描写令人动容。

从中，我们看出的是，怎样去书写这段战争历史的角度和维度，对于长篇小说成功与否非常重要。很多研究者从女性命运和严歌苓小说的婚恋叙事等角度来解读《小姨多鹤》。小说写了抗战结束时日本在满洲的"垦荒开拓团"村民仓皇溃逃路上留下的孤女多鹤，十六岁就被一个中国家庭（张站长家）用七块大洋买去作为借腹生子的工具，和张二孩、小环组成了二女一男的特殊家庭。张二孩和小环本来与日本人有着深仇大恨，却在此后的几十年与多鹤生活在一起，为了隐瞒多鹤的身份，从东北一路辗转到江南——上海……小说写出了中国在抗战后几十年的历史和民众现实生活的流转变迁，辐射面从东北到江南。但是，一直为大家所忽略的一个方面是，这个小说其实也可以说是一个部分采用了异族女性视角（也有中国人的视角）的抗战后叙事。这个抗战后叙事里，有着很多对于战争给中国人和日本普通民众都带来深深痛苦和创伤的创伤体验：有着张二孩、小环对于小环遭遇日本兵，而失去了肚子里的孩子，并永远失去了女性生育能力的创伤性回忆；有多鹤视角的、在她脑海里始终抹不去的，对于战败时日本村民撤退的惨死和惨状的回忆；有多鹤视角的对于当初她被装在麻袋里，被一路颠簸带到张家，麻袋打开，她与张俭（张二孩）初见时的回忆性叙事，多次反复出现和重现。

异族视角看取日本对华发动的侵略战争，《劳燕》中也有，但不是异族女性视角，而是两个美国男性的视角。中国作家写抗战题材小说，以日本人为主角或者说重要人物形象，借助日本人的视角来反思这场侵略战争，在熊育群《己卯年雨雪》里就是非常重要的叙事策略。作家在后记里写道："这一场战争是两个国家之间的交战，我们叫抗日战争，日本叫日中战争，任何撇开对方自己写自己的行为，总是有遗憾的，很难全面，容易沦为自说自话。要真实地呈现这场战争，离不开日本人，好的小说须走出国门，也让日本人信服"，"要看到战争的本质，看到战争对人类的伤害，寻找根本的缘由与真正的罪恶，写出和平的宝贵，这对一个作家不仅是良知，也是责任"。[1]《己卯年雨雪》不仅详细地叙述了日本军队攻占营田的战争过程，记录日军滥杀无辜的反人类行径，而且还写出了日本民族性是如何异化人性的——借助侵华日军士兵武田修宏形象的塑造和他的妻子千鹤子的视角，来表现这一主题。[2] 可能是男性作家采用日本女性视角的缘故，总觉得《己卯年雨雪》在日本女性形象的限知视角和限制性叙事方面，还可以更加进益。能够贴近人物，写出像日本人的、感觉样貌和举止言行哪怕步态都是日本女人模样的形象，并不是一件容易的事情。严歌苓的《小姨多鹤》却毫无疑问做到了这一点。

小说"序"的部分是采用多鹤的视角，对日本战败投降后，在满洲的"垦荒开拓团"六个日本村子村民撤退溃逃时的历史书写。

---

① 熊育群：《己卯年雨雪》，花城出版社 2016 年，第 387 页。
② 参见拙文《从〈天漏邑〉看抗日战争叙事人性书写新向度》，《南方文坛》2017 年第 6 期。

村民几乎全是些老弱妇孺，但包括多鹤所在代浪村的村长们却安排枪手射杀村民，是村长们后来遭遇了中国游击队员"开枪提前成全了他们"，其他村民才得以撤退。撤退路上，"一颗手榴弹在多鹤母亲旁边爆炸了，硝烟散开，多鹤已经没了母亲、弟弟和妹妹。多鹤的爸爸一年前战死在菲律宾。好在眼下的险境容不得多鹤去想她的孤儿的新身份"①。第二天傍晚，所有伤员都自尽了，因为他们决定绝不拖累大家。遭遇民团，队伍里的女人们开始了"杀婴行动"。叫千惠子的女人杀了不足一岁的小儿子之后，又要杀多鹤背上生病的女儿久美，多鹤救下了久美。久美也就是几十年后日本首相的护士，她后来千辛万苦找到了多鹤并把她接到了日本。之所以说《小姨多鹤》是抗战后叙事，不只体现在小说不长的序中有对日本战败平民村民撤退时惨境的描写，还有日本的侵略战争给张俭小环一家带来的伤害，没有小环遭遇日本兵流产而失去生育功能，也不会有七块大洋买多鹤作为生孩子工具的事情发生。战争所造成的对于民众的伤害和伤痛，几十年一直潜伏在他们的生活当中。张俭内心对多鹤从拒斥，当成敌人异族女子恨和厌恶，到深深喜欢上她；从在她生了一个女儿（曾夭折过一个儿子）和双胞胎儿子后曾经偷偷把她遗弃在荒郊野外，打算抛弃她，到爱上她，甚至为躲开小环而与多鹤常常到外面偷情。多鹤从把他当成胁迫自己的中国男人，到爱上这个中国男人，甚至一厢情愿地认为张俭造成小石的死亡是为了保护自己……张俭对多鹤，乃至后来的小彭对多鹤，从作为敌人日本人来仇恨和厌恶，到深深地自责自己对多鹤曾经的冷漠与厌恶，同情她身为孤儿的遭遇和为当时日本村民撤退时的惨境而心疼她，这其中的逻辑转换便是人性，是人们对于战争伤害和残酷的同样无法面对。战争的灾难和家破人亡不该由普通的平民尤其老弱妇孺来承担。这就是严歌苓在《小姨多鹤》当中作出的思考，这思考绵密细致而丝丝入扣。多鹤张俭一家共同生活的几十年，所有中国大事

① 严歌苓：《小姨多鹤》，作家出版社 2010 年，第 12 页。

都在小说当中有隐现，是作家女性视阈下的表现和展现。比如，一炉钢出来，也不知怎么就成了"反修钢""反帝钢""忠字钢"，人们就敲锣打鼓、吹拉弹唱，向毛主席报喜。小彭作为彭主任，多鹤曾经几天和他一起被对立派围困，对立派对彭主任这一派发动了总攻，竟然还动用了郊区的农民。张俭因为小石的死亡事件，被小彭用计重审，被判了死缓，多鹤一直挥之不去的自杀念头在日子"凑合"着过当中消失了："多鹤在一九七六年的初秋正是为此大吃一惊：心里最后一丝自杀的火星也在凑合中不知不觉地熄灭了。"[1]多鹤这自杀的火星的完全熄灭在一九七六年的初秋，其实是有着暗暗的隐喻的。几十年的历史变迁，就这样潜隐和埋在了多鹤张俭小环他们的日常生活里。

《小姨多鹤》不仅在题材主题思想等方面是对战争反思的深度拓进，某种程度上可以谓之是"抗战后叙事"。小说在文体和叙述等小说的形式层面和艺术成就方面，都是上乘佳作，是可以视之为严歌苓代表作的长篇小说。小说在采用多鹤这样一个异族女性视角的叙事方面造诣颇深。写好多鹤这个日本女性形象，有两大写作难点需要克服：第一，要让受述者和读者觉得这就是一个日本女人，不只外表样貌，她的内心心理活动和一言一行，都得是"日本女人"的，而不能是仅有一个日本女性的名字和身份，骨子却是个中国女性的心理活动和言行举止。第二，一个作为生孩子工具的日本女性，与几个中国家庭成员一起生活几十年，还生和养育了三个孩子，她与他们包括邻里和社会上的人怎样打交道？这是很难把握和处理的。对于第一点，严歌苓很好地采用了来自多鹤和家人的尤其是多鹤本人的限知视角和限制性叙事策略，贴着人物写，"我的人物比我高"（萧红语）的写作手法得到了最恰到好处的发挥和使用。对于第二点，严歌苓分寸拿捏也非常允当，充分动用了张俭、小环、孩子们、小石小彭和邻里以及所有与多鹤能打交道的人的限

---

[1] 严歌苓：《小姨多鹤》，作家出版社 2010 年，第 296 页。

知视角和限制性叙事策略。多鹤刚入张家不久，曾经偷偷逃走过，家人寻她不着她却自己又回来了，遭小环一顿抢白。"小日本婆听不懂小环的话，但她的嗓音像过年一样热闹，她便停止了倔犟，由她一直把她扯进堂屋。""一晚上谁也没从小日本婆那里掏出任何实情来。第二天晚饭桌上，小日本婆把一张纸规规矩矩铺在大家面前。纸上写着：'竹内多鹤，十六，父母、哥、弟、妹亡。多鹤怀孕。'"[1]多鹤最初基本听不懂中国话，语言的从隔阂不通到粗通，严歌苓对此所拿捏的分寸刚刚好。对多鹤在张家几十年里仍保持着的一些日本人的生活习惯，也是如不经意间，被严歌苓撒播在小说叙事的角角落落。由其他人物尤其张俭视角而对多鹤所作的限知视角和限制性叙事，也是令多鹤形象栩栩如生的一个重要保证，仅举一例：

> 不变他对多鹤怎么会这样……看不得、碰不得？一碰浑身就点着了？他过去也碰过她啊。变化开始在两年多以前自由市场的那个偶然相遇吗？不是的。开始得更早。小环把多鹤的身世讲给他听了之后，就在第二天，他看见多鹤在小屋里给孩子们钉被子，心里就有一阵没名堂的温柔。当时她背对着他跪在床上，圆口无领的居家小衫脖子后的揿扣开了，露出她后发际线下面软软的、胎毛似的头发。就那一截脖子和那点软发让他没名堂地冲动起来，想上去轻轻抱抱她。中国女孩子再年轻似乎也没有那样的后发际线和那样胎毛似的头发。也许因为她们很少有这种特殊的跪姿，所以那一截脖子得不到展露。他奇怪极了，过去只要是日本的，他就憎恶，多鹤身上曾经出现的任何一点日本仪态，都能拉大他和她的距离。而自从知道了多鹤的身世，多鹤那毛茸茸的后发际和跪姿竟变得那样令他疼

---

① 严歌苓：《小姨多鹤》，作家出版社 2010 年，第 17—18 页。

爱！他在这两年时间里，和她欢爱，和她眉目传情，有一些刹那，他想到自己爱的是个日本女子，正是这样刹那的醒悟，让他感动不已，近乎流泪：她是他如此偶然得到的异国女子！他化解了那么大的敌意才真正得到了她，他穿过那样戒备、憎恶、冷漠才爱起她来！[1]

多鹤独有的日本女性的特点，张俭对她从戒备、憎恶、冷漠到爱起她来究竟是缘何而转变，都很形象和生动。这段小说叙事，其实是以张俭为限知视角的限制性叙事，看似是张俭内心独白，实际上是贴着张俭的感知视点和价值观视点、利益视点等所作的限制性叙事。女性视阈中的历史与人性书写，加上限知视角和限制性叙事策略的纯熟运用，令《小姨多鹤》艺术性和文学性成就斐然。

第三节 《陆犯焉识》：知识分子的
成长史、磨难史与家族史

《陆犯焉识》是通过对"我"的祖父陆焉识以及祖母冯婉喻尤其是陆焉识的故事的讲述，展现了二十世纪中国男性知识分子的命运沉浮，是严歌苓作品中少见的以男性为第一主人公的小说文本，但它又与一般表现同时期知识分子的小说表现出明显不同，小说的叙述方式和艺术形式等方面有着独树一帜的特色和价值。虽以男性形象为第一号主人公，严歌苓仍然不失她作为女性作家在面对历史和人性书写时候的女性视阈，"我们能够非常清楚地看到在小说叙述背后严歌苓温情的女性目光"[2]。但以陆焉识为视角的叙述眼光和

① 严歌苓：《小姨多鹤》，作家出版社 2010 年，第 131 页。
② 丛治辰语，参见龚自强、丛治辰、马征、陈晓明等《20 世纪中国知识分子的磨难史——严歌苓〈陆犯焉识〉讨论》，《小说评论》2012 年第 4 期。

叙事声音，又常常是紧贴陆焉识这个男性人物的。叙述方式的创新和细节化叙述的震撼人心，《陆犯焉识》是兼具的。鲜有作家能够将文学性、虚构性和纪实性调和得那么好，那么感人至深地来叙述那段知识分子劳动改造的历史……这是这个小说的与众不同之处，令它在所有同类题材中显得标新立异、卓尔不群。小说带我们见识了陆焉识这个知识分子在二十世纪中国社会和历史背景之下近乎荒诞的悲剧性命运。主人公陆焉识算得上是上海世家子弟，天资聪颖，被恩娘安排先娶了内侄女冯婉喻然后出国留学，会四国语言，二十几岁当上教授，可谓才华横溢。就是因为稀里糊涂畅所欲言的几篇文章，得罪了"凌博士"和其他人，获罪发配到西北大漠，遭受了种种非正常境况和非常的生存困境乃至绝境，以犯人的身份度过了自己的盛年，归来已是垂垂老矣，年华尽失。正是从这个意义上，如果和同随俗，可以将《陆犯焉识》谓之为"知识分子的成长史、磨难史与家族史"。而从更加深层的意义上，或许应该更加认同和赞同小说的"归来"主题。

根据《陆犯焉识》改编的张艺谋的电影《归来》，因以陆焉识被平反获释后回来看望妻儿的结局为主要内容，而曾经遭到一些人的不解，认为是对知识分子苦难史的回避。我倒是觉得电影《归来》恰恰是抓住了小说几乎是最为重要的一个方面，"实则把握和提取出了小说最精粹的内涵：无论现实如何变化，女性作为爱、亲情和家园的象征，始终安抚着破碎的人生和灵魂。这并非简单的'精神胜利法'，而是潜存于家国创伤底部，历经激烈变故而依然透射出深厚救赎力量的深厚温暖"[①]。所以说，像这样的概括，似乎是更贴近《陆犯焉识》深层的精神主旨："张炜的书写带有典型的男性特征，他是思辨的，是追问的，而在《陆犯焉识》中，虽然书写的核心也是知识分子的创伤，但更让人印象深刻的是在抒情方

[①] 曹霞：《"异域"与"历史"书写：讲述"中国"的方法——论严歌苓的小说及其创作转变》，《文学评论》2016 年第 5 期。

面，在那曲绵长的爱情悲歌。在我看来，恰恰是自强觉得暧昧矛盾的历史与情感的冲撞，能够回应我的问题：严歌苓着力讲述的这段旷世之恋，才是这部小说迥异于其它此类小说的关键。我们能够非常清楚地看到在小说叙述背后严歌苓温情的女性目光。她那么缠绵浪漫地把祖父和祖母的爱情故事讲出来，真正是一场世纪之恋，一场不断错过的世纪之恋——之所以跨世纪，就是因为错过，后来的失忆也是错过的一部分：前半辈子自己错过了，后半辈子被迫错过了，最后又因为失忆再次错过了。但两个人始终矢志不渝，一个人矢志不渝了一个世纪，一个人矢志不渝了半个世纪。"① 所以，陈晓明才会说："或许你把这部小说概括为'始终错过的矢志不渝的爱'？"② 陆焉识与冯婉喻这看起来"始终错过的矢志不渝的爱"，无疑是小说最为打动人心的一个重要方面。

小说的叙述方式，是《陆犯焉识》成功的一个重要原因。故事的主要叙述者是"我"——陆焉识的孙女冯学锋，但有时候又借用别人的叙述视角。比如"老佣"这个章节就是这样。叙述视角的自如转换，和限知视角与限制性叙事策略运用得当，不只可以贴近人物叙述，产生让人身临其境的艺术真实感和文学性，还令叙述者在这种叙述角度和距离的调换当中，让陆焉识的劳改的苦难史不那么残酷和过于沉重，让人透不过气来，既现场般真实又有距离化的叙述效果，这是严歌苓的高妙之处。而对于陆焉识和冯婉喻的感情书写，又有着日常生活和人性情感等的浸润，故事性和可读性很强，也很感人，正好是与西北大漠荒无人烟惨酷的那段岁月和生活故事，形成一个"复调"叙事效果的小说叙事部分。就像有的研究者所说的："用沉重的语调去讲一个沉重的故事定是吃力不讨好的，

① 丛治辰语，参见龚自强、丛治辰、马征、陈晓明等《20 世纪中国知识分子的磨难史——严歌苓〈陆犯焉识〉讨论》，《小说评论》2012 年第 4 期。
② 陈晓明语，参见龚自强、丛治辰、马征、陈晓明等《20 世纪中国知识分子的磨难史——严歌苓〈陆犯焉识〉讨论》，《小说评论》2012 年第 4 期。

也注定不能给读者全新的审美享受。'我'还在不时地提醒读者：'我'是根据读祖父盲写出来的散文、笔记、回忆录等来想象他的一生。"[1]

"始终错过的矢志不渝的爱"当然不是凭空而来的，是一点一滴日常生活的积累和情感累积才成的：

> 婉喻的探监日子，成了焉识四季交替的临界点。春夏之交，婉喻带来笋豆、糟鱼；夏秋更迭，咸鸭蛋、腌鸭肫、烧酒醉虾；秋去冬来，椒盐猪油渣，油浸蟹黄蟹肉；来年开春，腌了一冬的猪后腿、风鸡风鹅、咸黄鱼都让婉喻装在罐子里，瓶子里，盒子里带来了……焉识拎着这些沉甸甸的食物往监号走，心里总是奇怪，来的一路几百公里，婉喻是如何三头六臂地把东西搬运过来的？那手提肩扛的，拖泥带水的长途征程怎么会没有在她身上留下狼狈的痕迹？在会见室一坐，还是那个洁净透亮的婉喻，一脸的识相，对自己微微的寡趣乏味泰然坦荡，自知是改进不了的，但是没关系，你给她多少关注，她就要多少。[2]

婉喻的十根手指尖都被蟹蜇烂了才抠出的蟹肉，被当成了"垃圾"来处理。"婉喻亲手剥出的蟹肉蟹黄，也成了垃圾，被他们从罐子里倒出来，倒入两人合抬的大铁皮垃圾桶。婉喻的十根手指尖都被蟹蜇烂了，皮肤被微咸的汁水腌泡得死白而多皱。每一个蟹爪尖，无论怎样难抠嗤的犄角旮旯，婉喻都不放过，不舍得浪费一丝一毫的蟹肉……焉识的眼睛跟着垃圾桶往监号门口走。抬垃圾桶的是两个轻刑犯，他们已经走到了监号门口，就要拉开铁门出去。焉

① 曾洪军：《多重话语　荒诞品质——论严歌苓新作〈陆犯焉识〉》,《名作欣赏》2012 年第 24 期。

② 严歌苓：《陆犯焉识》,作家出版社 2011 年，第 312 页。

识一下子蹿起来，自己都不知道自己会那样蹿。他扑在铁皮桶上，伸出的双手从垃圾桶里捞起一大捧蟹油蟹黄，和着烂苹果烂柿子塞进嘴里。""1958年10月1日，婉喻按时来看望他，似乎知道上一次带来的蟹黄蟹肉都做了垃圾，这次更加变本加厉，带了更大的一罐。他下意识就去看她的手指甲，它们都秃秃的，在剥蟹剥劈了之后给锉秃了。""接下去，他告诉她，一批犯人很快要转监，但是转到哪里不知道。""'那我到哪里去看你？'婉喻突然伸出两只手，抓住他右手的小臂。"[1]历史与夫妻间相依难舍的人性温暖，就这样交织在陆焉识和冯婉喻的人生里。个体的生命与历史撕扯不开，所能支撑人始终不渝坚持下去的，正是那人性温暖的微光。

---

[1] 严歌苓：《陆犯焉识》，作家出版社2011年，第313页。

第五章　以《妈阁是座城》为节点的
　　　　　"女性"叙事

第一节　不够暧昧
——从《妈阁是座城》看严歌苓创作新质

长篇小说《妈阁是座城》在严歌苓的创作历程中，具有颇为独特的艺术特征和美学意义，却似乎一直未受到足够的重视与研究。错时的故事序列和叙述，产生无比暧昧的精神气质，制造悬念迭生的叙事效果，故事在悬念与惊奇构成的复合体网络里往前推进。小说在叙事节奏、叙事视点等很多方面表现出新质。严歌苓的《妈阁是座城》在结构、叙事以及由之关涉的对人的情感、人性心理表达的种种暧昧，不仅使这部小说具有明显不同于她此前作品的创作新质，而且对于当代小说如何在形式方面、叙事结构等方面获得成熟、圆融的现代小说经验，提供不无裨益的思考。

严歌苓的长篇小说《妈阁是座城》最早刊发于《人民文学》2014 年第 1 期。人民文学出版社出版单行本后，在 2014 年 1 月到 6 月间先后五次重印，备受读者与研究者的关注。我依然记得翻开那期《人民文学》，不歇气地读完《妈阁是座城》，心里那百转千回、久久不能释怀的感受。关注严歌苓的创作近二十年，这是鲜有的一种阅读感受。我讶异一向多变却是总有印迹可循的严歌苓，好像暗暗使用了什么绣法和招式，探触到了卧在人心深处那细密幽微而柔弱的所在，甚至让人心痛，却似乎又一时没有意识到痛在哪里。严歌苓近十年创作的长篇小说，无论《一个女人的史诗》，还是《第九个寡妇》《小姨多鹤》《陆犯焉识》等，都受到评论家普遍的关注和研究，而陈思和、陈晓明等人的评论以及围绕作品所展开的讨论，都让我们看到评论家深入睿智的解读和辞采灵动的剖析。不过寄寓了作家自己很多期许的《妈阁是座城》，有些像《芈月传》中芈月的出世——背负了"霸星出世"的占卜预言，却诞下女儿家芈月、令所有期待已久的人颇为意外。与此前严歌苓那些备受推崇的长篇小说相比，它的遭际颇有些"孤冷"。作家曾经期待评论家加以评说，学者、评论家私下里有很多话要说，却没有轻易形诸文字。① 有一位评论家曾经这样说《妈阁是座城》：很繁富，结构、叙事、情感等都很复杂，如果想条分缕析来加以阐释，实在不是一件容易的事情，如果想寻常地切成块来评论，就更加难办……② 在这样的情形之下，我要说出《妈阁是座城》的创作新质，写下"不够

---

① 2014年6月14日，笔者与严歌苓研究专家陈晓明在微信里曾经就《妈阁是座城》展开讨论。我说："我觉得《妈阁是座城》写得不错，写出了女性心底的很多东西……有缺憾之处，但总的来说是好的。小说最后几段，看时眼泪差点夺眶而出。"陈晓明说："妈阁对男女之爱的描写太用力了，赌博却要靠情爱来做全然内在的底，赌博没有充分刻画出人物，故那种爱就不可靠……我是说在小说中不可靠。"我说："我觉得严主要笔力不在赌博，是情爱，《妈阁》写的是一个女子从三十六七（当然也写到晓鸥二十来岁时）到四十多岁的身心，一个很自立的女子为爱成伤的故事。有那么一点自恋，有那么一点无奈，还有许多的自尊，甚至柔弱……比她很多以前的小说并没有变差，甚至手法、写女性心理更纯熟。赌博只是她借来写故事的，不能指望她用赌博来充分刻画出人物。"陈晓明说："那以赌博为名就太外在了，所以就不能借来讲故事，小说中的生活是要浑然一体的，女人的心性那么硬，一直是绷着的，男人爱女人到那个份上需要很多的理由……我是从纯粹小说艺术来看的，也是对严歌苓才能有这么高的要求……"其他男学者和男评论家也有人认为："写女人的情感，写得那么暧昧……"这"暧昧"的阅读感受，虽然也为敏锐的男性学者捕捉或者说意识到了，但他们不是和我从同样的维度和意义层面来对待《妈阁是座城》的"暧昧"或者说"不够暧昧"的。
另：本章有关《妈阁是座城》的引文，皆出自《人民文学》2014年第1期。
② 出自《小说选刊》副主编、评论家王干与笔者的一次交流。

暧昧"这样一个题目，心里不免有些惶惑和顾虑。

严歌苓曾经讲过，她的很多故事不是"编出来的"，而是听来的。将听来的故事用虚构和想象让它们发酵，便成了她的作品。她还表示"像《第九个寡妇》这种最原始的一个故事的核"，就是她听来的。[1] 陈晓明也认为："严歌苓有一点很独特，就是她的小说总有一个非常清楚的故事核。她知道她要讲一个什么故事。比如《第九个寡妇》，用一句话概括，就是一个公公在儿媳妇的地窖里藏了几十年，藏到头发都白了。《小姨多鹤》是一个日本留在中国的少女，居然成了一个中国东北男人两个妻子中的一个。故事核本身就非常离奇，它是小说的要害……而《陆犯焉识》的故事核就是一个做了犯人的男人，曾经忽略了他妻子的存在，只有当他成为犯人时才回想起妻子的好和美，但多少年之后他回到家，这个妻子不认识他了，这是关键。"[2] 按照这个"故事核"的讲法，说《妈阁是座城》是一个描写女"叠码仔"和三个赌徒的故事也未尝不可，但小说所埋伏的诸多谜局、人的情感与人性心理的多重角力以及严歌苓是如何将笔触探入到人性幽微曲折之处，就难免被掩蔽起来，难免会使人忽略其原本的繁富意蕴，忽略这部长篇蕴涵了严歌苓创作的很多新质。因为通过"变"和"新质"的东西，或许可以"探讨作家创作道路上的某部作品隐含的秘密或辐射能力"，而且借由这样的作品，似乎可以"点出作家的风格学和精神年代学的纹理"。[3]

写下"不够暧昧"这样一个题目，虽然有些顾虑和惶惑，但还是受益于与评论家们的对话与交流，而且相信自己对于严歌苓的研究与阅读积累，更相信自己在阅读《妈阁是座城》时的真切感受。阅读中，我甚至不自觉地想到了曼殊斐儿在《一杯茶》里对人性心

① 严歌苓:《严歌苓谈文学创作》，黄晓洁整理，《世界文学评论》2012 年第 2 期。

② 陈晓明语，参见龚自强、丛治辰、马征、陈晓明等《20 世纪中国知识分子的磨难史——严歌苓〈陆犯焉识〉讨论》，《小说评论》2012 年第 4 期。

③ 陈晓明:《他"披着狼皮"写作——从〈怀念狼〉看贾平凹的"转向"》，《文学评论》2015 年第 1 期。

理书写的绵密细致以及文本带给人的那种说不清道不明、氤氲而起的感觉。严歌苓谈到自己的创作时也曾经说："最难的不是你在做功课，而是你找到这个感觉。文学的感觉难以言表，一刹那觉得我可以写了，就有那种感觉了。也许你昨天说我写不了，但是有一天早上你起来拿着一杯咖啡，像一个很淡很淡的气味，你简直抓不住它的一种气味。"① 相对于严歌苓其他那些更多被评说的长篇小说，我对《妈阁是座城》如此欣赏与不能释怀，或许也是因为它具有一种暧昧不明的气味。

"序"的家族前史与悬念

严歌苓一度表现出对于历史叙事的偏爱，《一个女人的史诗》《第九个寡妇》《小姨多鹤》《陆犯焉识》等作品都表现出了她希冀通过自己的女性视阈来述说一段历史的愿望与冲动。她往往选取一些特别的书写维度，使她的作品溢出以往宏大叙事所覆盖的主流的历史叙述法则，完成她女性视阈的历史书写。正如很多评论家概括的，《一个女人的史诗》"是一部从新的视角开掘红色资源的小说"，"它以另外一种方式去回望历史"②；《第九个寡妇》（也适用于《小姨多鹤》）是所谓"宏大的历史叙事与个人传奇经历的结合"的"新历史小说"③；而《陆犯焉识》是一部具有浓郁"家族史"意味的小说④。

《妈阁是座城》开篇的"序"讲述了梅晓鸥家族的"前史"。小

---

① 严歌苓：《不为高产道歉，我心里还有更多的故事》，2015 年 9 月 24 日在思南读书会上的发言。

② 贺绍俊语，参见严歌苓《一个女人的史诗》封底语，湖南文艺出版社 2006 年。

③ 陈思和语，参见陈俊《历史困境与女性命运——评严歌苓的〈小姨多鹤〉》，《小说评论》2012 年第 2 期。

④ 龚自强语，参见龚自强、丛治辰、马征、陈晓明等《20 世纪中国知识分子的磨难史——严歌苓〈陆犯焉识〉讨论》，《小说评论》2012 年第 4 期。

说头一句话"梅家跟普天下所有中国人都不一样",是预叙也是悬念,既为梅晓鸥家族前史设置了一个悬念,同时也为梅晓鸥以后的生活与人生设置了悬念。小说从梅家五代之前的祖奶奶——梅吴娘写起,短短五句话之后,就指出"眼下活在二〇〇零八年的梅晓鸥更愿意叫这位祖奶奶梅吴娘",似乎在提示小说是从梅晓鸥的视角进行家族前史的追忆和叙述。不过,家族前史并非仅仅是一段前史,序的第五个段落如蒙太奇镜头般一下把叙述拉回现实,"机场广播响了,为北京飞来妈阁的飞机继续误点致歉。晓鸥看了一眼手表,飞机误点两个多小时了",但紧接其后的"而梅大榕当年结婚误点可是误了十年",又重回家族前史的叙述——梅吴娘当年嫁了去番邦淘金沙的梅大榕,后者嗜赌成性,而前者聪慧勤俭、善持家业,为防生下儿子也嗜赌成性,梅吴娘先后把三个刚刚生下的男仔溺死在马桶里,只留下女仔。尽管妈阁被番邦占去几百年,梅大榕没办法进去赌,却依然在妈阁海关外面找到一个赌档,最终输得精光,投海而死。序的最后两个自然段是:"因此梅家五代之后的孙女梅晓鸥看见妈阁海滩上时而打捞起一个前豪杰时,就会觉得咸水泡发的豪杰们长得都一个样,都是她阿祖梅大榕的模样……假如梅大榕的遗腹子不是让梅家老人及时营救的话,就不会在二〇〇八年十月三号这天存在着一个玉树临风的梅晓鸥了。"

"序"的不长的篇幅,已经吊足了读者的胃口,具有足够的悬念和不确定性,很难预知后面的小说叙事与情节。有研究者指出:"不确定性,经常以焦虑为特征。悬念通常是痛苦与愉悦的一种奇特的混合……多数伟大的艺术对悬念的依赖比对惊奇的依赖更重。我们可能很少重读那些依赖惊奇的作品,在这些作品中,惊奇一过,趣味遂成陈迹。悬念通常部分地由预兆——关于将会发生什么的迹象——达成……"①《小姨多鹤》的"序"讲述多鹤的身世

① Sylven Barnet, Morton Berman, and William Burto, A Dictionary of Literary Terms, Boston: Little Brown, 1960.

前史，是严歌苓对二战结束后在华日本村民撤退的陈述。作家从民间、女性的视阈看取一段历史，常常用主人公少女多鹤的眼光和视点，将故事／素材转变成情节，尽管有些传奇色彩，甚至不失离奇之处，却自然接入了后面的叙事与情节，没有打破线性时间顺序的因果链条。

而在《妈阁是座城》里，严歌苓在短短的"序"中做足了"悬念—惊奇—悬念"的功夫。作家倚重悬念，却也没有放弃使用惊奇，她在故事的叙述中自如地调度悬念与惊奇——这对本来就是互补而非对立的术语，被严歌苓运用得妙笔生花，拼接无缝。家族前史的叙述和梅晓鸥候机等人的现实实存自然地拼接在了一起，然后笔锋一转，重回对家族前史的叙述。梅吴娘溺死三个男仔，丈夫梅大榕在妈阁城外赌档输个精光投海而死，惊奇得不能再惊奇，待"惊奇一过，趣味遂成陈迹"的危险关头，情节又自然收回到正在候机等人的梅晓鸥身上。"她感觉太阳光哆嗦了一下。也许风眼就要过去了"，"误点了五个小时的飞机假如不在台风的风眼过去之前降落，她的等待就会不可预估地延长"，"就是说，让那个人倾家荡产的概率就小了"，"今天来的是个单打独斗的大客户，所以就是'那个人'"。这里的"那个人"是谁？是"三个赌徒"之一（按时间顺序应该是之三）的段凯文。梅晓鸥初识段凯文并引后者去赌博的过程中，已经出现了"老猫"和其他马仔。段凯文的赌博还在进行中，又无缝衔接引入了"三个赌徒"之二的老史——史奇澜及其老婆陈小小。短短的第一章，段凯文赌输了，史奇澜也很"麻烦"地出场了，在逼近第一章结尾的段落，通过段凯文对梅晓鸥人生秘密的探问，又引出并约略讲述了梅晓鸥的情感前史。这里虽未提及梅晓鸥曾经的男人的名字，却已经设置好了一个悬念，为第二章这条线索的接续埋下了隐线。

在第二章，开篇就是梅晓鸥答应陈小小要促成史奇澜与儿子的父子通话：

可怜的女人最后一道杀手锏都相同，就是孩子。晓鸥从她自己的儿子还没有面目，只是一团血肉的时候就开始用。她给卢晋桐的老婆打完自我曝光的电话之后，从洗手间回到赌桌边，就说："卢晋桐，我马上做手术把孩子打掉。"卢晋桐是她男人的名字。她曾经狠狠爱过的男人，连他名字都一块儿狠狠地爱过。

短短两百余字之后，又引出了"三个赌徒"之三（按时间顺序是之一）的卢晋桐，梅晓鸥曾经的男人，接续前面提到的梅晓鸥的情感前史。第二章结尾，独句成段的"十年后她也同样不怪史奇澜"，又将叙述和情节拉回到史奇澜这里。第三章的篇幅全都铺陈在史奇澜身上，梅晓鸥在与其过招、索要赌账的过程中，竟然不失一份温情和体贴。史奇澜打算坐牢赖账，梅晓鸥无可奈何时，段凯文又现身妈阁赌博。第四和第五章，进展着史奇澜一线的情节，却又夹杂着梅晓鸥与卢晋桐情感前史的回溯。第六章转而叙述段凯文的豪赌。第七章竟然在开篇接续了"序"的家族前史，叙述梅吴娘如何把梅大榕的遗腹子生下来，又怎样养育了这个成年后从不沾赌的儿子。而在追债段凯文的过程中，作家竟然不忘叙述梅晓鸥父母不睦乃至离婚的前史。接下来，追债段凯文与追讨史奇澜又错综复杂地交织在第八和第九章。在第九章结尾，又引入了卢晋桐的线索。第十章便接续这一线索，讲述卢晋桐的故事，却又旁逸出另外的线索——史奇澜带远房表弟来赌博……第十一和十二章，是段凯文到妈阁再赌与梅晓鸥追债段凯文。在第十三和十四章，"梅晓鸥投入了不赌的老史的怀抱"。第十五和十六章，梅晓鸥与史奇澜的同居生活中，段凯文又一次现身，试图再度借钱赌博。小说用一句"梅晓鸥的嗓音恢复到三年前了"，暗示三年的时间已经过去。最终，段凯文被递解出境了，史奇澜也离开梅晓鸥重回陈小小身边。

到了"尾声"一节，线索又闪回到为因癌症去世的卢晋桐开的追悼会那里。梅晓鸥的儿子在父亲死后，跟几个男同学进赌场"小赌怡情"，梅晓鸥的焚钱惩戒，以及梅晓鸥与史奇澜虽剪断理还乱的情愫……在整个故事的叙述中，严歌苓对悬念与惊奇得心应手的使用，显示了作家在叙事方面的巧心与能力，也让小说氤氲出一种繁富而不失暧昧的气质。

错时的故事序列和叙述

在叙事学上，热拉尔·热奈特对于"故事—时间"与"话语—时间"之间的时间关系作过精致的分析。在分析电影的时候，热奈特区分了话语的正常序列和错时序列，还区分了错时的"跨度"及其"幅度"。"跨度"是从"现在"往前或往后直到错时的起始时刻之间的时间距离，"幅度"则是错时事件本身的持续时间。把错时融入持续发展的故事中有几种方式：外部的、内部的和混合的。外部错时的开始与结束都发生在"现在"之前，内部错时从"现在"之后开始，混合错时开始于"现在"之前而结束于"现在"之后。而内部错时又分为两种，一种是异故事的，即不干扰被中断的故事；一种是同故事的，即干扰被中断的故事。后者又可区分出补充的与重复的。补充错时填补空白——过去的或未来的。重复的错时则相反，它重复了之前陈述过的内容，"叙事返回过去，有时是明确地沿着自己的足迹返回"。[①]

严歌苓在《妈阁是座城》里将电影的蒙太奇剪接手法运用得活色生香，超出了她此前所有小说在"故事—话语"方面对叙事手法的运用。闪进、闪回灵活自如，拼接无缝。小说中出现了梅晓鸥与三个男人、梅晓鸥的家族前史、梅晓鸥的家庭前史、梅晓鸥与儿子

---

① 参见［美］西摩·查特曼《故事与话语》，徐强译，中国人民大学出版社2013年，第49—50页。

的现实生活等数条故事线索。而在此前的《一个女人的史诗》《第九个寡妇》《小姨多鹤》等作品中，基本上是按时间顺序讲述故事。试图叙述一部家族历史的《陆犯焉识》虽有三条线索，手法上略见《妈阁是座城》之多变叙事手法的端倪，但也多是遵循单纯的线性时间顺序的因果链条，还未曾如此错综复杂、密织如网过。而《妈阁是座城》繁富复杂的"暧昧"气质或者说魅力，何尝不是从它的叙事就已经开始了。但小说毕竟是小说，严歌苓毕竟是严歌苓，她没有陷于电影表达的"无时性"，也没有让故事与话语之间完全丧失时间逻辑关系。完全的无时性、无时间逻辑，固然可以令叙事变得"暧昧"，但也使叙述不再可靠，让读者感到困惑。在错时叙事中，严歌苓在每一段错时插入的线索里，保持了其内部的线性时间逻辑，并注意与"现在"和"当下"保持协调的时间逻辑。也就是说，严歌苓按照自己的喜好和心愿，重新安排故事的事件，但保持了故事序列的可识别性，由此也令情节能够具有整体的"整一性"与局部的"整一性"。不同的故事线索之间，有时候有同等的优先权，有时候又在时间上发生部分交叠，每条线索都可以在下文接续，好像从未被打断过。这样的娴熟与自如，是属于严歌苓的。与其说作家运用了多少的机心，倒不如说是严歌苓为她的故事／素材，为她的《妈阁是座城》，找到了最好的文学的感觉和写作的气味——或许就是来自那杯咖啡的很淡很淡的气味。

错时的故事序列和叙述，产生了无比暧昧的精神气质，产生了悬念迭生的艺术效果，叙事在"悬念—惊奇"的复合体网络里往前推进。这在严歌苓此前的小说中是少见的。或者说，严歌苓之前的小说在故事的叙述上面，鲜有如此有意味和繁富暧昧过，甚至常常令阅读者作出错误的叙事推断。在《小姨多鹤》里，张俭为了保护多鹤，是故意制造"事故"杀死了因觊觎多鹤不成而意图将她告发的小石，还是纯属偶然和意外事故？哪怕是这样足够令人惊骇的死人事件，在小说叙述里依然没有悬念甚至也没有太多惊奇可寻，贯穿始终的线性时间顺序，可以让读者顶多是在"故意"还是"意外"两者之间猜度。《妈阁是座城》就很不一样，梅晓鸥与老史、段凯文以及卢晋桐的关系，都有那么多的暧昧不明误导读者，令读者在叙事推断的路径上常常误入歧途。偏偏这个误入，不是新时期以来先锋派小说那种形式上的实验和先锋造成的。《妈阁是座城》的叙事建立在再日常化不过的维度和层面上，不作形式或者精神的凌空虚蹈——从这个意义上讲，《妈阁是座城》或许提供了一种很好的当代小说的叙事，或者说美学演绎方式。

错时叙述成就了《妈阁是座城》的"悬念—惊奇"构成的复合体网络。对梅晓鸥家族前史进行叙述和对此的不断重复的错时叙述——重复之前陈述过的内容，是小说所有错时叙述里最有意味的环节。与电影中对于原始事件持有不同观点的重复的错时叙述不同，严歌苓对于家族前史的重复的错时叙述，始终让梅晓鸥与祖奶奶梅吴娘在对待赌博的问题上保持一致的观点。梅吴娘金贵女仔，却溺死男仔，无非是对梅家先祖嗜赌成性的拒斥和恐惧，惟恐嗜赌的癖好随男性后代一同遗传下来。有这样的家族前史，后代梅晓鸥却是赌场里的"叠码仔"，预先就设置了一个大大的悬念。第四章中有这样一段叙述："晓鸥知道，东方男人身上都有赌性，但谁血管里的赌性能被发酵起来，扩展到全身，那是要有慧眼去识别的。梅晓鸥明白她有这份先知，能辨识一个藏在体面的人深处的赌棍。是她祖先梅大榕把这双眼给她的，深知自己血缘渊源存在过痼疾的人因为生怕痼疾重发而生出一种警觉，这是一种防止自己种族染病灭绝的直觉，是它给了晓鸥好眼光去辨认有发展前途的赌客。"这与第七章开篇那种重回开头的"序"，即对家族前史的错时重复叙述还不同，不是对家族前史故事的大段接续，而是试图对家族前史所设置的悬念进行解释。与此类似，小说中数次提及梅家阿祖、梅吴娘贡献的那一支血脉，无非是在不停地以错时重复叙述的方式去阐述与梅吴娘否定赌博的决绝态度相同的观点。但吊诡的是，谁说梅晓鸥"叠码仔"的营生不是另外一种意义上的"赌博"呢？祖先赌与灭赌的二元对立在梅晓鸥身上左冲右突，虽则披了"这是一种防止自己种族染病灭绝的直觉"的外衣，但正是这家族的前史和血缘，隐喻了梅晓鸥在心理、情感和人生经历上种种的复杂与暧昧不明。这说到底，是现代人的生存困境之一种。对比苏童的《黄雀记》，小说开篇即描画了祖父丢魂、找魂和对于祖先骨殖的不懈寻找，祖父这一形象便宛若勾连起历史与现实的"怪物"，"犹如'实在界'的残余与碎片，提示着香椿树街最为不堪的历史记忆与创伤"[①]。苏童对于历史的追忆与审视，毕竟是通过仍然实存的"祖父"来实现的。而在《妈阁是座城》中，连仅存的可能的实存都似乎堕入了一种虚无。家族前史在小说里虽然早早作了预叙，后面又有重复的错时叙述，但却是作为血缘和基因存在于梅晓鸥的血脉里，更加看不见摸不着，具有更多神秘气质与隐喻的意味。在某种意义上，这或许正是梅晓鸥内心常常充满怀疑，情感与生存坎坎坷坷、难脱困境的渊源所在。

叙事的嬗变与策略

考察《妈阁是座城》在叙事方面的特色，如前文对于小说"悬念－惊奇"复合体网络以及错时叙述等问题的研究，对于了解这部作品与严歌苓其他小说的差异具有重要的价值。

小说在叙事方面的嬗变，与严歌苓在创作方面自觉的艺术追求是一致的。她说："应该说我的每一部作品都企图创造一种语言风格，至少是一种语气。英文写作强调的是 voice，对我至关重要。假如一个作家只用一个语气到老，首先是不可能，其次是他真的是会很寂寞的。看看毕加索一生的作品，可以看到他一刻不停地在

---

① 徐勇：《以象征的方式重新介入现实——论苏童〈黄雀记〉的文学史意义》，《文学评论》2014 年第 2 期。

变。"[①]在《妈阁是座城》中，严歌苓继续她一路走来的对"语气"的探索，在叙事的结构、手法、节奏等方面进行创新。有研究者认为"严歌苓带给当代文学的是思想的碰撞"，还不是语言的碰撞，"但我们的思路和兴趣基本上还停留在思想碰撞，并没有意识到语言碰撞的重要性"[②]，这是我不太赞同的。要知道，严歌苓从赴美留学开始，就在语言思维方式、现代小说的叙述手法和技巧等方面，接受过与中国传统小说叙述手法很不相同的训练。严歌苓对于西方现代小说艺术非常熟稔，她曾表示：

> 我当时就感觉到他们的训练方式是非常科学的。上课时，我们的同学都是坐成一个圈，十二个同学，老师坐在中间，然后他就说，某某某，你出一个词儿。被点名的同学先出一个名词，然后老师叫第二个人说你接一个动词，接了一个动词以后他就说，用任何一个你想到的最最独特的动词来让这个名词动起来。这样一种训练就是首先他告诉你什么能使文章变成非常有活力的、非常有动作的、非常往前走的，走得比较快的是动词而不是形容词。
>
> 比如说老师跟你说这里有个烟灰缸，我告诉你一个object，然后让所有同学就用这么一个东西，这么一个非常微小、微不足道的东西，当场构思出一个故事来。轮到你来构思的时候，如果你想不出来，老师会说You see it, With your minds' eye. 就是用你脑子里的那双眼睛来看着这个东西，You know, What happened to it.
>
> 如果没有东西happen，老师就说Let it happen，就让你脑子里的那个画面再往前走。所以这种训练也形成了

---

① 参见庄园《严歌苓访谈》，《华文文学》2006年第1期。
② 贺绍俊：《从思想碰撞到语言碰撞——以严歌苓、李彦为例谈当代文学的世界性》，《文艺研究》2011年第2期。

我写作会有一种画面的感觉，如果我写不下去我就对自己说：See it, You know。老师老是教我们看着它，直到看见它，看见它的形状，Do you smell anything？你闻到了吗，你嗅到了吗？调动的是你所有的感官，来把这个故事往下进行。

我觉得这种写小说的训练在美国是独一家的。为什么我现在写小说的画面感很强？我觉得这是跟我们学校的训练很有关系的。写一个东西要有质感。这段文字你写出的一个场景，要有质感，最好还有触感，就是说六种感觉都有，六种感官都有。这种职业训练对我后来的写作帮助很大，因为它还有第一人称写作、第二人称写作、书信式写作、嘲讽小说、各种各样的小说的体裁的训练。[①]

除了上文曾经分析过的《妈阁是座城》在叙事方面的变化和特色，小说在叙事节奏、叙事手法等方面的很多特点，都可以从上面这段严歌苓的自述中找到渊源和根柢。用最独特的动词"使文章变成非常有活力的、非常有动作的、非常往前走的"，形成"走得比较快的"叙事节奏，在《妈阁是座城》里俯拾皆是。以下面这个段落为例：

老史站在她对面，手都没地方搁，脸似乎更没地方搁。见晓鸥涕泪俱下，汗也给哭闹出来了，他端起自己的茶杯，添了点水，一副伺候的姿态。晓鸥一把将茶杯挥出去，茶杯碎在一个木雕的土家族老人头像上，茶叶留在老人的脸上，茶水顺着老人的额头、脸颊、下巴流淌、滴答……

① 严歌苓：《职业写作》，2014 年 7 月 22 日"一席"演讲视频，"一席"文字整理。

"搁""挥""碎""留""顺着""流淌""滴答"以及怒而砸杯等一系列动作，将梅晓鸥知道老史要回到小小身边去时，她想哭闹又不能哭闹，想挽留又明知无用，痛入心髓的场景和痛苦，表达得极为动态又富有画面感，而且具有戏剧冲突般的紧迫感。严歌苓还常常放弃全知叙事惯用的心理描写和场景描写方式，取消人物心理描写的提示语，将人物内心所思所想与对话或者场景描写直接无缝拼合。试看下面这段描写：

晓鸥这么个九十来斤的单薄女人，被多少男人欺负过和将要欺负，被老史这种老烂仔逼成这样，三千公里的距离都挡不住。她瞥一眼正在为她卷下一块鸭肉和荷叶饼的段总，眼泪啪嗒啪嗒地滴落在桌子上。她侧过脸，在自己肩膀上蹭掉泪水。这种时候都没有一副男人肩膀让她蹭一把泪。段凯文看她一眼，没说什么。她特别希望他别说什么，就当没看见她。她大大小小的不同的麻烦和委屈被装在抽屉繁多的中草药柜子里，打开一个抽屉面对一份麻烦，忍受一份委屈，最好别把几个、几十个抽屉的麻烦弄混，混了她命都没了。

"求求你亲爱的晓鸥！"老烂仔又来了一条信息，还加了一个悲哀的表情符号。

哑剧大师们快死绝了，人们现在藏在这些表情符号的面具后面演出悲喜剧。她还是不理睬史奇澜。假如陈小小下回再让她去拖家具抵债，她肯定不客气，头一个冲进库房，选最贵的拖。

她的眼泪一个劲儿地流。卢晋桐、姓尚的、史奇澜、段凯文同时拉开中草药柜子上的无数抽屉，历史和现实的麻烦与委屈混成一味毒药，真的来索她命了。

坐在对面的段凯文一字未言，梅晓鸥心里已经翻江倒海，将历史与现实的麻烦、委屈、难过走了一个遍，隐含作者仅仅用第三人称的限制性叙事，就已经把一个女人的内心世界表达得淋漓尽致。哪怕是写人物心理，仍然是用"最最独特的动词"，"使文章变成非常有活力的、非常有动作的、非常往前走的"。使用最独特的动词，调动所有感官形成小说叙述的画面感等表现手法，被严歌苓运用得娴熟自如，使得紧密的叙述节奏与人物内心的活动形成呼应，有直入人物内心的艺术效果。《妈阁是座城》在叙事策略方面，还常常使用人物限知视角的不可靠叙述，由此形成交流的错位，乃至误导读者作出错误的叙事推断，令悬念的产生成为可能。如果没有叙事策略的使用和帮助，《妈阁是座城》很难做到大大小小的悬念迭生乃至环环相扣，也就不会有如许暧昧复杂的叙事特色与审美特征。

严歌苓一向对采用第几人称叙事有着高度的自觉，是一个熟谙现代小说艺术的成熟小说家。对于写作中遇到的"卡壳"，她会"第一人称不行就换第三人称，第三人称不行就换成第一人称"，这样就可以找到"一个新的叙述的感觉，那种叙述的敏感度"。[①]在《妈阁是座城》中，转换型人物有限视角被严歌苓运用得得心应手、恰到好处。此后发表的《护士万红》（单行本改名为《床畔》）在创作时间上比《妈阁是座城》还要早，却因为叙事视角的原因（1994年的初稿用了两个人的主观视角来写，"一是女护士的视角，一是被传统医学判决为植物人的张连长的视角，两个视角都是第一人称"），结果就成了"一个未完成的、不能自圆其说的小说"。由于叙事视角选择不当，"于是故事就像个童话，缺乏形而上的力量"；"有次跟张艺谋导演谈剧本，跟他谈起这部小说"，"他也觉得不应该把植物人作为其中叙事视角之一"，"直到去年（2014年，笔者注），我才把这部小说的所有手稿再次翻出来，各种稿纸堆了一桌

---

① 严歌苓：《严歌苓谈文学创作》，黄晓洁整理，《世界文学评论》2012年第2期。

子，我推翻了之前全部的构思，重新写作了目前这部《床畔》","这部休克了多年终于活过来的小说"。①这不仅说明了叙事视角对于小说写作能否成功的重要性，而且或许，《妈阁是座城》在叙事方面所展现的种种新质和作者的有意探索，都为后来的《护士万红》的视角调整和重新写作完成提供了先期的训练和准备。只是这一点还未被研究者和作者本人意识到罢了。

二十世纪八十年代中期以来，追求形式感和形式探索的先锋作家在转型中一直探索着形式与现实、形式与本土文学传统的关系。而如果考虑到《繁花》《老生》等作品的出现，那么九十年代以来中国小说更加呈现一种恢复传统的趋势。不少学者和批评家对尚未获得现代形式的中国当代小说如何对待传统、创新和现代小说经验的问题感到忧虑。②严歌苓的《妈阁是座城》在结构、叙事以及由之关涉的对人的情感、人性心理表达的种种暧昧繁富，不仅使这部小说具有明显不同于她此前作品的创作新质，而且对于当代小说如何在形式、结构叙事等方面获得成熟、圆融的现代小说经验，提供了不无裨益的思考，并且具有一定的示范意义。从这个角度来讲，我觉得《妈阁是座城》所体现的"暧昧"，恰恰是小说的优点；它所呈现的，恰恰是那些在书写和表达上已经很不暧昧，乃至完全不暧昧的当代小说所欠缺的。篇幅所限以及其他原因，可能拘囿了小说往更加暧昧繁富的维度伸展，所以，我会觉得它仍然不够暧昧——"不够暧昧"可以说是我们对成熟的中国当代小说写作的一种良好期许吧。

---

① 严歌苓：《床畔》，长江文艺出版社 2015 年，第 268—269 页。
② 参见陈晓明《我们为什么恐惧形式——传统、创新与现代小说经验》，《中国文学批评》2015 年第 1 期。

第二节　严歌苓小说中的"女性"叙事及其嬗变

——以《妈阁是座城》为节点

以《妈阁是座城》为节点和中心，严歌苓的书写，从女性地母般神性转向了女性"在地"的"女人性"，女人的弱小、柔弱、无助、寻爱不得而失爱……直指现代女性乃至现代人的孤独处境。严歌苓在女性叙事层面从"天上"落到了"人间"。人物背后，是隐含作者对女性、人性等很多方面理解的变化，是隐含作者的即使不是道德观也至少是价值、精神心理维度的变化……是作者写作内里的变化，甚至可以说是一种创作的转向。如果说《妈阁是座城》之前的严歌苓的作品，隐含作者常常是一个对女人的妻性、母性乃至地母般神性持认同和欣赏态度的表现者的话，《妈阁是座城》的隐含作者，是一个将女人包容一切、"化腐朽为神奇"的地母般神性褪去，对现代女性在经济、情感等方面的生存困境作出考察的体验者和思考者。

长篇小说《妈阁是座城》在严歌苓的创作历程中，具有颇为独特的艺术特征和美学意义，却未受到足够的重视与研究。我用"暧昧"一词来概括《妈阁是座城》所具有的明显不同于她此前作品的创作新质——错时的故事序列和叙述，产生了无比暧昧的精神气质，制造了悬念迭生的叙事效果，故事在悬念与惊奇构成的复合体网络里往前推进。小说在叙事节奏、叙事视点等很多方面表现出新质[①]，但所研究主要还是集中在《妈阁是座城》在形式和叙事结构等层面所作的探索，以及它对于当代小说在形式、叙事结构等方面获得成熟圆融的现代小说经验所能够提供的不无裨益的思考方面。对于《妈阁是座城》，如果仅仅看到这一点，当然还远远不够。小说更大

---

① 参见拙文《不够暧昧——从〈妈阁是座城〉看严歌苓创作新质》，《文艺研究》2016 年第 10 期。

的意义或许在于，以《妈阁是座城》为节点和中心，严歌苓笔下的女性，从扶桑、田苏菲、王葡萄、"小姨"多鹤等，往梅晓鸥（《妈阁是座城》）、张蓓蓓（《上海舞男》）发生变化，也就是从女人的地母性、神性往"女人性"变化。

女性形象的嬗变

《妈阁是座城》所塑造的女性形象梅晓鸥，与严歌苓此前作品中所塑造的一系列女性形象有着很大的不同。

《扶桑》《少女小渔》，以及她的一些中篇和近年来的一些长篇，严歌苓塑造的女性形象多具有丰盈女儿性、妻性的母性特征和精神气质，甚或近乎地母般的神性特征。我们知道，严歌苓1989年出版的《雌性的草地》，已经开启了"从雌性出发"的叙事母题。陈思和先生在2008年写文，还抱有这样的艺术形象不够被认真关注、其独特性还没有被充分重视到的遗憾："葡萄这个艺术形象在严歌苓的小说里并不是第一次出现，这是作家贡献于当代中国文学的一个独创的艺术形象。从少女小渔到扶桑，再到这第九个寡妇王葡萄，这系列女性形象的艺术内涵并没有引起评论界的认真的关注，但是随着严歌苓创作的不断进步，这一形象的独特性却越来越鲜明，其内涵也越来越丰厚和饱满。"[①]而近年对严歌苓创作的研究，其塑造的这一系列艺术形象及其精神特征已经越来越受到关注和研究，雌性、妻性、母性乃至地母般神性（有人表述为"佛性"）几乎成了其笔下女性形象的一种精神标签。从这个意义上讲，陈思和先生当年所作的"葡萄这个艺术形象在严歌苓的小说里并不是第一次出现，这是作家贡献于当代中国文学的一个独创的艺术形象"这样一个判断，是言之成理、具有文学与文学史价值的论断。

研究者从宗教文化、中西方文化撞击与融合等角度，来分析、

---

① 陈思和：《自己的书架：严歌苓的〈第九个寡妇〉》，《名作欣赏》2008年第5期。

剖析严歌苓笔下女性所具有的雌性、地母般神性的价值与意义。严歌苓曾经所着力描绘的女性所具有的"雌性",差不多是"有着不仅是基于生物意义上的女性在社会中自由成长起来的质素,还是女性的心灵与生存状态的一种揭示,它首先是原义上的女性天然的生理属性与女性气质。更重要的是,它包含了母性,以及由母性所延伸出来的宽容、牺牲等审美特性";探讨其价值和意义的同时,研究者甚至已经开始表示担忧:"一味地要求女性的'地母性'要求女性具有神一般的同情、慈悲和宽容,无非是使女性由从前的被动式受欺辱转为主动地地母性宽容地接受压迫,这无疑又使女性重新陷入男权文化的陷阱。"① 尽管如此,具有雌性、妻性、母性乃至地母般神性的"葡萄"们,对于当代文学的价值意义是毋庸置疑的,单纯地从男权文化、女性主义层面去解析,是有违严歌苓创作本意的。严歌苓曾经以长时间的创作,探讨和思考她所认为的女性所具有的雌性与地母般神性的价值与意义,在她看来,绝不是主动地接受压迫,它本身包容、宽大,是生命自身的一种自强不息的能力,"如果女人认为男人给她的苦也是苦的话,那她最苦的是她自己。不要把自己作为第二性,女人是无限体,只要不被打碎打烂,她一直可以接受。我有一定的女权主义,只是藏得比较深,比较狡猾。我不喜欢美国的女权主义","女人贤惠起来是很性感的,波伏娃的'第二性'的确给了我们很大误导",在严歌苓看来,"我欣赏的女性是包容的,以柔克刚的,不跟男人一般见识的。扶桑是跪着的,但她原谅了所有站着的男人,这是一种极其豁达而宽大的母性"。②

严歌苓笔下的女性,往往深具雌性(妻性、母性),抑或地母般神性,女人自己构筑起一个自足的、丰盈的生命世界,历个人与家庭灾难、时代变迁和风云变幻,而不为所动、不为所伤,她们似乎能够包容一切,而这"'包容一切'隐喻了一种自我完善的力

---

① 胡颖华:《论严歌苓"雌性"书写的矛盾性》,《名作欣赏》2009 年第 18 期。
② 严歌苓:《十年一觉美国梦》,《华文文学》2005 年第 3 期。

量，能凭着生命的自身能力，吸收各种外来的营养，化腐朽为神奇"，陈思和"将这种奇异的能力称之为藏污纳垢的能力，能将天下污垢转化为营养和生命的再生能力，使生命立于不死的状态"。①在这个世界里，女人是以柔克刚的、不跟男人一般见识的，她们有着充沛的母性特征，甚至是靠她们为男人遮蔽时代风雨甚至救护他们的生命。无论她们身处什么样的历史环境，她们都仿佛置身于任何历史语境之外。外界的强力以及极端事件被她们的生命力吸纳、消化、吸收后，最终会化腐朽为神奇。可以说，她们个体的生命世界从未被打破或者毁掉过，她们的生命世界里有着足够的安全感，她们的个体生命是给别人、男人以安全感的源泉。"你就是一颗葡萄，一碰尽是甜水儿"，名字富有象征意味的王葡萄，把被斗争判刑枪毙的公爹救起，藏在地窖里，最后藏在矮庙里，一藏就是二十几年，经历了抗战、土改、全国解放、"大跃进"，直到"四人帮"下台，等等。老也没见长大的王葡萄，周身洋溢着从无畏惧、"生胚子"般倔强地顽强自在的生命力（《第九个寡妇》）；而小说头一句话就是"田苏菲要去革命了"，还带着"穗子"般懵懂气质的十六岁的田苏菲，在红色历史中，在后来几十年的人生经历中，一直有着"穗子"般的懵懂和自足的生命状态，她以自己的强大、坚忍和安稳，庇护男性（丈夫欧阳萸）和家人躲过了时代的风云变故（《一个女人的史诗》）；同样的精神气质，在多鹤和婉喻身上依然存在。"严歌苓的创作里总有浪漫主义的美好情愫"（陈思和语），很大程度上便是由前面所述女性的这些精神特质所产生和带来的。

　　《妈阁是座城》却没有再塑造这样类似的女性形象，梅晓鸥，用段凯文的话说，"一个楚楚可人的女子"，做"叠码仔"，"干上这么血淋淋的一行"，她在这血淋淋的一行里打拼，她要靠跟赌徒斗智斗勇赚取佣金，稍一不慎，被赌徒赖账，她还要替赌徒还赌场的账。儿子的父亲是有妇之夫，她离开了嗜赌成性的他，独力抚养儿

---

① 陈思和：《自己的书架：严歌苓的〈第九个寡妇〉》，《名作欣赏》2008 年第 5 期。

子长大，危机四伏的现代生活，梅晓鸥只是一个人在面对——她尽量包容儿子，尽量包容她所爱的男人，但与王葡萄、田苏菲、多鹤哪怕冯婉喻相比，她的这份包容实在捉襟见肘，更不要说充溢着如何丰盈的妻性、母性乃至地母般神性。

在女性的婚恋情感方面，梅晓鸥之前严歌苓所塑造的那些女性形象，几乎都是主动方、施与者，她们是男性的妻、母甚至"地母"。《第九个寡妇》中，王葡萄没有真正意义上的丈夫，但是她是因为藏公爹的原因不认孙少勇，冬喜、春喜先后做过她的男人，"她管他是谁，她身子喜欢就行"，最终孙少勇又回归她的身边，这个与"民间地母神的形象合二为一"（陈思和语）的女性，从来都是她给予男人，给男人以庇佑。在与男人的关系中，她是地母般的神，与弱者、弱势地位完全地不沾边。《一个女人的史诗》里，田苏菲与欧阳萸的婚姻也有惊无险，几十年里她周身散发出的也是对欧阳萸近乎着魔的爱，无论发生什么，都完全无碍田苏菲牢牢掌握着婚姻与情感的主动权。《小姨多鹤》中的多鹤，被有的研究者视作畸形婚姻中的"边缘人"，殊不知，就是这个所谓的"边缘人"，在婚姻、情感和家庭生活里，扮演着最为不边缘的角色，原配小环倒是真正的"边缘人"，一直"站在局外，看着窗内一个小小雌兽般的女人"。丈夫张俭从只把多鹤当成买来的生育机器，到爱上她，甚至与她相约到家以外去偷情，事发还是小环来冒名替多鹤圆谎才令全家躲过一劫；张俭无论是故意制造事故还是纯属意外杀死了意图害多鹤的小石，客观上都是保护了多鹤……冯婉喻与陆焉识的婚姻是包办的，心理的排斥曾让他"主观故意"觉得自己不爱婉喻，尽管作者反复强调陆焉识是坐牢后通过回忆才发现自己是爱婉喻的，但他的这份所谓的不爱，很像青春期叛逆少年做事样样都要负气，表面的不爱而内里的底子是"爱"，只不过这份爱，是从潜隐深处的情感潜流慢慢浮出情感的地表而已。

跟王葡萄、田苏菲、多鹤、冯婉喻等女性相比，梅晓鸥在婚恋情感方面，是地道的边缘、夹缝中求生存的人。她跟卢晋桐的老婆曾经"平行存在了四年，就像一条繁华大街和街面下的下水道"。在与段凯文打交道过程中，她约略生出过一些暧昧的情愫，但都被现实回击回来，至多不过是她仍未脱爱做梦少女心理而有的无谓的想象、心里暧昧的幻象，难脱单方面的一厢情愿罢了。她爱上了老史，与老史同居了两年，还是无法改变老史重回陈小小身边的事实与结局。"老史是她最后一个爱人，此生的恋爱结束在这个叫史奇澜的男人怀里。她都不知道爱他什么。不知道爱他什么还当命来爱，那就是真的爱了"；小说结尾，梅晓鸥在温哥华接到老史电话，老史却不愿来见她，"不愿见她，也证明他的记忆还在滴血"……在我看来，这不过是梅晓鸥的一厢情愿而已，男人也许只是为了避免一份尴尬，隐含作者也未必不是在表达这个意思，偏偏梅晓鸥心里却总是装了那份情愫，放不下，理还乱，虽彼此不见面梅晓鸥却情不自禁回忆与老史的初相见，小说戛然而止在这最后一段："晓鸥到现在都记得他那时的笑。她放好手机。毛毛雨落在她的睫毛上，看什么都带泪。"小说中的女性，这样地为爱所伤、为情所困，严歌苓此前的小说中何曾有过？哪怕失忆的冯婉喻，也依然有"老鸳鸯的第二次新婚"般的陆焉识深爱着她。

由地母般神性回归"女人"性

梅晓鸥身上，褪去了此前严歌苓乐于表现的妻性、母性、地母般神性，回归到一个在现代社会左冲右突、生存不易的小女子位置。情欲方面，此前小说中那些女性率真、丰沛，从来没有在男性面前受挫过，但是梅晓鸥却实实在在连情欲都是受挫的，当她希望通过身体的诱惑拉住和制止史奇澜赌博时，"史奇澜不受她身体的诱惑，轻轻地从她臂膀里解套：

晓鸥感觉是一切就绪而被赤条条地晾在床上。老史在最关键时刻弃她而去，而她弃自己身体而去。每一个毛孔都在怒放，又突然被迫收缩，那种难以启齿的不适……原来情欲也会受到创伤。

虽只是"调情"的场景，被严歌苓暧昧地置换成了一种"床上"的场景，心理的感受与幻象，与实在的情景如此真实地贴合，将女性的尴尬表达得那样淋漓尽致。梅晓鸥所受到的，岂止是情欲的创伤。梅晓鸥常常意识到自己青春的逝去——这与之前那些女性形象颇具有"长不大"的精神特征，是很不一样的；而她对于自己的身体，都是不自信的，或者说慢慢失掉自信力的，"晓鸥扶着壁橱的门框，慢慢站起来。才多大一会儿，她都老了"，"女人哭一场老一场，这样一想她眼泪又出来了"，等等。晚江（《花儿与少年》）、王葡萄、田苏菲、多鹤等女性，无论她们处在哪个年龄段，给出去的情愫总是那么单纯、纯粹、丰沛，一股脑儿给你，对方连思考和说"不"的权利都基本被剥夺了，先就已经被她们的情感所感染和"吞噬"掉了。她们的情愫，连同她们的个体生命，无不呈现鲜活的生命力和感染力，可以吸纳对方的一切而转化为自身的生命力，或者说，她们的情愫，是个自信自足的生命体，不受外力和男人的影响，这样的女性，如此浑融一体地把妻性、母性乃至"地母性"集于一身。梅晓鸥不一样，人未老而情愫已经先衰了，"不到三十六岁的梅晓鸥已经是沧海桑田的一段历史，给出去的情愫都是打包的，乱七八糟一大包，不能只要好的不要坏的"，"她打包的情愫中你不能单单捡出'喜欢'，要把囊括着的怜悯、嫌恶、救助、心疼……自相矛盾、瓜葛纠纷一大包都兜过去"。小说第二章有一段文字，是梅晓鸥永别青春的心理刻画：

现在的晓鸥看着十年前的晓鸥，就像看电影中一个长镜头，从赌厅一直冲进房间的门。然后也像是个电影镜头，她在闭上的门后站了片刻，扫视一眼这个布置优雅的客厅。一般电影里用这个镜头来隐喻和象征：女主人公扫视的是自己的生活状态，在永别这种生活状态，那生活那状态好或坏，都是自己一段青春生命。这个终结性的扫视，是为了把这一截逝去的青春生命封存起来，留给未来去缅怀。留给二〇〇八年的梅晓鸥去缅怀。当时的梅晓鸥来不及想任何事物，只想到一件事：钱。

短短一段话，已经用了闪进、闪回、闪进、再闪回的电影镜头的叙事手法，用保险柜藏起五十来万美金也相信卢晋桐不再赌的梅晓鸥，一觉醒来发现卢晋桐不见了，不祥的预感，怀孕的呕吐，四处地寻人，"连停下来压一压恶心的工夫都没有"，然后便嵌入了上面这段话，叙述闪进到"现在的晓鸥"来看"十年前的晓鸥"，十年前的晓鸥扫视自己的生活状态，就像在向自己一段青春生命作别，终结性扫视和对青春生命的永别，是为了留给未来去缅怀——叙述闪回到十年后的晓鸥——"留给二〇〇八年的梅晓鸥去缅怀"，然后，又迅即闪回到十年前的梅晓鸥，"当时的梅晓鸥来不及想任何事物，只想到一件事：钱"。她的钱，应该是已经被卢晋桐偷走了，悬念再度产生……话不多说，已经足够清楚，当年那段终结性扫视，隐喻和象征自己作别青春生命的心理感受，对梅晓鸥来说是多么的刻骨铭心和暧昧复杂。严歌苓却只用了"缅怀"二字。"留给二〇〇八年的梅晓鸥"，是为了回到当时的叙述时间，实际上，"二〇〇八年"之十年之前的梅晓鸥所作的终结性扫视，对于梅晓鸥的一生，都具有永别青春的隐喻和象征意义。甚至可以说，相较于严歌苓此前所塑造的那些女性，从梅晓鸥这里，我们感受到了女性对一段人生的终结性扫视，对自己青春的永远作别，妻性、母性乃至地母般神性，距离梅晓鸥都有那么一点远，或者说，梅晓鸥未曾拥有和展现这些女人的秉性，就先已经逝去了青春。结痂的内心和生存的窘境与困境，就那么不留情面地呈现在了梅晓鸥面前，她不再有王葡萄、田苏菲们的强大、包容一切、化腐朽为神奇的力量，她是身处现代社会生活、品尝生存艰难的一个现世小女子，她从"神"性回到了"人"性、"女人"性。

褪去神性色彩，回到了女人的"人"性和"女人"性的梅晓鸥，是干着血淋淋一行的女"叠码仔"，是光怪陆离现代社会中的柔弱小女子，是如陷入"无物之阵"的孤独个体。对青春业已作了终结性扫视的女人，人未老而心先已衰，被青春逝去的不自信包裹着，而对周围物事抱有的种种"怀疑"，更是命定般缠绕着梅晓鸥。她对自己的身体，都充满了不自信，这在此前严歌苓所塑造的女性形象那里是不曾有过的。隐喻和象征着甜蜜多汁的王葡萄，"她从来不拿什么主意，动作、脚步里全是主意"，她对自己的身体也从来是自信满满，二十几年过去了，男人眼里的葡萄还是"老也没见你长大"。一辈子走得轻盈跳跃的田苏菲，从来没有对自己身体不自信过。失了忆的冯婉喻在陆焉识眼里，除了老鸳鸯二次新婚般地百般觉得好，再无别的感受。多鹤的身体，对张俭也一直是诱惑所在，"当时她背对着他跪在床上，圆口无领的家居小衫脖子后的摁扣开了，露出她后发际线下面软软的、胎毛似的头发。就那一截脖子和那点软发让他没名堂地冲动起来，想上去轻轻抱抱她"。《花儿与少年》中的晚江，"有时她半夜让台灯的光亮弄醒，见老瀚夫瑞正多愁善感地端详她。如同不时点数钞票的守财奴，他得一再证实自己的幸运"，这般对女性身体修辞的极致，是曾经属于严歌苓的，却已经不再属于梅晓鸥了。段太太在晓鸥眼里，"她的相貌和生命都那么浓墨重彩，跟她相比小了十多岁的晓鸥无论形象还是健康，都比段夫人显得久经风雨褪色显旧了"；与老史的情爱里，"他知道她不愿意完整地裸露，中年的女性身体已经消失了一些年轻的线条，颜色也不那么新鲜，总之有些旧旧的感觉，因此他由她遮盖去，在太阳中让她的身体藏在衣物里"，等等。女人是不同于男人的生物，她的自信，先要来自于对自身、对青春、对自己身体的自信，"褪色显旧"，颜色已"不那么新鲜"，这些词语反复出现无不是作为注脚，诠释梅晓鸥已经对于青春岁月作过了终结性扫视。她对一切都怀疑：

> 她不能不怀疑。她怀疑每个人欺诈、夸张财力、撒谎成性，怀疑每个人都会耍赖，背着债务逃亡。她靠怀疑保卫自己和儿子，保卫赌厅。她的怀疑早于对一个人的认识，早于一件事务的开始，她坚持怀疑直到疑云被"终究不出所料"的结局驱散，或被"没想到这人还挺守信用"的结局驱散。她不喜欢怀疑，明白人的快乐就是"不怀疑"，因此她明白，她是不快乐的。……
>
> 从她应该幸福的第一次爱情，她就开始怀疑：怀疑卢晋桐实际上是离不开老婆的，怀疑他不在自己身边的时候其实都在他老婆怀里。那时她不到二十岁，她的怀疑开始得多么早。其实开始得更早，六七岁就开始了。……

上面短短两段，严歌苓毫不吝惜地使用了大约十二个"怀疑"，而在这两段前后一共十四五个段落里，一共用了四十个左右的"怀疑"。"怀疑"还作为一条心理线索，串起了梅晓鸥的童年、与卢晋桐的感情前史、梅晓鸥的父母感情家庭关系，等等。《妈阁是座城》里，隐含作者用"怀疑"向先前所有作品中的隐含作者所表达的"确信"，做了一个悠长而苍凉的挥别手势。

隐含作者的变化

《妈阁是座城》的隐含作者，与此前严歌苓多篇小说有着很大的不同。"我觉得中国作家很多在很年轻的时候，他就把自己架起来，社会也把他架起来了，很快他就在一个不落地的生活当中"，警惕于此，严歌苓很认真、很职业地对待自己的写作。在有些当代作家越来越依靠新闻资料来写作的时候，严歌苓为自己的写作做着费时、费钱和费力的准备工作。写《第九个寡妇》，"我到农村去住啊什么的，整个开销也不少"，她去河南农村很住了一段时间。写《小姨多鹤》前，她到日本去雇人，住在乡下，然后去好好地体验生活，她到了日本长野的一个山村里。那个村子当年有一半人被弄到当时的伪满洲国去垦荒，有些人回来了有些人没回来，那些没回来的人当中，就包括她写的多鹤。写《陆犯焉识》，要去青海体验生活，要花钱去开座谈会，把劳改干部什么的请来，然后她要找人陪同她，她要找很多关系来了解这些故事，"很多时候我是不计成本的"。到了准备写作《妈阁是座城》，她意识到"不会赌博的话，很多细节是没法写的，心里也是没底的。所以我就去澳门，我就去当赌徒。赌徒没当上，当的是赌客"，"就是这样的话也输掉好几万，还没算上其他一些乱七八糟的费用"。①无论哪一部作品，她都要做好所有的功课，用她做的最好功课把它写出来。但《妈阁是座城》却分明让我们感受到了不太同往常的创作新质，感觉到作品似乎有一个不太同以往的隐含作者，原因何在呢？作品所显现的隐含作者的价值观念和社会道德规范以及主体行为方式和意义层面，都发生了或大或小的变化。

《妈阁是座城》之前的严歌苓的作品，隐含作者常常是一个对女人的妻性、母性乃至地母般神性持认同和欣赏态度的表现者，《妈阁是座城》的隐含作者，是将女人包容一切、"化腐朽为神奇"的地母般神性褪去，对现代女性在经济、情感等方面的生存困境作出考察的体验者和思考者。而这样的"女性"叙事态度，依然延续、出现在了《上海舞男》里面。张蓓蓓比梅晓鸥更加地呈现出经

① 严歌苓：《职业写作》，2014 年 7 月 22 日 "一席" 演讲视频，"一席" 文字整理。

济独立的现代女性在情感、婚恋等方面的生存窘境与困境。《妈阁是座城》之后严歌苓发表了《护士万红》(单行本改名为《床畔》),其中护士万红在护理植物人张连长方面所表现出的朴素、执着、"生胚子"一样的秉性,其身上依稀可见的那种在田苏菲、王葡萄等人身上所具有的雌性,相较于《妈阁是座城》和其中的梅晓鸥,这种在创作历程方面的看似"回退",缘由似乎应该从《护士万红》的创作时间和创作过程上来寻找。在创作时间上,《护士万红》动笔大约在二十二年前,比《妈阁是座城》早太多了,比《一个女人的史诗》等作品还要早十二年乃至更多。但仅仅是因为初稿叙事视角采取不当的缘故,导致故事像个"童话",而且被一再搁置和改写,直到 2014 年严歌苓在彻底调适了叙事视角后,才"重新写作了目前这部《床畔》","这部休克了多年终于活过来的小说",救活了这部小说。[1] 所以说,《护士万红》面世时间虽晚,写作时间却是很早,里面的很多创作元素和情绪、情感表达,依然更多保持当年严歌苓对女性之雌性、地母般神性因素的思考。相较于完成于二十世纪九十年代的初稿,完成版《护士万红》所变化的,只是或者说更多的是叙事视角。从这个层面上来看,护士万红反而是田苏菲、王葡萄、小姨多鹤们的前身,万红这个人物身上呈现的更多是女性的雌性、地母般神性、"生胚子"一般的秉性,就一点也不奇怪了。而严歌苓的《上海舞男》《芳华》给了我更多预测的信心,似乎也更加可以证明我的判断——那就是严歌苓从《妈阁是座城》开始,明显褪去了她对女性地母般神性的书写。从这个意义上讲,《妈阁是座城》几乎可以称得上是严歌苓在"女性"叙事方面发生嬗变和变化的一个关键文本,以及变化的一个节点和纽结所在。如果严歌苓再发表新作,其"女性"叙事应该延续她自《妈阁是座城》和《上海舞男》乃至《芳华》而来的路径,而不会再全面折返回与王葡萄相类似的女性气质和审美特性等的维度上面去。《护士万红》

---

[1] 严歌苓:《床畔》,长江文艺出版社 2015 年,第 268—269 页。

在"女性"叙事方面，之所以没有能够提供更多打动人心的东西、呈现足够的创作新质，可能恰恰是由于它本身作为一部"休克了多年终于活过来的小说"，经历了如此特殊的一个创作历程，无异于新瓶装了旧酒，虽然为旧酒觅得了出路，但由之也总难免有很多不尽如人意之处。

《妈阁是座城》中隐含作者的变化，不只体现在如上方面，作为作者在作品中的"第二自我"，隐含作者对文本的选材、场景与事件的选择与组合、叙事结构、叙事节奏等作出选择，隐含作者是小说叙事世界的掌控者。但也正是由于《妈阁是座城》的隐含作者，是一个将女人包容一切、"化腐朽为神奇"的地母般神性褪去，对现代女性在经济、情感等方面的生存困境作出考察的体验者和思考者，令小说在叙事方面发生诸多嬗变和变化。我曾经在前面专门论述过《妈阁是座城》在叙事方面的特色，对其"悬念—惊奇"复合体网络以及错时叙述等问题作出过细致推究。

当小说的隐含作者是对女性的雌性、地母般神性持欣赏或者说是着力表现的态度的时候，对于严歌苓书写二十世纪中国大陆的历史别具价值和意义。很多研究者都注意到，从 2006 年开始，严歌苓出版了一系列以二十世纪中国大陆历史为题材的小说。借由对田苏菲、王葡萄、小姨多鹤、冯婉喻等女性人物的书写，严歌苓取得了在历史观念和文学叙写方面很多的创作实绩，在对那段气势恢弘的历史的回望当中，选择了与宏大历史叙述方式不同的叙述与书写方式，挖掘出相对疏离于主流历史之外的另外一些历史维度和文化向度，并借由独特的女性视阈，完成了蕴涵女性生命体验的历史与人性的双重书写。[①]借由那些有着雌性、地母般神性的女性形象，严歌苓拥有了她讲述"中国故事"的方法，得以重述历史，也钩沉出历史更多和更为复杂的面相："严歌苓一方面塑造了女性的主体形象，另一方面通过她们的视角对 20 世纪中国历史进行了重构"；"通

---

① 参见拙文《女性视阈中历史与人性的双重书写》，《文艺争鸣》2008 年第 6 期。

过这些女性形象，严歌苓塑造了一个具有自我修复能力、宽厚强旺、生生不息的'中国'，这是她对'中国'讲述的重要贡献，也证明了'女性写作女性'对国族历史重要的修正与弥补意义"；没有人能够否认，女性身上的雌性、地母般神性"始终安抚着破碎的人生和灵魂"，"这并非简单的'精神胜利法'，而是潜存于家国创伤底部，历经激烈变故而依然透射出深厚救赎力量的古老温暖"。①

但当小说的隐含作者是一个将女人包容一切、"化腐朽为神奇"的地母般神性褪去，对现代女性在经济、情感等方面的生存困境作出考察的体验者和思考者时，不只会令小说在叙事方面发生许多嬗变和变化，也使小说文本的叙述与书写从重述历史转向了当下和人物的现实生存。《妈阁是座城》开篇的"序"即简短叙述了梅晓鸥家族的前史，不管是第七章开篇那种重回"序"的家族前史的错时重复叙述，还是小说中数次出现的对于梅家阿祖、梅吴娘贡献的那一支血脉的提及，都与重述历史、钩沉出历史更多和更为复杂的面相无关。前文已述及，其意义或许是：这家族的前史和血缘，隐喻了梅晓鸥在心理、情感和人生经历上面种种的复杂与暧昧不明，说到底是现代人的生存困境之一种；家族前史虽然被早早作了预叙，后面又有重复的错时叙述，但却是作为血缘和基因存在于梅晓鸥的血脉里，更加的看不见摸不着，更多神秘气质与隐喻的意味，从某种意义上或许正是梅晓鸥内心常常充满怀疑，情感与生存坎坎坷坷、难脱困境的渊源所在。也就是说，家族的前史，只为隐含作者更好地表达梅晓鸥那种如陷"无物之阵"的生存困境，及其情感和心灵的困惑，并不具有严歌苓以前那种女性视阈中历史与人性的双重书写的意义维度。到了《上海舞男》，历史书写就更加趋近于无，我不太同意这个观点：《上海舞男》（2015）以一个历史中英雄或叛徒的未定论者，也是逝去者石乃瑛的观察为视角，在现实生活和

---

① 曹霞：《"异域"与"历史"书写：讲述"中国"的方法》，《文学评论》2016年第5期。

往事记忆的互相嵌合中铺陈出风起云涌的历史。"① 在我看来，所谓的石乃瑛的观察和视角，只是严歌苓有意采用的一种叙事的策略，如果将其完全抽离，小说将彻底成为一个再普通不过的"男人也归有钞票的女人"的故事，一个有钱的现代女性包养男人的故事，这可不是严歌苓的路数和笔法。所以，严歌苓展现了她不同寻常的叙事策略和手法，引入了所谓的"历史"当中的石乃瑛的视角，甚至让我在读了很多页之后，会产生一个错觉：如果我事先不知这是严歌苓的作品，我能否通过阅读小说文本，认识到这是严歌苓的小说呢？阅读进行的过程中，困惑也在心头缠绕。但随着阅读进行下去，小说真实作者是严歌苓渐渐显露出来，浮出水面——通过小说文本的很多方面可以辨识出，还是我熟悉的那个严歌苓。不过所谓的石乃瑛的观察和视角，只是她"玩弄"的一个叙事手法，所谓的"历史"的价值，也只是让上海这座城市更多一些看似沉淀的东西，让张蓓蓓和杨东的感情更显魅惑气质而已。

严歌苓曾经说："写作之于我，便是一种秘密的过瘾。我每天写作，就是图这份浓烈。"②《妈阁是座城》之前的严歌苓的作品，令我们感到一种"秘密的过瘾"，甚或一份浓烈，这不仅在于严歌苓写作的高产量，也在于她笔下女性所具有的妻性、母性乃至地母般神性，以及与此密切相关的其中所蕴涵的浪漫主义情愫和审美内涵、不失轻快明丽的笔调……女性的包容一切、藏污纳垢、化腐朽为神奇，常常令我们感到惊奇，但，过犹不及，待惊奇一过，有没有遂成陈迹之虞呢？颇有"传奇"色彩的女子的经历、故事，让我们更多是在听与看一个好听的故事，一个个与我们很有一些距离的故事。那些女性丰盈丰沛的生命力，乍看令人感到很多甚至是无限欢喜，但她们的秉性那样的超凡脱俗，一路地"类型化"下去，是

① 曹霞：《"异域"与"历史"书写：讲述"中国"的方法》，《文学评论》2016 年第 5 期。

② 严歌苓：《活得过瘾》，《跨世纪（时文博览）》2012 年第 2 期。

否就是一件好事情呢？幸好，提供了另外一种"秘密的过瘾"、别一份浓烈的《妈阁是座城》，让我们看到了不一样的梅晓鸥、不一样的隐含作者，在一个原本与我们会很有距离的以赌博为线索的故事里，让我们近距离地感受到了一个现代女性的爱与痛，情与殇，她的真实的呼与吸，以及足以令人内心悸动的种种人性的幽微与曲折……前文已提到，严歌苓曾经说过："应该说我的每一部作品都企图创造一种语言风格，至少是一种语气。英文写作强调的是voice，对我至关重要。"在她看来，"假如一个作家只用一个语气到老，首先是不可能，其次是他真的是会很寂寞的"，她希望自己一直在变化。[①]《妈阁是座城》展现了严歌苓在"女性"叙事方面的许多嬗变和变化，甚至可以说开启了她新的写作路径，希望一直可以看到不断变化的严歌苓。

---

① 参见庄园《严歌苓访谈》，《华文文学》2006 年第 1 期。

第六章 叙事结构的嵌套与"绾合"面向

——对严歌苓《上海舞男》的一种解读

　　二十世纪八十年代是二十世纪文学史上第二次引入西方文艺思潮的高峰时段，其中就在七十年代末八十年代初引入了意识流手法，以刘索拉、徐星两个中篇为代表的"现代派"和韩少功、阿城、李杭育、郑万隆等人的"寻根文学"，令1985年毫无疑问地成为了当代文学史的标志年份。不同的学者批评家对先锋派文学有不尽相同的命名和指认，甚至开出的作家名单也不尽相同，但先锋派文学的文学经验一直留存到了今天，是有迹可循的。在近两年以"先锋文学三十年"为主题的系列纪念活动中，先锋文学作为文学史的一个话题和研究对象，大家围绕其展开讨论，《文艺争鸣》2015年第10期的"先锋文学三十年研究专辑"，就很有思考、总结与反思的意义和启发性。当然，对于先锋文学精神，不应该只是停留在纪念层面，文学期刊和出版社也仍然在以实际的举措，探索先锋文学精神与文学经验的当下可能性。像《花城》杂志一直被视为先锋派文学的重要阵地，《花城》杂志、花城出版社培育和形塑了北村、吕新等先锋文学作家。2016年，《花城》杂志刊发了吕新的《下弦月》和北村的《安慰书》，花城出版社出版了单行本，并且重版了他们的代表作《抚摸》和《施洗的河》。围绕两部新书，分别有了北京和南京的系列活动，等等。且不说先锋派几乎是直接催生了二十世纪九十年代的长篇小说热，新世纪以来，当年的先锋作家皆有新作问世，苏童的《河岸》《黄雀记》，余华的《兄弟》《第七天》，格非的《江南三部曲》《望春风》，虽已经不是先锋小说，却在提示我们，先锋文学经验在今天是否还可能存在，并且以何种方式在继续生长和变异？[1]

有研究者譬如陈晓明教授，近年来就一直对先锋文学经验的当下可能性和开辟汉语文学新的可能性作出一系列思考。针对二十世纪九十年代以来中国小说恢复传统的趋势，他对中国当代小说与世界（尤其是西方）的现代小说经验愈离愈远表示忧虑，他认为中国的汉语小说还未获得现代形式，今天的汉语小说要突破自身的局限性，要有新的创造，在他看来"可能还是要最大可能地汲取西方现代小说的优质经验"。[2]在年轻一代作家已经对文本实验、对挑战既定的历史经验和文学经验不太感兴趣的时候，反而是"50后"作家比如贾平凹、莫言等人在历史意识、现实感和文本结构、叙述方面不断越界，寻求把传统小说与戏剧经验与西方现代主义小说经验混合一体的方法，陈晓明即从此处着手，来探讨潜藏于常规化中的先锋意识、小说反常规与越界的可能性和开辟汉语文学新的可能性。[3]陈晓明甚至从"歪拧"的角度，对现代、当代小说叙事结构和叙述方式不断作出层进的思考。他借用日本学者对巴金小说《憩园》结构层次上的"歪拧"概念，认为小说所叙述的正在写作的小说故事和发生在憩园内外的故事，构成了小说在结构上的"歪拧"，并认为它实际上给小说拓展出一种内与外的分离结构关系，它们有意不能融合成一个整体。陈晓明认为巴金不愿重复单一的结构，不愿在完

①　参见拙文《无法安慰的安慰书——从北村〈安慰书〉看先锋文学的转型》，《当代作家评论》2017 年第 3 期。

②　陈晓明：《我们为什么恐惧形式——传统、创新与现代小说经验》，《中国文学批评》2015 年第 1 期（创刊号）。

③　陈晓明：《先锋派的历史、常态化与当下的可能性——关于先锋文学 30 年的思考》，《文艺争鸣》2015 年第 10 期。

整性上来建立小说叙事的空间，也因此能避免"平板之嫌"。①他进一步地思考当代小说与现代主义的关系问题，认为是莫言、阎连科和刘震云这几个身陷乡土中国泥泞里的作家搅拌现代主义弄得"最为恰切"，"弄得花样百出，弄出中国味道"，他甚至能够绵密细致地以莫言一个短篇小说《木匠和狗》来探讨叙述的变异、钻圈与超越，以及中国现代主义的在地属性问题。②

　　不唯这些内地的作家，在近年来的海外华文作家的"中国叙事"当中，作家也常常有意于对叙事结构和叙事策略的探索，海外的求学、生活和写作经历，反而令他们成为最能够接近西方现代小说经验的作家并有可能化用得最好。且不说陈河《甲骨时光》在多维时空交错、迷宫式的叙事结构等方面的卓异探索，就是严歌苓，令人叹佩的写作高产之余，也不断在叙事结构和叙事策略方面孜孜以求，不断探索。前面章节中我曾经细致分析过严歌苓《妈阁是座城》结构、叙事以及由之关涉的对人的情感、人性心理表达的种种暧昧繁富，不仅是这部小说所具有的明显不同于她此前作品的创作新质，而且对于当代小说如何在形式、结构叙事等方面获得成熟、圆融的现代小说经验，提供了不无裨益的思考并且具有一定的示范意义。而严歌苓的近作《上海舞男》，小说的叙事结构已远非是"歪拧"可以涵括，小说"套中套"叙事结构的彼此嵌套、绾合，那个原本应该被套在内层的内套的故事，已经不是与外层的叙事结构构成"歪拧"一说，而是翻转腾挪被扯出小说叙事结构的内层，自始至终与张蓓蓓和杨东的故事平行发展而又互相嵌套，不只是互相牵线撮合——绾，还要水乳交融，在关节处还要盘绕成结——绾合，还要打个结儿为对方提供情节发展的动力；貌似是第一人称

---

① 陈晓明：《现代小说的"歪拧"面向——〈憩园〉的另一种解读》，《文艺报》2011年11月16日。

② 陈晓明：《"歪拧"的乡村自然史——从〈木匠和狗〉看中国现代主义的在地性》，《文学评论》2017年第1期。

"我"（石乃瑛）作为叙述人，实际上是第一人称叙述人和多个人物叙述人的自由转换又拼贴无缝；在叙事结构和叙事策略等方面，毫无疑问显示出海外华文作家"中国叙事"所具有的先锋性，但这先锋性一点也不妨碍严歌苓在诗性书写一个情感故事（加上石乃瑛和阿绿的故事就是两个）之余，毫不失却现实生活的真实感和现实性，文学与现实在严歌苓的《上海舞男》这里，如此的自在自为而又统一。

第一节　叙事结构的嵌套与绾合

《上海舞男》发表于《花城》2015 年第 6 期——原刊于这个一直推出、打造先锋文学作家和倡导先锋精神不灭与传承的老牌文学期刊，本身似乎就是一种有趣的暗示，暗示《上海舞男》在叙事结构和叙事策略方面的不一般和探索精神。上海文艺出版社 2016 年4 月出版单行本，单行本名为《舞男》。我更加倾向于"上海舞男"这个小说篇名。因为是至少有着八十多年历史的老上海舞厅这样一个空间，勾连起了"我"（石乃瑛）和阿绿的故事，张蓓蓓和杨东的故事。文学研究领域对城市文学的研究，上海从来都是被首当关注的研究对象，上海城市不长的一段历史，是一段中国的现代性发生和流变的历史。而要想窥见发生在上海的物事人情和历史，还有什么比那些城市的老物件比如舞厅，是更能够勾连起过去和现在的空间形态呢？连上海人自己都讲："跳舞是上海的好传统，百乐门的牌子响了一个多世纪，开了关，关了再开，棺材里爬起坐落好几趟了，如今还活色生香。"① 两个互相嵌套的情感故事，都是开始在小说中这个老上海舞厅，结束在这个老上海舞厅。小说开篇第二

---

① 范迁：《严歌苓〈舞男〉：五度空间的上海霓裳曲》，上海文艺出版社"新文艺"微信公众号 2017 年 2 月 27 日。

段就写"我知道他（杨东，笔者注）能看见我"，"他给他的女学生们示范华尔兹"，"再转的时候，他看到了我。转第三圈，他又看到我"；而小说结尾倒数第二段是"他抬起头，看见我。一九四一年舞厅那次人为停电之后，我就没有出过这个舞厅。要想知道舞厅所有男男女女的故事，我看见的，要算全本大集了"。在一些叙事关节上面，舞厅已经不是一个单纯的虚空的空间形态，它负载了历史、文化、物事、人情等要素，对于小说《上海舞男》而言，这个舞厅的作用还不仅仅止于此，甚至直接就是情节推动的动力，舞厅中男男女女的起情起意、你来我往，两对男女主角的分合合分，杨东张蓓蓓叙事结构里再又嵌套的叙事——丰小勉和阿亮乃至"夜开花"，最终也都是追到舞厅，很多情愫的暧昧不明或者戏剧化的小高潮都发生在这里。连杨东走后张蓓蓓寻找他，都是寻寻觅觅之后回到了舞厅：

蓓蓓终于绕不开伤心地了。她重新踏进舞厅需要给自己一个借口，不能这么没出息地承认，舞厅是她千里寻夫的最后一站。她的借口是世贸会之前，所有老上海的著名舞厅、戏院都会翻修，供各国来宾体味老上海遗风。蓓蓓走进门廊，转脸向右，原先右边挂了块壁板，舞师的姓名、课时、教授的舞蹈种类每天变化，都会被写在壁板上面。舞厅生意最旺的时候，杨东往往一天教六小时到八小时的国标基础课。现在那块壁板被摘掉了。许多旧痕迹被翻修没了。翻修归翻修，八十多岁老舞厅的气味还在。老了的东西都是气味大，老人老家具老房子，一样的。生命力的体现改变了，一些方面的生命力丧失了，如吃喝、求偶、生殖，变成另外的生命力，如气味、脾性，凡是老了的生命，气味和脾性一样强烈，也都很臭。老舞厅也是生命啊。[1]

　　的确如福柯所说:"我们所居住的空间,把我们从自身中抽出,我们生命、时代与历史的融蚀均在其中发生,这个紧抓着我们的空间,本身也是异质的。换句话说,我们并非生活在一个我们得以安置个体与事物的虚空(void)中,我们并非生活在一个被光线变幻之阴影渲染的虚空中,而是生活在一组关系中,这些关系描绘了不同的基地,而它们不能彼此化约,更绝对不能相互叠合。"[2]这个至少有着八十多年历史的老上海舞厅,是不同人物之间、两套叙事结构之间发生关联的空间形态、纽带,两段不同寻常的情感故事、人物的生命存在以及与之配套的时代和历史均融蚀其中。但这个空间本身也是异质的,这种异质性,《上海舞男》表达得再充分不过。甚至比福柯所要表达的还要再进一步,严歌苓笔下的老上海舞厅,不仅融蚀了生命、时代和历史,而且负载了生命存在的虚空与孤独,舞厅成为能够承载这种虚空和孤独的空间形态。时代变了,舞厅里的舞蹈仍然再续,小说濒近结尾时,杨东与蓓蓓错过不遇,蓓蓓与一个男舞师共舞,"看上去是双人舞,其实是单人舞,因为谁也没伴随谁。就像这舞厅里世代的舞者,其实都独舞惯了,从来感觉不到一直以来舞得多么孤独"(207页),每个人都孤独,这异质性的空间与世代不变的孤独,相映成殇。

　　针对日本作家堀田善卫对中国小说结构性有"平板之嫌"的看法,坂井洋史想从巴金《憩园》中发掘出中国小说内在结构的复杂性。显然,对于这样的"内在结构",大江健三郎并不赞成作家主观性介入后,投入在小说文本中造成不协调的后果。坂井洋史打开了《憩园》的阐释空间,但他的"歪拧"绕了一大圈,最终还是给

---

① 严歌苓:《舞男》,上海文艺出版社 2016 年,第 85—86 页。

② 福柯:《不同空间的正文与上下文》,《后现代性与地理学的政治》,包亚明主编,上海教育出版社 2001 年,第 21 页。

予"歪拧"以有着落的结构为其结论。陈晓明的"歪拧"概念则是试图从作者与文本的关系、文本内的结构关系、文本中的人物之间的关系的"歪拧",来探求巴金在小说叙述方法上寻求自由的创作态度。比之《憩园》"歪拧"的叙事结构,《上海舞男》的叙事结构是彼此嵌入对方的深入的嵌套,是绾合。设想一下,如果采取通常的叙事结构,"我"(石乃瑛)与阿绿的故事,应该是被处理成包裹在张蓓蓓杨东故事叙事里的一个叙事:杨东对老上海的诗人石乃瑛的爱好引起张蓓蓓的兴趣,两个人基于共同的爱好,发掘出了石乃瑛和阿绿的故事,石乃瑛和阿绿的故事,要从张蓓蓓和杨东的视角进行叙述,而张蓓蓓和杨东的叙述,或许就像《憩园》中"我"(黎先生)叙述憩园里老姚昭华夫妇、杨老三一家故事或者"我"写作的小说文本那样——似乎该是这样,而且石乃瑛和阿绿的故事,可能还会承担作家很多的主观性介入,而且还可能由于作家太多的主观性介入,导致文本结构的不协调或者是小说叙事的真实感大打折扣。但《上海舞男》在"歪拧"之上,采取了颇为出人意料并且很有难度的叙事结构。小说开篇便出现了第一人称叙述人"我"(石乃瑛)——一个八十多年前老上海的诗人、被误认为是汉奸而被除掉的男人,这个"我"与《憩园》中的"我"(黎先生)同巴金本人的贴合相比,已经完全不同。而且后面会知道,这个"我"是一个现实当中在 1941 年已经被害死掉的人,"我"作为一个重要的叙述人,与作家严歌苓本人的间距是显而易见的,不会导致作家主观性的过多与过度介入。陈晓明在分析巴金《憩园》的时候,曾经不无欣喜地认为:"(《憩园》)在结构上失衡,套中套的脱节、人物的不可融入关系、叙述人的自责与不安……所有这些'歪拧',都表明作者在这次写作中不想控制文本的整全性,他想放弃作者的主权统治。"[1] 我当然同意其洞见,并且对夏志清和陈晓明的发现,即

<hr />

[1] 陈晓明:《现代小说的"歪拧"面向——〈憩园〉的另一种解读》,《文艺报》2011年11月16日。

《憩园》结构上的歪拧所显示的作家内心的纠结和思想的矛盾、痛苦与思考所具有的价值和意义，深以为然。但如果将其视作带有自叙传意味的小说，《憩园》叙事上的艺术探索或许更加能够彰显其价值。而对于不带有自叙传意味的小说，作家主观性的过多介入，伤及的往往是小说的真实感和艺术性。《上海舞男》叙事结构是两条基本遵守线性时间顺序的叙事，在一些叙事的关节点上彼此嵌套、盘绕成结，然后推动两套叙事结构继续前行。两套叙事结构因为"舞厅"这个空间，因为张蓓蓓的寻根究底，虽然叙述的是不同时空尤其是不同时间维度的故事，却可以自然自如地并置、穿插、接续，每个叙事结构如此完备地自成一体，又彼此嵌套与绾合。

两个情感故事，两套叙事结构，在自己的时空维度，按线性时间顺序各自发展或者说是渐被揭示出真相（石乃瑛是否汉奸和被害、被昭雪），却由于历经时间变化而依然存在的空间结构"舞厅"，以及1941年后就没走出这个舞厅的"我"（石乃瑛）的第一人称叙述的有意采用，而发生关联，彼此嵌套，紧密绾合。"我"（石乃瑛）是杨东知道的"三十年代末已经有名得不得了了"的诗人，杨东和张蓓蓓感情的开始，就是从他跟她谈起石乃瑛（14—15页），他俩在舞池里跳舞，常常要"同我擦肩摩背地错过来，错过去"（17页），对于"我"的谈论和对于"我"的材料的收集，常常是杨东张蓓蓓故事的叙事得以进行下去的纽结和动力所在。杨东出走后，杨东蓓蓓的叙事似乎遇到坎儿，不好进行下去的当口，张蓓蓓翻出助理收集的石乃瑛的材料，"我和阿绿的一段段故事，蓓蓓读了又读。读石乃瑛，对于她是温习杨东"，而且"我"对阿绿的感情，如此真实地映照、映衬出蓓蓓对杨东的感情："现在蓓蓓的脑袋靠在床头上，书上一行行字毕竟给杨东的目光普照过，霉斑依旧，霉菌也是生命，还活着呢。蓓蓓读到阿绿怎样离开我，我又怎样到香港去找她，心里很酸，原来会不会爱是天生的，人生来爱的能量就有大小之分，给予者都没有好结果。太会爱的人都是苦命。"

（69—70页）"我"（比任何其他人称的叙述都更加能够）也见证杨东不告而别后蓓蓓的痛苦："张蓓蓓坐在茶室金黄的光晕里，心里吃的苦只有我知道。就是这时候，我见证他们的时代也有像我那样去爱的人。像我那样爱，总不会有好结果。"（78页）在实在找不到杨东的时候，"于是她就想到了。也许石乃瑛能帮点忙"，于是她常去"我"涉足的地方，竟然真的促成她找回了杨东（76—89页）。当然，在她苦等杨东的时段里，还在蓓蓓杨东叙事结构内部倒叙了杨东离开的原因——蓓蓓在钱上面的豪爽伤及了杨东男人的自尊心，亦夹叙进另外一个叙事结构里"我"和阿绿的一小段叙事，两段时空相异的叙事能够如此没有隔阂地嵌套、绾合，假若没有内质的同构、气韵的相通，恐怕是难以达成的。可以说，两套叙事结构在情感结构上是一致的，"我"与阿绿之间的故事，具有叙事结构和情感结构双重隐喻的意义，以"我"对阿绿的感情，来隐喻和诠释蓓蓓对杨东的感情，时空转换，性别转换，同样的深情与"太会爱"，更加衬托出蓓蓓的情殇。两个叙事结构彼此嵌套、紧密绾合而图穷匕见，隔世恍如今世，今生宛若前世，小说写的难道不是相同的情感故事、一段同样恋情的前世今生吗？

而"我"与阿绿的叙事，在"我"的自叙之外，也非得蓓蓓的参与和执着才能够完整呈现或者说沉冤得雪。杨东出走回来后，蓓蓓告诉他"石乃瑛的资料，我又找到很多"，蓓蓓和杨东"曾经一同做过许许多多的事，阅读和收集有关石乃瑛的一切是所有的事里最好的事"（93—94页）。"张蓓蓓和杨东第一次恢复lovemaking之后，拿出几个笔记本，里面都是有关石乃瑛的笔记，有些页面上贴着从图书馆、从网络上打印出来的资料。不少老报纸的剪贴。""我们必须找到证据，蓓蓓对杨东说，不然没法为诗人雪冤。"（116—117页）"有关我的调查正在深入。""张蓓蓓是个好律师，好律师都有点轴，死心眼，她找到的资料把我从香港到上海活动的路线都铺陈出来。"（127—128页）也是蓓蓓调查到的材料，才让"我"知道原本担心有生命危险或者说已经因为"我"而死了的阿绿"死于一九九六年。后人多么有幸，一下就搞清了让我在一九四一年三月痛不欲生的假象"（130 页）。杨东也视"诗人和他的故事，以及他的诗是个清纯的秘密，只在他和蓓蓓之间分享"（146 页）。也是靠蓓蓓对杨东的讲述，点出了石乃瑛最终的结论——是不是汉奸？怎么给处置的？（153 页）"我"自叙了自己没有再能够走出舞厅的最后一幕，但就在叙述到"我跟进舞厅去"，"阿绿没了，人肉开了一条缝，她消失在肉缝里"这一幕之后，以张蓓蓓对她最近查到的资料的讲述，揭开了谜底："就在我们第一次见面的舞厅，石乃瑛跟夏之绿最后见了一面。我最近查到的资料。""石乃瑛不知道那是设的局。夏之绿也不知道。"（169 页）在丰小勉被蓓蓓搜身，蓓蓓杨东彻底闹翻这风雨雷电般的一幕之前，插叙也是补叙了石乃瑛阿绿最后一段史实：杨东"看见床头柜上放着几张纸，是些影印件。蓓蓓的历史文学上海文化研究又有了新进展。石乃瑛在夏之绿腹内留下了一个孩子。阿绿因为引产差点丢命。王融辉知道自己没有生育能力，自然就猜出孩子是谁的。阿绿尚未脱离危险就给石乃瑛写了一封信，信被王融辉截获。这一段史实很重要，蓓蓓的亲笔批示说，承前启后，正好接到阿绿出席棉纱大亨乌老板的舞会那一段"（188—189 页）。

除了出国前的早期长篇小说，在严歌苓晚近的写作当中，也有不同时空维度的叙事线索的穿插，比如《小姨多鹤》的"序"的部分，是多鹤的身世前史，是严歌苓对日本侵华战争后在华的日本村民撤退的陈述。《陆犯焉识》在"欧米茄""恩娘""冯婉喻"等专门的章节，都有对另外的叙事线索的叙述。《妈阁是座城》中也有着家族前史的反复穿插和不同叙事线索自如转换的尝试。但像《上海舞男》这样两个叙事结构的深入嵌套和紧密绾合，已然达到了超越四度空间的效果，却又不失扑面而来的真实感和直入人心的人性幽微与曲折，对严歌苓来说，似乎还是头一遭。就是以博尔赫斯式的迷宫式叙事著称的陈河的《甲骨时光》，也主要是在第二章"挂着盾牌的墙下闪过王的影子"、第六章"在南方的征旅上"、第九章"沉沦之城"、第十章"逃亡"作了不同时空维度的叙事，不会突破章节的局限而与小说中的当下叙事作反复的嵌套与绾合式叙事。而《上海舞男》则是直接全面取消了小说的章节——既无章节标题也无章节序号，整篇小说一贯到底，仅在作叙事转换时，以空出一行文字的空白行来处理。全篇小说其实是将不同的叙事结构并置、嵌套、绾合，整个叙事和气势到底是一通到底。我想这恰恰是作家为她的小说叙事所安排的最为得当的结构形式，只有章节壁垒的取消，才能够最大程度地气韵贯通、一气呵成、浑然天成，从形式到气韵都直接跃出四度空间、直通五度乃至六度空间："严歌苓说作为一个小说家，理顺三度空间和四度空间是最起码的，否则就要回炉去了。其实，好的小说还有五度空间，甚至六度空间，那怎么办？如果九九乘法口诀表也背得七嘴八搭，哪能可以去做线性代数？格子匠们的眼乌珠不是要提白式了？"[①]没有十分的机心和巧心，当然不可以通达五度乃至六度空间，这里面的力道和功力很值得细细研究和分析，对于一般读者则是值得细细品味。正是由于认为好的小说应该有"五度空间"甚至"六度空间"，严歌苓才让我们在读完小说之后不无恍惚。

其实在杨东蓓蓓的叙事结构里面如果再细讲究，还可以条将出"夜开花"的叙事、阿亮和丰小勉的叙事，这两个小的叙事结构也自成体系，与大的叙事结构发生着紧密关系。暂不赘述。能够以这样的叙事结构的嵌套、绾合而直达四度空间以外的五度空间乃至六度空间，严歌苓在叙事上面是做足了功夫。对有关石乃瑛、阿绿的叙事以及其前后的叙事转换，对涉及"夜开花"的叙事环节，对于小说所出现的所有关及杨东和蓓蓓年龄的语句——从中可以考察

---

① 范迁：《严歌苓〈舞男〉：五度空间的上海霓裳曲》，上海文艺出版社"新文艺"微信公众号 2017 年 2 月 27 日。

叙事的线性时间数序等，甚至有关杨东"少白头"的细节描写，我都一一作了仔细的笔记，因为面对这样一个具有繁富叙事结构的小说文本，终究敌不过一份好奇的心理，我非常想知道严歌苓在作这样细致的叙事结构的并置和转换的时候，有没有前后的错误和难以避免的硬伤。但截至目前，暂时还没有发现严歌苓在叙事方面的漏洞。她的心思甚至细密到她在前面用了怎样的话，用的何样的力道，后面再用到时，该是什么样的转换、发展和与当时语境的契合，全都是思虑合适、不温不火，甚至暗蕴一种前后的变化和发展。也正是由于严歌苓细微到这些细节的缜密心思，让小说的情节逻辑、情感逻辑和各自的线性时间顺序都能够那么有条不紊，正所谓"如果九九乘法口诀表也背得七嘴八搭，哪能可以去做线性代数"，如果我们的小说家还不具备成熟圆融的现代小说经验，就要去作各种先锋叙事形式的尝试，后果可想而知。

如果没有叙事结构的圆融嵌套和自如缩合，没有"我"（石乃瑛）这样一个叙述人的设置、不同叙述视角的自如转换，没有老上海舞厅这个特殊的空间结构的粘连整合，没有严歌苓心思的巧妙和对世态人心的洞达，很难想象《上海舞男》可以给我们开辟一个四度空间之外的五度空间乃至六度空间。就像这位评论者所言："我在此处清晰地看到严歌苓推开一扇五度空间之门，一闪而入。白驹过隙，跟得进跟不进去就看读者自己的造化了。文学之门本来就狭窄，非得兰心蕙质者有福分得其门而入。或许，再有一两个顿悟的浪荡公子。"① 自己是否兰心蕙质者，不敢说，是不是有福分已经得其门而入，也不敢断言，但"严歌苓推开一扇五度空间之门，一闪而入"，我还是看到了。"五度空间里，在蒙尘的时光之镜里，侬看到陌生而又熟悉的自己。过去的魂魄潜入现代人的身体，再来一场爱恋生死，隔世而恍然。侬也看到多年前骚动的情绪和欲望，被釜

---

① 范迁：《严歌苓〈舞男〉：五度空间的上海霓裳曲》，上海文艺出版社"新文艺"微信公众号 2017 年 2 月 27 日。

底抽薪，却还是浴火而重生。"①五度空间里，石乃瑛和阿绿的魂魄潜入了蓓蓓杨东的身体，再度来了一场爱恋生死，隔世而恍然。严歌苓为她的小说叙事，找到了最为恰当的结构形式。

第二节　叙述视角的自如转换

　　陈晓明通过一个短篇《木匠和狗》，对莫言在叙述方面的变异、钻圈与穿越作了精细入微的分析。虽然对于莫言的小说文本我还未达致如此深入的体悟，但我很赞同莫言对于小说结构重要性的强调："结构从来就不是单纯的形式，它有时候就是内容。长篇小说的结构是长篇小说艺术的重要组成部分，是作家丰沛想象力的表现。好的结构，能够凸现故事的意义，也能够改变故事的单一意义。好的结构，可以超越故事，也可以解构故事。前几年我还说过，'结构就是政治'。如果要理解'结构就是政治'，请看我的《酒国》和《天堂蒜薹之歌》。我们之所以在那些长篇经典作家之后，还可以写作长篇，从某种意义上说，就在于我们还可以在长篇的结构方面展示才华。"②结构对于莫言重要，结构对于严歌苓和严歌苓的《上海舞男》也很重要甚至可以说是尤为重要。

　　好的小说叙事结构，离不开合适的叙述视角。没有合适的叙述视角，谈何好的叙事结构，任何叙事结构也都是枉然。"叙述视角是小说叙述学中重要的问题。它不仅仅只是叙事的角度或者'切入点'，实际上，它是叙事策略，写作主体的叙事姿态。它甚至直接地决定着作品的整体框架结构，作者的叙事伦理、价值取向和精神层面的诉求，都能够由此显示出来。因此，选择一种叙述视角，就

① 范迁：《严歌苓〈舞男〉：五度空间的上海霓裳曲》，上海文艺出版社"新文艺"微信公众号2017年2月27日。

② 莫言：《捍卫长篇小说的尊严》，《当代作家评论》2006年第1期。

意味着选择了某种审美价值和写作态度。一句话：叙述视角就是小说写作的政治学。这是当代作家重新认识存在世界可能性的新途径。"①中国的小说自现代以来，一直到当代，叙述视角的合适与允当与否，一直是很多作家写作所无法克服的瓶颈，传统全知叙事的根脉太深太广，盘踞既久且深，要祛除和克服这背负已久的传统并非易事："这些问题虽然不是全盘被当代文学继承和延续，但舍不得全知视角自由转换时空的特长，和虽然想借限制视角来获得'真实感'却不能真正实现的情况，依然在当代小说哪怕是先锋作家以及先锋作家转型之后的小说中，广泛地存在着。"②

《上海舞男》选择了"我"作为一个重要的叙述人，而这个叙述人其实是一个在 1941 年已经死去的爱国诗人，一旦处理不好，就会掉入"鬼魂"叙事传统，或者将一部小说叙事演绎成了泛滥于网络的"穿越剧"一样的剧情。要避免这些方面的误入，看看其他人的小说，就知道有多么不容易。先锋作家余华的近作《第七天》里，是叙述者"我"（杨飞亡灵）游荡中所遇的一一记录。余华直接将现实事件乃至新闻事件"以一种'景观'的方式植入或者置入小说叙事进程"，以现实"植入"和"现实景观"的方式来表象现实。③这种新闻事件以"景观"式植入小说叙事的方式，让人似乎重温先锋文学曾经的叙事游戏态度，难免新闻事件的无深度拼贴之虞和后现代主义戏谑情调的再度辞气浮露。海外华文写作中有鬼魂叙事传统，刘索拉、汤亭亭、谭恩美、黄哲伦等人都擅长写鬼，但这些鬼魂叙事往往具有叙事"奇观"景象，有着魔幻现实主义意

---

① 张学昕：《小说政治学：中国当代小说的"疾病隐喻视角"——以贾平凹、莫言、苏童、阿来、阎连科为例》，2016 年 12 月在香港浸会大学"疾病志——中国现当代文学与电影国际学术研讨会"上的发言。

② 参见拙文《无法安慰的安慰书——从北村〈安慰书〉看先锋文学的转型》，《当代作家评论》2017 年第 3 期。

③ 徐勇：《以象征的方式重新介入现实——论苏童〈黄雀记〉的文学史意义》，《文学评论》2014 年第 2 期。

味、西方人的东方想象、某种后殖民文学的色彩或者兼而有之。在小说叙事方面非常成功的《甲骨时光》中，杨鸣条与商朝贞人"大犬"有很多的心灵相通，蓝保光和蓝保光的母亲具有神性气质和鬼魅色彩，蓝保光带领杨鸣条在七星道观找到日晷后，距离历史之谜的真相已经越来越近。小说行将结尾时杨鸣条在梦中，由在硫黄泉边神奇地变回巫女的蓝母，带他骑着飞马回到了历史上有名的牧野之战的现场，身下殷商城已经变成一片火海，他看到了西边那黑暗的天空中极其明亮的星座——半人马座 α 比邻星，这正是解开藏宝图密钥的关键信息。揭开藏宝图和大犬巫女秘密之余，小说也因此而升腾起一股诗性的气质，但这与诗性中国的形象是暗合和相通的，并不是寻常所见的鬼魂叙事或者穿越叙事。《甲骨时光》中更加不能被忽视的是作者基于史实和考古发现的纪实性写作的部分，对于缺少史实性材料和资料的严歌苓来说，要在《上海舞男》中避免鬼魂叙事和穿越叙事的俗套，又要开启她自己所向往的叙事的"五度空间"，不能不说是一个难题。

具有先锋精神的作家以"我"作为主要叙述人不鲜见。比如北村《安慰书》的隐含作者是把第一人称"我"（律师石原）而不是第三人称叙述者置于叙事层次等级结构中最高层次的那一个层级，"我"的过去和现在所关涉的所有人，都在我寻求证据、寻求证人、探寻历史旧案真相的过程中，与"我"打交道、发生关联，让不同的人物重复叙述、追忆同一个事件，产生悬疑推理，剥洋葱般一层一层剥开，最终让真相浮出水面。①小说自始至终都紧紧围绕着"我"所见所遇所听展开叙事。《上海舞男》中的"我"的叙述，显然不能是这样的叙事方式和叙述角度。一旦处理不好，要么是无所不知的全知式鬼魂叙事或者穿越叙事，要么是一种戏谑化拼贴，伤害的都只是小说的真实感和打动人心的力量。严歌苓的心思之巧，

---

① 参见拙文《无法安慰的安慰书——从北村〈安慰书〉看先锋文学的转型》,《当代作家评论》2017 年第 3 期。

就在于她对于什么时候该以第一人称"我"来叙述，什么时候切换成其他人物的叙述角度和叙述方式，心知肚明。在往常只能用第三人称全知叙述视角或者是人物内心独白式叙述的时候，严歌苓往往用了"我"能够在场的便利，"我"成为见证人，且不说我在前面已经论述过的有些叙事片段，比如"我"比其他任何人称都更加能够见证杨东不告而别后蓓蓓的痛苦，就是很多原本只能靠白描或者客观记录的场景，由于"我"的在场和叙述视角，也变得那样真实和惊心动魄，至少是具有足够打动人的真实感。"不知多少次，杨东在傍晚的舞池里同我擦肩摩背地错过来，错过去"（17页），几乎一直在舞厅里"在场"的"我"比谁都能够更加真切地见证并叙述杨东蓓蓓的情绪、情感以及其变化。认识和交往之后，蓓蓓杨东在"夜上海"吃饭。"让我听听，两人今晚谈什么。房子。听十对上海男女谈话，八对是谈房子。好多好多年了，还这样。"（20页）"我看见杨东走进来"，然后是丰小勉的出现，杨东被吓了一跳，担心"她在这里伏击他，伏击张蓓蓓"（140页），没有什么比"我"的"看见"和叙述角度更加能够带来现场的真实感了，还可以有效避免传统全知叙事的平铺直叙和对真实感的伤害。借助"我"的叙述角度，严歌苓方能够自如开启她的"五度"叙述空间。但叙述之难，也在于对于"我"的叙述角度的叙事所占分量的拿捏，包括什么时候该用"我"的第一人称叙述，什么时候该自如切换到其他视角的叙述，这都是有着玄机和一定之规的。"我"不能知道太多，不能够过于全知，否则便又形成了对小说叙事的伤害。严歌苓的心思细密到了不能再细密之处。比如："蓓蓓推两个闺蜜（你看我学得快吧？女人的好友现在叫闺蜜），让她们快去救救他。"（4页）一个小括号的注释"你看我学得快吧？女人的好友现在叫闺蜜"，把"我"从全知叙述的层面拉回到了限制叙事，意思是"闺蜜"一词是"我"学得快、刚刚学会的，"我"的时代没有这个词，一下子把"我"的身份和所处的时空维度作了一个定规。小说中其他以小括号补充注释的叙述方式，也是意在将全知的视角拉回限制叙事的层面。李洁非曾言："而小说这种东西，在文学中其实类乎兵法，'兵者，诡道也'，小说叙事本质上就是计谋化过程，太单纯、太明澈、太纯朴反而不行，必须虚虚实实、真真假假，何况兼以笔下人物形色各异，作者绝不宜执于自己的'一念之本心'，反而应尽量去除自我，使一己分身为芸芸众生、三教九流。"[①]这真是击中了当代小说写作的软肋和七寸之处，当代小说的叙事谋划中，不乏九九乘法表还背得七嘴八搭的人去做了线性代数。而不能够"去除自我，使一己分身为芸芸众生、三教九流"，那是自现代以来就一直盘踞于中国作家小说叙事上面的积弊：无论谁在叙述，哪个人物在叙述，都难脱全知视角叙述的窠臼；作家很难放下身段只用人物的视角叙述，或者常常是人物限制视角的转换不够自如，捉襟见肘；而作家主观性的过多介入，不可避免带来对小说叙事和真实感的伤害（散文化倾向的小说不在此列）。祛除积弊的过程，似乎就是陈晓明所寄希望于的当代小说获得成熟的现代（尤其是西方）小说经验的漫漫路程。

"我"的第一人称叙述视角和人物以及其他的叙述视角的自如转换，有一个突出的表征，就是小说《上海舞男》当中很少出现带有双引号这种规约性标志的人物之间的对话，并非是人物缺少对话，而是人物对话都被严歌苓巧心处理过了。小说用了大量的自由直接引语式的叙述，省去了引号等规约性标志的直接引语，更适合表现近乎人物内心独白式的叙述；而且还用了大量的自由间接引语——谁在说话？叙述者"我"（石乃瑛），还是人物？但严歌苓采用自由间接引语的目的，是推进叙事的节奏，让叙事形成一种向前走、停不下来的气势和节奏，能激起读者的阅读快感，让读者与人物拉近距离，彼此不"隔"。这与北村在《安慰书》中对自由间接引语的使用，目的或者说效果是很不相同的。《安慰书》中的自由

---

① 李洁非：《散文散谈——从古到今》，《文艺争鸣》2017 年第 1 期。

间接引语所产生的效果是：谁在说话？叙述者"我"（石原），还是人物？需要读者加一番辨识，而这辨识，本身也让人推敲这叙述背后的可信度，等于让受述者、读者与"我"（石原）一起投身了悬疑推理，这或许也是北村在《安慰书》中制造悬念的一种方式。[①] 试举《上海舞男》中一例：

> "好吗？……嗯？"蓓蓓的手搭在他手背上，歪着头看他。
>
> 刚才无比正确的女老总发嗲了。杨东说他学电脑财会一点基础都没有。其实他已经让步了。学不学已经由蓓蓓决定了，蓓蓓不跟他商量，跟她自己商量，自己跟自己表决了他必须学的问题，他提出的只不过是基础问题。蓓蓓又来了，笑容刻薄，与其学什么都没有基础，不如就学最实用的：电脑。学什么都没有基础？不见得吧？国标拉丁舞呢？他感到脸容开始僵硬，五官锐利起来，嗓门也高了。那叫爱好！不叫工作。一个男人跳舞跳到老，算什么男人？
>
> ……
>
> 杨东本来以为自己会砸掉那盆清蒸鱼。他可是个手重的人。十六年前他和另一个男孩摁住那个女工，把她脖子侧面的气管摁扁了，她才昏迷的，供那几个男孩在她身上失去童男子的初夜。脑子缺氧时间不能太长，十六七岁的男孩们差点杀了夜开花。他向餐厅外走，所有感觉都在自己两只手上。[②]

在全文都少见、罕见的直接引语后面的一段叙述，杂糅了杨东

---

① 参见拙文《无法安慰的安慰书——从北村〈安慰书〉看先锋文学的转型》，《当代作家评论》2017年第3期。

② 严歌苓：《舞男》，上海文艺出版社2016年，第52页。

的话、蓓蓓的话、他（杨东）的争辩、蓓蓓的不可更移，本是直接引语的对话，去掉了规约性标志双引号，与小说的叙述浑然一体，实现了小说叙述视角的自如转换。所产生的效果，是形成走得比较快的叙事节奏，而且与受述人可以形成一种了无间距、彼此无隔的叙事效果。这与严歌苓喜欢用最最独特的动词，"使文章变成非常有活力的、非常有动作的、非常往前走的"，形成"走得比较快的"叙事节奏，有点像，但似乎又把叙事探索往前推进了一步。而且"夜开花"一段前尘往事的代入，比任何角度的叙述都更加能够准确地描摹出杨东感到受到了侮辱后内心的气愤，他本来以为自己会砸掉那盆清蒸鱼而事实上并没有。有关"夜开花"一段的插叙，说明了杨东的手重和气性，这样的男子没有砸掉鱼而只是向餐厅外走，"所有感觉都在自己两只手上"，可以想见是怎样捏紧了拳头，杨东才走出了餐厅……有了这样自如的叙述转换，"心相流转，瞬间一世纪，心相即现相，现相即无相"[1]，严歌苓能够"推开一扇五度空间之门，一闪而入"，也就一点不奇怪了。

第三节　文学与现实：先锋的在地属性

心相流转，能够推开一扇五度空间之门，显示了严歌苓在写作上新的探索，她有意打破叙事和叙述常规，她越过常规和打破常态的越界意识，本身就是陈晓明所言的那种突破自身的先锋意识。不同时空维度叙事结构的自如嵌套和紧密缩合，不同叙述视角的自如转换，本不是先锋派作家的严歌苓，却在她的《上海舞男》里，在叙事层面弄得这样暧昧繁富又如此自在自为。如果说莫言、阎连科、刘震云是陈晓明所认为的身陷乡土中国泥泞里的作家，将现代

---

[1]　范迁：《严歌苓〈舞男〉：五度空间的上海霓裳曲》，上海文艺出版社"新文艺"微信公众号 2017 年 2 月 27 日。

主义搅拌得最为恰切，弄得花样百出，弄出中国味道，那么严歌苓身在异域，心系"中国叙事"，能够借助上海这样一个现代性发展得最为充分的城市，甚至更小范围地集中到老上海舞厅这样一个空间结构，搅拌出近乎前世今生的城市与城市人的生命样态，这不是一种反常规与越界的先锋意识，又是什么？五度空间里，石乃瑛和阿绿的魂魄潜入了蓓蓓杨东的身体，而且更加悖谬的是，还发生了性别转换：石乃瑛—蓓蓓，阿绿—杨东。但同样的"太会爱"、致情殇，几乎是转世一般，再度来了一场生死爱恋，而分明又不是转世，隔了蒙尘的时光之镜，仿佛彼此都可以看见，却又不是彼此都可以看见。同一段生死爱恋活转过来，却再死一回（蓓蓓杨东彼此错过的小说结局），隔世而恍然。这种叙事结构的时空并置和自律生成，本身就是现代主义的形式意味在作祟，是小说叙事所具有的一种突破自身的先锋性，潜藏反常规和越界的先锋意识。而且小说的先锋意识很大程度上是由叙事带来，由叙事生发出很多的形而上的对于生命存在的体悟和思考，而且对于生命存在形而上的思考，是寻常四度空间叙事所不能够具有或者无法达致的深度。小说的故事核似乎是"男人也归有钞票的女人"（12 页），但小说并没有只停留在情感故事前世今生各表一段的叙述，小说借由叙事结构的嵌套和绾合，还内蕴了作家对于人生、对于情感、对于世事流转变迁的很多形而上的思考。如果说莫言"歪拧"出了乡村的自然生活史，那么可以说严歌苓是嵌套和绾合出了上海现代性的城市史：

> 舞厅的楼梯在梅雨季返潮，呕出几十年前的味道。我们那个年代楼梯还通向一个露台，露台是另一个舞厅，一般归西洋人跳舞。现在露台舞池封掉了。当年的露台舞池是这个舞厅的雅座，偶然有白俄女子混进去，定规会被认出来，再被劝出去。在露台舞池里华尔兹，霓虹流彩的夜上海跟着你华尔兹。露台舞池是什么样的地板！琉璃地

板！整个地板是灯罩，罩住几百盏荧光灯。仿佛地球错乱了，月亮掉到结冰的湖水下面，就是要那种感觉。让你错乱。舞蹈的人们随时会踏破冰层，坠入月亮流水，或坠入无底深潭，坠入不可知的世界反面。[1]

《上海舞男》在叙事结构和叙事上都有着很强的先锋性，但除了上文这样的对于生命存在形而上意味的思考，严歌苓的小说语言是日常性的，绝没有先锋小说家曾经希望的文学语言对于日常语言的叛离。严歌苓也无意于故意制造阐释的困难和阅读的障碍，并不去故意玩弄形式上的复杂，很多先锋作家、转型后的先锋作家以及虽然不是先锋作家却因为多种文本拼贴的叙述形式而深具有先锋意识的作家（比如阎连科《受活》、莫言的"歪拧"），所作的叙述上面任性杂乱的发挥或者叙述和结构方面的"歪拧"、折叠、钻圈、转折（陈晓明语），等等，也不在严歌苓关注的范围之内。严歌苓的独特价值和可贵之处或许在于，她能在一个开启五度空间之门的叙事结构的嵌套和绾合当中，讲出一个（也可以说是两个）动人的情感故事，这个故事里面，不只嵌套着人的情感，还嵌套、内蕴很多的人性幽微和曲折，她的故事很有可读性，又时时能够因为她的叙事，抵达你内心深处那隐秘并且脆弱的所在。

先锋文学曾经遭到现实主义文学诟病，言其无视常识，其文学世界"不真实"。哪怕转型后的先锋作家，也常常要遇到这个问题。而处理不好文学与现实的关系，也一直是先锋作家被指认的一个短处，即便转型后的先锋作家，也不得不慎重解决这个问题。《上海舞男》中蓓蓓、杨东的叙事，有先锋意味文学叙事的一面，但更加主要和显著的方面，是如此真实和细致的日常生活叙事，由于第一人称"我"和其他叙述视角的自如转换，很容易把受述人、读者代入一种身临其境的现场感和呈现一种真实感。在城市生活的人，非

---

① 严歌苓：《舞男》，上海文艺出版社 2016 年，第 31 页。

常容易就可以在小说中遇到自己熟悉的人与事与生活场景，哪怕对于蓓蓓购物、时装品牌等的细节叙述，严歌苓的叙述都是很经得起推敲的。而且不是单纯的场景记录和白描，嵌套了多少的情节和波澜在里面（37—40页）。更何况，现实不一定全是以"物"的形式呈现，《上海舞男》中最为可贵的，恐怕还是入木三分地写出了人的心灵和情感的真实感和现实性。

我印象最深的，是蓓蓓对杨东逐渐深厚起来的感情，蓓蓓爱杨东爱到没有 lovemaking 她都爱，爱到给杨东目光普照过的书上的字和霉菌都是有生命的。杨东不告而别后，她借调查和阅读石乃瑛来温习与杨东的感情，甚至在她调查出杨东出走那缺页的一年半所包含的内容——杨东与丰小勉生了儿子后，她都在心里挣扎过，以"借腹怀胎"替杨东作解。而从杨东视角的叙述——"蓓蓓之前，杨东没有给女人死心塌地地爱过，但碰到真爱，他是识货的"（177页），比用任何的叙述角度来评价蓓蓓对杨东的爱都更加有说服力。如果我没有数错，小说中两次写到蓓蓓夜观杨东和婴儿期的许堰：

> 大概清晨四点多，杨东醒来。他是被瞪醒的。一个人在睡梦中被一双眼睛瞪着，瞪得太久，太专注，是会被瞪醒的。他眯着眼睛，看见身边坐着的女人。她的目光已经滚烫，就像亮久了的灯泡。他的脸和身上都被那目光烫伤了。她是在欣赏他。收藏了一件好东西，夜深人静拿出来验证：这是我的？是——我——的。[1]
>
> 有一回两回，杨东起床时看见蓓蓓已坐在婴儿床边，光线就是一盏夜灯，她就那么瞪着熟睡的婴儿，像当年瞪着熟睡的他。守财奴夜深人静盘点财宝那样，一遍遍确认自己的富有。[2]

---

[1] 严歌苓：《舞男》，上海文艺出版社 2016 年，第 55—56 页。
[2] 严歌苓：《舞男》，上海文艺出版社 2016 年，第 131 页。

要知道，《花儿与少年》中的晚江，"有时她半夜让台灯的光亮弄醒，见老瀚夫瑞正多愁善感地端详她。如同不时点数钞票的守财奴，他得一再证实自己的幸运"，这般对女性身体修辞的极致，是曾经属于严歌苓的。到了《上海舞男》这里，吊诡地置换成了女人夜观男人，宛如收藏了一件好东西，夜深人静时拿出来验证；对自己深爱的男人和别的女人偷情生下的孩子，竟然也是"守财奴夜深人静盘点财宝那样，一遍遍确认自己的富有"，如此的真实、现实，却又让人心里填满一种无法言说的忧伤。与蓓蓓对杨东的爱相对的，是杨东对蓓蓓的感情曲折和变化，这几乎是小说里最为精彩的一条叙事线索，作为一个女性作家，能把男主角杨东与蓓蓓和丰小勉之间的不同感情质地表达得纤毫毕现，能够把杨东在两个女人之间感情的游移和偏来偏去、选来选去，表达得那样入情入理，牵扯出如此真实的一条情感线索。围绕杨东对蓓蓓的情感线索，是一桩桩现实生活事件和事体——心灵的真实、情感的真实，带出了生活的真实。这样来评价《上海舞男》，是恰如其分的。要将其中关节一一阐释清楚，非得一篇论文的工作来做不可，我在此也只能择其要点而谈之。

很多的当代小说，关注或者想书写城市外来人口与本地人尤其是富人（本地富人和海归富人）之间的龃龉乃至阶层的对立，由此产生了很多的"底层书写"文学样式。《上海舞男》当然不是专事底层书写的小说，但它信笔带出、所写出的这种阶层的隔阂乃至对立，其真实感和深刻性，已经不是寻常底层书写所能够达到的程度，其文学性当然也远远高于一般的底层书写。杨东感情在蓓蓓和丰小勉之间的游移和变化以致最终的彼此错过，其实根源都在于阶层的隔阂与对立——杨东在感情上是同情和倾向于选择弱者的。小说行将结尾时，杨东本想与蓓蓓一起带儿子许堰去美国生活，也就是说，杨东本来在最终是选择了真爱他的蓓蓓的，却由于蓓蓓的急于求成——想通过搜身丰小勉搜出问题而让杨东彻底死心，而竹篮打水一场空。这不可思议之处便是，在丰小勉被搜身成功，丰小勉还击蓓蓓和致伤蓓蓓的当口，杨东选择剪掉了丰小勉另外三个身份证，只留下了"丰小勉"这一张身份证，并且毫不犹豫地选择了携子离开。且不算蓓蓓与杨东家人和杨东生活环境里各色人等的这种不同阶层的并峙，单单通过丰小勉，就多处书写了这种阶层的隔阂与对立。"他魂都没了：这个泼女孩要干什么？要说什么？他的末日来了吗？这么泼的女孩，蓓蓓根本不是对手。女孩之所以厉害，因为她不是一个人，她只是亿万失去村庄的人流之一滴，那是什么人流啊？底部黑沉沉的全是对上海的仇恨，对蓓蓓这样上海富婆富翁的仇恨。中国大地上的城市恶性增生，城市包围乡村，每年消失的三百多万个村子都消失到哪里去了？消失到北京、上海了，化在浩大澎湃的灰色人流里，这人流是原油，一颗火星就能燎原，把上海一举烧毁。"（101页）"……小勉和她几百万上千万的同类项暗暗仇视新上海，仇视把洋人都比成了穷光蛋的新上海人——张蓓蓓和她的同类项。"（147页）"假如小勉为蓓蓓城里的公寓惊艳，那她此刻就被震懵了。原先以为上海分成十八层，而十八层的上海都在她头顶压着，她在最底层，现在一看，上海何止十八层！压在她头顶的一层层上海根本没有顶，没有极限，让她望断云霄！"（159页）"大上海把所有的欺负凌辱集中在张蓓蓓和杨东身上，由他们俩对丰小勉具体执行。"（161页）毋庸赘语，阶层的隔阂、矛盾与对立，城乡对峙等等，由一个丰小勉就可以具体呈现，文学性书写未必不能诉述深刻的现实性。

《上海舞男》既具有叙事结构的嵌套与绾合面向的先锋性——之"骨骼清健"，又具有日常生活书写的日常性和现实性——之"血肉丰盈"。一部小说，能够具有叙事探索的先锋性，或者能够具有写出生活的日常性和现实性的能力，都不足为奇，《上海舞男》的独特与可贵之处就在于，它既骨骼清健又血肉丰盈，而且，它还活色生香地为我们写出了五度空间之前世今生。毫不夸张地说，《上海舞男》是严歌苓迄今在叙事结构、策略、叙述角度与限制视角上面最为成功的作品。"套中套"结构嵌套得几乎天衣无缝。或可以说，其叙事结构的嵌套与绾合面向，对当代小说写作具有一定的示范意义乃至某种程度上的标杆价值。更何况，有很多的当代小说，还处在连巴金《憩园》叙事结构的"歪拧"、莫言《木匠和狗》叙事和叙述上的"歪拧"都还远未达到的程度。

第七章　隐在历史褶皱处的青春记忆
　　　　与人性书写

　　　　——从《芳华》看严歌苓小说叙事的新探索

　　严歌苓 2017 年的长篇小说《芳华》甫一面世，很多人的第一印象是《芳华》具有浓厚的个人自传色彩，是以第一人称来描写她当年亲历的部队文工团生活——作家虽然也写到了后来人物的命运变迁和故事，但只占小说很小的比例和部分。给人近乎作家自叙传这样的读后感，一点也不奇怪。严歌苓的人生经历已多为人了解：她在军队待了十三年，从 1971 年十二岁入伍直到二十五岁部队裁军退伍。整整跳了八年舞，演样板戏《白毛女》《红色娘子军》，她演过喜儿；演出舞蹈节目《边疆女民兵》《草原女民兵》《女子牧马班》，扮演英姿飒爽的女民兵；表演藏族歌舞《洗衣歌》；《小常宝请战》（《智取威虎山》）里演边唱边跳的小常宝……然后做了两年编舞，再成为创作员，与笔墨打起了交道。^①从军经历几乎伴随了严歌苓的整个青春年华，而这段从军经历成了她的创作源泉之一，早期的"女兵三部曲"《绿血》《一个女兵的悄悄话》《雌性的草地》，2005年首版的《穗子物语》（其中《灰舞鞋》《奇才》《耗子》《爱犬颗韧》《白麻雀》是涉部队生活题材）就是一个典型的例证，而且其中部分篇章当时一经刊登，就高居各排行榜的首位。《穗子物语》虽然以长篇小说的名目出版，但所收是一系列与"穗子"相关的短篇和中篇。严歌苓自称"穗子"是"'少年时代的我'的印象派版

<hr>

① 参见《长篇小说〈芳华〉：严歌苓的"致青春"（冯小刚执导同名电影）》，"严歌苓读书会"微信公众号 2017 年 4 月 26 日。

本"，现在看来，其意义和价值远不止于此，这些短、中篇还是作家长篇艺术构思与创作的沃土，让我们在许多年后能够拥有这部留有文工团员们年轻倒影的长篇《芳华》。

前面已经分析过，纵览严歌苓的创作历程，她 2017 年的长篇小说《芳华》，几乎是在严歌苓近四十年的写作历程基础上酝酿而成的，在首部长篇《绿血》、第二部长篇小说《一个女兵的悄悄话》和《穗子物语》里几个中、短篇小说当中，都有着类似的军旅青春年华或者说"芳华"的书写，甚至有着相近的人物原型和情节设计。严歌苓 2017 年的长篇《芳华》，与其写于 1984 年并于 1986 年出版的第一部长篇小说《绿血》，实际上是严歌苓对军旅"芳华"叙事母题的同题异构。而《芳华》里的萧穗子，似乎就是《穗子物语》当中一些篇章里面的"穗子"。《芳华》中萧穗子因为"谈纸上恋爱被记了一过"，是一笔带过，在《灰舞鞋》里反倒是头尾兼备的叙事。《芳华》接近结尾才揭晓当年是郝淑雯用"美丽的胴体"拿下了少俊，轻而易举地让少俊交出了穗子所有的情书，出卖了穗子，在《灰舞鞋》里，对应的是邵冬骏和高爱渝……《芳华》中"我"第一次与刘峰打交道，是同为警戒哨兵，站在靶场最外围，防止老乡误入，却因大意致"误伤""老太太"的情节，在《穗子物语·奇才》里早就出现过，到了《芳华》这里有了些不同而已。更为奇妙的是，《芳华》的真正女主人公，其实应该是何小曼，对应《绿血》里的黄小嫚和《穗子物语·耗子》里的黄小玫（《灰舞鞋》里也有"耗子"这个人物），这几个人物的身世、性情乃至最后的发疯，都可以作个比照阅读，同质之外的异质性，可以显出作家历经不同时间所作的艺术构思的差异性。而刘峰，除了可与《绿血》中杨燹这个人物形象加以比照和联系之外，其原型似乎便是《耗子》这个短篇小说里的池学春，刘峰的"触摸事件"以及所遭受的批判大会当中所呈现出来的众生相，都可以从池学春及其所曾遭遇，乃至穗子谈纸上恋爱被开批判会那里找到原型。当然，一个短篇体量有限，难以容纳更充分的人物刻画、世态人心和淋漓尽致的人性书写。《耗子》以及《穗子物语》所不能够呈现和达致的，《芳华》能够竭尽所能给予最为充分的展示——文学书写，可以向人呈示青春是如何以独有的姿态绽放芳华，说《芳华》是严歌苓"致青春"的作品，一点也不为过。

这当然是阅读《芳华》令人备感熟悉、亲切和让人会心的地方，但也正是由于持续关注和研究严歌苓，还是对严歌苓以这样的第一人称叙事和她本人罕有的作家主体融入叙事——作者与隐含作者、叙述者难免产生无法分离的混合性——的话语方式（尤其为她的"中国叙事"作品所罕有），为她这样的叙事方式、策略，感到有一点意外，甚至为她捏一把汗。众所周知，严歌苓一直致力于——近年来尤擅小说技巧层面的探索，陈晓明都称她的小说"技巧性很强"。即便是那部有震动效应，在陈晓明看来"可以看到中国当代小说对历史的反思、对人性的认识所发生某种变化，也可以看到中国长篇小说艺术上的不断伸展的特点"[①]的《陆犯焉识》，陈晓明也特地强调了小说在叙事和叙述上的技巧性："严歌苓是懂得现代小说的。如果先花花公子玩一通，再抓去坐牢，用线性叙述，这个小说就散掉了，完全没有价值。"[②]之后的《妈阁是座城》在结构、叙事以及由之关涉的对人的情感、人性心理表达方面的种种暧昧繁富，具有明显不同于她此前作品的创作新质。而严歌苓的近作《上海舞男》，我甚至曾认为几乎可以毫不夸张地说，是严歌苓截至当时在叙事结构、策略、叙述角度与限制视角上面最为成功的作品。[③]已经在叙事结构和叙事策略等方面非常讲究并且具有明显优势的严歌苓，突然好似来了一个大踏步的"回退"，以第一人称、

① 陈晓明语，参见龚自强、丛治辰、马征、陈晓明等《20世纪中国知识分子的磨难史——严歌苓〈陆犯焉识〉讨论》，《小说评论》2012年第4期。
② 同上。
③ 参见拙文《叙事结构的嵌套与"绾合"面向——对严歌苓〈上海舞男〉的一种解读》，《文艺争鸣》2017年第5期。

个人自传色彩，在四十余年后回望自己的青春与成长期，并写出了文工团员四十余年命运的流转变迁，对于并不从事"非虚构写作"并且一直以小说的虚构性、文学性为典型创作特征的严歌苓来说，不啻又是一种小说叙事的新探索（当然是就近十几年严歌苓"中国叙事"的小说所作的讨论，2001 年初版的《无出路咖啡馆》，虽然自传的色彩很强，因是海外华人生活故事，暂不在讨论之列）。小说的叙述视角、话语调适，尤其是小说的虚构性、文学性所会遭遇的拘囿和困难以及小说如何还能够葆有丰赡的虚构性和文学性，都将是一个难题和小小的挑战。

第一节　作家主体融入叙事与青春记忆复现

中国文学自现代以来，凡是作家主体较多融入叙事的小说，往往有散文化和抒情性的特征，一个典型的例子是郁达夫，在他从《银灰色的死》到《出奔》五十篇左右的小说中，属于自叙传小说的有近四十篇。其小说有一些直接以第一人称"我"叙事的模式，其他则是以第三人称"他"的叙事方式来结构成篇，其小说主人公无论以什么样的身份出场，都熔铸了作家太多的主体形象和心理体验。作家主体过多地融入小说叙事，对小说形式的伤害是明显和严重的，易使小说呈现散文化的典型特征。散文求真，不提倡虚构故事情节，散文多是抒情和记事，近期还有不少研究者和评论者对散文虚构故事情节表达了他们的愤愤不平之气，也说明了散文很少虚构故事。而小说是典型的虚构叙事文本（非虚构作品不在此讨论之列），对虚构性、情节性和可读性有着较强的要求，小说求真求的是艺术的真实。所以有研究者曾经从形式层面这样批评郁达夫："小说则需要虚构，如果一个小说文本缺乏虚构则会近于散文，情节性也会几乎丧失，阅读的快感也会弱得多，郁达夫的小说就是这种情况。从形式上看，他的叙述人与人物角色几乎没有距离，距离感的丧失正是缺乏虚构意识的结果，而且感情毫无节制，成为启蒙之初个人欲望的泛滥。距离的丧失也导致了叙事视点转换的稀少，第一人称叙事带来的极端向内转，其实是与个人经验直接相联系，缺乏虚构性的同时也丧失了叙事的丰富性，最终失去意义层面的丰富性。"[①]

还有一个相反的、比较成功的例子是萧红，她后期作品《呼兰河传》《小城三月》《家族以外的人》《后花园》等，虽然也是"内观"的自传体型作品，但同时也是她最成功、最感人的作品。以其巅峰之作《呼兰河传》为例，夏志清曾经给予这样的"最高评价"："我相信萧红的书，将成为此后世世代代都有人阅读的经典之作。"[②] 散文化、诗化、抒情性是它的典型特征，"这书严格来说，不能算是典型的小说，它大部分牵涉个人私事，叙述性强，但书中却有着像诗样美的辞章，以及扣人心弦的情节"[③]，这句话难免矛盾和吊诡之处，"不能算是典型的小说"、诗化、抒情性，葛浩文的判断是准确的，但他同时又说它"叙述性强"。是什么给他《呼兰河传》叙述性强的印象呢？原因就在于萧红非常恰当地将"我"在小说中出现的比例控制到了较小的份额——只占较少的章节，而且很多时候是取其非成人视角的限制性叙事，达到了很好的叙事效果，避免了作者、隐含作者与叙述人的一种高度混合性和过于全知叙事对于小说艺术真实感的伤害。与《呼兰河传》的非成人视角的限制性叙事相较，对此限制性叙事方式颇显示出一种呼应和长足发展的，是严歌苓的《穗子物语》系列小说。[④]《呼兰河传》哪怕是作成

① 刘旭：《叙述行为与文学性——形式分析与文学性问题的思考之一》，《文艺理论研究》2013 年第 3 期。

② 参见林贤治《前言：萧红和她的弱势文学》，林贤治编注《萧红十年集》（上），人民文学出版社 2009 年，第 14 页。

③ 葛浩文：《萧红传》，复旦大学出版社 2011 年，第 106 页。

④ 参见拙文《非成人视角的叙事策略——萧红"忆家"题材系列与严歌苓〈穗子物语〉合论》，《吉林大学社会科学学报》2007 年第 4 期。

人视角的叙事，也是取人物视角的限制性叙事——"我的人物比我高"（萧红），比如对小团圆媳妇婆婆的描写等等，方才能够在叙事方面克服郁达夫那种叙述人和小说人物几乎没有距离的弊病，令小说产生足够的艺术真实性和可读性。

同样存在着小说散文化倾向的迟子建，被有的研究者认为其某些小说文本是作者无所不在地介入到写作中，作者、隐含作者、叙述者和小说中的人物确实存在着无法分离的混合性。[①] 即便如此，《额尔古纳河右岸》《晚安玫瑰》等小说，虽然用了第一人称"我"叙事，但"我"显然不是作者本人，这本身就是一种距离，作家主体与人物和小说叙事之间的距离。就是严歌苓本人，在上一个长篇《上海舞男》中，有时以第一人称"我"（石乃瑛）来叙事，这个"我"也绝非严歌苓本人，可以说与作家本人有着天壤的距离。到了《芳华》，用第一人称"我"来叙事，尤其那段文工团经历中的"我"，几乎就能够等同于严歌苓本人，至少是有着高度的混合性、不可分离性。要知道，在几乎可以算作《芳华》奠基之作的《穗子物语》中，严歌苓也绝少以第一人称"我"来叙事，《穗子物语》的成功恰恰在于："当童年的我开始犯错误时，我在画面外干着急，想提醒她，纠正她，作为一个过来人，告诉她那样会招致伤害，而我却无法和她沟通，干涉她，只能眼睁睁看着她把一件荒唐事越做越荒唐。"[②]

《芳华》一反常态，用第一人称"我"来叙事，不只符合严歌苓真实的人生经历，在我看来，这其实也是小说叙事的需要。我们知道，严歌苓的长篇总有一个"故事核"，陈晓明说："严歌苓有一点很独特，就是她的小说总有一个非常清楚的故事核。"[③] 与她此

[①] 何平：《从历史拯救小说——论〈额尔古纳河右岸〉和〈群山之巅〉》，《中国文学批评》2017 年第 1 期。

[②] 严歌苓：《穗子物语》，广西师范大学出版社 2005 年，第 1 页。

[③] 陈晓明语，参见龚自强、丛治辰、马征、陈晓明等《20 世纪中国知识分子的磨难史——严歌苓〈陆犯焉识〉讨论》，《小说评论》2012 年第 4 期。

前的那些小说不同，如果非要给《芳华》概括一个"故事核"，这个"故事核"似乎是：二十世纪七十年代末的部队文工团，一个言行近乎雷锋的男团员，因为情之所至而"触摸"了一个女团员，导致了命运的改变和悲凉结局……为什么用省略号呢？因为这个概括太不全面。第一，尽管考虑了时代性，"触摸"也并非像《第九个寡妇》《小姨多鹤》《陆犯焉识》之"故事核"那样，并不是一个能够带来足够的悬念、惊奇和离奇情节的事件、故事之核。第二，正如小说名字"芳华"，小说不具备严歌苓先前小说当中那样高度聚焦的人物，它更加能够示人的是对一群人、一段历史及人物命运流转变迁的感怀，青春记忆、人性书写令小说呈现繁富的调性，小说的素材和写作对象，似乎先就命定了小说势必具有一种抒情性和略带散文化的文体特征。及至笔者写作此文，《芳华》业已出版，严歌苓与笔者的私人通信中还称"我的新书'芳华'或者'你触碰了我'刚上市"[①]——她不知道，人民文学出版社定的名字就是《芳华》（原名《你触摸了我》），而冯小刚拍电影，选中的名字就是《芳华》："'芳'是芬芳、气味，'华'是缤纷的色彩，非常有青春和美好的气息，很符合记忆中的美的印象。"[②]冯小刚的选择，更加基于自己对于那段记忆的印象，《芳华》中当然不都是美好的气息和美的印象，但他还是准确把握到了小说最大的价值之一，便是青春记忆与气息的呈现和复现。据说冯小刚在拍摄电影时，尤为重视刘峰和何小曼所经历的战争场面的渲染和拍摄，耗费巨资。据说，2017 年 3 月 7 日，冯小刚在拍摄间隙发了剧照，纪念一场战争戏拍摄完成，他发文称："从打响第一枪到结束战斗六分钟一个长镜头下来，每个环节不能出任何问题，炸点，演员表演，走位，摄影师的运动，上天入地，都要极其精准，六分钟 700 万人民币创造战

---

① 严歌苓与笔者在 2017 年 5 月 10 日的通信中这样写道。
② 《严歌苓：〈芳华〉有很多我对于那个时代的自责、反思》，"严歌苓读书会"微信公众号 2017 年 4 月 28 日。

争新视觉。相比《集结号》的战争效果其创意和技术含量都全面升级。《芳华》不仅是唱歌跳舞也有战争的残酷和勇敢的牺牲。"言语间十分自豪。① 从中可以见出，电影导演尤擅从小说中抓取能够产生最佳视听效果的场面和内容来进行艺术再创作。其实小说所涉战争的描写，实在不足以令电影大肆铺排和着力表现。导演之所以作如是观和为，恰恰从一个侧面说明了《芳华》主叙事部分欠缺足够的悬念、惊奇和离奇情节的事件、故事之核，电影竟然要格外着意表现文工团员基本离散之后只是作为个别人物命运变迁背景的战争场面，以补足小说叙事文本所欠缺的悬念、惊奇和离奇。据此似乎也可以推测，改编后的电影剧本《芳华》，应该与原著小说文本有着很大的不同。

尤擅小说叙事结构和叙事策略的严歌苓，当然不会像巴金写作《憩园》那样，还要日后日本研究者乃至陈晓明教授苦苦讨论他的小说叙事结构到底有没有"平板之嫌"，还是"歪拧"出了足够的价值。但第一人称叙事和作家主体较多融入叙事，的确考验她在小说叙事结构和叙事策略方面的智慧。首先，要压缩"我"在小说叙事中出现的频次和所占的份额，这其实是限制处于叙事最高层级的"我"的权力，也就是要取一种限制性叙事的叙事效果。其次，既然是第一人称回顾性叙述，不可避免"第一人称回顾性叙述中（无论'我'是主人公还是旁观者），通常有两种眼光在交替作用：一为叙述者'我'追忆往事的眼光，另一为被追忆的'我'正在经历事件时的眼光"②。细察《芳华》就会发现，严歌苓是两种眼光和视角都具有的，但尤其以"我"当年正在经历事件时的眼光运用为多，运用得尤其得心应手，还自如化用当时其他人物的视角。这种限制性叙事的态度，最容易凸显现场感、艺术的真实性。再次，哪

① 参见《长篇小说〈芳华〉：严歌苓的"致青春"（冯小刚执导同名电影）》，"严歌苓读书会"微信公众号 2017 年 4 月 26 日。

② 申丹：《叙述学与小说文体研究》，北京大学出版社 2004 年，第 223 页。

怕是带个人自传色彩的小说叙事，也要避免单一的线性叙事的窠臼，但又要努力在每个叙事、故事序列里，保持线性叙事的一致性和可连续性。如果说，每个故事序列是小说内套的一个小的叙事结构；严歌苓的叙述人"我"，就要具备穿起连环套的本领才行。为了得心应手非常自如地实现叙事转换，《芳华》一如《上海舞男》那样，全面取消了章节的划分，整篇小说一贯到底——既无章节标题也无章节序号，仅在作叙事转换时，以空出一行文字的空白行来处理，读来整个叙事和气势一通到底。也只有章节壁垒的取消，才能够最大程度地气韵贯通、一气呵成、浑然天成。《芳华》小说开篇是三十多年后"我"和刘峰不期相遇在王府井，然后马上倒叙回三十多年前的老红楼生活。小说结尾，小曼在刘峰的灵堂到处摆满冬青树枝：

> 冬青铺天盖地，窗子门框都绿叶婆娑。四十年前，我们的红楼四周，栽种的就是冬青，不知是什么品种的冬青，无论冬夏，无论旱涝，绿叶子永远肥绿，像一层不掉的绿膘。小曼第一次见到刘峰，他骑着自行车从冬青甬道那头过来，一直骑到红楼下面。那是一九七三年的四月七号，成都有雾——她记得。[1]

小说所叙文工团的生活，基本按线性叙事，但又不断旁逸出林丁丁、何小曼等的叙事，上一个叙事里，往往会为下一个叙事乃至很久以后的叙事和故事序列埋下伏笔，有时候这个伏笔只有一句或者一小段，例如"家境既优越又被父母死宠的女兵有时候需要多一些人见证她的优越家境和父母宠爱，我和何小曼就是被邀请了去见证的"（15 页），已经首次出现了何小曼的名字，但仅一笔带过；在叙述林丁丁故事的时候，插入一笔"连何小曼都有人追求"，简

---

[1] 严歌苓:《芳华》，人民文学出版社 2017 年，第 215 页。

要叙述了她与排长的感情和她被文工团处理后的一些情节（37—39页）；然后突然空白一行、来了一个叙事转换——"啊，我扯远了。还不到何小曼正式出场的时候"，"回到林丁丁的故事中来"（39页）；何小曼真正的出场，是以"我不止一次地写何小曼这个人物，但从来没有写好过"开启，然后是大段的关于何小曼的小说叙事（62—143页）。整个小说叙事，内部倒叙运用自如，错时的故事序列要闪展腾挪，打破单一线性叙事的沉闷。比如，是"我"看到刘峰要给即将结婚的炊事班马班长打一对儿沙发（34—35页），然后内部倒叙接续了林丁丁有两个追求者的叙事（35—37页），又内部倒叙甚至预叙了"还不到何小曼正式出场的时候"的何小曼的叙事（37—39页），虽说是"回到林丁丁的故事中来"，刘峰已经来邀约林丁丁去看他打的沙发了（40页），却又旁逸出郝淑雯的情感叙事（39—42页），然后才较为完整回顾性叙述了刘峰"触摸"林丁丁事件始末以及所遭受的批判会和处理（42—60页）……而不同的故事序列竟然还要穿插和无缝连接、拼接——令人不禁莞尔，严歌苓要在心里乃至纸上作好怎样的盘算，才可以不搭错情节和叙事的线索和关节。而这也正是小说家叙事的巧心和用心之处。

能够复现出如此打动人心的青春记忆，与小说所呈现的作家心灵的真实密切相关，这是单纯的技巧无法带来的。2016年4月，严歌苓完成新作《芳华》的初稿，2016年11月于柏林定稿——小说结尾落款"定稿于柏林 2016年11月6日"。那时书名还叫《你触摸了我》，"所有的心理体验都是非常诚实的，这本书应该说是我最诚实的一本书"①。比如：

> 短短一小时的自由，我们得紧张地消费。阴暗角落偷
> 个吻，交换一两页情书，借一帮——对红调调情，到心仪

---

① 《严歌苓：〈芳华〉有很多我对于那个时代的自责、反思》，"严歌苓读书会"微信公众号2017年4月28日。

的但尚未挑明的恋人房里去泡一会儿，以互相帮助的名义揉揉据说扭伤的腰或腿……那一小时的自由真是甘甜啊，真是滋补啊，及至后来游逛了大半个世界拥有着广阔自由的我仍为三十多年前的一小时自由垂涎。①

　　心灵的真实方才有可能导向艺术的真实。这样的心灵真实，是属于严歌苓的，也是属于文工团员们的，甚至是属于时代和那代人的。青春记忆的生动复现，得益于虚构的故事是建立在无比真实细致生动的细节之上，像萧穗子对刘峰的第一印象：

　　　　我注意到他是因为他穿着两只不同的鞋，右脚穿军队统一发放的战士黑布鞋，式样是老解放区大嫂大娘的设计；左脚穿的是一只肮脏的白色软底练功鞋。后来知道他左腿单腿旋转不灵，一起范儿人就歪，所以他有空就练几圈，练功鞋都现成。他榔头敲完，用软底鞋在地板上踩了踩，又用硬底鞋踩了踩，再敲几榔头，才站起身。②

　　第一人称回顾性叙述中，能有如许生动传神的细节化叙述，殊为难得。小说中唾手可得大量的这种细节叙述，就不赘述和举例了。严歌苓说："这个故事是虚构的，但细节全是真实的，哪里是排练厅，哪里是练功房，我脑子马上能还原当时的生态环境，这是非常自然的写作。"而且，"她觉得关于中国的故事，当在海外反复咀嚼、反复回顾后，比亲临事件后就立即动笔写，会处理得更厚重、扎实"。③这也正是我在对《穗子物语》和《芳华》比较阅读后

---

① 严歌苓：《芳华》，人民文学出版社 2017 年，第 19 页。
② 严歌苓：《芳华》，人民文学出版社 2017 年，第 6 页。
③ 《严歌苓：〈芳华〉有很多我对于那个时代的自责、反思》，"严歌苓读书会" 微信公众号 2017 年 4 月 28 日。

的阅读感受,《穗子物语》在非成人视角叙事方面拥有格外的优长和优势,而且可以力避第一人称"我"叙事的局限性。但《芳华》能够在第一人称叙事和作者、隐含作者、叙述者具有难以分离的混合性这样容易削减小说虚构性和文学性的压力中,依然很好地葆有小说的虚构性和文学性,不能不归功于作家的匠心和巧心。

第二节　叙述视角、话语调适与小说虚构性

严歌苓《芳华》的写作,与"非虚构"鲜明的介入性写作姿态和追求一种"真实信念"(客观的真实而非艺术真实)不同,"非虚构写作"作为中国文坛近年来备受关注的创作热潮,"它以鲜明的介入性写作姿态,在直面现实或还原历史的过程中,呈现出创作主体的在场性、亲历性和反思性等叙事特征,折射了当代作家试图重建'真实信念'的写作伦理"[1]。《芳华》是建立在作家真实心理体验和诚实写作态度基础上的虚构叙事的小说文本。前面已经述及第一人称回顾性叙述、带个人自传色彩,对于小说叙事、小说虚构性和文学性会带来压力和难题。严歌苓能够解决和克服这些难题,得益于她在叙事结构、叙事策略等方面的细思和巧妙处理。由于写作上的高产,很多人揣测严歌苓写作纯粹是一种技巧性写作,甚至是西方创意写作的产物,"写得太快"几乎是众口一词的评价,连严歌苓本人也感到了压力:"敬泽嘱我写得慢一点,你看我还是写得太快!尽管还穿插着影视创作。我不知道国内作家六七年写一本书是怎么写的,大概各种应酬会议太多吧?"[2]我曾经专门关注和探讨过严歌苓出国后所受的西方写作训练对她写作的助益,中国文坛和研究者中,不乏人对技巧持不屑和贬抑态度,这当

---

① 洪治纲:《论非虚构写作》,《文学评论》2016 年第 3 期。
② 严歌苓与笔者在 2017 年 5 月 10 日的通信中这样写道。

然与中国文学传统大有关联。但我们越来越备感焦虑的却是，中国文学自现代以来，不是对小说写作技巧过于讲究了，而是还不够讲究、太不讲究，而二十世纪八十年代中期左右开始的一段先锋文学思潮，又把形式追求推向了一种片面的极致，给中国当代文学带来得也带来失，先锋作家转型或者说"续航"（吴俊语），并没有在形式和技巧方面取得足够令人欣慰的佳绩。以至近年来，有识学者批评家像陈晓明等人不免忧虑还未获得现代形式的中国当代小说该如何对待传统、创新和现代小说经验的问题。有研究者在张爱玲所受的褒贬不一的评价中，曾经指出张爱玲的写作"是一种少有人可比拟的生活智慧和情感体验，与其对生活的天才感悟和文学语言天赋相结合，形成独特的张爱玲体。其实如果从形式分析入手，的确会发现张爱玲过人的文学才华，这种才华，正是文学性的重要表现"[①]。天才的作家，往往在很多方面是相通的。前面章节讲过，张爱玲与严歌苓都有自觉的小说文体意识。可以说，张爱玲有"张爱玲体"，严歌苓也有"严歌苓体"。严歌苓在近乎无可比拟的生活智慧和情感体验以及对生活的天才感悟、很好的文学语言天赋方面，也让人称道，与有会心。当然，也必须从形式分析入手，才能够看出《芳华》的文学性。

　　1.接下去就是刘峰和我在棉门帘外面等噩耗。2.一会儿，刘峰站累了，蹲下来，扬起脸问我："十几？"我蚊子似的哼哼了一声"十三"。3.他不再说话，我发现他后领口补了个长条补丁，针脚细得完全看不见。4.棉门帘终于打开，急救军医叫我们进去看看。5.我和刘峰对视一眼，是认尸吗？！6.刘峰哆嗦着问子弹打哪儿了。7.医生说哪儿也没打着，花了半小时给老太太检查身体，身体棒着

---

① 刘旭：《叙述行为与文学性——形式分析与文学性问题的思考之一》，《文艺理论研究》2013年第3期。

呢，连打蛔虫的药都没吃过，更别说阿司匹林了！可能饿晕的，要不就是听了枪声吓晕的。①（序号为笔者所加）

　　第1与2句，是混合了全知叙述和刘峰与我的直接引语、视点的叙述。第3句是被追忆的"我"正在经历事件时的眼光。第4句可以说是全知叙述，也可以说是刘峰和"我"的视角。第5、6、7句，都是取消了直接引语标志的自由间接引语，它不仅可以将数次叙事视点的转换巧妙隐藏起来，而且所产生的效果，是形成走得比较快的叙事节奏，与受述人可以形成一种了无间距、彼此无隔的叙事效果。这是严歌苓一贯习用的叙事方式，也可以说已经差不多形成一种"严歌苓体"。

　　除了这些严歌苓惯有的叙事技巧，《芳华》中还有为数不少西摩·查特曼所说的那种"对话语的议论"，这是以前尤擅隐身于小说叙事当中的严歌苓所不太采用的小说叙事方式，早期长篇《雌性的草地》中曾使用过，我将其视为严歌苓为葆有小说虚构性所作的一种"话语调适"。这种叙述者针对话语所作的议论，几个世纪以前就非常普遍。罗伯特·阿特尔曾指出《堂吉诃德》中就有此详尽老练的议论，而查特曼认为还有更早的例子。严歌苓在《芳华》中将古老的叙事手法作了巧妙的当代化用。

　　　　作为一个小说家，一般我不写小说人物的对话，只转述他们的对话，因为我怕自己编造或部分编造的话放进引号里，万一作为我小说人物原型的真人对号入座，跟我抗议："那不是我说的话！"他们的抗议应该成立，明明是我编造的话，一放进引号人家就要负责了。所以我现在写到这段的时刻，把刘峰的话回忆了再回忆，尽量不编造地放

① 严歌苓：《芳华》，人民文学出版社2017年，第8—9页。

到一对儿引号之间。①

　　这一段，作家好似在努力标示她写的人物的对话是原话，不是编造的，是对自己的小说叙事展开的议论，但实际产生的效果是，她提到了"人物原型"，她提到了"回忆了再回忆，尽量不编造"的处理方式，实际上真正的原话是不可能存在的，越在小说叙事中这样表白，反而越呈现出小说的虚构性。果然，后面的小说叙事中，对于容易让读者产生是客观真实还是艺术真实疑问的叙事关节点，严歌苓都格外强调了自己的文学想象，有着对自己叙事和话语的议论——我视之为一种有意的"话语调适"。对于林丁丁最私密处的东西怎么冲破束缚，冲破灯笼裤腿松紧带的封锁线，飞将出去，直达刘峰脚边，严歌苓有一段细节化叙述，叙述人紧接着就说"当然这都是我想象的。我在这方面想象力比较丰富。所以大家说我思想意识不好，也是有道理的"（33页）。对于何小曼和排长因排胆结石而相恋，也是细节化叙述，但叙述人马上直陈"当然，这场景是我想象的"（38页）。对于我们为什么"觉得跟刘峰往那方面扯极倒胃口"，"现在事过多年"，"我才把年轻时的那个夏天夜晚大致想明白。现在我试着来推理一下——"（54页）。而对于重要人物何小曼，叙述者这样议论："我不止一次地写何小曼这个人物，但从来没有写好过。这一次我也不知道是不是能写好她。我再给自己一次机会吧。我照例给起个新名字，叫她何小曼。小曼，小曼，我在电脑键盘上敲了这个名字，才敲到第二遍，电脑就记住了。反正她叫什么不重要。给她这个名字，是我在设想她的家庭，她的父母，她那样的家庭背景会给她取什么样的名字？什么样的家庭呢？"（62页）然后开始了整个小说几乎最为主干也最为动人的关于何小曼一段的叙事，中间仍然有这样的穿插："在我过去写的小曼的故事里，先是给了她一个所谓好结局，让她苦尽甘来……十几年后，我又写

---

① 严歌苓：《芳华》，人民文学出版社2017年，第18页。

了小曼的故事，虽然没有用笔给她扯皮条，但也是写着写着就不对劲了，被故事驾驭了，而不是我驾驭故事。现在我试试看，再让小曼走一遍那段人生。"（82—83 页）刘峰与小惠在海口的生活是怎么开始的和有过怎样的好时光呢？"于是我想象力起飞了"（165 页），严歌苓对此有很生动的文学叙述，这样的文学叙述当然是虚构的，是添加了作家想象力的翅膀才能够具有离地三尺的文学性（165—173 页）。

　　严歌苓的"话语调适"，是一种纯粹自觉的叙述，暗里也在启示我们她小说写作的虚构性。正如罗伯特·阿特尔所说："自觉小说系统性地夸示自己的巧技情况，通过这么做，深入探查看似真实的巧技与真实之间的复杂关系。……在一部充分自觉的小说中，从头至尾，通过文体、叙事观察点的把握、强加到人物身上的名字与语词、叙述模式、人物的本性及降临到人物身上的事件，存在一种始终如一的效果：传达给我们一种感觉，即这一虚构世界是建构在文学传统与成规之背景上的作者构想。"它是"小说之本体论地位的一种检验"。它"要求我们去关注（小说家）如何创作他的小说，这一创作过程中涉及哪些技术上或理论上的问题"。[①] 严歌苓不同往常地向我们展示了她自觉所作这种小说叙事新探索，也同时启示小说的虚构性、文学性，并在虚构性与小说艺术真实性之间寻觅合理的衔接路径。

第三节　枝节胜主干：旁逸斜出的人性书写

　　《芳华》小说的主叙事，是虽相貌平平却吃苦耐劳，几乎承担了团里所有脏活累活，成了每个人潜意识里的依靠，大家有任何困

---

① 　参见［美］西摩·查特曼《故事与话语》，徐强译，中国人民大学出版社 2013 年，第 235 页。

难都第一个想到要找的人"雷又锋"——刘峰。他获得了"模范标兵"称号，得到了各级表彰和很多的荣誉。在文工团小儿小女们对恋爱乃至对于"性"都是偷嘴小猫一样的氛围里，他矢志不渝地爱上了独唱演员林丁丁，几年漫长的等待，在他真诚表白的时候，遭到了林惊恐的拒绝，而且"触摸事件"竟然扩大化到他被大会小会公开批判进而遭到了"处理"。这在周围的人际氛围里实在吊诡，强副主任被人戏称"强奸副主任"，可以随意性骚扰般触摸女团员，若干年后得知当时郝淑雯可以将美丽的胴体送进少俊的蚊帐，大胆地偷情，可刘峰连情之所至的爱与表白都遭到了无情的拒绝，最为惊人和可怕的恐怕是林丁丁"其实不是被'触摸'强暴了，而是被刘峰爱她的念头'强暴'了"（58页），可以说刘峰承受了所有人性的阴暗面和阴暗心理的对待……严歌苓在小说中一直通过话语的调适，也就是对话语的议论，想揭示当年大家对刘峰批判所犯下的罪与悔，以及为什么别人可以做、可以爱，刘峰就不可以——这背后所隐含的复杂的人性心理。

我从最开始认识刘峰，窥见到他笑得放肆时露出的那一丝无耻、一丝无赖，就下意识地进入了一场不怀好意的长久等待，等待看刘峰的好戏；只要他具有人性就一定会演出好戏来。在深圳郝淑雯的豪华空洞的别墅里，我这样认清了自己，也认识了我们——红楼里那群浑浑噩噩的青春男女。我想到一九七七年那个夏天，红楼里的大会小会，我才发现不止我一个人暗暗伺候刘峰露馅儿，所有人都暗暗地（也许在潜意识里）伺候他露出人性的马脚。一九七七年夏天，"触摸事件"发生了，所有人其实都下意识松了一口气：它可发生了！原来刘峰也这么回事啊！原来他也无非男女呀！有关刘峰人性人格的第二只靴子，总算砰然落地，从此再无悬念，我们大家可以安然回

到黑暗里歇息。刘峰不过如此，失望和释然来得那么突兀
迅猛，却又那么不出所料。假如触摸发自于另一个人，朱
克，或者刘眼镜儿、曾大胜，甚至杨老师、强副主任，都
会是另一回事，我们本来也没对他们抱多大指望，本来也
没有高看他们，他们本来与我们彼此彼此。①

　　这是小说《芳华》的主叙事和主要层面的人性书写。但是，有
意思的是，读过小说，最为打动人心的，又常常是那些在作家小说
叙事里非主叙事层面的叙事所展示和呈现的人性书写，枝节胜主
干，在作家想要表达的主要维度的人性书写之外，旁逸斜出的那些
人性书写，反而有入骨入心髓的力量和力道。西摩·查特曼在《故
事与话语》中将叙事交流活动作了如下图示：

叙事文本

真实作者 --→ 隐含作者──→ 叙述者──→ 受述者──→ 隐含读者 --→ 真实读者

　　虽然对叙事交流活动当中一些环节也有不同意见，比如申
丹，但有一点毋庸置疑，叙事文本所产生的叙事效果，会因受述者
和隐含读者（尤其是受述者）的个体差异及其不同的感受与理解而
发生不同。《芳华》"触摸事件"带来的最抵达人内心的，或许是在
于刘峰被处理下放后，他在中越战场受了伤，却又故意给发现他的
驾驶员指错路，错过了抢救的最佳时机，最终失去了当年触摸过林
丁丁的那只手。而那一记触摸，竟然就是他当时（二十六岁）一生
的情史并让他抱了送命的心……后来的海口生活，小惠不愿被刘峰
"逼娼为良"，竟然在口角后"鄙夷地看着熟睡的刘峰，将烟头摁在
他的假肢上"——连一个执着为娼的女子，都可以欺凌刘峰。小说
里其实作家一直试图想努力剖白"触摸事件"背后所蕴涵的复杂的
人性，但恰恰是众人的人性对刘峰心与身造成伤害，使他宁可在战

---

① 严歌苓：《芳华》，人民文学出版社 2017 年，第 161 页。

场上送命，加上后来的一生沦落，这些才是最戳痛人心的。这伤害有多重呢？严歌苓还是有所意识的："对那样一个英雄，我们曾经给了他很多的褒奖和赞美，最后没有一个人把他当成真正的活人去爱，给他女性的爱。"①

刘峰与何小曼是严歌苓着墨最多的人物，严歌苓甚至可以不经意间说出他们原型的名字。何小曼，是与《绿血》中的黄小嫚、《穗子物语·耗子》中的黄小玫属于同一原型。在严歌苓本意里，何小曼应该是重要性次于刘峰的人物，应该算不得一号人物，但在展开的有关何小曼的故事和叙事中，何小曼的成长史、成长叙事，反而蕴涵了小说中极为繁富乃至诡异的人性书写，甚至超过了刘峰故事和叙事里人性书写的力道，这恐怕多少是作家没有料到的，就像她在对话语作出议论时所说的，她写何小曼的故事，"写着写着就不对劲了，被故事驾驭了，而不是我驾驭故事"。对于何小曼发疯的解读往往是这样的：另一个"被侮辱和被损害"的对象何小曼，则是因为家庭出身和不幸的童年经历，在团队中饱受欺凌和排挤，最后因为立功而突然获得种种荣誉，却疯了。"这也是有真事的。"严歌苓说，"一生都没有人给过她尊重，（突如其来的）太多的尊重把她给毁了。"②但是条把一下何小曼的成长叙事，就会有更深入的发现，也有着更为繁富复杂的人性书写维度和层面。

拥有母亲却一直是一个事实"缺席"的母亲，一生都缺乏母爱佑护，整个何小曼的成长叙事，就是一部虽然存在但一直"缺席"的母亲对女儿的伤害史。女儿在对母亲不断希望然后不断失望当中，最终在某个人生的当口，就是那个惟一不嫌弃她，能够触碰她的身体、她的腰，帮她完成托举动作的刘峰被处理下连队之后，"第二年秋天，何小曼也离开了我们。她也是被处理下基层的"

① 《严歌苓:〈芳华〉有很多我对于那个时代的自责、反思》，"严歌苓读书会"微信公众号 2017 年 4 月 28 日。

② 同上。

（111页），她的下放与惟一不嫌弃、不孤立她的刘峰的下放，其实存在深度的关联性。一直对母亲失望、被所有人孤立当中，刘峰对她的触碰和托举，对于她的价值和意义何其重大：

> 那天晚上，其实小曼想告诉刘峰，从那次托举，他的两只手掌触碰了她的身体，她的腰，她就一直感激他。他的触碰是轻柔的，是抚慰的，是知道受伤者疼痛的，是借着公家触碰输送了私人同情的，因此也就绝不只是一个舞蹈的规定动作，他给她的，超出了规定动作许多许多。他把她搂抱起来，把她放在肩膀上，这世界上，只有她的亲父亲那样扛过她。[1]

只要认真读过何小曼的成长史，就会体会到这一段的意义。《绿血》里黄小嫚的父亲平反归来了，《穗子物语·耗子》中黄小玫的父亲也是并没有死，最后平反了，官复原职。何小曼的父亲，却是在给她赊了一根油条后自杀了，而父亲为她赊油条、与她最后时刻的相处是这样的：

> 家门外不远，是个早点铺子，炸油条和烤大饼以及沸腾的豆浆，那丰盛气味在饥荒年代显得格外美，一条小街的人都以嗅觉揩油。一出门小曼就说，好想好想吃一根油条。四岁的小曼是知道的，父亲对所有人都好说话，何况对她？父女俩单独在一块的时候，从感情上到物质上她都可以敲诈父亲一笔。然而这天父亲身上连一根油条的钱都没有。他跟早点铺掌柜说，赊一根油条给孩子吃吧，一会儿就把钱送来。爸爸蹲在女儿面前，享受着女儿的咀嚼，吞咽，声音动作都大了点，胃口真好，也替父亲解馋了。

---

[1]　严歌苓：《芳华》，人民文学出版社 2017 年，第 109—110 页。

吃完，父亲用他折得四方的花格手绢替女儿擦嘴，擦手；于是一根手指一根手指地替她擦。擦一根手指，父女俩就对视着笑一下。那是小曼记得的父亲的最后容貌。①

这样的父女温情，在小曼"拖油瓶"的成长史和部队文工团的日子里，再也没有遇到过，直到刘峰在舞蹈动作中对她的托举和触碰，抚慰了她多年以来作为失去父亲的爱的受伤者的疼痛。刘峰表白林丁丁时情不自禁触碰林，收获的是批判和处理，舞蹈中刘峰对何小曼的触碰，却让小曼重温了失去多年的父亲所曾经给予她的温情——这是多么吊诡、悖谬并且让人感到无言的心痛。而且，紧随这段父女温情的书写，作家继续在一种似乎不经意的笔调中写出了那天惟一爱她的父亲的自杀："何小曼不记得父亲的死，只记得那天她是幼儿园剩下的最后一个孩子"，"于是父亲的自杀在她印象里就是幼儿园的一圈空椅子和渐渐黑下来的天色，以及在午睡室里睡的那一夜，还有老师困倦的手在她背上拍哄"（64—65 页）。不动声色的文字背后，令人隐痛入心。她作为"拖油瓶"跟着母亲改嫁了，"母亲都寄人篱下了，拖油瓶更要识相"（68 页）。吃破皮饺子，被继父吓病才得了母亲最后一次的紧紧拥抱。十年后，她在江南三月的夜里泡了一个小时的冷水浴，就是为的生病，作家没有明示，但字里行间都是她对得到母亲拥抱的渴望……这样的家庭环境中，五岁的弟弟都可以宣布"拖油瓶"姐姐是天底下最讨厌的人：

　　她深知自己有许多讨厌的习惯，比如只要厨房没人就拿吃的，动作比贼还快，没吃的挖一勺白糖或一勺猪油塞进嘴里也好。有时母亲给她夹一块红烧肉，她会马上将它杵到碗底，用米饭盖住，等大家吃完离开，她再把肉挖出来一点点地啃。在人前吃那块肉似乎不安全，也不如人后

_____

① 严歌苓：《芳华》，人民文学出版社 2017 年，第 63—64 页。

吃着香，完全放松吃相。保姆说小曼就像她村里的狗，找到一块骨头不易，舍不得一下啃了，怕别的狗跟它抢，就挖个坑把骨头埋起来，往上撒泡尿，谁也不跟它抢的时候再刨出来，笃笃定定地啃。[1]

一个生活在上海的条件不错家庭（继父是厅长）的何小曼，缘何有这样村里的狗的习性？从日常母亲对她的每一分对待，从"红毛衣事件"，从日常生活当中，她已经被推向了不得不如此的生活境地。她把这些习惯带到了部队里，并且受尽嫌恶，饶是如此，她把临参军时母亲给她梳的"法国辫子"生生保持了两周："对于她，母爱的痕迹，本来就很少，就浅淡，法国辫子也算痕迹，她想留住它，留得尽量长久。两周之后，辫子还是保持不住了，她在澡堂的隔间里拆洗头发，却发现拆也是难拆了，头发打了死结"，她只好"跑到隔壁军人理发店借了把剪刀，把所有死结剪下来。我们要揭晓她军帽下的秘密时，正是她刚对自己的头发下了手，剪了个她自认为的'刘胡兰头'，其实那发式更接近狮身人面的斯芬克斯"（87—88页）。为了保有一点"母爱的痕迹"，她付出了毁伤自己头发的代价——头发打了死结，剪掉死结后，是"刘胡兰头"乃至近狮身人面像的丑相。殊不知，这只是何小曼渴望母爱而不得、向往母爱却总是收获意外乃至伤害的一个小小隐喻而已。女兵们有父母输送来的五湖四海的零食，很少有人请何小曼分享，"小曼之所以把馒头掰成小块儿，用纸包起来，一点点地吃，是因为那样她就也有零食吃了"（134页）。她对母亲和母爱一次次的期盼，盼来的是"盐津枣"，而两分钱一袋、不雅别号叫"鼻屎"的盐津枣（这个情节在《穗子物语·耗子》中也出现过，不过没有《芳华》当中这样让人寒心），竟然是母亲让她帮忙黑市交易、粮票换菜油的"报酬"。"小曼是不会哭的，有人疼的女孩子才会哭。""她合上演

---

① 严歌苓：《芳华》，人民文学出版社 2017 年，第 72 页。

讲稿，也合上一九七七年那个春天。""二十多岁做孤儿，有点儿嫌晚，不过到底是做上了，感觉真好，有选择地做个孤儿，比没选择地做拖油瓶要好得多。""歌里的儿子不会懂得世上还有小曼这样的女儿，因为他无法想象世上会有她这样的母亲。""'剪断'最不麻烦，是更好的持续，父亲不也是选择剪断？剪断的是他自己的生命，剪断的是事物和人物关系向着丑恶变化的可能性。"（136—139页）何小曼的成长叙事，可以说是《芳华》中最能够碰触人的心灵和灵魂深处的人性书写，本来是世界上万事皆休都能够令人一息尚存的母爱，在何小曼的成长史中，一直缺席乃至病态发生着。加上给了她从小时候父亲自杀后惟一触碰和托举的刘峰下放，令她更加断绝对人世的希望，尤其是不断升级的对母亲和母爱的彻底绝望，令何小曼疯了。何小曼的发疯，就是她对母亲和尘世的"剪断"。后来她终于能够康复出院，成了陪伴刘峰走过最后一段人生旅程的人。她和他是生活之伴，却没有成男女之侣。两人之间作家所作的留白，足令人怅惘和叹息。

　　严歌苓从《一个女人的史诗》里田苏菲与母亲关系等描写，就揭示了女性成长叙事里母亲的问题，在《妈阁是座城》中对并不理想的母亲也有少量涉及和描写。《穗子物语·耗子》中黄小玫的母亲，还不失一个母亲所能够给予儿女的温情与爱。到了《芳华》里何小曼的母亲，她对于小曼，可以说是一个事实上彻底"缺席"的母亲。何小曼的成长史，在《芳华》主叙事里说它是枝干也不为过，但就是这枝干所旁逸斜出的人性书写，反而达到了最深刻和让人痛心的力道。这可能就是严歌苓说的她写何小曼的故事，"写着写着就不对劲了，被故事驾驭了，而不是我驾驭故事"。旁逸斜出的人性书写，直抵人的内心深处。

严歌苓创作详表[①]

（1986—2017）

长篇小说

《**绿血**》，解放军文艺出版社 1986 年 2 月首版，30.4 万字。"**女兵三部曲**"之一，是严歌苓最初奉献给文坛的长篇作品。获 1987 年全国优秀军事长篇小说奖。

《绿血》创作于 1984 年，出版于 1986 年，以自身经历为素材，虚构了部队文艺出版社编辑乔怡寻找一部小说手稿作者的故事。寻找中的当下叙事与回忆性叙事，构成小说的主要叙事；主要叙事中内套了小说手稿所虚构的战场叙事：几个作为"宣传队"进入战区的文艺兵在丛林、河滩、甘蔗田、淤泥地里跟敌人的生死周旋。

《**一个女兵的悄悄话**》，解放军文艺出版社 1987 年 8 月首版，22.5 万字。春风文艺出版社 1998 年 10 月再版。"**女兵三部曲**"之二。获 1988 年《解放军报》最佳军版图书奖。

本书通过文艺女兵陶小童在生命垂危中的内心独白，道出了一个纯朴、聪慧的女孩子在动乱年月里的生活真迹，她痛苦的反省与寻觅意味深长。细腻的笔致、隽永幽默的语言、交叠变化的人称，展示了一个女兵生活的纷纭世界。严歌苓在本书后记中写道："我

---

① 参见《严歌苓作品年表（1986—2017）》，"严歌苓读书会"微信公众号 2017 年 4 月 23 日。

不否认小说中大量的生活是我的亲身经历，这些生活场景的描写会勾起战友们清晰的回忆。但我并不仅仅采集生活，再忠实地将它们制成标本。这些生活在我笔下变得有些奇形怪状，令人发笑又令人不快。十多年前，我们存在于这些生活之中，毫不怀疑它的合情合理，而多年过去，当我的目光几经折射去回望时，当年合情合理的生活就显出了荒诞的意味。于是，我便对同龄人整个青春的作为感到不可思议。因此'悄悄话'一眼望去，满目荒唐。"

《雌性的草地》，解放军文艺出版社 1989 年 2 月首版，25.4 万字。春风文艺出版社 1998 年 10 月再版。昆仑出版社 2007 年出版删节本，更名为《马在吼》。**"女兵三部曲"之三。**

本书讲述了一群年轻姑娘的故事。二十世纪六七十年代，她们被放置在中国西南荒凉的草地上，在一个神圣而又庄严的集体——"女子牧马班"中，在恶劣的草原气候和环境下牧养军马。1998年春风文艺出版社再版时，严歌苓在代自序《从雌性出发》中写道："故事是从小点儿这个有乱伦、偷窃、凶杀行为的少女混入女子牧马班开始的。主要以小点儿的观察角度来表现这个女修士般的集体。这个集体从人性的层面看是荒诞的，从神性的层面却是庄严的。""以此书，我也企图在人的性爱与动物的性爱中找到一点共同，那就是，性爱是毁灭，更是永生。"这个版本封底的编辑推荐语是："本书以六七十年代西南辽阔而荒芜的草地为背景，围绕'女子牧马班'放牧军马的故事，通过对执着忠贞的将军之女沈红霞，流浪的社会问题青年小点儿，憨直野性的少数民族姑娘柯丹，各具情态的女知青老杜、毛娅，充满传奇色彩的指导员'叔叔'等一系列个性鲜明的人物以及他们在草地难以想象的艰难严酷的生活环境的描述，真实地展现了那个特定年代中的青年们庄严而又荒谬、虔诚而又愚昧的忠贞、激情和义无反顾的、带有宗教色彩的奉献精神。""作品以虚实相间的手法、现实主义的白描叙述和超越时空的现代意识相结合的方法，从浅意的对雌性（女性）—兽性—畜性的剖析，深入地阐释了尊崇人性、热爱生命的主题。"

严歌苓谈及此书时说："我始终认为那是我最好的小说。"

《草鞋权贵》（《霜降》），三民书局（中国台湾）1995 年 3 月首版，12 万字。春风文艺出版社 1998 年 10 月出版，为《人寰·草鞋权贵》合集。陕西师范大学出版社 2011 年 4 月再版。入选 2011 年《亚洲周刊》全球十大华文小说。

1998 年春风文艺出版社版本封底的编辑推荐语是："小说由从乡下来城里做保姆的小姑娘霜降的所见、所闻，细切描述了声名显赫的程将军一家的种种内情：夫妻关系极不和谐、家庭生活更不和睦，三个儿子更因性情不同命运遭际各各有别。作品由一个暴发户家庭的无可奈何地走向分裂与衰败，透视了他们在冠冕堂皇之下的精神空虚与人生苍白。小说感觉敏锐，语言灵动，在某些方面颇具《红楼梦》的些许神韵。"

《扶桑》，天地图书有限公司（中国香港）1996 年 1 月首版，15.3 万字。中国华侨出版社 1996 年 2 月初版，1998 年 7 月二版，15 万字。联经出版社（中国台湾）、陕西师范大学出版社、上海文艺出版社、人民文学出版社等多次再版。获 1995 年第九届《联合报》文学奖长篇小说奖，英文版进入《洛杉矶时报》2002 年度畅销书排行榜前十名。

1998 年中国华侨出版社二版的封底有时任美国哥伦比亚大学教授的王德威作评："这样的传奇故事是够'好看'的了。难得的是，作者巧为运用她的素材，在展现新意。""百年前中国的苦命女子，漂洋过海，在异邦卖笑。在十九世纪末的旧金山，扶桑神秘颓靡的象征，也是殖民主义权力蹂躏、倾倒的对象。古老中国里解决不了的男女问题，到了新大陆更添复杂面向。而周旋在中、美寻芳客，及中、美丈夫/情人间，扶桑肉身布施，却始终带着一抹迷样的微笑。这笑是包容，还是堕落？"

《人寰》（《心理医生在吗》），时报文化出版公司（中国台湾）

1998 年 2 月首版，13.9 万字。上海文艺出版社、春风文艺出版社（《人寰·草鞋权贵》合集）1998 年 10 月同时出版。新星出版社 2009 年 3 月再版，更名为《心理医生在吗》。果麦文化、天津人民出版社 2014 年 4 月再版。

1998 年春风文艺出版社版本封底的编辑推荐语是："小说以一个成长中的女孩的眼光，透视了父亲同贺叔叔的奇特的朋友关系：贺叔叔在一场政治运动中保护了父亲；父亲花费了半生精力为贺叔叔写书，'文革'中父亲打了贺叔叔一个耳光，贺叔叔以其大度使父亲终生愧疚，从而更把为贺叔叔写书作为惟一追求；这看似两袖清风的友谊，实则是含而不露的控制与利用。通过这一关系的曲曲折折和我与贺叔叔朦胧又暧昧的恋情，作品从一个独特的角度，描述了非正常年代的人们的非正常关系，揭示了一定时期的社会生活和社会关系对人的命运的深刻拨弄。"

《无出路咖啡馆》，百花文艺出版社 2001 年 1 月首版，26.8 万字。

本书取材于严歌苓的亲身经历，她和美国外交官的爱情被质疑有间谍背景，故事因此展开。首版封底的编辑推荐语为："虚伪被文明包装，冷漠被富有掩藏，贫穷象绝症一样，迫使一些漂泊海外的游子在作无出路的挣扎。""一段邂逅相遇的恋情，为什么会遭到美国联邦调查局便衣的肆意骚扰？一个柔弱如风的中国女子，为什么最终拒绝了美国外交官员的追求？""《无出路咖啡馆》以一系列鲜为人知的细节，铺展了一个撼人心魄的故事。"

严歌苓说："这本书有大量的个人经历，但不能说是一本完全自传性的作品，只能说自传色彩很强。我想借助一个人的真实经历阐释与我个人无关的理念，借真实的材料表达一个荒诞的故事。外交官与女留学生之间的爱情，因为'拯救'就永远不可能是真实的，是不被享受的，是被思想毒化的。"

《花儿与少年》，昆仑出版社 2004 年 1 月首版，12 万字。荣登《北京文学》2005 年度中篇小说榜首。根据出版成书归类为长篇小说。

李敬泽在序言《二十一世纪的"雷雨"》中写道："《花儿与少年》，这是'弱者'的长歌。我认为，只有重温着《雷雨》，我们才能充分领会它，才能看清面对'老问题'时，我们已经走了多远，走到了哪里。""同时，它也证明了当下人性有多复杂，人的境遇有多复杂，写小说有多难，小说家必须穿越多少暗影憧憧的危险地带。"

《第九个寡妇》，作家出版社 2006 年 3 月首版，28 万字。入选 2006 年《亚洲周刊》全球十大华文小说。获第三届《当代》长篇小说 2006 年度入围奖（专家奖）、《中华读书报》2006 年度优秀长篇小说奖、新浪网 2006 年度图书奖。

《一个女人的史诗》，湖南文艺出版社 2006 年 5 月首版，27.5 万字。

首版封底的编辑推荐语为："继《第九个寡妇》之后，严歌苓再推新作，讲述红色历史中的浪漫情史，大时代里小人物的生存轨迹。小说塑造了田苏菲这样一个执爱者，爱一个人至死的女性人物形象。小菲是个散发着活泼泼的年轻生命力的美丽少女，在文工团里她深受都汉首长的宠爱。直到有一天，她遇到了上海世家子弟出身的老革命欧阳萸，一种近乎着魔的爱情攫住了她的心。尔后 30 多年，小菲从她最灿烂的青春，到渐归于平淡的中年，始终如一地爱着一直苦苦寻求红颜知己的丈夫。新中国建立至'文革'结束，历史风云变幻，小菲在舞台上演着各种各样的时代人物，而她自己却始终置身于大历史，在一个女人的小格局里左冲右突，演绎惊天动地的情感史。"

《小姨多鹤》，作家出版社 2008 年 4 月首版，25 万字。三民书局（中国台湾）2008 年 10 月出版。入选 2008 年《亚洲周刊》全球十大华文小说、新中国 60 年中国最具影响力的 600 本书。获《当代》长篇小说五年（2004—2008）最佳奖、第三届中国女性文学奖、首届"中山杯"华侨文学奖。荣登 2008 年中国小说协会长篇小说榜首。

《寄居者》，新星出版社 2009 年 2 月首版，23 万字。

《赴宴者》，英文版出版于 2006 年，中文版由陕西师范大学出版社 2009 年 11 月首版，18.7 万字。获 2006 年华裔美国图书馆协会小说金奖。

《铁梨花》，萧马原著，严歌苓改编，陕西师范大学出版社 2010 年 4 月首版，16.1 万字。入选国家新闻出版总署 2010 年"大众喜爱的 50 种图书"。

《陆犯焉识》，作家出版社 2011 年 10 月首版，2014 年 4 月二版，36.5 万字。获《当代》长篇小说论坛 2009—2013 五年五佳奖、第四届世界华文长篇小说奖"红楼梦奖"专家推荐奖、第二届施耐庵文学奖。荣登 2011 年中国小说协会长篇小说榜首。

《金陵十三钗》，中篇版由中国工人出版社 2007 年 1 月首版；长篇版由陕西师范大学出版社 2011 年 6 月首版，11.8 万字。长篇版获新闻出版总署 2011 年"大众喜爱的 50 种图书"，中篇版获第十二届《小说月报》百花奖原创中篇小说奖、2006 年《中篇小说选刊》优秀小说奖。

《补玉山居》，陕西师范大学出版社 2012 年 8 月首版，25.1 万字。获第十五届《小说月报》百花奖原创长篇小说奖。

《妈阁是座城》，人民文学出版社 2014 年 1 月首版，21.9 万字。入选 2014 年《亚洲周刊》全球十大华文小说。获 2014 年人民文学奖优秀长篇小说奖。

《老师好美》，天津人民出版社 2014 年 7 月首版，2016 年 7 月再版，23.5 万字。获第十六届《小说月报》百花奖长篇小说奖。

《床畔》（首发于《收获》2015 年第 2 期，原名《护士万红》），长江文艺出版社 2015 年 5 月首版，16.3 万字。

《舞男》（首发于《花城》2015 年第 6 期，原名《上海舞男》），上海文艺出版社 2016 年 4 月首版，13.3 万字。

《芳华》（原名《你触摸了我》），人民文学出版社 2017 年 4 月首版，11.9 万字。

中短篇小说
（不含报刊，仅列举含有初版作品的集子）

短篇小说集《少女小渔》，台湾尔雅出版社 1993 年 7 月版。含短篇《失眠人的艳遇》《少女小渔》《女房东》《审丑》《洞房》《无非男女》《我不是精灵》《除夕·甲鱼》《栗色头发》。所收作品皆为初版。

短篇小说集《海那边》，时代文艺出版社 1995 年 8 月版。含短篇《女房东》《抢劫犯查理和我》《失眠人的艳遇》《少女小渔》《浑雪》（又名《学校中的故事》）《茉莉的最后一日》《栗色头发》《约会》《屋有阁楼》《红罗裙》《海那边》《没出路咖啡馆》《我的美国老师和同学》《簪花女与卖酒郎》《方月饼》《大歌星》《除夕·甲鱼》《无非男女》《审丑》《家常篇》《馋丫头小婵》。除《女房东》《失眠人的艳遇》《少女小渔》《栗色头发》《除夕·甲鱼》《无非男女》《审丑》外，皆为初版作品。

短篇小说集《海那边》，九歌出版社（中国台湾）1995 年 10 月版。含短篇《红罗裙》《簪花女与卖酒郎》《海那边》《卖红苹果的盲女子》《少尉之死》《家常篇》《大陆妹》《抢劫犯查理和我》《"没出路"咖啡馆》《学校中的故事》《黑宝哥》《方月饼》《小珊阿姨》《馋丫头小婵》。《卖红苹果的盲女子》《少尉之死》《大陆妹》《黑宝哥》《小珊阿姨》为初版作品。

中短篇小说集《倒淌河》，三民书局（中国台湾）1996 年 1 月版。含短篇《茉莉的最后一日》《屋有阁楼》《约会》《天浴》《大歌星》《士兵与狗》《领袖扮演者》（又名《扮演者》）《我的美国同学与老师》《书荒》《出国出国出国》，含中篇《倒淌河》。《天浴》《士兵与狗》《领袖扮演者》（又名《扮演者》）《书荒》《出国出国出国》《倒淌河》为初版作品。

中短篇小说集《白蛇·橙血》，春风文艺出版社 1998 年 10 月版。含中篇《倒淌河》《白蛇》，含短篇《天浴》《大歌星》《士兵与狗》《扮演者》《橙血》《冤家》《风筝歌》《屋有阁楼》《约会》《阿曼达》《初夏的卡通》《青柠檬色的鸟》《茉莉的最后一日》《无出路咖啡馆》（短篇版）《拉斯维加斯的谜语》。《橙血》《冤家》《风筝歌》《初夏的卡通》为初版作品。

短篇小说集《风筝歌》，时报文化出版公司（中国台湾）1999 年 2 月版。含短篇《白蝶标本》《老囚》《觖斗》《正午谁叩门》《蹉跎姻缘》《冤家》《初夏的卡通》《无出路咖啡馆》（短篇版）《风筝歌》《乖乖贝比（A 卷和 B 卷）》《橙血》。除《冤家》《初夏的卡通》《无出路咖啡馆》（短篇版）《风筝歌》《橙血》外，皆为初版作品。

中短篇小说集《也是亚当，也是夏娃》，华文出版社 2000 年版。含短篇《白蝶标本》《老囚》《养媳妇》《天浴》《乖乖贝比（A 卷）》《魔旦》《橙血》《风筝歌》《青柠檬色的鸟》《拉斯维加斯的谜语》，含中篇《白蛇》《也是亚当，也是夏娃》。《养媳妇》《魔旦》为初版作品。

中短篇小说集《谁家有女初养成》，三民书局（中国台湾）2001 年 2 月版。含中篇《谁家有女初养成》（又名《谁家有女初长成》）《也是亚当，也是夏娃》，含短篇《魔旦》。《谁家有女初养成》为初版作品。

中篇小说集《密语者》，三民书局（中国台湾）2004 年 1 月版。含中篇《花儿与少年》《密语者》。皆为初版作品。

短篇小说集《穗子物语》，三民书局（中国台湾）2005 年 1 月版。含短篇《老人鱼》《柳腊姐》（又名《养媳妇》）《角儿朱依锦》（又名《白蝶标本》）《黑影》《梨花疫》《拖鞋大队》《小顾艳传》《灰舞鞋》《奇才》《耗子》《爱犬颗韧》（又名《士兵与狗》）《白麻雀》。《老人鱼》《黑影》《梨花疫》《拖鞋大队》《小顾艳传》《灰舞鞋》《奇才》《耗子》《白麻雀》为初版作品。

中篇小说集《太平洋探戈》，三民书局（中国台湾）2006 年 6 月版。含中篇《太平洋探戈》《金陵十三钗》。皆为初版作品。

中短篇小说集《吴川是个黄女孩》，成都时代出版社 2006 年 6 月版。含中篇《吴川是个黄女孩》，含短篇《灰舞鞋》《老人鱼》《黑影》《密语者》《白麻雀》《小顾艳传》。《吴川是个黄女孩》为初版作品。

中短篇小说集《吴川是个黄女孩》，陕西师范大学出版社 2009 年 6 月版。含中篇《吴川是个黄女孩》《太平洋探戈》，含短篇《阿曼达》《学校中的故事》《栗色头发》，"非洲故事三则"《苏安·梅》《热带的雨》《集装箱村落》。《苏安·梅》《热带的雨》《集装箱村落》为初版作品。

剧　本

电影剧本《天浴》，九歌出版社（中国台湾）1998 年 12 月版。含"导演日志及其他"，严歌苓、陈冲合著。

原创电视剧剧本《四十九日·祭》（上下），人民文学出版社 2014 年 11 月版。

散文随笔

（仅列举含有初版作品的集子）

散文集《波西米亚楼》，三民书局（中国台湾）1999 年 4 月版。含后来版本的主要篇章，另含《一怀愁绪两处悲情》《海峡两岸我有两个姑妈》《庸俗和坏品味》，三篇皆为初版作品。

散文集《波西米亚楼》，当代世界出版社 2001 年 1 月版。含后来版本的大部分篇章，另含《与编者的访谈》，为初版作品。

散文集《波西米亚楼》，陕西师范大学出版社 2009 年 9 月版。含后来版本的大部分篇章，另含《一天的断想》《写稿佬手记》，两篇皆为初版作品。

散文集《波西米亚楼》，天津人民出版社 2015 年 11 月版。全书分为四部分：

一、波西米亚楼：《波西米亚楼》《芝加哥的警与匪》《丹尼斯医生》《蛋铺里的安娜》《书祸》《且将新火试新茶》《母亲与小鱼》《失落的版图》《FBI 监视下的婚姻》《还乡》《自尽而未尽者》《也献一枚花环》。

二、非洲札记：《行路难》《地上宫阙》《古染坊》《可利亚》《快乐时光》《尼日利亚》《戒荤》《女佣》《信则灵》《玻璃车站》《鱼吧》《绿菜与红鱼》《非洲老饕》《躺着的阿布贾》《消食长跑》《非洲的花草》《跳蚤市场》《面具》《给父亲的信》。

三、苓珑心语：《女郎与海》《双语人的苦恼》《"我爱你，再见了"》《性化学杂想》《我写〈老人鱼〉》《读书与美丽》《男女超人与"忘年恋"》《"挣"来的爱情》《〈老家旧事〉与我》《"瘾"君子秘经》《打坐杂说》《十年一觉美国梦》。

四、创作谈：《创作谈》《中国文学的游牧民族》《性与文学》

《从魔幻说起》《写在电视连续剧〈海那边〉之后》《弱者的宣言》《雌性之地》《主流与边缘》《我为什么写〈人寰〉》《错位归属》《南京杂感》《从"Rape"一词开始的联想》《静与空》《有关陈冲以及〈陈冲前传〉》《谭恩美的中国情结》《邬君梅与〈枕边书〉》。

《非洲老饕》《面具》《十年一觉美国梦》皆为初版作品。

散文集《**非洲手记**》，人民出版社 2016 年 10 月版。含《行路难》《地上宫阙》《古染坊》《可利亚》《快乐时光》《种豆得豆》《戒荤》《女佣》《信则灵》《玻璃车站》《鱼吧》《绿菜与红鱼》《躺着的阿布贾》《消食长跑》《鲜花难求》《跳蚤市场》《"尼日利亚欢迎你！"》《M 酋长的豆腐》《大院》《断电》《非洲老饕》《黑得先生和乔少校》《面具》《酋长的女儿》。《断电》《黑得先生和乔少校》为初版作品。

传　记
（仅列举含有初版作品的集子）

《**本色陈冲**》，春风文艺出版社 1998 年 10 月版。

《**陈冲前传**》，三民书局（中国台湾）1999 年 8 月版。

图书在版编目（CIP）数据

严歌苓论 / 刘艳著. -- 北京：作家出版社，2018.5
（中国当代作家论）

ISBN 978 - 7 - 5212 - 0030 - 0

Ⅰ.①严… Ⅱ.①刘… Ⅲ.①严歌苓 – 小说研究
Ⅳ.①I712.074

中国版本图书馆 CIP 数据核字（2018）第 079944 号

严歌苓论

总 策 划：吴义勤
主　　编：谢有顺
作　　者：刘　艳
出版统筹：李宏伟
责任编辑：杨新月
装帧设计： 合和工作室
出版发行：作家出版社
社　　址：北京农展馆南里 10 号　　　**邮　　编**：100125
电话传真：86 - 10 - 65930756（出版发行部）
　　　　　　 86 - 10 - 65004079（总编室）
　　　　　　 86 - 10 - 65015116（邮购部）
E – mail: zuojia@zuojia. net. cn
http: // www. haozuojia. com（作家在线）
印　　刷：中煤（北京）印务有限公司
成品尺寸：152 × 230
字　　数：250 千
印　　张：18.75
版　　次：2018 年 5 月第 1 版
印　　次：2018 年 5 月第 1 次印刷
ISBN 978 - 7 - 5212 - 0030 - 0
定　　价：45.00 元

中国当代作家论

第一辑

阿城论　　杨　肖 著　　定价：39.00 元

昌耀论　　张光昕 著　　定价：46.00 元

格非论　　陈斯拉 著　　定价：45.00 元

贾平凹论　苏沙丽 著　　定价：45.00 元

路遥论　　杨晓帆 著　　定价：45.00 元

王蒙论　　王春林 著　　定价：48.00 元

王小波论　房　伟 著　　定价：45.00 元

严歌苓论　刘　艳 著　　定价：45.00 元

余华论　　刘　旭 著　　定价：46.00 元